TIERRA DE BRUMAS

CRISTINA LÓPEZ BARRIO

TIERRA
DE BRUMAS

PLAZA  JANÉS

Primera edición: septiembre, 2015

Printed in Spain – Impreso en España

ISBN: 978-84-01-01537-3
Depósito legal: B-15.765-2015

Compuesto en Revertext, S. L.

Impreso en Liberdúplex
Sant Llorenç d'Hortons (Barcelona)

L 015373

Penguin
Random House
Grupo Editorial

A Manolo Yllera,
el bosque donde habito.

A mi hija Lucía,
por la cuerda mágica que nos une.

El hombre nace libre, pero en todos lados está encadenado.

JEAN-JACQUES ROUSSEAU,
El contrato social

El tiempo recoge las hojas dispersas y vuelve a tejer la corona.

FAMILIA NOVOA

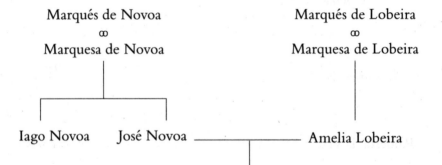

Marqués de Novoa
∞
Marquesa de Novoa

Marqués de Lobeira
∞
Marquesa de Lobeira

Iago Novoa   José Novoa —————————— Amelia Lobeira

Jacinto Novoa

Familia Mencía

El leñador ———————————————— La loca Tomasa

Angustias, la Doliente   Marina, la Santiña

Roberta, la Prima-Madre   Bruna Mencía,
la Poderosa

Uxío, el Bastardo   Rebeca Mencía

Pedro Mencía   Valentina Mencía

1

El pazo de Novoa

Valentina nunca va a olvidar la fría tarde de octubre que llega al pazo de Novoa para ser reina. Sube la gran escalera de castaño alfombrada por la decadencia, según le indica la vieja que le ha tendido como bienvenida una mano de circo. Petriña, niña, llámame Petriña. Tiene en los dedos bultos como sortijas de huesos, una jorobita bajo la bata negra y un moño ajustado en la nuca. Ella te espera, te esperó toda esta mañana, y le entraron retortijones de impaciencia. Petriña sonríe con tres dientes en el recibidor cubierto por sábanas blancas.

Mientras la niña asciende hacia el último de los tres pisos del pazo, percibe que es el tiempo y no el polvo el que se acumula inmóvil en cada peldaño, en cada recodo de la escalera, sin duda fastuosa en otra época; y siente en el estómago, donde aún tiene clavada la náusea con que se bajó del avión que la trajo de La Habana, que va al encuentro de un ser mitológico.

Al final de la escalera, Valentina se asoma por la barandilla para retrasar el olor a tabaco que exhala la puerta entreabierta, la voz de leopardo que le pregunta ¿eres tú?, y descubre una caracola de madera en descenso hacia el abismo del recibidor.

—¿Valentina?

En una cama con proporciones de universo, bajo la última luz violeta que se desploma por las vidrieras de una claraboya, Valentina ve la figura imponente de su abuela: Bruna Mencía. Se halla en su trono de cojines de seda verde, recostada en la melancolía del poder; dos trenzas blancas le caen hasta los muslos como seres distintos de la anciana. Viste un camisón con encajes antiguos, y una toquilla de chantilly que contrasta con el *rouge* francés de los labios. Dos serpientes de perlas de los años treinta le rodean el cuello.

—¿A qué estás esperando? Acércate.

A la anciana le tiemblan las manos. En una de ellas sostiene un pedazo de espejo oxidado, pero ya no se mira en él. Lo ha dejado rendido sobre la sábana. Suda, a pesar del otoño, de la humedad burguesa que le revienta los huesos. Tiene ganas de maldecir, de cagarse en una vereda como cuando era niña y para ella no había más mundo que el bosque. Entre la bruma de cigarrillos que la envuelve, una abeja zumba solitaria alrededor de sus trenzas. A Valentina le recorre la piel un escalofrío y teme desmayarse en esa alcoba con aroma a medicina, a colillas, a camelias blancas cuyos pétalos se desploman sobre una cómoda junto a la cama. Sin moverse del umbral mira a su abuela, aunque de soslayo, mientras la aguja de un tocadiscos araña un vinilo de tangos. Los ojos, aquellos de los que tanto le habló su madre en las noches habaneras, los ojos que hasta ese instante vivían en los cuentos de su infancia, la escrutan, la examinan. Uno castaño como la corteza de árbol, otro amarillo. A pesar de todo parece humana, piensa Valentina.

La anciana coloca un cigarro en su boquilla de nácar y lo enciende.

—Te he traído hasta aquí para que seas reina —le dice a su nieta, y ahueca los cojines del trono.

—¿Reina de qué? —contesta ella con un hilo de voz.

—De este pazo para empezar, como yo.

—Pero usted no es reina —contesta Valentina, y clava la mirada en sus zapatos.

—Como si lo fuera, niña, y de las de antes. Aquí, en mis tierras, que son muchas, y en mis negocios, se hace lo que yo digo. —Da una calada intensa.

—Yo no puedo ser reina porque soy revolucionaria —dice Valentina.

—La misma monserga que tu madre, ya se te pasará. Llevas sangre de nobles. Y ahora enséñame el ombligo a ver si acerté al traerte desde tan lejos.

La niña niega con la cabeza y mira al suelo. Tiene miedo de que su abuela la reprenda, la castigue o algo peor. En cambio, Bruna apaga el cigarrillo, se levanta el camisón de encaje y deja al descubierto un vientre de pellejos colgantes que en su tiempo fue terso como la luna. Alrededor del ombligo se ve una mancha en forma de orbe.

—Espero que tengas este lunar, porque así me lo aseguraron.

Y si han mentido a Bruna Mencía lo pagarán caro, murmura para sí. Sin duda, la niña es la de la foto que le enviaron desde La Habana hace unos dos meses, recién muerta la madre, su hija, en aquella fatídica revuelta. Pero en persona parece más alta, como si la pérdida le hubiera estirado los huesos hacia lo inalcanzable, y mayor de los once años que tiene, según le escribió la mulata que la cuidaba en La Habana desde que se quedó huérfana. Ha crecido desde entonces, piensa

Bruna, y comienza a padecer el desgarbo de una adolescencia inminente. Las piernas largas en los vaqueros gastados, los hombros melancólicos, el rostro interrogante.

—Yo también tengo ese lunar, pero no es ninguna señal burguesa.

La niña se aproxima a la anciana. Una cuerda le ciñe a modo de cinturón el jersey que le tejió la mulata en tres madrugadas insomnes para abrigarla de los fríos de Europa. Pero se lo sube sin desatársela, al igual que la camisa que lleva debajo de él. Su vientre es pequeño, cálido, de piel caribeña, pero con el mismo orbe premonitorio que su abuela.

—Tienes el mundo pintado alrededor del ombligo. Has nacido para ser reina —le dice Bruna con una sonrisa en el *rouge*.

Valentina frunce el ceño, y se frota un dedo por el lunar como si quisiera borrárselo.

—Viva la revolución —susurra.

—No digas tonterías, niña. Ya cambiarás cuando heredes el marquesado y toda mi hacienda. Y ahora vete. Petriña te servirá la cena en la cocina.

Le hace un gesto con la mano para que se marche. Ya ha visto lo que tenía que ver, ya ha comprobado lo que tenía que comprobar. Está fatigada. La audiencia ha terminado. Su nieta tiene los mismos ojos pardos que lleva sin ver más de cincuenta años, y la hendidura en la barbilla que la sigue hiriendo como el filo de una daga.

Valentina siente la piel erizada de frío. No se atreve a bajar la enorme escalera de castaño hasta la cocina donde la espera

Petriña, pero tampoco se encuentra a gusto en el distribuidor del último piso. Se le ocurre la idea de que el mundo es de color amarillo, ese color prepotente que odia. Quizá porque está envuelta en la luz sucia y triste de los apliques de hierro que alumbran los peldaños. Se sienta en un cono de sombra, huyendo del amarillo del mundo. La alfombra de la escalera tiene flores momificadas y la niña llora. De pronto el lunar que yace en el estómago de su abuela y en el suyo le parece la triste marca de su destino; es un lunar cuya oscuridad se hunde en sus raíces. Y llora más. Acaricia la cuerda que lleva atada a la cintura y murmura: mami, aquí estoy en la tierra donde naciste. Se limpia las lágrimas que le mojan las mejillas, los labios, como si de pronto se avergonzara de su llanto. Le parece que el hombre pintado en uno de los numerosos retratos que adornan la pared está mirándola con desaprobación. Viste atuendo de cazador, una escopeta temible de dos cañones le cuelga del hombro, lleva un cinturón con cartuchos de bala, y bajo sus pies hay dos jabalíes sangrientos. Y tú ¿qué miras?, si seguramente ya serás muy viejo o estarás muerto como casi todo aquí, le dice Valentina sacándole la lengua. Es corpulento y apuesto, tiene el pelo rojizo, los ojos grandes y los labios salvajes. La niña se pone en pie y lee el cartel dorado del marco: JOSÉ NOVOA, MARQUÉS DE NOVOA (1910).

Luego se fija en el retrato que está al lado de éste. Una mujer rubia, flaca, pero con pechos orondos y unos ojos de gato postrados en el cielo. Lleva un rosario entre los dedos de las manos y da la impresión de que está orando.

AMELIA LOBEIRA, MARQUESA DE NOVOA (1910).

Valentina echa cuentas: hace exactamente setenta y un años de esos dos cuadros. Desciende por la escalera entre una sucesión de retratos de Novoa y de Lobeira, mientras se limpia los mocos que se le escurren de la nariz con la manga del jersey y el frío se va templando en sus venas. Recuerda que su madre le habló de cómo se casaron entre ellos durante generaciones, por eso en el escudo de armas del marquesado estaba el lobo de los Lobeira aullando a la luna, y el ramo de camelias blancas que siempre fue la flor de los Novoa.

Cuando la niña llega al recibidor principal se topa con el retrato de una mujer cuyas facciones le resultan conocidas. La presencia rotunda, la seguridad en la mirada, es la única Mencía que cuelga de las paredes del pazo, su abuela, Bruna Mencía, marquesa de Novoa, la mujer más bella y malvada que haya existido jamás. Así fue siempre para Valentina, pues Galicia, esa tierra de lobos y flores donde vivieron sus antepasados, era un lugar íntimo, misterioso, que compartió con su madre, una tierra de parajes verdes y húmedos, de bosques encantados y ríos que serpenteaban entre montañas como culebras marinas: la tierra donde transcurrían los cuentos de su infancia, donde las historias sucedieron mucho tiempo atrás, donde su abuela Bruna era capaz de atravesar el Atlántico en un instante para llevársela al bosque gallego con las almas en pena, al menos eso le decía su madre si la desobedecía y no se iba a dormir.

Pero al final el Atlántico lo había atravesado ella. Nada más aterrizar en el aeropuerto de Santiago de Compostela, Valentina había sentido que se le venía a la garganta el gusto de su papilla de maíz, aquella con grumos que tomaba antes de acostarse y escuchar los cuentos gallegos. La voz de su madre había sustituido al ruido de las turbinas del avión, el aroma de los jazmines que se colaba por el patio de su barrio de La Habana, al aire insípido de la cabina, y la muerte se había convertido en una fantasía. Nada había sucedido. Galicia continuaba siendo un mundo de cuentos, de ensueño, no se abría ante los ojos de la niña con un cielo gris.

Llovía cuando Valentina se montó en el Mercedes negro con un chófer calvo y viejo que había enviado su abuela para recogerla. El chófer miró a la niña por el espejo retrovisor y la vio acurrucada en un extremo del asiento, apenas ocupando el espacio de un canario, agarrada a la cuerda que le colgaba de la cintura como el cordón de un fraile triste, los ojos fijos en sus muslos, rojos de sueño, llenos de lágrimas.

—Esta lluvia, así que parece nada, aquí la llamamos orballo —le dijo.

Y Valentina, sin mirarlo, dejó escapar una sonrisa delgada, temblorosa por el frío que le había nacido en las entrañas en cuanto abandonó La Habana.

—Orballo —repitió con su lengua del trópico.

Se cubrió el rostro con las manos durante un momento, tomó aire por la nariz y mientras lo expulsaba por la boca, las retiró para mirar el paisaje a través de la ventanilla. No se parecía al que solía pintar en su cuaderno en La Habana, después de que su madre le contara cuentos sobre él. Llovía de forma transparente, diminuta, en la carretera que se adentraba en los bosques. Era la primera vez que la niña veía el otoño que había traído octubre. Los castaños ocres y los robles medio desnudos, los salgueiros de hojas incendiadas y los helechos que acechaban en las cunetas como soldados de bronce. Llovía sin cesar sobre las colinas onduladas de viñas que se precipitaban hasta el río. El perfume de la tierra mojada penetró a chorros en el coche mientras éste se detenía al pie de una colina, y el chófer abría la gran verja de hierro con una hoja mutilada. Protegía los jardines del pazo de Novoa una tapia de colmillos como la parte de abajo de una mandíbula de fiera. Una muralla hostil tomada por la humedad negruzca y el musgo tierno.

El Mercedes avanzó bajo la arcada de tilos y, entre una niebla repentina, surgió en el horizonte la silueta del pazo, una mole de sombra y piedra. Las torres con almenas que lo flanqueaban poseían una simetría perfecta. Atravesaron la avenida de sauces y sicomoros con sus pináculos de porcelana azul, los parterres y los huertos que se percibían espectrales bajo la niebla. Pasaron junto al estanque donde antaño había patos y cisnes, y flamencos africanos y pavos reales tan esplendorosos como era el pazo en otros tiempos, y tan distinto a como se hallaba ahora, montaraz y salvaje en un reino de olvido, de naturaleza prehistórica que avanzaba tragándose toda vanidad pasada.

El Mercedes se detuvo en una placita circular, frente al portón de madera rojizo con el blasón de los Novoa y los Lobeira en lo alto. Valentina bajó de él, escurriéndose sobre los adoquines relucientes, y vio la columna de una fuente con las cabezas de diferentes dioses esculpidas ya en moho, y el caño con su estrépito de arroyo alimentando sin cesar un estanquito con peces dorados que, ella aún no lo sabía, habían marcado el destino regio de su abuela. Calvo bajo la lluvia, el chófer, tras tocarle un hombro y desearle suerte, desapareció en el Mercedes dejándola sola con una maleta de huérfana, una cuerda de fraile en la cintura y un jersey tejido por la mulata que había nacido en las Antillas Holandesas. Sola, mientras una tormenta se envalentonaba con su desgracia, y antes de llamar al portón, éste se abría como por mano de fantasma y aparecía esa vieja jorobada, Petriña, con la mano deforme que Valentina ve ahora en la cocina sirviéndole un plato de sopa humeante. Y las lágrimas se le saltan porque la sopa le sabe a la papilla de maíz, porque le quema la garganta, y llueve sin consuelo contra las ventanas.

—Sopla, niña, que se te va a abrasar hasta el alma.

La voz de Petriña se hunde en la tormenta que comienza a golpear el pazo. Se la han quebrado los muchos años, y el aguardiente que bebe a solas cada noche sentada en la silla baja de cuerda, al calor de los fogones, con una mano en el corazón como le enseñó su madre, que sirvió toda su vida a los Novoa, brindando a cada trago por los santos de la parroquia, por el descanso, Dios bendito, protégenos de las almas en pena, por mi señora Bruna que vive desde hace dos años sin que la dé el sol o el relente del bosque, confinada en el poderío de su cama mundo.

Un trueno parece que va a romper el cielo. Petriña se santigua y mira a Valentina, que ha dejado de comer la sopa. Tiene la mirada perdida en los techos abovedados de la cocina inmensa, dividida en tres estancias contiguas. En una de ellas dicen las lenguas que dormían los esclavos de los marqueses en los tiempos de los negreros, apretados uno contra otro, templándose la miseria clandestina porque en los establos se les morían de frío con sus pieles del trópico, y se iba al traste el negocio sobre el que dicen se levantó la riqueza de la familia. Pero de eso han pasado siglos. Otra de las estancias fue reformada allá por los años cuarenta, en la época de las fiestas memorables, de los ingleses que invadían el pazo con su lengua de Babel y se bebían el jerez como si fuera agua, del esplendor de la escalera de castaño por la que descendía Bruna Mencía mientras se le hundían los pies en la primavera exultante de la alfombra, admirada por cada hombre que la veía pasar con sus ojos de dos colores, el pelo recogido en un moño de diosa y las perlas interminables con las que se rumoreaba amaba y dormía, así desnuda, sin más envoltorio que esas cuentas brillantes y la camelia blanca de los Novoa entre las piernas.

Esa estancia reformada es la única que usa Petriña, le da miedo andar donde los esclavos, por si aún quedan restos de encantamientos paganos, de maldiciones o males de ojo que son bien difíciles de eliminar, como las marcas que dejaron en los muros de piedra; además, huele siempre a humedad y un frío parecido al miedo hiela los huesos. En cambio, las paredes de la estancia reformada están cubiertas con azulejos blancos y unos armarios modernos que sustituyeron a las alacenas decimonónicas. Instalaron también una cocina de gas con siete fogones y un horno donde se podía asar un jabalí entero, y para amasar el pan, cortar las verduras o desollar perdices, trajeron desde Italia una mesa con patas de haya y un tablero de mármol bruto de Carrara. Ante esa mesa está sentada Valentina, no han abierto en su honor el comedor principal con la mesa de caoba para veinticuatro servicios, todos ellos con cubertería de plata, ni siquiera el comedor familiar donde habían almorzado en la intimidad los Novoa y los Lobeira durante generaciones. Petriña no tiene fuerzas para quitar sola las telas con cataratas de polvo y nidos de arañas que cubren muebles y lámparas desde que su señora Bruna se retiró del mundo para que el mundo fuera a visitarla; de todas formas Petriña tampoco ha recibido la orden de hacerlo. No queda más servicio en la casa que ella, el muchacho de cabellos dorados como los peces del estanque que se encarga de cuidar y el chófer que acude cuando se le necesita: hace un año que vive en el pueblo porque se cansó de estar en el pazo limpiando día tras día bujías y filtros para que luego se le pudrieran de aburrimiento.

Petriña permanece de pie para terminar de servir la cena a Valentina. Aunque no se han abierto las habitaciones nobles para la niña, no deja de ser una Novoa, por eso la criada respeta las distancias, no se sienta a su lado en la mesa de mármol ni en su silla baja de cuerda, porque allí sólo lo hace en la intimidad de sus temores y su aguardiente.

—Come, niña —le dice sonriendo— que traes cara de hambre y de susto. Anda que no llevabas miedo antes subiendo la escalera, todavía estás pálida, pero come que la sopa te va a templar los huesos y las carnes flacas.

—Se me quitó el hambre —responde Valentina, y deja la cuchara sobre la mesa.

—¿Y eso por qué? ¿Te asustaste de tu abuela?

La niña se encoge de hombros. Es la hora de la siesta en La Habana, y piensa en la hamaca indolente balanceándose en el patio con el perfume de los jazmines, en la limonada con hierbabuena, en su madre arrullándole cuentos gallegos. Se le ha cerrado el estómago. En esa cocina huele a sombra. De su bolso saca un cuaderno donde le gusta dibujar el mundo y un lápiz con la punta afilada. Petriña distingue desde los primeros trazos que da la niña a una mujer con largas trenzas.

—Ésta es tu abuela —le dice—, pero no es ahora momento de pintar sino de comer.

—¿Cuánto de vieja es mi abuela? —le pregunta Valentina cerrando el cuaderno con el dibujo inacabado.

—Vieja lo es un poco. —La criada asiente con la cabeza

mientras retira el plato de sopa y le sirve a Valentina un estofado de zorza—. Pero en una mujer tan extraordinaria como ella los años no cuentan. Yo era una criatura cuando ayudé a mi madre, que era doncella, a vestirla de novia en el dormitorio principal del pazo. Petriña, me dijo, he vestido de blanco a unas cuantas Lobeira y te digo que ésta no se parece a ninguna de ellas. Claro, madre, le contesté, como que no es una Lobeira sino una Mencía, la mismísima hija de Marina la Santiña. —La vieja abre mucho los ojos, los tiene redondos y acuosos como un anfibio—. Ya no hay santas de esa categoría. —Petriña se persigna—. Fue la madre de tu abuela, vivía en un caseto miserable a la entrada del bosque. Cuidaba abejas y vendía su miel. Era tu bisabuela, y como te he dicho se llamaba Marina, pero todos le decían la Santiña. Era hija a su vez de la loca Tomasa. Locas como ésa tampoco hemos tenido más en el pueblo, o eso he oído decir porque no tengo años *pa* haberla conocido, que aunque no lo parezca los fogones me quemaron la juventud. Qué buen linaje, fíjate…

—La loca Tomasa —repite Valentina en voz baja.

—Tu tatarabuela… la madre de tu bisabuela, *pa* entendernos. Y mírala a ella en su cama de reina. La Bruna que nació en un lecho de mierda de cabra, como decía mi madre, mira hasta dónde ha *llegao*.

2

Marina, la Santiña

El día de abril de 1913 que Marina la Santiña murió de parto en su caseto gélido atravesado por el viento, que ululaba entre las grietas nocturnas, todo aquel que la conocía pensó que dejaba este mundo de forma inmerecida. No se sabía quién la había preñado, sólo que aquella maternidad inmensa le había tronchado el destino de santa. Su hija Bruna, que siempre fue una criatura demasiado grande para su envergadura de pájaro, le molió los huesos durante el embarazo, le hinchó los miembros e hizo que vomitara sus fuerzas hasta el mismo instante del alumbramiento, cuando abandonó el cuerpo de su madre con tanto ímpetu, siguiendo el rastro de la vida como un perro de presa, que le rasgó las entrañas y la dejó muriéndose en la calentura de un charco de sangre.

Ya en el delirio de las primeras contracciones se despertó en Marina el instinto de parir en el bosque sobre el nido de musgo donde había nacido, para acabar sus días en el mismo sitio que habían comenzado veinte años atrás: entre el perfume de la tierra oscura y húmeda, de la hierba y los helechos tiernos, entre las copas de los castaños y los robles que enmarañaban su visión del cielo, entre los rastros luminosos de las babosas negras y las rocas con líquenes. Allí donde el rocío de la madrugada y la sombra de la noche le inculcaron que se nacía sólo para sobrevivir a la hermosura y la crueldad de la naturaleza. Pero Marina apenas pudo levantarse de su catre por el dolor y los chorreones rosados que le mojaban los muslos. Se mantuvo en pie durante unos minutos, sosteniéndose con las manos la maldición del vientre, y cayó de rodillas sobre el suelo de barro. No tenía quien la socorriera, quien la ayudara a alumbrar aquella soledad descomunal. Vivía con su hermana mayor, Angustias, viuda, y con la hija de ésta, Roberta, una niña de cinco años que le dejó en herencia el difunto marido junto con un alambique para fabricar un orujo puro de hierbas, y ambas habían salido bien temprano a hacer recados a la aldea. Sólo quedaban en el caseto dos gallinas, un gallo rojizo y una cabra con quien las mujeres compartían una única estancia que hacía las veces de dormitorio, cocina, comedor y corral. La respiración tibia de los animales atrajo a Marina hacia ellos, pues sentía ya la carne escarchada por la muerte. Aunque otro propósito escondía su alma. Se arrastró por el suelo hasta la cerca que los impedía rondar por donde les venía en gana, abrió la portezuela y se tumbó junto a la cabra. Tenía la cabeza apoyada en el lomo y escuchaba el corazón del animal marcando con un tictac pausado sus últimas horas. Si no podía parir en el bosque lo haría entre las bestias, se dijo empecinada en que su hija no viera la luz en un lugar civilizado como el catre que, aunque mísero, le recordaba al mundo de los hombres. Ésa fue la agónica sublevación contra su propia especie o contra la cobardía de algunos que se regocijaban de ella. Morirse, sin embargo, era un acto indómito. No atendía ni a reglas ni a doma. La Santiña de frágil figura, la Santiña de zuecos alegres volando por las verdes corredoiras, canta que te canta, embelesada en el cielo de los árboles, en los tojos amarillos de flores, meándose en los senderos con sólo levantarse las faldas, la Santiña que vendía miel en frasquitos coronados de retama...

—Santiña, dame uno para endulzar las rebanadas del desayuno.

—Éste se lo regalo, señora Rogelia, que ya sé yo que se le fue al traste la cosecha y, si quiere, la ayudo con la nueva siembra.

—¡Ay, qué santiña eres, Santiña! Ven, que la tierra se alegra con sólo mirarte.

Un soplo de abejas penetró por una grieta abierta entre las piedras del caseto, y tras él más viento helado. Tembló Marina entre los empujones del parto. Chilló hasta despertar a las gallinas que dormían el sopor de la siesta de abril. Pero poco a poco se le fue quebrando la garganta y se desvaneció, lánguida, en la hemorragia de la tarde, con el pelo más verde y la mirada más libre que nunca.

Cuando su hermana Angustias regresó con su hija al caseto encontró a Marina agonizando en una sopa de sangre y excrementos de cabra. El gallo cantaba desaforado como si el sol rompiera el cascarón del horizonte; sin embargo, era la cabeza de una criatura la que se asomaba al mundo con los ojos abiertos. Angustias la ayudó a salir del vientre de Marina, más por librar a su hermana de aquella carga que por su deseo de que llegara al mundo su sobrina, y la depositó en la sopa tibia. Se apresuró entonces a atender a su hermana, más necesitada que la niña con tamaño de ternero que braceaba en los fluidos sin soltar una lágrima. Pero de la Santiña no quedaba más que el último estertor de su memoria, y éste volaba junto a su madre, la loca Tomasa: la veía meter la nariz entre los helechos y las matas de retama en busca del rastro de los conejos; la veía arañar la tierra con uñas de animal, desenterrar tubérculos, chuparlos y reírse con la boca negra; la veía lamer el musgo del nido para mantener su cobijo limpio, la veía estrujarse la leche de los pechos hasta formar arroyuelos por los costados donde trepaban las hormigas, porque la locura se le había vuelto dulce en su tiempo salvaje.

La loca Tomasa había sido una mujer de pelo enmarañado y negro y una mirada hosca por la bruma de los celos. Casada desde muy joven con un leñador, sufría por infidelidades invisibles, pues aunque el marido no hacía más que talar árboles, ella le contaba a las vecinas que la engañaba con meigas que sólo veían sus ojos. Con la primera de sus hijas, Angustias, aún estaba lo suficientemente cuerda como para alumbrarla en la casa humilde del marido. Él la quería con la abnegación de un hombre que habla poco, trabaja mucho y deja el vino de taberna para después de la misa de los domingos. Por más que le juraba su fidelidad, Tomasa insistía en las fornicaciones mágicas, así que cuando se quedó preñada de Marina fue diciendo por las casas que había llegado su momento de vengarse. Golpeó puerta por puerta de la aldea.

—Que sepan que a la Tomasa ya no la engaña el marido más.

—Anda, Tomasa, que el tuyo es un hombre bueno, y que las meigas invisibles no fornican si no es con el diablo.

—El diablo es él, que se lo digo yo. Pero esta vez me voy a vengar bien. Lo que tengo aquí dentro —decía señalándose el vientre— no lo va a conocer él, que le paran los hijos las brujas, a ver si ellas aguantan nuestros dolores.

—Tomasa, vete al cura o al algebrista a que te mire los sesos.

Ella cumplió su amenaza. Cuando sintió que se acercaba el nacimiento de Marina se internó en el bosque y nadie más volvió a verla hasta que se convirtió en un cadáver con flores. El marido y otros hombres del pueblo la buscaron con ahínco. Pusieron del revés los senderos, los claros del bosque y los lugares donde la naturaleza se adensaba y apenas permitía la entrada de la luz del sol. Lloraba el leñador por la mujer perdida, por el retoño que se había llevado con ella en las entrañas. Cuando los hombres del pueblo dejaron de buscarla pasadas las semanas y la dieron por muerta junto al bebé que esperaba, él peregrinó por las poblaciones vecinas, por las riberas de los ríos que infectaban de verde los montes, por los caminos que conducían al mar. Regresó con el corazón talado de esperanza: jamás brotó de nuevo rama ni hoja fresca en el pecho del leñador, que se quedó sin fuerzas para alzar de nuevo un hacha. Se encerró en la pobreza de un huerto de grelos, y sucumbió a un carrusel de pesadillas en las que soñaba dormido con alimañas devorando niños y despierto con fornicar con su mujer, a la que creía muerta. Sólo se recuperaba del sueño para cuidar de su hija Angustias.

Mientras tanto Tomasa, la loca, Tomasa herida por celos que hacen sangre, halló la paz en una existencia primitiva. Cortó con una navaja el cordón que la unía a su hija, una niña diminuta de apariencia quebradiza, y con ese tajo se arrancó todo recuerdo de la vida anterior. Buscó un refugio en lo más profundo del bosque para que cicatrizaran sus heridas, para proteger a su cría del frío y de la lluvia y amamantarla en la soledad del viento. Encontró una antigua cueva de eremitas caída en el olvido desde que se derrumbó parte de ella, pues era ésa tierra de retiro de hombres santos. De todas formas aún permanecía en pie un cubículo redondo semejante a un nido, donde cabía una mujer no demasiado alta como era Tomasa. Allí se acurrucó junto a su hija y mandó la civilización al carajo. Lo único que conservó como recuerdo de ella fue la medallita de san Estesio, el patrón de la aldea, que llevaba colgada al cuello desde que se la regaló el leñador el día que se hicieron novios.

Al principio Tomasa tenía miedo de los sonidos del bosque, de los depredadores nocturnos que la acechaban invisibles como las meigas de su marido. Permanecía alerta empuñando la navaja, dispuesta a clavarla en ellos, en las transparentes ánimas en pena, en la hilera de cirios de la Santa Compaña, en los remordimientos que bostezaba en ocasiones su conciencia. Temía a las heladas crujientes y a las trombas de agua inevitables que inundaban la madriguera y la dejaban navegando en un desconsuelo infinito, al hambre que intentaba aplacar mamando su propia leche. Pero, poco a poco, Tomasa fue tomando confianza con la naturaleza, acostumbrándose a ella. Aprendió a alimentarse con lo que le proporcionaba en cada una de las estaciones. Las malvas y ortigas primaverales, las moras y los arándanos veraniegos, las setas y castañas otoñales, los tubérculos y las raíces del invierno. Se le acostumbró el paladar a los insectos, a los saltamontes y las cigarras, que acabaron pareciéndole un manjar, y cuando la memoria le exigía el sabor de la carne de antaño, inventaba trampas para cazar conejos y, al caer la oscuridad, a salvo de olfatos indiscretos, los asaba. Vivía dedicada al cuidado de Marina y a la supervivencia de las dos, lo que no le dejaba mucho tiempo para ocio o para nostalgias. Lamía el cuerpecito de pez de la niña que apretaba contra su regazo, temía que se le escapara de entre los dedos, que se hiciera de pronto invisible y la dejara sola. Le enseñó, en cuanto se mantuvo en pie, a diferenciar lo que era comestible de lo que no, a esconderse en la cueva si oía el aullido de un lobo, a quitarse los parásitos que le anidaban en los pliegues de la carne.

Tomasa descubrió un riachuelo cercano a la madriguera que transcurría entre piedras musgosas y chapoteaba para aliviarse las escoceduras de la mugre. Había dejado de reconocerse a sí misma. Cuando se miraba en las aguas espejadas del riachuelo ya no vislumbraba la imagen de la loca Tomasa, la loca, loca de celos, la mujer vengadora del leñador, sino la de un ser feliz, sin más complicaciones en su vida que la propia existencia. Relegó el lenguaje de su especie a los pensamientos y lo sustituyó por mímica, gruñidos guturales y el lenguaje del bosque, que aprendió junto a su hija. Jamás le puso nombre, cuando quería llamarla lo hacía imitando el ulular de las lechuzas. Sólo le enseñó a Marina una palabra para que se dirigiera a ella: madre.

Así vivieron durante cuatro años comunicándose por el silbido del viento y de la brisa, por el crujir de las estelas de las hojas secas que imitaban con la lengua, por el goteo del agua del deshielo, de los manantiales y las humedades fantasmagóricas que surgían entre el verdín y la niebla. Hasta que una noche de mayo, la loca Tomasa sintió que ardía de fiebre. Llevaba varios días ahogándose en flemas y toses, moqueando en hojas de castaño, aplicándose emplastos en el pecho con ramitas de retama y eucalipto, pero en la calentura hostil que le atacó tras ponerse el sol, supo ver la llegada de la muerte. Se abalanzó sobre ella la cordura que antaño la había vuelto loca, y se empeñó en darle un nombre civilizado a su hija, pero le asaltaron de golpe todos los que recordaba y fue incapaz de decidirse por alguno en la precipitación de las últimas horas; se empeñó también en enseñarle el lenguaje que había marginado a sus pensamientos antes de que se le agotara el tiempo, que se le agotaba a cada respiración fatigosa, a cada minuto que abrazaba a su hija diciéndole palabras que no le había dicho nunca: te quiero, mi niña preciosa, mi niña con ojos de flor de tojo, mi niña que es el sol de la mañana. Y se la echó al hombro, en un intento desesperado de salvarla, de no dejarla sola con los lobos nocturnos y las madrugadas de hielo. Caminó monte abajo hasta donde le llegaron las fuerzas, hasta que el horizonte se puso rojo y entre los robles surgió la niebla fatídica que venía a llevársela. La muerte la encontró escondida en el hueco del tronco de uno de ellos; abrigaba la esperanza de que la niebla pasara de largo, de que la dejara continuar cuidando de su hijita. Sin embargo, había pasado su tiempo de locura y cordura, ahora tocaba morirse.

Marina comprendió enseguida que a su madre le había ocurrido lo mismo que a una coneja que encontraron una vez a la salida de su madriguera. Estaba tiesa y con la lengua fuera mientras sus tres gazapos intentaban sacar las últimas gotas de leche de las mamas secas. Ella quiso cuidarlos, pero su madre se llevó una mano a la boca, y esa noche comieron carne tierna. Ahora ella era el gazapo y debía esperar su misma suerte en cualquier momento. Temía que fuera un lobo de dientes grandes y que la lastimara al morderla. Permaneció acurrucada en el regazo de su madre durante varios días, apretándose contra la carne silenciosa que poco a poco, con la humedad primaveral, se desmigaba en violetas, en torrentes de tréboles y ráfagas de moho. Sólo la abandonaba para ir a un arroyo cercano a beber agua y comerse las moras tempranas de unos zarzales que encontró junto a sus riberas. Pero una tarde de finales de mayo se topó con un niño que tenía por cabellera la mata bermeja de una ardilla y unos ojos negros y grandes como las noches sin luna del bosque.

3

El niño cazador y el bosque

Doce años tenía José Novoa cuando las botas de agua que calzaba se le hundieron en la ribera blanda del arroyo, y entre unos matorrales distinguió el movimiento furtivo de una presa. Se mordió el labio inferior apuntando hacia ellos con una escopeta de cartuchos del calibre doce y apretó el gatillo. El retroceso del arma le golpeó el hombro, José se pasó la mano por la frente mojada y disparó un segundo cartucho. Tras el estallido que inundó el bosque con el perfume de la pólvora, se hizo un silencio que mantuvo al niño alerta mientras cargaba de nuevo la escopeta. Esperaba que saliera un jabalí herido de los matorrales, si no había caído ya muerto. La caza era su única pasión, y se jactaba de tener una puntería que muchos cazadores no alcanzarían en toda su vida. Y un jabalí era la presa que anhelaba porque no la había matado nunca. José se impacientó ante la quietud que se extendía a su alrededor. Por un instante tuvo la sensación de que el bosque se replegaba sobre sí mismo, cerraba su intimidad a los intrusos como él. Caminó hasta los matorrales y los revolvió con la punta del arma, pero no encontró nada entre ellos. Cuando bajó la escopeta, Marina, que espantada por los tiros se había cobijado detrás de un roble cercano, salió corriendo para ponerse a salvo junto a su madre. A José Novoa le falló por vez primera su instinto de cazador. Retrocedió ante la visión de lo que creyó una pequeña alimaña sin pelo en las extremidades, tropezó con una piedra y cayó al suelo. Marina detuvo la carrera y lo miró de reojo antes de acercarse a él mostrándole los dientes, tal como le había enseñado su madre que debía amenazar a los depredadores. A unos metros del niño había quedado sobre el fango la escopeta de cartuchos. José Novoa, desarmado y sudoroso en la tarde de mayo, vio frente a él la imagen que acabaría por atormentarlo en sueños hasta el fin de sus días: una criatura con el pelo de helecho colgándole en cascada hasta la cintura y, entre las greñas que velaban su rostro, unos ojos de animal solitario, encendidos de amarillo como las flores del tojo. Vio la mugre comiéndole las mejillas, la frente, los labios que desnudaban encías rosadas y cuentas de leche. Vio los harapos de mujer que cubrían un cuerpo con esqueleto de canario, enclenque y triangular en clavículas y rodillas de puñales. Vio cómo ella inclinaba la cabeza hacia los lados olisqueándole el desconcierto que se le había metido de golpe en las entrañas. Sin escopeta entre las manos, Marina reconocía en aquel niño grande y alto para su edad, el animal más semejante a ella y a su madre que había visto hasta entonces. José Novoa poseía una constitución atlética de huesos anchos y generosos y una piel tomada por batallones de pecas que su nana inglesa trataba de eliminar bañándolo en leche; sin embargo, sólo consiguió una aversión del muchacho a cualquier lácteo y que le rompiera la nariz a su hermano mayor de un puñetazo, cuando éste le llamó afeminado por bañarse como una tal Cleopatra que aparecía en un libro de historia de la biblioteca del pazo.

Los niños permanecieron un rato mirándose: Marina en cuclillas, huele que te huele, mientras se le iba dulcificando el rictus de la boca al reconocer en José el tufo a humanidad de la madre antes de que se la llevase la muerte. Y él sentado en la ribera, inmóvil, aspirando la peste a muladar de aquella niñita que parecía debatirse entre dos naturalezas. Extendió una mano para tocarle la cabeza, como si fuera a acariciar a uno de sus perros de caza.

—Y tú ¿quién eres? ¿Y tu madre?

—Madre —repitió Marina.

Acercó la cabeza a la mano del niño, que sintió en los dedos aquel cabello duro donde anidaban vegetales e insectos. Marina le cogió de la manga de la chaqueta verde que llevaba puesta y tiró de ella para que se levantara y la siguiera.

—Madre —repetía sin parar.

—¿Dónde está tu madre? —le preguntaba él sin perder de vista la manita con uñas silvestres, negras, estancadas de tierra, que lo reclamaba con su aspecto de garra.

José Novoa se puso en pie y la siguió hasta el agujero del roble. Llevaba ya la escopeta al hombro y se agarraba firmemente a ella para afianzar su valor.

El cadáver de la loca Tomasa yacía en brazos del bosque que digería lentamente su descomposición primaveral. José Novoa retrocedió agarrándose aún más a la escopeta. Era el primer muerto que veía sin estar dentro de un ataúd con las manos en el pecho y el rictus de cera. Sin embargo, los muertos civilizados le parecieron más tristes y contrariados por la exhibición de su muerte que ese que se pudría bajo un árbol sin preocuparse de nada. No era un muerto que tuviera que guardar las apariencias como los otros. Aún recordaba el primero que le obligaron a ver. Dentro de un ataúd gigante expuesto en un palacete de Ourense, un difunto con cara de cuervo sobresalía de una mortaja de organdí, cosida por las monjas clarisas, según le contó su madre. Le horrorizó la muerte, no por el hecho de morirse en sí, sino por la costumbre bárbara de tener que mostrarla al mundo para que le lloraran y le moquearan a uno.

José tocó el hombro de la loca Tomasa con el cañón de la escopeta, se le movió a la muerta la maraña de cabello negro y dejó en el bosque un perfume a flores y líquenes podridos. Luego, mientras la niña se acurrucaba contra su madre con la ilusión de que otra vez estaba viva, echó a andar en dirección al pazo. Tenía las mejillas coloradas por el calor que se le había encendido en el pecho. Miraba de reojo a aquella criatura, sus ojos amarillos llenos de lágrimas que no le perdían de vista. La vio abrazar a su madre ululando como una lechuza para después abandonarla en el hueco del roble y comenzar a seguirlo con la tozudez de la soledad. Imitaba cada uno de sus pasos, si él corría, ella también, si se detenía un instante para asegurarse de que tomaba el sendero correcto, ella permanecía quieta, observándole a una distancia prudente. Presentarse con aquella niñita sucia y medio salvaje en el pazo, y con la noticia de que había visto un muerto, podía salvarlo de que su padre, el marqués de Novoa, le azotara con el cinto en el culo. Sabía que él o algunos sirvientes debían de estar buscándole por el bosque. Se había escapado de casa después de quitarle a su hermano el regalo de cumpleaños que le habían hecho sus padres, aquella magnífica escopeta de caza que llevaba al hombro.

Sólo porque fuera dos años mayor que él y el heredero de la casa de Novoa no se la merecía. Se llamaba Iago y era torpe, perezoso y no había cazado ni un conejo en su vida.

Las torres del pazo se dibujaron en el horizonte de fuego. José Novoa avanzó por la avenida de sauces, sicomoros y porcelanas azules entre las que se ocultaba Marina. No vio a su padre, el marqués, hasta que llegó a la placita circular con la fuente de caño sonoro. Apenas tuvo tiempo de explicarle sus hallazgos, de mostrarle el engendro que traía con él y hablarle del muerto que se pudría en un roble del bosque. Su padre le cruzó la cara de un revés que le dejó marcado en la mejilla el anillo de los Novoa con la camelia labrada en oro y diamantes.

—Ya no quiero la escopeta, padre —gritaba su hermano Iago desde el umbral del portón rojizo—, ya la ha estrenado él. Quiero una nueva.

Un camino de sangre se abría en el rostro de José Novoa. Pero la humillación de que le pegaran delante de su hermano le dolía más que la bofetada. La risa de Iago, que señalaba su herida con una mueca de burla, le quemaba las entrañas. Arrojó la escopeta al suelo, le escupió encima y se fue corriendo a su dormitorio. Una vez allí, se dio cuenta de que se había olvidado de la niña. Bajó la enorme escalera de castaño esperando escuchar el grito de alguna criada, de su madre o del propio Iago tras descubrir a la criatura del bosque. Pero en el pazo reinaba la rutina de todos los días.

Halló a Marina al pie de un sauce, escondida entre las ramas que se desplomaban melancólicas sobre la tierra, temblando. Se sentó a su lado. Nadie nos comprende, niña salvaje, nadie más que el bosque, le decía mientras le acariciaba la cabeza, y Marina dejaba de temblar para sonreírle con sus dientecitos hermosos como hechos de nieve. Me voy a ir de este pazo miserable y te llevaré conmigo, cazaré para alimentarnos, y viviremos subidos en los árboles por si de noche pasa la Santa Compaña y nos pilla durmiendo, ¿entiendes lo que te digo, niña salvaje? Se te murió la madre, pero ya no vas a estar más sola, ni yo tampoco, le explicaba mirándola a los ojos amarillos, y ella, sin comprender más que el calor de sus palabras, de su aliento, de sus caricias, le respondió lamiendo el corte de la mejilla donde aún manaba en arroyo la sangre de los Novoa, lamiendo su cuello y su pecho por donde goteaba el agravio. José se quedó inmóvil sobre la hierba con los ojos perdidos en el cielo. Disfrutaba de la caricia más íntima que le habían hecho jamás, y sintió que de alguna manera se hacía hombre entre la saliva cálida de ella.

Pasaron juntos una semana en el bosque. José se apoderó del zurrón de caza de su padre y lo llenó de quesos y panes y otras viandas frescas que robó en la cocina. También cogió la bota de vino y la escopeta más grande que encontró en la armería, la de la herencia familiar que llevaba grabado en la culata el escudo de la casa de los Novoa, pues esa aventura requería utensilios de hombre. Se acabaron las escopetitas que le habían dejado disparar hasta ese momento. Él y su puntería se merecían lo mejor. No iba a permitir que la escopeta de la familia acabara en las manos inútiles de su hermano por mucho que fuera el mayor.

Marina lo esperó agazapada en el sauce y al caer la tarde lo siguió fuera del pazo, donde no volvería jamás. Durante siete noches durmió enroscada en el vientre de José Novoa, igual que dormía con su madre, pero su olor era distinto. Le recordaba al perfume de la madrugada, al momento en que el bosque parece recién alumbrado por la naturaleza. Pero cuando empezaba a acostumbrarse a él; cuando al amanecer acercaba el rostro a la nariz del muchacho para sentir la respiración pausada que la adormecía de gusto; cuando había aprendido a pronunciar su nombre, José, y el nombre secreto con el que él la bautizó: curuxa, lechuza en la lengua gallega; cuando había probado el gozo de comer pan y queso y beber vino de hombres en las noches oscuras donde se multiplicaban de pronto las estrellas; cuando José comía malvas de primavera y saltamontes entre un jolgorio de risas y náuseas, y trepaba a los castaños con Marina encaramada a su espalda para huir de las luces espectrales de la Santa Compaña; cuando José ululaba como una lechuza si echaba de menos a la niña y quería que fuera junto a él; cuando ella rastreaba los conejos como un perro y recogía los cartuchos para lamerlos porque le sabía dulce el metal y el veneno de la pólvora, y luego, al calor del fuego que encendía José con los fósforos del zurrón mientras Marina le miraba como si hiciera magia, desollaban las piezas, la niña ágil en arrancar piel y tripas según las enseñanzas de su madre, y el muchacho fascinado de nuevo por la desnudez de la muerte, por el entendimiento con aquel ser que ni siquiera hablaba su mismo lenguaje; cuando juntos tiritaban en las heladas que embellecía el alba, y jugaban a que el bosque sería para siempre, escucharon los ladridos feroces de la reala de su padre, el marqués, que llevaba una semana buscando el rastro de su hijo. El padre de José, con el anillo del marquesado bajo el guante de cuero, iba acompañado de seis sirvientes y de su hijo Iago, que portaba la escopeta de la discordia.

No había tiempo para huir, sólo para esconderse, y aun así un latido en el corazón le decía a José que ya era tarde. Se rebozó en el barro formado por el agua del deshielo que caía entre unas rocas, y luego se restregó retama para intentar engañar el olfato de los sabuesos. Escondió a Marina en una mata de helechos gigantes y se alejó unos metros de ella. Era mediodía y el sol se enredaba en las ramas de los castaños. José contuvo la respiración cuando sintió a los animales jadear nerviosos cerca de él.

Nunca llegó a saber bien cómo sucedió todo. La memoria le traicionaba siempre que intentaba recordarlo con nitidez. Los sabuesos rodeándole con las bocas fieras, la sorpresa de Iago cuando vio moverse los helechos donde se escondía Marina, la escopeta que le robó apuntando hacia ella, él gritando es una niña, el empeño de su hermano en disparar, el miedo cuando empuñó la escopeta de la familia con el escudo de los Novoa en la culata, el sudor mientras afinaba su puntería para acertar en la escopeta de su hermano y así desviar el tiro, Marina fuera de su escondite corriendo hacia él, abrazándose a sus piernas, y el tiro de la escopeta familiar reventando el rostro de Iago.

Después de la tragedia que acabó con la vida de su hermano mayor y el primogénito de la casa de Novoa, José guió a varios hombres del pueblo hasta el lugar donde encontró a Marina y donde se pudría feliz la madre. Reconocieron a la loca Tomasa por la medallita de san Estesio, que aún permanecía colgada de su cuello. La niña se la dieron a su padre, el leñador, que le puso por nombre Marina. Lo de Santiña vino más adelante, cuando junto a su padre y su hermana Angustias eligió la bondad de entre todas las cualidades que no poseía la naturaleza.

No volvió a ver a José Novoa hasta muchos años después.

4

Angustias, la hermana doliente

Todo el pueblo lloró con la muerte de la Santiña aquella tarde de abril de 1913 que se la llevó un mal parto. Decían que si la tocabas, aunque fuera la punta de la saya, se te podían curar las enfermedades y los males de ojo. No necesitaba remedios ni hechizos como los de las meigas, te curaba con su propia santidad, ésa desaprovechada por el amor o por lo que le hubiera metido dentro del cuerpo a Bruna. Decían que no paró de llover en una semana sobre el bosque y el pueblo porque hasta las nubes expulsaban a chorros el luto por la Santiña. Y que esa agua, junto a la que lloraron todos los compungidos en un velorio apoteósico que duró dos días, acabó por formar un manantial con una pena perpetua que aún hoy brota de la tierra.

Su hermana Angustias la había metido en un ataúd de astillas dispuesto en la cuadra, pues temía que alguno entre pésame y lágrima le robara lo poco que tenía en la única habitación de la casa. Así que las gallinas, el gallo y la cabra que habían sido testigos de la muerte que se lloraba, campaban a sus anchas entre los catres y la cocina maltrecha. Marina tenía las manos en el pecho, y entrelazados en los dedos unos ramilletes de retama como los que adornaban sus tarros de miel.

—Que huele a la Santiña cuando venía por el monte, con su trotar alegre y sus ganas de ayudar a todos —gritaban las plañideras de negro moqueando en sus pañuelos el desconsuelo—. Que la retama a partir de ahora es la planta más santa del monte por la Santiña de esta tierra, que la mató el mal hacer de un hombre.

Angustias le había puesto el vestido de los domingos y los zuecos de los andares montunos porque Marina solía decirle siendo niña: hermana, si me muero antes que tú, entiérrame con ellas para subir al cielo con su clo-clo de madera y que los ángeles me oigan llegar y no me cierren las puertas. Pero era su rostro lo que más impresionaba a los que iban a despedirse. La muerte se había erguido en escultora y le había pulido en alabastro la frente, la barbilla, los párpados bajo los que dormían los ojos amarillos; en cambio había permitido a las mejillas mantener su lozanía y a los labios un tono rosado por el que se asomaba el prodigio de los dientes perfectos. Que la Santiña parece como viva, le decían a la hermana muchos de los que le daban el pésame. Mientras Angustias, a sus veintiséis años, más fría y pálida que la muerta, resacosa del orujo y la desgracia, sentada en una silla junto al ataúd, el pelo negro de la loca Tomasa, su madre, enmarañado de rabia, los ojos suspendidos en surcos insomnes, rojos de maldecir contra el destino, contra las abejas que rondaban a Marina zumbando su luto, contra la hermana que la dejó sola con dos criaturas a su cargo en ese mundo miserable.

—Ay, Angustias, cuánto la vas a echar de menos —le decían tomándole las manos de duelo, abrazándola—. Ay, Angustias

—golpeándose el pecho—, que a nosotros quién nos va a ayudar ahora con los quehaceres, quién nos va a traer la miel más rica, quién nos va a alegrar el día y curar las maldiciones que echan esos ojos de vecino que son puro rencor. Pero tú parece que cuanto tienes a tu lado se te acaba muriendo. Primero el marido y ahora la hermana más santa que se puede tener. Que el señorito Novoa la recuperó del monte para alegría de tu infancia, pero Dios te la vuelve a quitar y esta vez se la queda para siempre.

A muchos de ellos Angustias ni siquiera los conocía. No eran del pueblo ni de las aldeas más próximas. A veces su hermana tardaba días en regresar a casa y es que estaba peregrinando por alguna tierra más lejana con su misericordia y sus tarritos de miel a cuestas, que en ocasiones daba a cambio de nada. La fama le había llegado hasta Ourense. Por eso tardó dos días, inagotables para Angustias, en disolverse el engrudo del velorio. No sólo los compungidos iban a despedirse de su santa, a intentar llevarse por las buenas o por las malas una reliquia de ella, que a alguno descubrió Angustias intentando hacerse con un mechón de pelo, sino también a pedirle que le llevaran recados a sus muertos. Se hacía cola para entrar en la cuadra del caseto. Justo a la puerta había un escribidor en una mesita improvisada, enclenque como ala de mosca, que escribía recados a céntimo o a pata o molleja de gallina, en papelitos blancos.

Rosiña, que aunque me volví a casar fue para no estar solo, y nada más.

Paquiño, que yo sé que en el infierno estás, qué a gusto me quedé cuando te fuiste. Te lo digo para que te jodas entre las llamas.

Según iban pasando en orden a la cuadra, empapados por el chaparrón del luto, metían el papelito en el ataúd, con su permiso, Angustias, le decían a la hermana doliente. Y ella inclinaba la cabeza, y daba un trago de orujo, y se limpiaba los mocos. Adelante, decía, adelante, pero le advierto que a este paso ni con toda la eternidad le alcanza a mi hermana para tanto recadito. Otros se lo decían directamente a la Santiña, bien bisbiseándole al oído, bien a viva voz para gozo de las plañideras. Los menos traían un objeto a modo de exvoto, un pedacito de barco o un retal de tela, con su permiso, Angustias. Métalo, métalo, pero tenga en cuenta que esto es un ataúd respetable y no un baúl de feria. Y eso parecía después de dos días de velatorio en los que Angustias no se movió de la silla más que para rellenarse la botella de orujo y orinarlo luego junto a las penas. Dormitaba en la silla entre recado y recado, entre trago y trago y torrenteras de lágrimas. No veía el momento de quedarse a solas con la hermana, de decirle lo que pensaba de ella a pesar de tanto revuelo de santidad y tanto velorio de jefe de la patria. Hubo de esperar a la segunda madrugada, cuando un silencio cayó sobre la casa como un diluvio. Roberta, la hija de Angustias, dormía en el lecho mugriento aferrada a la recién nacida, de quien no se había ocupado más que ella, a sus cinco años, como si todos quisieran olvidarla por ser la causa de que se fuera la Santiña, pero Roberta, con un instinto temprano para la maternidad, había mantenido viva a su prima ordeñando la cabra y dándole su leche mojada en un trapo que el bebé chupaba con ansia desmesurada. Además se encargó de ponerle nombre: Bruna te vas a llamar, le dijo, la hambruna es muy mala, eso dice mi madre, la hambruna que nos pega la tripa a los huesos. Bruna, que no tengas nunca hambruna, y se reía y le echaba a su prima otra gota de leche en la boca.

El ataúd a rebosar presagiaba que sería difícil cerrarlo, pero a la Santiña no parecía importarle, tan sonriente y coronada de papelitos como estaba a esas horas propicias para descargar las almas.

—Me has dejado sola por puta —hablaba Angustias a la hermana, botella en mano—. Santa que te dicen, y con una hija sin reconocer. Nunca quisiste contarme quién te hizo la barriga, tú tan buena, y bien que has protegido a tu amante o al que te forzó, ¿o a quién si no? Di, ¿quién es el padre? Habla ahora muerta lo que no te dio la gana hablar de viva. ¿Acaso es Bartolomé Legido, el apicultor que vino de A Coruña para conocer a la joven que domaba las abejas? Tan refinado, tan culto, con el pelo *repeinao*, bien de agua de colonia, madre de Dios, si olía como una novia, cuando un hombre ha de oler a macho y a campo para saber que es hombre como debe ser. Pero era guapo, eso no puedo negártelo, Marina, zorra más que zorra, y también fino, tenía manos de escribiente, blancas con dedos largos, sólo las marcas de las picaduras de abejas se las afeaban un poco, pero podían pasar por manos de virgen, como si te fuera a tocar y te volviese guapa y todo. ¿Que si me gustaba? Sí, mucho, y tú lo sabías. —Dio un trago de orujo—. Y por edad me venía mejor a mí que a ti, y me hubiera sacado de la miseria de viuda, cuidando de una hija y de una hermana que se cree santa y va regalando miel en vez de cobrarla a buen precio, que por estar hecha con manos celestiales se podían conseguir buenas perras, o un pollo para comer carne. Menos mal que de vez en cuando te regalaban unos chorizos o un tocino, y si te los traían a casa ésos sí que los ponía yo a buen recaudo, que tú lo hubieras dado todo a cualquier miserable que te lo pidiera y hubieras matado tu hambre con saltamontes y raíces tiernas. Con lo que nos costó a padre y a mí quitarte las costumbres bárbaras de comerte lo que te enseñó la loca de madre en tu infancia como el cachorro de una loba. Mira que con una madre loca en cuanto nos desmandemos la mínima nos llaman también locas a nosotras. Anda que no me costó convencer a mi difunto marido de que no le iba a parir la hija en pleno bosque. Pero de eso no tuviste tú la culpa. Sí, en cambio, de lo de Bartolomé Legido. De haberte puesto en medio, y tanto paseo para arriba por las veredas, que si la abeja reina, Bartolomé, que si a mí no me han picado nunca, que sí, Bartolomé, yo las entiendo, igual que entiendo lo que le pasa al bosque, porque siento en las tripas hablar a las hojas. Y yo mientras escuchando toda esa palabrería, que si la miel de los panales se ha de recolectar de esta o de esa forma, y él cada vez más *enamoriscao*, que te miraba con ojos de ciervo herido, y venga a insistir: Marina, que me quedo en esta tierra para estar a tu lado y al de tus abejas a cualquier precio, sacrificando mi vida civilizada en A Coruña. Hasta se fue a su casa y volvió al poco con más equipaje y una pianola que le había traído su padre de América, una cosa del otro lado del mundo, ¿te acuerdas cómo la mirábamos, Marina? —Echó la cabeza hacia atrás con una risa que mojaba sin cesar en el orujo—. Aunque muchos vecinos se habían ido para esas tierras en busca del pan, nosotras nunca habíamos visto nada que viniera de América. Y la pianola sonaba como si la tocara un ángel. Nos sentábamos a escucharla en el catre, las gallinas y el gallo se dormían, la cabra se meaba y hasta las pulgas se amansaban. —Rió, rascándose los brazos—. Él que parecía tan caballero de ciudad, dime qué pasó, Marina, ¿quiso él y tú no quisiste? ¿Te tumbó en la pradera donde tienes los panales, de un solo zarpazo, que era hombre robusto, y te hizo suya a la fuerza? ¿Por qué desapareció con su pianola de América, su olor tan limpio y sus manos tan blancas? ¿Se fue huyendo por si lo delatabas? ¿O se fue con el corazón roto después de que tú te entregases a él, tan tonta como eras, pensando que era bondadoso apagar las lujurias ajenas, las de los machos que se encienden con el olor del bosque y de la tierra negra? Bien que te pregunté si le querías, si te temblaban las entrañas cuando le tenías cerca y el bajo vientre se te abría de gusto como una breva madura. Y tú callada, puta, como si no supieras lo que era el amor, a tus diecinueve, que muchas ya tienen siete hijos, y tú como si la santidad te hubiera aniquilado el seso. ¿Le diste calabazas y luego te percataste de que te había dejado preñada? Di, bien silenciosa que sigues, ¿eh?, y ahora con la excusa de estar muerta, como si me sirviera, ¿no eras tan santa?, pues habla, que para ti estar difunta no es nada. Si te hubieras casado con Bartolomé, al menos hubiéramos salido de pobres, pero me lo quitaste y ¿para qué?, lo desaprovechaste. Porque que te hiciera una criatura no es más que buscarte la ruina, a ti y a mí, y encima mira lo que te ha pasado. Ahora estás ahí tiesa entre papelitos pedigüeños, que a éstos no les importan más que sus deseos, venganzas y desgracias. Así que te preñó Bartolomé. —Bebió otro trago—. Me acuerdo de que cuando él se marchó, renegando de que éramos un pueblo de bárbaros, te entró otra vez la manía, que tanto nos había costado quitarte a padre y a mí, de escaparte al bosque por las noches cuando se oía ulular a una lechuza. Y bien que ulularon lechuzas en ese tiempo. Había una que parecía llamarte hacia la perdición.

48

Pero es que ayer, bien entrado el mediodía y con la cuadra rebosante de plañideras y pedigüeños tristes, la escuché ulular más fuerte que nunca, como si lo hiciera con dolor, como si con ese desgarro fuera a conseguir que te levantaras del ataúd, ante el espanto de todos, y salieras corriendo para internarte en el bosque. Más de uno se hubiera llevado un disgusto si ve que resucita su recadera. —Lanzó una carcajada que se mezcló con el llanto repentino de la recién nacida—. Y tú calla, niña, no me des fatigas porque te dejo morir. ¿Me has oído, hermana?, si quiero acabo con tu hija, y tu muerte habrá sido en balde. No le doy ni una gota de leche como no me asegures ahora mismo que te preñó el de A Coruña. Es muy posible que no se haya enterado de que te has quedado tiesa. Y de que tiene una hija. Muchos otros han venido a verte, incluso los que jamás hubiera esperado. Si hubieses visto la cara de las plañideras cuando se ha presentado en la cuadra José Novoa, el joven marqués. Al principio se me ha encogido el estómago sólo de pensar que venía a pedirme la renta o a quitarme el caseto miserable y las pocas tierras donde están tus panales y cultivamos los grelos. Pero fíjate que de eso no me ha dicho ni mu, de eso ni de nada, que venía solo y como traspuesto por un mal aire. Digo yo que había estado cazando, porque traía las botas manchadas de barro, la escopeta al hombro y las cartucheras alrededor del pecho. Olía a retama, a tu retama, como si se hubiera estado rebozando entre las matas. El rostro cortado por el frío del monte, los ojos muy negros fijos donde miran los poseídos, como dice la meiga, que acaba siendo hacia ninguna parte concreta y hacia todas, el pelo ese que tiene de animal más rojo y revuelto que en otras ocasiones, aunque en muy pocas tengo la oportunidad de ver a un Novoa, sobre todo después de lo que pasó, hermana. Que muriera el primogénito de los Novoa por culpa de una Mencía miserable y salvaje como eras tú no nos lo van a perdonar nunca del todo. Bastante es que nos dejan vivir en sus tierras, claro que para eso tuvo que morirse el marqués anterior y el señorito José heredar el título. Y bien que lo luce porque le vi en el dedo el anillo ese del marquesado, el que tiene una camelia de piedras preciosas que antes llevaba su padre. Si la madre no hubiera muerto, otro gallo nos hubiera cantado. Tengo yo grabado en la memoria cuando un día, hace muchos años, tendrías tú unos catorce, y ya domada la salvajería del bosque, nos encontramos en la romería de San Estesio, ante un puesto de pulpo, al señorito José y a su madre. Pintón él sin su atuendo de caza y la marquesa más estirada que de costumbre. La buena señora perdió los modales de su clase, nos llamó pordioseras y se negó a que nos vendieran ni un dulce y a que nos compraran el orujo de mi marido difunto. Nos arruinó la romería, la muy asquerosa, espero que se esté pudriendo con todos los honores de su posición. —Angustias acercó los labios a la botella de orujo y dio un buen trago—. Y cuando regresábamos a casa con el rabo entre las piernas, me contaste que el señorito José se te había acercado en un despiste de su madre y te había regalado un ramillete de flores y un atadito de pimentón dulce. Ah, y al ir tú a darle las gracias, me dijiste que te revolvió el pelo, que has crecido bonita, te soltó a bocajarro, y que me gusta tu nombre, Marina, aunque no tanto como el que yo te puse, curuxa, te susurró al oído. No había vuelto a verte desde que os encontraron en el bosque. Padre y yo nos encargamos de que los Novoa se olvidaran de tu existencia, porque la marquesa intentó que te sacrificaran como si fueras un perro rabioso. No te acordarás, claro, porque eras muy chica, de que el padre Felicio, con su don de la palabra trastabillado por el orujo, le tuvo que hacer entrar en razón y decirle que aunque sucia y primitiva, eras una criatura de Dios. Y tenías un padre que había recuperado la alegría y una hermana, yo —dijo soltando una carcajada—, Mariniña la santa, que te ha querido como a nadie, y ahora me dejas sola, puta. Anda, dime quién te preñó, por el cariño que te tuve, por el velatorio que me has hecho pasar, más largo que una cuaresma: si no es Bartolomé Legido, quién es el padre de esa desgarravientres que te ha llevado a la tumba. Mira que por un momento se me ha ocurrido que es el marqués, el señorito José Novoa. Mira que me ha parecido que se le empedraba una lágrima en el ojo cuando se ha acercado a verte en tu caja de pobre, él que ya es macho de burdel hace muchos años. Lo mismo te encontró por una vereda con tus frasquitos de miel uno de los días que salió de caza, y como él te salvó la vida, se ha pensado que eras suya, y se tomó el agradecimiento por su mano. Dime, Mariniña, si fornicaste con un noble, o con padre Felicio que estaba todo el día con la baba caída contigo: ay, mi Santiña, hazme el favor de venir a ayudarme aquí y allá. A atender a estos niños que están enfermos y a la madre también. Y tú como una tonta de un lado a otro. Ay, mi Santiña, qué buena eres, la iglesia revienta de gozo cuando te ve entrar. Eso te decía el muy hipócrita, y luego cuando se te notaba el buche del embarazo, te ignoró como si fueras la peor de las pecadoras. Y a mí eso me sonaba a culpa, porque ni uno solo de sus feligreses se atrevió a hacerte un mal gesto, como si te hubiera preñado el Santísimo o un sinvergüenza que habría dejado tu inocencia sin mancha. Ella que es tan buena no ha nacido para las cosas del mundo, sino para las del cielo. Víctima, te decían, de la lujuria y la envidia de los hombres, tú, incapaz de pecar. Ya sabes que muchos piensan que el padre de lo que has parido es el hijo de la Troucha. Esa meiga envidiosa que le mandaba estar todo el día detrás de ti para espiar tu santidad, porque le estabas quitando la clientela. Que nos podíamos haber hecho de oro con tu don para la bondad. Sonreías cuando te preguntaban: Santiña, ¿quién te hizo la barriga?, que lo linchamos por falta de respeto a una propiedad del pueblo, a su saca favores adelante —dijo soltando una carcajada—, qué poco les interesaba estar a malas contigo. Y mira que de todos los pretendientes a padre de tu hija es el único que ha sufrido las consecuencias. Porque fue dicho y hecho. Cogieron unos cuantos al hijo de la Trouchiña, el Juanchón, y le dieron una zurra de palos que llegó a la casa de la madre medio muerto. Ay, que casi me lo matan, gritaba ella por todo el pueblo, tirándose de los pelos de dolor, de rabia, animales, verdugos, que él no la puso la mano encima, que lo diga Marina, pues tiene que saber quién le dio el goce o le hizo el agravio.

»Veremos cómo se portan ahora con esa niña que dejas en el mundo. Te digo que lo mismo tendría que haberla ahogado en la mierda en que nació. Sin los dineros de tu miel me has dejado, aunque eran pocos, y sin la compañía que me hacías cuando no andabas de favores o jodiendo. ¿Y ahora qué hago yo con los panales? Porque a mí esas desgraciadas abejas me dan más miedo que la Santa Compaña. Y si los vendo bien caros, al ser la miel de la santa, lo mismo me saco un pellizco. Tengo otra boca más que alimentar, y seguro que tiene buen estómago porque pariste un ejemplar que más que niña parece un cordero. Al final es la avaricia lo que te lleva a la tumba. —Apuró de la botella la última gota de orujo, sonriendo.

La noche caía en la ventana del caseto y se respiraba en ella la intimidad que une a vivos y muertos.

Angustias se puso a sacar papelitos del ataúd, a tirarlos al suelo con rabia.

—Pero si tú no sabes leer, ¿para qué tanta letra? ¿Es que vas a dejar de ser ignorante ahora que te vas a la tumba? Serán imbéciles. Y bestias, porque si les dejo te despedazan como a una vaca para llevarse cada uno a casa un trozo de su santa.

Se abrazó a la hermana y al apoyar la cabeza en su pecho, notó algo debajo del vestido que le servía de mortaja, justo encima de donde antes le latía el corazón. Le acarició los cabellos que nunca perdieron el tono verdoso de los helechos de sus primeros años. Canallas, repetía llorando mientras introducía con suavidad los dedos bajo el vestido, ¿es que no la habéis mancillado ya bastante? Pero cuando sacó lo que buscaba, se le cortó de golpe el llanto. Era un atadito en pañuelo fino, con iniciales bordadas. Angustias lo sostuvo entre las manos y miró por la ventana de la granja para encontrarse con el bosque negro, sin el menor rastro de la luna.

Enterraron a la Santiña a la mañana siguiente, con una comitiva que la acompañó hasta el camposanto de negro riguroso, santiguándose y lanzando elegías al cielo. Pero alguien profanó su tumba pasada la medianoche, cuando las estrellas se comían el bosque con una luz que deslumbraba los sueños. Lo descubrió el enterrador al alba, cuando fue a colocar la lápida de alabastro que habían donado de forma anónima y que llevaba escrito sólo el nombre de Marina Mencía, sin ninguna referencia a su santidad. Entró lívido en la iglesia del pueblo que celebraba la limpieza de un domingo, y anunció la fatal noticia para espanto de todos los feligreses.

No tardó el camposanto en llenarse de curiosos, agraviados y lamentadores. El ataúd de astillas yacía medio abierto sobre la tierra fértil. Angustias, sumida en una resaca perpetua, llegó caminando sobre los surcos que araban sus ojos negros. Que nadie lo toque, ordenó con una voz que a más de uno le congeló la sangre. Marina, la Santiña, la de las pupilas como la flor de tojo, la de los cabellos verdes de helechos, la de la piel de corteza de castaño, se hallaba intacta en su mortaja de domingo. Sólo la boca se le ahogaba en un pozo de sangre seca, pues le habían arrancado hasta el último de sus dientes.

Durante muchos años a cada habitante del pueblo o de sus alrededores que prosperaba o le sonreía la suerte, se le acusaba de poseer los dientes de la Santiña. Sin embargo, jamás se encontró aquella reliquia de perlas.

5

Instrucciones para ser reina

Hasta la tarde de octubre que llegó a Galicia, el conocimiento del mundo de Valentina Novoa se reducía al barrio con caserones despellejados de La Habana Vieja donde había nacido. A las calles que amanecían a ritmo de son, café y perros flacos, al calor azul del Malecón, a la brisa de frijoles tostados y libros viejos que se respiraba en la plaza de Armas, a la yuca con lima que le cocinaba para desayunar la mulata de las Antillas Holandesas, cuyo nombre era Melinda van Dyck aunque la llamaban la Elefanta de Oro por sus carnes totémicas, y había mimado a Valentina, según su madre, como a una burguesa occidental. Poco más conocía la niña de la isla. Su madre le había prometido llevarla a Santiago, y a las playas de Baracoa donde las uvas caleta y las palmeras se desparramaban como hace siglos sobre la arena indígena. Pero había muerto esa primavera antes de cumplir su promesa, frente a los ojos de Valentina, aplastada por una avalancha en plena revuelta política. La niña aún soñaba con ello. Se despertaba chorreando un sudor de leche y con la respiración ahogada en llanto. Entonces la Elefanta la mecía en sus brazos gigantes, en sus brazos de cayuco, fuertes y tostados, y le hablaba en papiamento, la lengua hecha de muchas lenguas propia de su isla, como cuando era una criatura, y Valentina se sentía a salvo de la pesadilla. Por eso aquella primera noche en el pazo de Novoa, cuando la niña consiguió dormirse después de muchas horas aferrada a la cuerda de su cintura, temblando de frío y de una oscuridad que imaginaba de tumbas, y vio entre los hilos de su sueño la cabellera rojiza bajo la que se ocultaba el rostro de la madre borrado por la barbarie, y despertó sin saber dónde se hallaba, con las lágrimas como un deshielo del alma, en una casa que parecía morirse de tristeza, sumida en los ayes quejumbrosos que se oían por toda ella como si hubiera vagando un ánima en pena, Valentina quiso estar en Cuba una vez más entre el consuelo de la mulata holandesa. Encendió la luz de la lamparita que tenía en la mesilla de noche y se sentó en la cama de sábanas celestes. La pesadilla cesó, pero no los lamentos que parecían colarse como humo de desgracia por debajo de la puerta. Un «ayyy» sostenido se deslizaba entre las paredes de la madrugada y la piel de Valentina se encendía de miedo en aquella habitación casi tan grande como su apartamento de La Habana. Tenía las paredes enteladas en arabescos granate y mostaza, un tocador de madera oscura, un saloncito con una mesa baja y dos sillones de orejas, una cama con barrotes y un palio adamascado semejante al que cubría en ocasiones a la Virgen de Regla.

—Mamá —dijo jugando a enredarse la cuerda de su cintura entre los dedos—, si cierro los ojos y me duermo otra vez, si prometo ser siempre buena, mi abuela no vendrá a por mí para entregarme a las almas en pena, ¿verdad? Creo que como hace frío en el bosque y llueve, alguna se ha metido dentro de casa. O es la propia casa que llora porque está oscura y sola. Me portaré bien, mami, pero yo no quiero ser reina cuando ella se muera. Yo quiero ser lo que tú me enseñaste, revolucionaria. Además a mí este reino no me gusta, no se parece al de los cuentos que contabas, es más viejo y más triste, y todo está muerto o a punto de morirse. Aunque tenga jabón de flores rosas en el baño y polvos de talco, yo me quiero volver a La Habana.

Apagó la luz y se abrazó las rodillas para que el miedo y los lamentos pasaran de largo. Sólo los besos que le daba a la cuerda, la respiración que se iba suavizando conforme la niña recordaba el rostro de su madre intacto, atestiguaban que estaba viva.

Así la encontró Petriña unas horas después, cuando entró en la habitación con una bandeja de bizcochos y chocolate caliente. La melena castaña despeinada hasta los hombros y la cuerda húmeda entre los labios.

—Buenos días —le dice la criada.

Parece más vieja y más jorobada que el día anterior, como si se fuera achicando con las rutinas de la vida. Abandona la bandeja sobre la mesa del saloncito y abre los postigos de las ventanas.

—Arriba, niña, que tu abuela despertó impaciente otra vez y te espera en su alcoba.

Una niebla como trazas de espuma acecha tras los cristales del pazo. Aún está reciente el amanecer. El paisaje de los jardines y las fuentes se desdibuja en una belleza tenebrosa. Valentina se despereza. Tiene los ojos hundidos en el rostro flaco.

—¿Dormiste mal, niña?

Valentina se estira otra vez y habla con la cuerda entre los labios.

—Escuché ruidos y me desperté.

—Eso es porque duermes en un lugar extraño y muy lejano de la que fue tu casa. Pero verás en cuanto te acostumbres.

La piel de la niña se eriza, helada.

—Bueno, más que ruidos es que me pareció que alguien se quejaba como si sufriera mucho. ¿Lo escuchó, Petriña?

—Anda que fue eso. Pues nada has de temer porque todo queda en familia.

Después de desayunar en su dormitorio, Valentina sube al de su abuela. Aún le quedan bigotes de chocolate cuando entra y la ve de nuevo recostada en la algarabía de cojines verdes como si el tiempo se hubiera detenido en su reinado de muerte. Se sienta en una esquina de la cama, silenciosa, abre el cuaderno y continúa con el dibujo de Bruna que comenzó en la cocina la noche pasada. La mira de reojo, hace trazos rápidos con el lapicero, mientras siente que en aquella habitación no están solas, los recuerdos son como fantasmas que pululan de un lado a otro adensando el aire, anhelan que alguien los escuche, los comprenda, los libere.

—¿Qué dibujas? —le pregunta su abuela. Aún tiene las trenzas despeluchadas por el sueño, los ojos hinchados y el *rouge* de los labios como una sombra rosa.

—A usted —responde la niña.

—¿Y por qué?

Valentina se encoge de hombros.

—Déjame verlo.

—Aún no está acabado.

—Pues lo terminas más tarde. No te entretengas en naderías que aquí has venido a otra cosa. Y has de aprender rápido lo que te voy a enseñar.

Valentina cierra el cuaderno con una mueca de desgana.

—Dime, ¿tu madre te habló de la familia? —le pregunta Bruna.

—¿De qué familia?

—De la nuestra. ¿Sabes quién era Marina, la Santiña?

Valentina niega con la cabeza.

—Pues era mi madre, entérate bien, la primera Mencía poderosa aunque ella no lo supo nunca. Eso me decía mi tía Angustias, que me crió tras su muerte. Hay un manantial donde el bosque se espesa de castaños, también habrás de conocerlo, Valentina, porque esa agua que brota de la tierra es para nosotras como sangre bendita de las Mencía. Le construyeron con el tiempo un piloncito rosado, no se sabe quién, y le pusieron un caño que tocan y tocan enfebrecidos los que se acercan hasta ella. Dicen que cura las fatigas, las fiebres y los males del alma, que son bien simples en este pueblo, o se tienen una envidia del carajo y sólo buscan venganza, o un amor que les hace apestar la carne a la retama de mi madre. Eso me decía mi tía Angustias, que el amor mató a mi madre, que me cuidara de él. Yo bebía de la fuente cuando era una cría y el bosque mi único universo, casi mi único dios. Y no enfermé ni una sola vez. Cuando aún no me tenía en pie me llevaba mi prima Roberta, que por entonces parecía mi hermana. Muy pronto yo te llevaré a probarla, Valentina. Comprobarás que tiene un gusto un poco salado, a lágrima de antepasados, como dicen en el pueblo. En octubre, aún hoy se celebra una romería en torno a la fuente. Se baila la muñeira a ritmo de gaita hasta que los pies no pueden más. Con el paso de los años también empezó a bailarse música para enamorados o pasodobles. Los novios se declaran a las novias, esperan a pedirles la mano en la romería para que el casorio les dure para siempre, para que la Santiña, que fue mi madre, les bendiga desde su reino de misericordia. Hay puestos de empanadas, de mariscos, de vinos de las riberas de nuestra tierra, y todo tipo de mieles para endulzar la jornada en honor a mi madre, que la sacaba de sus panales más rica que ninguna otra que se haya probado jamás. De romero, retama o de mil flores. No se sabe por qué ese día nadie discute, y si se tiene un enfado pendiente se reconcilia uno, pues una fraternidad inefable se escapa como niebla de la tierra donde mana la fuente. Ése es el poder que tenía mi madre, ese que la mayoría perdemos en cuanto la vida nos malea la inocencia, el poder de la bondad, Valentina. Pero ése no hace reinas, sino santas, y romerías pringosas y bailes en alpargatas húmedas y declaraciones de amor nacidas para una rutina perpetua, y borracheras de hermandad donde todos se sienten fuertes hasta amanecer con su cobardía enroscada al día siguiente.

»Así somos las Mencía, niña, apréndelo cuanto antes, o eres loca o reina o santa, o borracha, para muestra, mi tía Angustias, que se portó conmigo como la madre que sabía ser, unos ratos te daba abrazos que te ahogaban, otros una paliza que te dejaba sin alma. Dependía del humor del orujo que se bebía hasta en sueños.

Valentina se queda mirando las camelias blancas que cada mañana Petriña ha de poner frescas en el jarrón de la cómoda.

60

—¿Y su padre, mi bisabuelo, también fue santo? —se atreve a preguntar.

—No preguntes impertinencias, muchacha, al menos hasta que seas reina.

Bruna Mencía se come un trozo de bizcocho bajo la luz grisácea que atraviesa la claraboya de su alcoba. Cada día, a las nueve en punto, Petriña cambia las camelias y le sube el desayuno. Suele encontrar a su señora ya despierta, trabajando en los papeles de sus negocios y sus dineros; la madrugada es el momento en que su mente se halla más lúcida. Usa unas gafas lupa que le hacen los ojos monstruosos y acentúan la anomalía de los dos colores salvajes. En algunas ocasiones Petriña la encuentra dormida. Tiene orden de no despertarla, de cumplir con sus cometidos y marcharse. Está en ropa interior sobre la cama, con el cabello de nieve largo hasta las corvas por una promesa, el *rouge* francés en vez de en los labios en la almohada y las perlas como único ornamento en dos vueltas alrededor del cuello. Petriña la cubre con la colcha. Sabe que esas noches Bruna camina por la casa, incluso por el jardín del pazo. Pero jamás le ha dicho nada. Sólo la espía, la ve hablar a alguien que ya no existe o quizá nunca existió. Deambula por el salón de los balcones vaporosos y baila mientras las sedas flotan al son de la música y el viento, y bebe lo que Petriña imagina champán, y ríe con alguien que es invisible sólo para los incrédulos. La criada no se ha atrevido a seguirla cuando sale al jardín, sobre todo si antes le ha parecido escuchar en el horizonte campanitas de difuntos. Se santigua y se va a dormir. Ya le tenía dicho su madre que muchas costumbres de los patronos son luciferinas, porque el dinero y el vicio van de la mano. Que cuando uno no tiene que preocuparse de sobrevivir se abren rendijas por donde entra el pecado.

—Yo conocí a mi madre a pesar de que estaba muerta. Nadie tuvo que decirme que era ella, lo supe enseguida. La primera vez la sentí aquí dentro —Bruna se da golpecitos en el pecho como los del yo confieso—, cuando no era más que una criatura de meses. ¿Cómo te puedes acordar de ello?, te preguntarás. —Mira los ojos melancólicos de su nieta y ella se encoge de hombros y se aferra a su cuerda—. No con la memoria a la que estamos acostumbrados, no debía de tenerla por entonces más grande que un garbanzo, me refiero a la otra memoria, a la del instinto que llamo yo, esa que no pasa por la cabeza nunca, que no se piensa, porque es como la respiración, espontánea y vital. Mi tía Angustias me llevó hasta los panales de abejas, de donde mi madre sacaba la miel, me dejó desnuda sobre la hierba del verano y los azuzó con una vara fina, pero bien larga para mantenerse lo más lejos posible de ellos. Reía a carcajadas, a carcajadas tan grandes que parecían truenos, por eso cuando hay tormenta me retumba en las sienes la risa de mi tía, y su olor a orujo podrido me revuelve el estómago. Las abejas salieron furiosas, huérfanas, las llamaba ella, que algo heredó de la loca de su madre, huérfanas desgraciadas sin santa a quien dar miel, y reía y reía como si el mundo fuera una broma de Dios.

»Pero las abejas fueron para mí manos de madre que me protegieron con el algodón de sus vientres y me arroparon con el arrullo de sus alas. Mi prima Roberta llegó corriendo por el campo de grelos con sus cinco años remangados hasta los dientes. No madre, decía, por lo que más quieras, madre, que es mía, no la eches a las abejas, y vino a espantármelas con la saya de pobre que vestía entonces. Ella me dice siempre que yo lloraba, pero me miente, yo sé que mi aliento estaba junto al de mi madre y no abría la boca no se me fuera a escapar. Le picaron hasta en las orejas. A punto estuvo de morirse, pero mi tía Angustias la tuvo un día entero metida en el manantial que luego sería la fuente rosada de la Santiña y a mí con ella, porque si nos separaban Roberta lloraba y le salía pus verde de las picaduras. No nos morimos de pulmonía porque era verano o porque mi madre era en verdad santa. A mi prima se le curaron las heridas de las abejas, aunque le dejaron el rostro como si le hubiera atacado la viruela. Sólo una se le quedó de por vida sin cicatrizar, en medio de la frente, y le supuraba el veneno cada vez que se enfadaba conmigo. Dormíamos bien apretadas la una contra la otra en su catre de pulgas. Podría reconocer el olor de su cuerpo en cualquier parte, ese olor montuno que me oprimía contra su pecho en las noches oscuras amenazadas por el viento, y me besaba la cabeza amansándome el cabello para que no llorara, porque si despertaba a mi tía Angustias y se había bebido el orujo suficiente, me azotaba con un palo por mucho que Roberta le rogase o le mordiera las piernas, pues lo único que conseguía es que la diese también a ella, y nos íbamos las dos al catre con una zurra en las costillas. Por eso al principio de mi vida pensé que los abrazos dolían.

»A Roberta le gustaba mojar unos migones de pan en la leche que le arrancaba a la única cabra que teníamos y ponérselos en las tetas para que yo chupara. Así jugaba a las mamás y se consolaba de las horas que pasaba con mi tía Angustias, ayudándola a hacer el orujo en el alambique. Entonces los niños trabajábamos desde muy jóvenes. Yo también las ayudaba casi desde que tuve edad para ponerme en pie, por eso aborrezco el orujo, porque tengo su olor metido en los pulmones y las entrañas. En cuanto podía me escapaba al bosque, que es donde yo me sentía feliz, tumbada entre los helechos, jugando a descubrir arroyos, a trepar a las piedras tiernas de musgo; entonces Roberta venía a buscarme para que no me pegara otra vez la tía Angustias, no le gustaba verme trotando por el bosque, y eso que vivíamos al comienzo de él. Se quejaba de que anidaba en mí el lado salvaje de mi madre, que vivió cuatro años como un animal en una cueva de eremitas junto a mi abuela Tomasa, la Mencía loca, que nos ha marcado para siempre. —Se termina el café con leche de un único sorbo.

Valentina retuerce la cuerda de su cintura.

—¿Y su madre, aunque estaba muerta, le hablaba? —pregunta.

—No se me apareció nunca y eso que estás en tierra de aparecidos, Valentina, que aquí los muertos tienen la mala costumbre de no irse al cielo ni al infierno, sino de quedarse vagando por los pazos y los bosques. No los culpo. Mi tía Angustias sí que intentó que se le apareciera mi madre por todos los medios cristianos y paganos. Cuando bebía le hablaba como si la tuviera sentada al lado. Te arrancaron los dientes, que así fue, Valentina, pero no la lengua, le decía. Así que contéstame cuando te hablo que soy tu hermana mayor, la que te acogió junto a padre y te enseñó modales. ¿Quién fue el que te profanó de muerta, dime si fue el mismo que lo hizo en vida? Y bebía y bebía, mientras me besuqueaba la cabeza, y me acunaba en un abrazo de serpiente.

»Un día, tendría yo unos seis años y mi prima once, le

metimos en el vaso de orujo una muela de leche que se le había caído a Roberta. Podía haberse bebido el licor y tragársela, pero la vio posada en el fondo y creyó que era una señal de su hermana para comunicar con ella. Lo intentó todo. Rezar en la iglesia, en la tumba, en la fuente rosada, internarse en el bosque, pero no dio resultado. Nos arrastró con ella. Teníamos que rezar a su lado día y noche, y cuando se nos quedaban secos los labios, me obligaba a llamar a mi madre a voz en grito, como si fuera sorda por estar muerta, pero aun así no vino nunca. Yo la sentía presente en el bosque, en las hojas de los robles y los castaños cuando soplaba el viento, en el sonido de los arroyos entre las rocas verdes, en el zumbar de las abejas por las flores, pero mi tía nunca lo entendió. Ésa fue la primera vez que hizo que Roberta y yo nos bebiéramos el orujo que destilábamos. Recuerdo que la cabeza me daba vueltas y reíamos en torno a los catres y por la cuadra porque no había espacio para mucho más. Ella está aquí, nos decía mi tía Angustias con los zapatos pringados de mierda de gallina, y nos pusimos a bailar como si fuera romería, levantándonos un poquito la saya, cogiéndonos las manos en círculo, dando palmas, hasta que se me fue la vida en un vómito enorme sobre la cabra que me había alimentado, y Roberta me sacó fuera de casa para ver las estrellas. Nos tumbamos en la hierba a mirar el universo. Si tuviera alas como los gorriones, me dijo, te subiría hasta el cielo para que no pudiera hacerte daño. Nos abrazamos mucho tiempo, y nos pusimos a llorar porque en el mundo había cosas tan bonitas como las estrellas.

»Poco después mi tía me compró un panal, porque los de mi madre los había vendido para tomarse los dineros de mi crianza, y me puso a hacer miel. No me daban miedo las abejas, y he de decir que al igual que a mi madre, jamás me picó ninguna. Aprendí a recoger la miel y a meterla en tarritos, y muy niña me iba de casa en casa del pueblo vendiéndola, miel de la hija de la Santiña, decía, y me abrían las puertas de par en par. Si se me ocurría regalar alguno como intentaban muchos, amparados en una generosidad que creían hereditaria, mi tía me daba una paliza que me dejaba tres días en cama. No seas blanda como tu madre, me decía, no quiero otra santa en la familia, de una forma u otra tú habrás de compensarme por su muerte. Poco a poco se fue extendiendo por el pueblo que yo no era como mi madre, también tenía un ojo, amarillo, y eso me podía dotar de cierta bondad, pero mi otro ojo, castaño oscuro, que tenía que ser de mi padre, me había dado un carácter arisco, porque a mí no me gustaba charlar con ellos, ni meterme en sus tierras o sus casas a ayudarlos con las faenas; yo quería terminar la venta de miel cuanto antes para marcharme al bosque, que es donde me sentía a gusto. Lo único que me daba miedo eran los lobos.

»Así que has de aprender, Valentina, que no importa el lugar de donde vengas, es el destino y el carácter quien hace a las verdaderas reinas. Y esto es en lo primero que debes creer. Porque tu porvenir está escrito en tu ombligo igual que estaba escrito en el mío. Aunque ahora te veas como una huérfana que viene de Cuba, eres mi única nieta.

Un silencio con perfume de camelias se desliza por la alcoba. Bruna Mencía se levanta de la cama con el camisón crujiente de encajes. Se escucha un ruido que sobresalta a Valentina. Una cámara de fotos, una vieja Leica, se ha caído al suelo. La anciana se apresura a recogerla, pero antes encuadra a su nieta. Le tiemblan las manos. La niña se asusta como si en vez de una cámara de fotos la apuntara con una escopeta. Como ha llorado durante la noche, y tiene ganas de llorar a todas horas, los ojos están siempre brillantes y cada vez más verdes. Bruna se retira la cámara del rostro y la guarda en un cajón de la cómoda.

—¿Has visto los peces dorados del estanque que está a la entrada del pazo? —le pregunta a Valentina.

La mañana avanza en la claraboya y la niebla se disipa, frágil.

—No —responde la niña.

—Pues por él hemos de comenzar. Cuando veas los peces dorados comprenderás lo que te digo.

—En Cuba hay peces de muchos colores, los vi con mi madre cuando nos bañábamos en la playa.

—Nada tendrán que ver con éstos.

Parece desplazarse por la alcoba sobre bruma de fantasmas. El corazón de Valentina late aprisa, quiere abrir de nuevo su cuaderno y dibujarla, pero no se atreve. Se muerde los labios. Su abuela saca de un armario un abrigo de visón blanco y se lo entrega a la niña para que le ayude a ponérselo. Le da la espalda y ella mira las trenzas que le caen hasta las pantorrillas. Bruna las echa a un lado y mete los brazos por las mangas. Huele a tabaco y a jazmines.

—Tú también has de abrigarte —le advierte a Valentina.

Pero ella se ha quedado absorta observando las manos de Bruna, que vaporizan perfume en el cuello con una botellita de cristal, atusan los cabellos, pintan los labios de *rouge*, colocan un cigarrillo en la boquilla de nácar y lo encienden como las divas de las películas en blanco y negro que la niña veía de contrabando con su madre y la Elefanta.

—¿Tienes un abrigo o algo que echarte por encima?

Bruna mira con desdén el jersey tejido en la madrugada habanera.

—No tengo frío —responde Valentina, pero su abuela abre su armario y le da un chaquetón de visón negro.

—Póntelo —le ordena.

La niña quiere negarse, no necesita más sobre su cuerpo que el jersey de la Elefanta, pero acaricia la piel, la saborea triste como la mañana que se aleja por el horizonte. Luego siente la mirada autoritaria de su abuela con sus dos colores de luz y sombra.

Petriña está barriendo el recibidor de sábanas espectrales cuando escucha crujir la escalera y las ve descender los peldaños envueltas en pieles. Hace por lo menos dos años que su señora no sale de la alcoba, quitando las excursiones nocturnas. Una lágrima se enciende en la mejilla de la vieja. A la niña el abrigo le está grande. No se le ven las manos y tiene la mirada ausente. A su lado, Bruna desciende apoyada en un bastón con mango de plata. Pasan delante de Petriña sin decirle nada. Ella se apresura a abrirles la puerta y salen al jardín.

Aún huele a la tierra húmeda de rocío. Valentina se acurruca en el visón, siente que la naturaleza la acecha, la vigila, como si quisiera saber quién es.

La humedad ha ennegrecido la piedra de la fuente y el tiempo la ha pulido hasta dejarla suave. Tres cabezas de dioses griegos, con los mofletes hinchados y los cabellos de bucles, compiten por la belleza. Uno tiene la boca abierta, como si fuera el dios del viento, pero vomita una catarata de hierba.

Un único caño proporciona agua al estanque trilobulado donde viven los peces de oro. Es poco profundo, de tal manera que el prodigio de sus movimientos deslumbra con una simple mirada. Varios nenúfares flotan entre sus vidas, para que desoven junto a ellos y se sientan eternos. El joven de cabellos dorados que se ocupa únicamente de su bienestar retira los cadáveres de los que mueren para que los otros no se vean tentados por el canibalismo, o por la ansiedad de la muerte. Los alimenta lo justo para no profanar su natación perfecta. Los protege de las heladas con una cúpula de plástico, les cambia el agua cuando se enturbia por las lluvias o las ráfagas de viento, les limpia las hojas secas.

—La primera vez que entré en el pazo de Novoa quedé maravillada cuando los descubrí —le dice Bruna a su nieta mientras admira los peces—. Su hermosura no podía compararse con la de las truchas o los pececillos de río a los que yo estaba acostumbrada. En ese momento pensé que si esos peces existían todo era posible, incluso que yo fuera reina.

—¿Y por qué quería ser reina y no otra cosa más divertida? —pregunta Valentina mientras se asoma al estanque.

—Porque me habían dicho que ése era mi destino. Yo hasta entonces era feliz en el bosque. No ambicionaba nada más.

Valentina mira los peces dorados. Sus sombras le parecen serpientes deslizándose por el agua bajo el sol delgado que despunta entre las nubes. Abren las bocas a cada aleteo de oro como si nada fuera capaz de saciarlos, ni siquiera los sueños de otros.

—Dime, ¿acaso no son hermosos? —le pregunta a la niña. De sus ojos ha desaparecido la espuma de la vejez.

—Los había más bonitos en Cuba.

—Muchacha tonta. Mira lo que se abre ante ti —le reprocha señalando los jardines del pazo con la punta del bastón.

Se adentra en la avenida delimitada por arbustos de boj que parte de uno de los lados de la fuente. Antaño el jardinero los podaba hasta formar rectángulos perfectos, sin embargo, la única geometría que reina ahora es la del capricho de las ramas. Tras ellos se alzan invencibles los tilos, los magnolios gigantes y los tejos centenarios.

—Ahora he devuelto el jardín a su estado natural, pero hubo un tiempo en que fue magnífico —dice Bruna mientras observa cómo Valentina camina a su lado arrastrando los pies—. Jamás podré olvidar la primera vez que lo vi. Yo que amaba el bosque, me pareció como si hubieran domado la naturaleza.

Para abandonar la avenida, Bruna toma una senda asaltada por unas matas de hortensias. A su derecha la tierra está arada en surcos desdibujados por el abandono. La hierbabuena se ha hecho el ama de lo que hace años fue el huerto de aromáticas y un perfume a menta distrae los sentidos mientras penetra hasta el corazón. En esos años crecía romero, laurel, albahaca, cilantro, retama, perejil y otras hierbas exóticas. Las cocineras tomaban del jardín las hierbas frescas para sus recetas.

—Eran los tiempos dorados del pazo, Valentina, cuando venían hasta invitados de Madrid a las grandes fiestas que organizaba. Siempre tuve fama de ser una anfitriona excelente. Se colgaban farolillos de papel por la avenida de sauces, y una hilera de luces anaranjadas te daba la bienvenida. Los coches más lujosos aparcaban en la plaza alrededor de la fuente, y los chóferes esperaban fumando hasta la madrugada.

A mano izquierda hay un terrenito vallado con alambre de espinos. Valentina se queda mirándolo y una tristeza repentina se apodera de ella.

—Éste era el jardín privado de mi suegra, Amelia Lobeira —dice Bruna.

—Creo haber visto un retrato de ella en la escalera.

—Lo hay. Pero es el último cuadro de una Lobeira que verás en el pazo.

—¿Y por qué?

—Las Mencía hemos llegado para quedarnos.

La tierra del jardín está pálida y parece desolada.

—No hay ninguna planta —dice Valentina.

—Nada crece en él —le explica Bruna—, a pesar de que varios jardineros lo han intentado con distintas especies. Incluso con algunas semillas que trajeron de países lejanos. Pero es inútil. Aún eres demasiado pequeña para comprender que en este jardín permanece una rabia que mata todo intento de vida.

6

Amelia, la loba con corazón de monja

Amelia Lobeira sólo padeció dos pasiones en su vida, y las dos influyeron en su camino a la tumba. La primera fue su corazón de monja; la segunda, la belleza de los jacintos blancos.

Desde la adolescencia soñaba con la castidad luminosa del convento, los madrugones para orar, las jornadas en la cocina austera cocinando rosquillas, el silencio y la paz de los muros conventuales donde se refugiaría de las molestas distracciones mundanas. Aunque llevaba la carga de un apellido noble jamás le interesaron las fiestas, los vestidos hermosos, las joyas o las reuniones de hembras para tomar chocolate y chismorrear. En definitiva, soñaba con ser una esposa de Dios. Pero había nacido en la familia equivocada. Su padre, Andrés Lobeira, un hombre de ojos fieros con unas patillas gruesas y despeinadas que le llegaban hasta el mentón, había concertado el matrimonio de su hija, siendo aún una niña, con el primogénito de la casa de los Novoa, que por entonces era Iago Novoa, continuando así con la tradición de su estirpe. Las mujeres Lobeira nacían destinadas a los Novoa. Los Novoa terratenientes, los Novoa dueños de tierras de labranza, de ganados, de cotos de caza, de granjas con cultivos y de campos y terrazas de vides que arrendaban a los campesinos desde hacía generaciones.

Amelia conoció a Iago Novoa una tarde de verano a la edad de nueve años; él contaba con cuatro más. Le pareció grande y blando, un niño muñeco de nieve que podía desmoronarse en cualquier momento. No le dio importancia cuando él le metió la lengua en el oído y le susurró que iban a casarse. Algo en su interior le dijo que no era ése su destino. Por eso cuando un año y medio después su padre, apoyándose en su bastón con la empuñadura de lobo en plata, le informó contrariado de que su prometido había muerto en un accidente de caza, a Amelia no le extrañó. Estaba convencida de que de una manera o de otra, Dios se lo iba a quitar de encima para allanarle el camino al convento. Lo que Amelia nunca sospechó es que su compromiso matrimonial iba a heredarlo el hermano menor, José Novoa. Le recordaba como un niño pecoso de ojos negros, violentos, casi diabólicos. Y la misma impresión tuvo cuando volvió a verlo ya en la cúspide de la adolescencia, en el pazo de Novoa. Sólo hablaba de las piezas que había cazado, de los jabalíes, cabras montesas, corzos y liebres; sólo le hablaba de muerte, de sangre, de desgarros y destripamientos imposibles en su mundo de oraciones ordenadas y limpias. Tenía unos labios carnosos que le intranquilizaban el alma, una cicatriz en la mejilla derecha que le daba un aspecto siniestro y una forma brusca de caminar, de coger cualquier objeto, de conversar. Además desprendía un aroma que Amelia no pudo identificar hasta que fue demasiado tarde.

La boda estaba prevista para cuando los novios, que eran de la misma edad, cumplieran los veintidós años. Amelia hasta el día de antes tuvo la esperanza de que su prometido también desapareciera. No ha de sufrir, rezaba, ni tampoco morirse, cualquier desventura que lo deje inútil o lo aleje del matrimonio me servirá.

Sin embargo, la salud y la suerte de aquel ser rudo parecía a prueba de todo rezo, de todo gesto inmaculado y espiritual, como si fuera una fuerza de la naturaleza destinada a corromper porvenires. A una semana de la boda, Amelia, que había aprendido a leer con el libro de la vida de Juana de Arco, decidió plantar batalla huyendo al convento. Para que su padre se convencieran de que no le interesaba la vida mundana sólo llevó consigo una maceta de jacintos blancos, que cultivaba en el jardín e identificaba con las lanzas que habían de luchar por la pureza de su carne.

No le sirvió de nada. Andrés Lobeira, aquejado de una invalidez desde la juventud, se presentó en el convento en su silla gestatoria que tenía un lobo tallado en caoba. Le acompañaba el confesor de Amelia. Los dos hombres junto a la madre abadesa la convencieron de que si Dios hubiera querido que fuera monja, le hubiese dado otro hijo Lobeira al noble para continuar la estirpe, pero si sólo la había tenido a ella es que el destino de la muchacha pasaba por sacrificar sus deseos en aras de la perpetuidad familiar. Has de casarte, Amelia, para cristianizar a tu futuro marido, que no entra en la iglesia a no ser que lo lleven de la oreja, le decía el confesor. Así la convencieron de que había sido elegida no para la vida apacible que ella deseaba en el convento, sino que había sido llamada por el viacrucis del sacrificio, y casarse con aquella criatura fiera era su misión.

Le sorprendió descubrir que José Novoa tampoco tenía mucho interés en ella. El mismo día de la boda le dijo: esto es lo que nos toca por nacer donde nacimos, si no otro gallo nos hubiera cantado a los dos.

Amelia tenía el cabello rubio, la tez celestial, la nariz recta y chata en perfecta simetría con una boca fina de labios rosados. Los únicos rasgos que la hacían terriblemente humana eran unos ojos gatunos color café y unos pechos orondos de tabernera, impropios de su complexión diminuta, que lograron despertar el apetito montaraz de su esposo la noche de bodas y contrarrestaron la repelente peste a jacinto que exhalaba la piel de Amelia y él odiaba.

Una vez que iniciaron su vida en común en el pazo de Novoa, Amelia le pidió que le cediera un pedacito del jardín para plantar sus jacintos blancos, que con el paso de los años llegó a convertirse en un vicio solitario. Nadie, salvo ella, podía penetrar en aquel lugar íntimo y sagrado. También pidió permiso a José para vallarlo con una cerquita de pino que coronó con sus propias manos con una alambrada de pinchos. Se hirió los dedos, pero no le importó. Los arañazos que le supuraban sangre y pus eran una delicia para una beata como ella, que aún creía en la doma del espíritu a costa del cilicio. Cuando José se quejó de que aquello más que un apacible jardincito de ama de casa parecía una trinchera de guerra, ella se limitó a sonreírle mientras se decía para sí que ojalá fuera el cinturón de castidad que le hubiera gustado ceñirse de por vida. Cada día estaba más flaca a causa del ayuno al que se sometía para purgar los sinsabores de su destino, y que sólo violaba para ponerse morada con las rosquillas de azúcar y leche cocinadas por las monjas del convento del pueblo.

Amelia, armada con unos guantes de hule amarillo, cuidaba cada mañana de diario de sus jacintos, y la del domingo asistía a misa en la capilla del pazo, sin su marido, que siempre estaba cazando. Plantaba los bulbos entre diciembre y febrero con el mimo del que entierra un tesoro secreto, los fumigaba para librarlos del pulgón y los hongos y cuando comenzaban a brotar las hojas carnosas las acariciaba con ternura de madre. En primavera, hileras de jacintos, siempre blancos, componían una sinfonía de pureza que contemplaba durante horas en actitud mística. El jardincito de jacintos blancos fue el único acto de rebeldía que la marquesa de Novoa había podido permitirse en su vida; para ella simbolizaba su sexo, que siempre debió de permanecer inmaculado y libre de toda interferencia marital. Jamás pudo amar a José y muy pronto perdió toda esperanza de tener éxito con su cristianización. Le parecía una bestia lujuriosa sacada del averno, un neandertal entregado al goce de los instintos primarios. Odiaba su afición desmesurada a la caza, el olor a sangre de animal que dejaba a su paso como una mofeta apocalíptica anunciando la muerte. Odiaba su risa estrepitosa y ruda, sus manos fuertes de macho, su gusto infame por fornicar en la naturaleza a plena luz del día, en vez de en la oscuridad del dormitorio, su amor a los festines donde deglutía hasta hartarse, su vicio por el vino y los whiskies nocturnos. Ser su esposa era una penitencia de la que sólo se liberaba en su jardincito de jacintos.

Sin embargo, la afición a la caza de su marido le mantenía largas horas alejado del pazo y de ella, incluso desaparecía durante días sin que nadie le pudiera dar noticias de él. Regresaba a casa con el rictus alegre y relajado, incluso dulce, juzgó Amelia en alguna ocasión, con el morral repleto de conejos y liebres, y de otros bichos que ella no podía reconocer; sin embargo, en sus ojos insondables había cedido todo atisbo de violencia. El buen humor le duraba una temporada, pero Amelia llegó a temerlo porque se producía un empeoramiento de su carácter conforme se le enfriaba la alegría. Padecía accesos de melancolía y mal genio de los que sólo se curaba perdiéndose otra vez en el bosque con la escopeta que tenía grabado en la culata el escudo de la familia y el morral de hombre para las viandas y las presas pequeñas.

El verano de 1912, Amelia sufrió una escarlatina que fue la causa de su desgracia. En un delirio de madrugada, entre sudores y retortijones de fiebre, confesó para los oídos del mundo el verdadero significado del jardincito de jacintos, y después se hundió en una carcajada que a la doncella que trataba de aliviarle la calentura con compresas frías le pareció diabólica. La doncella se lo contó a la cocinera a la mañana siguiente, y ésta al jardinero hasta que se corrió la voz por toda la servidumbre del pazo y el jardincito fue llamado a partir de entonces «el coño de la marquesa».

No tardó José Novoa en enterarse de que aquel trozo de tierra vallado con pinchos no era una excentricidad de su mujer, sino una rebelión contra sus derechos maritales. Sufrió un acceso de risa que, tras varias copas de vino, terminó en cólera y profanó el coño florido con una azada hasta hacerlo papilla. Después arrastró a su mujer hasta allí y la poseyó brutalmente sobre los restos del campo de batalla, sobre los pétalos y las hojas descuartizadas, sobre los vientres abiertos de los bulbos, sobre la tierra reventada de rabia, mientras el perfume del vencido se extendía humillante y dulce por el jardín del pazo donde se quedaría para siempre.

Amelia se exilió del dormitorio conyugal, territorio del enemigo, y se encerró en uno de invitados; jamás volvió a dirigir la palabra a su marido, pero se quedó preñada. Pasó el embarazo entre las cuatro paredes de aquella estancia que vació de todo ornamento para que se pareciera lo más posible a la celda austera de una novicia. Mandó que retirasen las cortinas de encajes, las figuritas de porcelana, los cuadros con escenas de caza, los butacones de terciopelo, las alfombras de lana y seda, la colcha de fina guata, porque no se preparaba para ser madre sino para subir al cielo. Se levantaba a la salida del sol y se acostaba a su puesta, pálida como una estatua en su desdicha, entregada a la lectura de las sagradas escrituras y a un odio por la humanidad que crecía en su vientre al tiempo que el hijo del marqués. Le fue adelgazando el cuerpo excepto la barriga, porque se alimentaba sólo de sopas con hilos de carne que le llevaba la cocinera, de grelos cocidos y naranjas ácidas para soliviantar el escozor de las llagas de su alma.

—Como siga así se le va a morir la criatura —le dijo la cocinera.

—Descuida que la pariré viva, será varón y se llamara Jacinto —respondió ante los ojos espantados de la sirvienta—. Ése es mi último empeño en este mundo y mi última penitencia.

Y así fue. Tardó casi dos días en alumbrarlo y aun así lo parió con el aspecto delicado de un capullo que no florecería nunca. José, que había intentado reconciliarse con ella enviándole a través de las criadas rosquillas conventuales, collarcitos de perlas y una carta con una caligrafía gruesa en la que podían leerse dos palabras: me disculpo, no se movió de la antesala de la estancia hasta que escuchó el llanto raquítico de su hijo.

—Es un varón —le anunció el médico cuando acabó de apañar a la parturienta.

—Se llamará José, como yo, y será el heredero de mi casa, mis bosques y mi tierra —resopló con orgullo— y algún día llevará en su dedo el anillo de los Novoa —dijo contemplándolo en su dedo anular—. Y la marquesa, ¿vivirá?

—Sólo si quiere.

—Querrá, yo me encargo de ello. Ahora con el hijo todo será distinto.

Intentó ver a su mujer, pero ella se negó en rotundo antes de desmayarse.

Unos días después del parto, cuando ya al niño le llamaban José a pesar de la risa que este nombre le provocaba a la madre, el padre Felicio llegó al pazo para cambiar el destino de la criatura. Amelia le había mandado llamar sabiendo que su marido se hallaba cazando perdices.

—Deme la extremaunción, padre, y bautíceme al hijo porque me muero.

El cura miró a la marquesa y vio que había quedado reducida a unos ojos gatunos alucinados por la determinación. Se resistió a llevar cabo lo que le pedía, sobre todo el echar las aguas y el aceite al niño sin que estuviera presente el marqués. Finalmente accedió porque Amelia fingió un estertor que parecía entregarla en brazos del sepulcro. El padre Felicio, un hombretón gordo y ensotanado, era disléxico, masón y aficionado al orujo puro de Angustias. Le temblaron las manos al manipular los óleos, y le untó a la marquesa el del nacimiento y minutos después, en la capilla del pazo, el de los muertos al recién nacido. El destino, ayudado por la media borrachera y la dislexia del cura, indicaba que ella partía hacia la vida y él hacia la muerte. Pero no fue ésa la única consecuencia: a partir de entonces se abrió una comunicación entre Jacinto Novoa y el mundo espectral que no lo dejó dormir ni una noche completa.

El marqués, avisado por uno de los sirvientes, se presentó de pronto en la capilla y quiso impedir que a su hijo lo bautizaran con el nombre de Jacinto.

—Demasiado tarde —dijo su mujer.

Se enfrascó después en una risa que la hizo desvanecerse en el suelo de la capilla. No recuperó la consciencia, se le fue el último suspiro por unos labios que esbozaban una expresión de triunfo. El nombre del niño era su venganza contra su padre, contra su esposo y contra su clase social, que podía irse a la mierda. Dispuso que la enterraran con el hábito de novicia, que siempre quiso vestir, en el cementerio del convento, sin lápida ni ningún signo que indicara dónde se hallaba su sepultura. Prohibió que se dieran por su alma funerales y misas, a los que la habían jodido en vida no les iba a dar el gusto de honrarla muerta, y se hundió en el olvido de la tierra anónima sin más martingalas.

7

Jacinto Novoa, el hombre espíritu

Jacinto Novoa nunca llegó a florecer del todo, ni siquiera en plena juventud. Siempre fue una criatura pálida con ojeras de muerto, un ser de apariencia frágil y caminar de fantasma que desprendía a su paso pequeñas ráfagas de su nombre. Al igual que su madre, lo único que le hacía humano eran los ojos gatunos café con leche que había heredado de ella para martirio de su padre, además de unos labios nativos. José Novoa le consideraba una desgracia.

El ama de cría que el marqués llevó al pazo tras la muerte de Amelia, y que acabó siendo la tata de Jacinto toda la vida, decía que el niño pertenecía al mundo de los espíritus, mientras que el padre, al de la carne y la tierra. Se llamaba Carmiña y era una mujerona de mejillas ásperas y rojas, curtidas por jornadas de siega y siembra en el campo; vestía de negro por el luto perpetuo de los cuatro hijos que había parido y se le habían muerto antes de que pudieran echarse a andar; sólo le sobrevivía la mayor, una hembra saludable que servía de criada en una casa acomodada de Santiago de Compostela.

Carmiña se santiguó la primera vez que vio a Jacinto Novoa. La criatura no podía pegar ojo porque tenía la cuna rodeada de espectros. Con el tiempo, Carmiña se acostumbró a espantarlos con un trapo como si fueran moscas.

—¡Fuera de aquí! ¿No os dais cuenta de que es un bebé y aún no entiende nada?

Pero le perseguían hasta en sueños con la esperanza de que les abriera la comunicación con los vivos. Decían que el alma del niño dormía en la muerte porque se levantaba más pálido que nunca. Carmiña lo ponía enseguida al sol, porque si entraba José y veía al niño con el rostro que se le transparentaban las venas, entraba en cólera y se lo llevaba en un morral a cazar y lo traía lloroso y salpicado de sangre como de un rito pagano. Los días de niebla y lluvia la nodriza le hacía recuperar el color echándole su aliento de campo o se sacaba un bicho del delantal para que le picara.

José había prohibido hablar a toda la servidumbre de espíritus, fantasmas o ánimas en pena, porque le recordaban su derrota frente a Amelia y la desdicha del hijo médium. Si hubiera podido matarlos a tiros lo hubiese hecho gustoso. Pero tenía el inconveniente de que ya estaban muertos, además él siempre fue incapaz de verlos, de percibirlos hasta el día en que vinieron a llevárselo. Conforme Jacinto fue creciendo se propuso sacarle los espíritus de la cabeza aunque fuera a puñetazos. Sólo se saltaba su propia prohibición cuando estaba ebrio de vino, de soledad, de rabia, y le enviaba mensajes a Amelia a través de su hijo.

—Dile a tu madre que se joda, que mancillé su cuerpo de monja. Dile que se meta tu nombre por el culo. Y que te voy a hacer cazador, te vas a beber la sangre de los conejos, y te vas a cagar en el suelo de la capilla donde te bautizaron.

Estallaba en una carcajada.

—¿Se lo has dicho?

El niño temblaba mientras despedía efluvios de los jacintos de la madre.

—Sí, padre —respondía, flaco.

—¿Y qué te ha respondido?

—Que le jodan a usted. Que está bien a gusto muerta sin tener que soportarle. Y que si me hace sufrir mucho le pegue un tiro como el que no quiere la cosa.

José abría la boca envuelto en una risa que provocaba sarpullidos en la piel traslúcida del niño.

—Tú —decía señalándole con el dedo—, que por mucho que te enseñe no sabes ni sujetar derecha la escopeta. Eres aún más inútil de lo que lo fue mi hermano, tu tío Iago.

Jacinto Novoa se tapaba los oídos del alma para no escuchar las barbaridades que bufaba su madre como respuesta; hasta se cubría los ojos para nublar la visión transparente de Amelia contorsionándose en insultos obscenos. Con frecuencia el niño, tras el intercambio de improperios de sus progenitores, terminaba por caer al suelo y se le convulsionaba el cuerpo echando espuma por la boca como bruma de difunto.

—¡Carmiña, ya quiere llevárselo con ella, tráemelo de vuelta! —gritaba José.

La tata le metía un palo entre los dientes para que no se mordiera la lengua, que se le ponía gorda y morada, y lo acunaba entre sus pechos como crestas de montes, y le besaba la frente, le miraba dulce con sus ojos de roedor, le cantaba nanas en gallego, le susurraba viejos hechizos de meiga hasta que Jacinto recuperaba el color y la consciencia.

Para ocultar estos ataques que sufría su hijo, así como su

habilidad para la mensajería espiritual, José Novoa no lo mandó al colegio cuando tuvo la edad. Jacinto, además, se enfriaba fácilmente y siempre andaba Carmiña sonándole la nariz y poniéndole cataplasmas de mostaza en el pecho para ahuyentar las neumonías. Estuvo a punto de morir a los seis años cuando José se lo llevó de caza por primera vez y lo devolvió al pazo reventando de frío, y con la primera falange del dedo corazón amputada del tiro que se le escapó manipulando la escopeta. Sangraba lágrimas y aullaba como el lobo que nunca llegaría a cazar.

—Ha sido en la mano izquierda —dijo José Novoa—. Y como es diestro podrá tirar sin ningún problema.

—Pero, señor marqués —suplicaba Carmiña—, aún es una criatura tierna para darse a esos menesteres de hombres.

—A su edad yo cazaba lo que se me ponía por delante. Que venga el algebrista y le deje listo para llevármelo otra vez.

Sin embargo, la salud de Jacinto no le permitió a su padre llevarlo de caza hasta pasados muchos meses. Cuando el niño le veía aparecer con el pelo bermejo que le encanecía con la soledad y la barbarie en la que se estaba sumiendo el pazo, las botas de cazar, el sombrero con la pluma de faisán y la escopeta de la familia al hombro, se meaba sin remedio en los pantalones.

El maestro que José Novoa eligió para su hijo era un jesuita amante de la geografía, la teología que interpretaba a su manera como una filosofía del alma y las novelas de Julio Verne, aficiones que le transmitió al pupilo. Si en un principio José se negó a que el maestro fuera un religioso, influido por las interferencias que le había causado Dios en su vida amorosa, cuando le hablaron del padre Eusebio no dudó en contratarlo. Era un carcamal desahuciado por su propia orden, y en esa época José era capaz de hacer cualquier cosa con tal de escandalizar a la Iglesia. El padre Felicio, que de alguna manera se sentía responsable del porvenir de Jacinto por la confusión de óleos que puso al niño en brazos de los muertos, intentó disuadirlo sin éxito.

—Ya no es el padre Eusebio hombre de la Santa Madre Apostólica, señor marqués, casi le diría que es un comunista.

—Mejor entonces —le respondió José—, a lo mejor así me espabila al niño y no cree en nada más que lo que tiene delante y puede matar.

—¿Y si luego quiere repartir las tierras del marquesado entre los que le han de pagar las rentas?, ¿qué me dice ahí, señoría?

—Que eso del comunismo es cosa de pobres y lo de la familia en la familia ha de quedar —sentenció José tocándose la cicatriz de la mejilla que le había dejado el anillo con la camelia de brillantes.

Incluso el obispo de la diócesis de Ourense envió una carta a José Novoa, advirtiéndole, señor marqués, de los peligros de que ese mal llamado jesuita se encargue de la educación de su único hijo. Son muchas las ideas subversivas que puede inculcarle al espíritu inocente del niño y algunas de ellas irremediables en alma pura y necesitada de instrucción. Si lo que usted quiere es un buen maestro y de recto ideario y proceder cristiano tengo al hombre adecuado para esa labor. Sin embargo, era justamente esa clase de persona la que José Novoa no quería tener viviendo en su pazo, estaba harto de santas, de monjas y esas mandangas misericordiosas, así que cuanto más le insistían más disfrutaba él desobedeciendo. Me niego a traer a mi casa a cualquier meapilas que me envíe el obispo y me deje al niño más tonto de lo que nació, informó al padre Felicio, y terminó la discusión para siempre.

El padre Eusebio se instaló en el pazo una mañana de septiembre. Rondaba los sesenta y cinco, pero caminaba como un perro viejo apoyándose en un báculo mesiánico. Se ladeaba todo su cuerpo delgado hacia la izquierda, y daba la sensación, cuando se le veía inmóvil y a distancia, de que era un tronco retorcido de parra. Tenía los ojos sumidos en unas cataratas enormes y parecían flotar en nata montada; aun así no había perdido del todo la visión de la vida exterior, sin embargo, se le había agudizado el ojo interno que llamaba él, aquel que se despeja conforme se atrofian los sentidos. Los ciegos son los que mejor ven, solía decirle a Jacinto, que tardó más de treinta años en comprenderlo, mira si no al desdichado de Edipo, encontró la paz después de sacarse los ojos, y vio la verdad mucho mejor que con ellos. Alguna que otra vez estuvo a punto Jacinto, a lo largo del tiempo que duró su instrucción, de vaciarse las cuencas con una cuchara como si los globos oculares fueran melocotones en almíbar o volutas de mantequilla. Pero su maestro pudo detenerlo a tiempo. No, mi querido aprendiz, no es tan fácil como eso, es muy posible que así te quedes sin ver absolutamente nada, ni por dentro ni por fuera. Se trata del ojo del espíritu y ha de abrirse cultivando éste.

Hubo un antes y un después en la vida de Jacinto Novoa desde que el padre Eusebio le introdujo de la mano de Julio Verne en la magia de la lectura. Ya desde muy niño había encontrado refugio a los sinsabores de su destino, además de en las tetas agrestes de Carmiña, en la estancia que se convirtió en su favorita: la biblioteca. Se hallaba en la planta baja del pazo, y junto al salón de baile era la que tenía el techo más alto, y acabado en una cornisa de escayola con racimos de lilas, uvas y en las esquinas unas bestias heráldicas que sobresalían levemente como gárgolas feroces. En el centro había un fresco difuminado por los siglos que representaba los siete días del Génesis que Yahvé empleó en crear el mundo y luego descansar. Se hallaba éste rodeado por una cinta dorada con los siete pecados capitales, en uno de sus lados, y las siete virtudes cristianas en el contrario. Y rematando el conjunto pictórico, las siete trompetas del Apocalipsis alrededor de la creación clamando por su justo final.

La biblioteca estaba consagrada por entero al número siete, por eso se creía que el primer marqués de Novoa, que se encargó de construir el pazo a mediados del XVII, no tenía la sangre de cristiano viejo, sino más bien de judío converso. Se había obsesionado en repetir siete veces siete hasta en el último de los detalles, para demostrar así la certeza de la totalidad y el absoluto que se abría entre las páginas de los volúmenes ahora centenarios. Siete eran las librerías que se erguían desde un metro del suelo hasta la cornisa mitológica, en todas las paredes. Siete los estantes en los que quedaban divididas cada una de ellas. Siete los grupos de libros distribuidos en los siete días de la semana representados por los siete planetas principales que brillaban en los cielos del XVII.

La primera vez que el padre Eusebio entró en la biblioteca y contempló la magnificencia de los sietes librescos, artísticos y esotéricos, un escalofrío de gozo le hizo murmurar: querido pupilo, aquí en verdad reposa la memoria y la fantasía de la humanidad. Al principio, Jacinto tenía que apretarse los genitales para reprimir una meada cálida y temerosa de aquel viejo con aspecto de sabio satánico. Así lo veía Carmiña, que se santiguaba cuando se cruzaba con él por los pasillos, y retrasaba las lecciones del niño con cualquier excusa, para no dejarlo en sus manos corruptoras. Es preferible que escuches las voces de los espíritus que la de tu maestro, le aconsejaba a Jacinto. Pero cuando él se dio cuenta de que el padre Eusebio deseaba enseñarle a descifrar lo que decían los libros de la biblioteca que tanto le gustaba hojear desde muy pequeño, aniquiló toda barrera que le separase del conocimiento. Aprendió a leer con *La vuelta al mundo en ochenta días*, y comprendió que existía otro universo más allá del pazo, del jardín, del bosque y del pueblo. Había otros países, incluso otros continentes, que su maestro le mostró en el atlas de tapas verdes que había pertenecido a su padre, aunque a José nunca le interesó lo más mínimo. Pero sobre todo Jacinto encontró en los libros un refugio para su alma acostumbrada a una realidad agotadora. Los espíritus intentaban comunicar con él hasta en sus sueños. Sólo en los libros dejaba de ser Jacinto Novoa, para convertirse en otro que no escuchaba fantasmas; sólo en los libros jugaba a no existir, entregándose con fervor a sus páginas para vivir las aventuras que no le permitía la salud ni la soledad.

Crecía sin tener contacto con ningún niño de su edad. Se repartía los días y los años entre las lecciones con el padre Eusebio en la biblioteca y su vida con Carmiña. Ella también veía los espíritus desde que se le murió el cuarto hijo, aunque no era capaz de comunicarse con ellos. El luto perpetuo se le llevó la capa gruesa que recubre el alma, dejándosela sin más ornamentos que la pena. Cada día a la hora de la siesta el niño escuchaba las peticiones de las ánimas, la gran mayoría parientes, amigos o enemigos de los habitantes del pueblo y sus alrededores. Hacía tiempo que gracias principalmente a la servidumbre del pazo se había corrido la voz de que el marquesito, como llamaban a Jacinto, tenía abierta la vía de comunicación con los muertos. Pero José Novoa había amenazado con coser a balazos al desgraciado que se asomara a su casa o se acercara a su hijo con pretensiones de correo. Alguna vez en la romería de San Estesio, una de las escasas ocasiones en las que el niño salía del pazo y siempre bajo la estricta supervisión de Carmiña por si espumajeaba por la boca delante de todos, algún vecino había intentado contactar con él.

—Ande, marquesito, que bien sé yo que el Santísimo le hizo de una naturaleza entre los dos mundos, y que los *mortos* van a decirle sus quejas y deseos, y que si no su señoría tiene voz para llamarlos allí donde nosotros sólo encontramos sombras.

—Apúrese en el recado, señora —la apremiaba Carmiña—, que el marqués nos mira, y que la Virgen nos asista viene para acá.

—Que si mi marido —le decía la mujer—, el mejor capadoiro de burros que conoció esta tierra, mató en verdad a la que dicen que mató y por ello le dieron garrote, que no duermo de la enjundia de rabia que me oprime la garganta y no me deja tragar. —Y le besaba la mano al marquesito mientras se le caían las lágrimas.

—Yo le busco, señora, pero no llore más.

—Bendito, bendito rapaciño —decía ella, toda de negro, refajo y alma, encorvada de pobreza y de la maledicencia de los otros.

La romería envuelta en gaitas, en vino de la tierra y bailes.

—Aléjese de nosotros que el marqués ya viene —le avisó Carmiña.

Tiembla la tierra, se endurece el pasto.

—¿Qué quiere, vieja, no le da vergüenza venirle a pedir a un niño? —José Novoa, con ojos de borracho, dio un tiro al aire con la escopeta de los agravios familiares—. Sabed que al que se acerque a mi hijo con monsergas de ánimas lo convierto en una de un solo tiro, y si las tierras que labra son mías, se las quito para que se muera de hambre, y si no lo son también, ¿quedó claro?

Se silenciaron las gaitas, se murieron los bailes.

—Vámonos a casa, Jacintiño mío. —Carmiña le acarició la cabeza—. Me lo llevo, marqués.

—Sí, llévatelo, tú, que no le proteges como debieras, desagradecida, que te voy a echar a patadas.

—Ay, marqués, que ya le asoma al niño por la boca la espumita blanca.

Después de aquello, Carmiña, que solía bajar al pueblo una vez a la semana a recoger recados y a dar respuesta a muchos otros de la semana anterior, aprendiéndoselos de memoria, y con la garantía de secreto de confesión, tuvo miedo de seguir desempeñando el oficio de mensajera por si la descubría el marqués y la separaba del niño, una represalia peor que la muerte pues lo quería como a los cuatro hijos juntos que le habían arrebatado las enfermedades de pobre.

Durante un tiempo se interrumpió el correo, pero Jacinto, cuando había cumplido ya los once años y sabía leer y escribir a la perfección por las lecciones del padre Eusebio, ideó un sistema de comunicación con el pueblo con la esperanza de dormir algunas horas si cumplía con las peticiones que se le iban acumulando en la memoria. En un agujero de la tapia imponente que rodeaba el pazo, en una hendidura secreta para la lluvia, el granizo, el viento, dejaban escritos los recados los habitantes del pueblo, y los que no lo eran, pero habían oído hablar de él. El escribidor tomaba nota a quien no sabía letras, que era la mayoría, con promesa de silencio bajo pena de perder el trabajo o la vida, que de alguno se habían vengado con violencias, pero era aquél casi como trabajo de cura. Jacinto se escurría fuera del pazo, recogía las misivas, las contestaba en las cuartillas de sus estudios, las doblaba con cuidado, las metía en el agujero para que las recogiera el escribidor, si estaban dirigidas a él como intermediario, pues además de cura, por el silencio sagrado, hacía las veces de cartero.

Junto a aquel agujero Jacinto Novoa vio por primera vez a Bruna Mencía en febrero de 1925. Salió el niño del pazo por la cancela trasera de hierro que daba al bosque de castaños, se dirigía al agujero cuando la descubrió rondando la tapia arriba y abajo. Tenían la misma edad, doce años, pues sus madres los habían alumbrado en el mismo mes y año, y ambas habían muerto después, pero toda la lozanía y gracia que a Jacinto Novoa le faltaba la rezumaba Bruna, que parecía engendrada por la naturaleza.

—¿Tú eres el niño que anda con la mensajería de los *mortos*?

Jacinto se quedó callado. No supo ponerle nombre a lo que le ocurrió al ver a Bruna Mencía. Se le achicó la voz y se le abrió un abismo en el estómago que descendió hasta sus genitales. Se le nubló toda visión de espíritus, todo pensamiento, toda imagen que no fuera aquella niña desgreñada dentro de un harapo que le dejaba al descubierto un hombro, y la clavícula saliente más bella que él había visto jamás.

—¿No dices nada? ¿Te comió la lenguiña un espectro? —le preguntó Bruna sonriéndole.

—Soy el hijo del marqués de Novoa.

La miró con los ojos gatunos y se aguantó las ganas de orinarse los pantalones.

—¿Y qué te pide la gente *pa* los *mortos*? ¿Sabes secretos?

—Algunos sé.

—¿Y me los cuentas?

—Son como los de confesión de los curas.

—¿Y si te doy un recado *pa* mi madre, que no la conocí, se lo envías? A ti te lo puedo contar porque a la gente no se lo digo, que le gusta mal hablar, y no quiero yo que me digan que saqué la cabeza tonta de mi abuela. Tú aquí, en este pazo que es como un castillo, no habrás oído hablar de ella. Le decían la loca Tomasa.

—Oí hablar de ella y de muchos otros.

—Bueno, mejor te lo digo otro día.

—No te vayas.

—¿Y cómo es vivir en un palacio como el tuyo? —Se rascó el cabello castaño tomado por los piojos.

—Pues se vive como un príncipe, pero yo soy un aventurero.

—¿Y eso qué es?

—Uno que vive aventuras.

—Ah.

—Cuando sea mayor me voy a marchar a recorrer el mundo. Visitaré China, India, Cuba, México y navegaré por los Mares del Sur.

Bruna Mencía se asomó por los barrotes de la cancela al jardín del pazo.

—Yo de mayor voy a ser reina.

—¿De España?

La niña se encogió de hombros.

—Eso no lo sé. Lo que sí me ha dicho la meiga, la Troucha, ¿sabes quién es?

—De oídas.

—Pues de su casa vengo ahora mismo y me acaba de decir que voy a ser reina y viviré en un pazo como éste, y comeré dulces y carne rica y tendré vestidos limpios y mucho poder.

—Qué aburrido. ¿Te gustaría ver dónde está China?

—¿Está dentro del pazo?

—No. —Jacinto Novoa rió, por primera vez se le colorearon las mejillas con la brisa del bosque.

—Entonces no quiero ir.

Bruna le dio la espalda y agarrada a los barrotes de la cancela continuó con su mirada perdida en el jardín.

—¿Te gustaría que te lo enseñara?

La niña soltó la cancela y dio palmas. Luego tomó una mano de Jacinto, que poco a poco se fue templando bajo aquel tacto indómito que habría de recordar hasta su muerte.

8

Lugares para sentirse reina

Valentina y Bruna dejan atrás el jardincito de Amelia Lobeira, y se dirigen hacia la avenida de sauces y sicomoros, la principal del pazo.

—De la mano de tu abuelo Jacinto me sentí reina por primera vez —le cuenta Bruna a su nieta—. Lo único que no tenía de difunto eran los ojos tostados de gato. En esos años inocentes pensaba que te miraban con la verdad, que siempre alberga belleza por muy terrible que sea. Jacinto me guió como te guío yo ahora, Valentina, hasta esta avenida con hechuras de río gigante que se abre ante nosotras. Entonces no había malas hierbas entre la grava que cubre la tierra, era toda nacarada y bajo el sol parecía que caminabas sobre un manto de piedras preciosas. Febrero dominaba el jardín con su aire de primeras flores, y en el horizonte se dibujaban imponentes las torres del pazo. Él se detuvo. Detente, Valentina. No puedes atravesar la avenida de cualquier manera, me dijo, has de hacerlo como lo haría una reina si eso es lo que quieres ser de mayor.

Bruna alza el brazo derecho hasta la cintura y pone sobre su mano la palma izquierda de la niña, que tiembla.

—Así, Valentina, ahora estás lista para adentrarte en la avenida. Él comenzó a andar y yo, a su lado, enamorada de la solemnidad que de pronto movía sus pasos, del porte que se le escapaba altivo del pecho de fantasma y que imité con el corazón latiéndome por todas partes, en el estómago, en la garganta, en las orejas, ¿sientes el tuyo, Valentina?, los sauces inclinando sus ramas a nuestro paso, desparramándose en cortesías hasta la grava de nácar, melancólicos porque el poder era nuestro, como lo será tuyo, niña, míralos, se doblan ante ti, no es el viento quien los mece, sino el pasar de su reina, eso me decía Jacinto Novoa con los ojos que aún no mentían, y a mí me daba la risa de una felicidad que me salía de la piel, del alma, que me pasaba los dientes de frío sin saber por qué. Él me sonreía con rictus de mortaja y le sentía temblequear todo el tiempo al igual que a ti, niña tonta. Parecía una cría asustada de pájaro, pero seguía su avance majestuoso sin romperse, y me señalaba con la mano libre estos pináculos de porcelana azul de la Real Fábrica del Buen Retiro, Valentina, ¿los ves erguidos sobre las columnas que son guardianas de piedra? Y entre sauce y pináculo, este árbol con su penacho frondoso desmelenado en el cielo, el sicomoro, árbol sagrado, se subió Zaqueo para ver a Jesús entre la multitud, y árbol de muertos. Entonces yo no sabía lo que era un egipcio, ni un nada, tú habrás ido al colegio allá en La Habana, y te habrán enseñado lo que es un faraón, casi más que un rey, un dios, pues con la madera del sicomoro les fabricaban los sarcófagos donde guardaban su momia, todo esto me contaba con una voz de hilo de agua, de primavera tímida que busca florecer sin atreverse a hacerlo, porque Jacinto apenas vivía entre los vivos, sino entre libros y muertos, y sabía con su edad lo que la mayoría no sabrán nunca. No dejó aquel día de relatarme historias. Años más tarde me confesó que tenía miedo de echar espuma por la boca si callaba, padecía la enfermedad de guerreros y genios, de mearse en los pantalones, de quebrarse en el suelo como si se desinflara el globo de su existencia. Así que utilizó lo que había aprendido en sus años de estudio para sobrevivir a la vida que se abría en su carne. Pero yo no supe verlo, me hallaba cautiva de mi primer reinado en los jardines del pazo. Cómo habían domado a la naturaleza, Valentina, hoy ya no puedes apreciarlo del todo porque el jardín está de regreso a su estado salvaje. La habían vestido para una fiesta en sociedad, la habían peinado y maquillado, y estaba espléndida. Si han sido capaces de hacerle esto a ella, que es todopoderosa, qué no podrán hacer conmigo, pensé. Estos parterres que ahora ves sin flores rebosaban, dependiendo de la estación del año, violetas, tulipanes, azaleas, pensamientos, entre hileras finas de boj que delimitaban exhaustivas la extensión de su territorio; todo era exquisito. Esta senda más estrecha que hemos tomado y que nos conduce a los estanques gigantes, era la favorita de Jacinto. Aquí bajó su brazo y yo retiré mi mano, retira la tuya, Valentina, ¿tienes frío? No. Pues deja de temblar y sonríe, que tienes el mundo pintado en el ombligo y estás visitando los que serán tus dominios. Mira ese árbol de tronco ancho, es un camelio centenario, el más antiguo de toda Europa, *Camellia reticulata* se llama, me dijo él, y se sonrojó por la palabra rara, a mí me dio por reír, lleva años enfermo, siguió explicándome, enferma cuando sufren los Novoa y las flores, aunque es su mes, febrero, no se abren de soberbia o de pura tristeza. Pasamos por debajo de su copa, Valentina, y a la sombra de ella me preguntó mi nombre, Bruna Mencía. Bruna, repitió, y luego: yo, Jacinto. Ya lo sé, contesté, sabía muy poco entonces, niña, pero eso sí, el heredero de la casa de Novoa, él me lo había dejado claro nada más encontrarnos. Me extendió una mano y se la estreché como si fuera alguien importante, aún unidos miramos hacia arriba sin comprender por qué y descubrimos dos camelias rosas que habían florecido de lo imposible. Sonrió por primera vez como si estuviera vivo, y un silencio me trajo a la nariz la alfombra de camelias que alumbraba la tierra en distintos colores, pues febrero flaqueaba hacia marzo y había más vencidas por su propia belleza que en las copas. Pasamos bajo las supervivientes amarillas y blancas, carmín, lilas... pero en octubre no hay más que hojas, Valentina, espera a ver su esplendor prendido de las ramas y después caído en un manto.

—¿Entonces se hicieron novios?

—¿Qué novios? —Bruna enciende un cigarrillo para fumarse los recuerdos que le despiertan los ojos pardos de su nieta—. Jacinto me llevó a ver los estanques. —Y el abismo se cierra—. Son los únicos que permanecen intactos, sólo hay más musgo y liquen en su piedra negruzca. ¿No sientes en el rostro el frescor del agua? ¿No la has escuchado ronronear, Valentina? Los estanques son sólo el principio. En el rincón más insospechado puedes encontrar una pequeña fuente, un salto de agua, una acequia que la conduce a algún vergel. El agua es la gran señora del jardín del pazo, esas palabras exactas me dijo Jacinto, pero yo ya me había dado cuenta, su murmullo líquido estaba junto a mí desde que entré en él. Comprendí que no sólo habían domado la vegetación, también habían logrado civilizar el agua que yo había visto libre, silvestre en los arroyos, en el río gigante que baña los cañones y las riberas

97

de viñas, el agua que cae por las rocas del deshielo y se desliza por los recovecos de la tierra humedeciéndola de helechos y hierbas sin nombre. Cuanto Jacinto me contó después ya no tuvo importancia. Bruna, desde que le dije mi nombre lo utilizó todo el tiempo, Bruna por aquí, Bruna por allá, el Mencía se cuidó de guardárselo sólo en la memoria. Bruna, esa barca de piedra cuyos marineros son hortensias y navega entre los patos, en medio del estanque con la popa hacia el dique, representa el barco que trajo hasta tierras gallegas el cuerpo del apóstol Santiago desde un puerto oriental. ¿Conoces al apóstol?, me preguntó. Anda, claro, contesté, y quién no. Te voy a llevar a Compostela, Valentina, para que lo abraces, aunque lo que has de abrazar bien es el poder que te voy a entregar.

—Yo no quiero su poder, quédeselo usted.

—Calla, insensata, mira ahora la fuente que hay bajo el dique, donde cae el agua hasta el estanque inferior, ¿ves la cabeza de buey con la boca abierta por donde sale el chorro?

—Me pareció una vaca.

—Qué vaca, niña, buey es. Cuando arribó a la costa el cuerpo del apóstol gobernaba el territorio una reina a la que llamaban Lupa, que en latín tiene que ver con lobo, me lo contaba orgulloso Jacinto porque su madre era una Lobeira, Amelia la del jardincito que acabamos de ver, al hablarme de ella le brillaban los ojos color almendra, y engordaba la voz como para darse aires del noble que ya era, al menos eso me pareció a mí. Yo soy una Mencía del bosque, le dije. ¿Me lo enseñarás algún día? Se puso a toser tras hacerme la pregunta, palideció aún más y moqueó en un pañuelo de cuadros que parecía una sábana. Se le quedó la punta de la nariz roja. Le toqué un hombro, por favor, no te mueras ahora, no te vayas con los tuyos. Pero él nunca tenía miedo a la muerte porque siempre se hallaba muy cerca de ella. Me quedo contigo, sonrió a punto de quebrarse. Háblame, le rogué para que no se muriera. Los Novoa siempre se casan con las Lobeira, me relató entre toses, porque descienden de reinas y de heroínas cristianas. ¿Y cómo pueden ser esas lobas tantas cosas? Les cogí rabia desde ese momento, Valentina, y por mucho que él me contó que la reina Lupa había presenciado cómo los discípulos del apóstol amansaban milagrosamente a los bueyes salvajes de la montaña del Pico Sacro, donde ella misma les había enviado para que las bestias acabaran con ellos, y por eso abrió su corazón romano al cristianismo, no cambié de opinión. Menuda cosa, repliqué, mi madre era santa, y más reciente que la loba esa; además tiene una fuente de agua milagrosa, y yo voy a ser la primera Mencía reina. ¿Y sabes lo que me respondió, Valentina, intranquilizándome las entrañas con sus ojos felinos? A mí no me importa lo que seas o lo que vayas a ser, porque todos los hombres son iguales ante Dios como los grelos. Ningún grelo ni ningún hombre vale más que otro, eso me dijo con las palabras exactas.

—¿Un grelo?

—Una simple verdura, niña. Te hartarás de comerla en el pazo.

Bruna se sienta en uno de los bancos de piedra que hay frente a los estanques, bajo las ramas desnudas de los frutales que les dan sombra durante la primavera. Fuma, juega a enredarse y desenredarse en los dedos el collar de perlas; le fatiga el pasado que se funde en el presente, y por todo futuro reconoce la muerte. Le hace una seña a Valentina, que está tirando piedrecitas a los patos y los cisnes que nadan en el estanque, para que se siente a su lado. La niña bosteza, aún es de madrugada en Cuba, aún la noche cubre el cielo que ella ve ahora ensuciado por las nubes. Melinda, la Elefanta, duerme con el regazo de cayuco vacío.

—Me hubiera reído con ganas si Jacinto no me hubiese mirado de aquella manera, como si sus ojos sellaran el destino. —Fuma—. Nos sentamos en este mismo banco, Valentina, sólo que la tarde parecía abalanzarse sobre nosotros. Me contó que el padre Eusebio, su maestro, le había explicado con un grelo la existencia de Dios a través de las cinco vías famosas de un santo. —Da una calada—. Jacinto era como uno de los pajarillos que caían en las trampas que yo desperdigaba por el bosque. Un pajarillo con el ala rota de los que me comía si tras varios intentos no lograban echar a volar. No hagas muecas, niña boba, me daban lástima, pero si no podían ser libres mejor muertos, y para que se los comiera la tierra, me los comía yo. Cuando el pajarito era tan pequeño que sólo daba para un diente, me lo asaba en el bosque y para mi tripa se quedaba; luego regresaba a casa con las mejillas reventando de vida. Tú has comido, me decía la tía Angustias, y no me dejaba ni meterme ya en la boca una miga de pan. Se ponía a comer con Roberta lo mejor que tuviera en la despensa para darme celos, un pedazo de tocino o de jamón salado, y luego le dejaba a mi prima mirarse en el trozo de espejo que guardaba como un tesoro envuelto en un trapo viejo y que cambiaba de sitio habitualmente para que no lo pudiéramos encontrar. —Se humedece el *rouge* francés de los labios—. Estoy vieja, tengo la cabeza vieja. —Ríe—. Te estaba hablando de Jacinto. Yo adoraba inventar trampas para gazapos, roedores o lo que cayera en ellas, era muy buena. Llegué a cazar hasta topos, y más de un labrador me pagó unas perras para que le atrapara los que se le comían las cosechas. Pasaba horas atando palitos, trenzando tallos y hierbas porque era tan pobre que no tenía ni para una cuerda. Muchos roedores los mataba a pedradas con un tirachinas.

—Yo tenía uno en La Habana —la interrumpe Valentina—. Jugaba a francotiradores desde las azoteas con los chicos de mi barrio, y les ganaba muchas veces.

—Parece que vas a tener sangre en las venas al final. —Bruna enarca las cejas y la mira de arriba abajo.

—Claro que tengo sangre, y revolucionaria. —Valentina se desabrocha unos botones del abrigo y busca la cuerda de su cintura.

—¿Qué te tocas? Abrígate que vas a coger frío. ¿Cuándo te vas a quitar ese cordón raído de franciscano? ¿Está de moda en Cuba?

—No es asunto suyo.

—Todo lo tuyo es asunto mío, ahora. Soy tu abuela y además tu tutora, que es como tu madre.

—Ya tengo una madre, no me hace falta otra, además yo sé bien que usted no sabe serlo, no sabe cuidar de nadie.

Los ojos de Bruna se encienden, el amarillo se convierte en antorcha.

—Qué sabrás tú de nada, niña insolente.

—Lo que me contó mi madre.

—Tu madre tampoco sabía nada, bien tuve que protegerla de la verdad, y cómo me lo pagó, pero ya entenderás, que has de saberlo todo tarde o temprano —dice Bruna.

Sé que usted es una vieja que se va a morir, piensa Valentina, y mi madre está bien viva. Pero baja la mirada y juega a dibujar círculos en la tierra con la punta de un zapato. Son los nuevos que le compró la Elefanta para que la abuela millonaria la conociera digna. Con todo a estrenar te vas a ir para esa tierra, le decía acunándola y besándola con los labios grandes, que no piensen que aquí éramos miserables, comunistas, sí, pero nada más. Su abuela calza botas de goma verde oscuro, dos tortugas que le sobresalen por el abrigo blanco.

Un viento helado atraviesa la imagen de la anciana y la niña sentadas sobre la piedra gallega, envueltas en el fragor de los visones antiguos, de la naftalina que apesta el viento y les revuelve el cabello con hojas secas, hasta que Bruna se levanta apoyándose en la empuñadura de plata. Posee el caminar rotundo que no ha logrado aniquilar el tiempo.

—¿Quieres ver un lugar imprescindible en todo jardín de reina?, recuerdo que me preguntó tu abuelo, Valentina. —El mediodía se abre entre las nubes con un rayo de sol—. Y si no lo tiene, dije yo, ¿qué ocurre? Que no eres una reina verdadera, me respondió, sólo una mentirosa. Pues yo sólo miento cuando me apetece, y si es pecado a mí qué, como dice mi tía Angustias, que no lo hubiera puesto Dios en la tierra si quería que no lo utilizáramos, eso es jugar sucio. La tía Angustias no tenía en mucha estima a Dios, Valentina, le acusaba de quitarle todo, y no se le podía culpar pues cuanto ella tocaba mancillaba con su soledad de borracha. Ven a mi lado, niña, no te quedes atrás. Estas que ves aquí son las huertas, y ésos los grelos que crecen a su antojo entre las cebollas que también se multiplican sin fin. —Apunta la verdura con el bastón—. Es Petriña quien los planta ahora, quien los cuida a pesar de las manos deformes y la joroba donde se le sienta a descansar la vida. Y en ese banco que ves al terminar la hilera de huertas, pasada esta geometría de hortalizas y sueños, ese que tiene en lo alto del respaldo el escudo de los Novoa y dibuja en las patas una pétrea garra de fiera, a ése y no a otro, fue al que me hizo subirme Jacinto para divisar desde allí el territorio de reina, que la primera vez se ha de ver desde lontananza para apreciar su juego, su dibujo divino donde uno se pierde y se encuentra. Súbete al banco, Valentina, que yo ya estoy vieja. No quiero subirme a ningún sitio. Súbete y no me desobedezcas. —Le tiende la mano, la niña se la queda mirando, frunce el ceño, su abuela la mira con dureza y finalmente toma su mano y sube al banco—. ¿Ves, Valentina, lo que te he explicado?

—¿Qué he de ver?

—Esa misma pregunta le hice a tu abuelo. Verde, verde, decía él con su resuello de canario acariciándome la oreja detrás de mí, en el banco, y yo con el escalofrío en la espalda de su verdad escuálida, de su sabiduría de pavo real. Tienes que ver los caminos rectilíneos que han dibujado los arbustos, insistía, mira dónde juega una reina, Bruna, una reina de verdad, en su laberinto de flores y hojas. ¿Y qué carajo es un laberinto?, pensé sin despegar los labios, apretando la ignorancia hasta hacerla sangrar como no había hecho en todos mis días miserables. Jacinto me agarró la mano que se le había puesto otra vez de hielo y me dijo: hay que meterse y encontrar la salida. ¿La salida a dónde? me pregunté, mira que son tontas las reinas, y que les gusta perder el tiempo en vez de reinar. Baja del banco, Valentina, ven, dame también tú la mano. Eché a correr junto a tu abuelo que parecía de pronto tener pulgas y es que no se podía estar quieto, me dijo años más tarde, con el corazón inmerso en el delirio nuevo de vivir. Vamos por esta senda, Bruna, insistía. Y encontrábamos el paso cortado por una barrera de aligustre, que es de lo que estaba hecho el laberinto, nos dábamos media vuelta, y a empezar otra vez, cuánto corrimos aquella tarde de febrero, Valentina, la primera de muchas que pasamos juntos. Metámonos dentro del laberinto, niña, el dibujo es el del mosaico del suelo de la catedral de Canterbury. Se me secaba la garganta de tanto correr y miraba a Jacinto de reojo, hacía al principio un ruido como el de las gallinas cuando cloquean de muerte, pero luego se le fue pasando, y cada vez corríamos más deprisa de una senda a otra, y nos reíamos de forma descomunal y según nos cansábamos, más fuerte le iba sintiendo a mi lado; el vestido que lo tenía roto se me caía por el hombro y aunque llevaba la toquilla negra atada a la cintura dejaba libre el hueso de la clavícula que él miraba en cuanto nos deteníamos, hice que me lo tocara. ¿Te gusta? Mucho, me puso la mano sobre la suya picuda tras apartar el jersey para abrigar difuntos. Vaya cosa, le dije empujándole. Y salí a la carrera para que viniera detrás, y eso hizo, por esta senda de aquí, tú vete por la otra, a ver si me atrapas, Valentina, corre que eres joven o te doy con el bastón, no enfades más a esta vieja.

La niña corre y el viento se le mete en la boca.

—Valentina, aquel día la tarde se convirtió en nuestra risa, yo era la de Jacinto y él la mía, ya no queríamos encontrar la salida del laberinto, sino atraparnos el uno al otro, a ver si me alcanzas ahora tú, Valentina, vamos niñita, tirabas piedras de francotiradora y no eres capaz de hallar a una vieja, por aquí, por aquí, te estoy indicando con la punta del bastón, mira hacia arriba de los aligustres, pero ten cuidado, tu abuelo tropezó y se fue de bruces contra un charco porque la lluvia de febrero había embarrado hasta las más recónditas esperanzas, grító y pensé que era su fin, me puse a correr como loca de un lado a otro, no le veía por ninguna parte. Jacinto, le llamaba, Jacinto, niño espíritu, que es como le decían a veces en el pueblo. De pronto se me apareció detrás de este seto, por sorpresa, ahhh, Valentina, tontita, que soy tu abuela. —Ríe con ganas, se agitan las perlas y se le corre el *rouge* de los labios—. Tampoco yo me lo esperaba, chillé, tenía barro hasta en el alma y a él le dio la risa, la tenía muy bonita, libre como borboteo de deshielo, le di unos golpes en el hombro y él reía más. Valentina, escóndete a ver si te encuentro, me conozco este laberinto de memoria, por mucho que quieras no puedes escapar de mí, Jacinto me enseñó todos los caminos, me ataba un hilo en una rama del primer aligustre y así no me perdía nunca, eso era lo bueno de su educación clásica, el hilo de una tal Ariadna, me decía. Te veo el cabello, niña, voy a atraparte.

—Ya verá como no —dice Valentina.

—Jacinto me llamaba todo el rato: Bruna, Bruna, ven a por mí; di con él en un golpe de suerte, nos agarramos de la mano y así me guió hasta la salida. Allí nos esperaba un hombre que me pareció gigante. Tenía unas botas con sangre seca, yo conozco bien el olor de la muerte de pólvora, el pelo como los lomos de las ardillas, los ojos de murciélago. Miró los mofletes de su hijo rebosando barro, chapas rojas de lozanía, el jersey roto, encharcado, la garganta seca que casi no podía hablar. Me han cambiado el hijo, se leía en su expresión, pero el color de Jacinto comenzó a disiparse poco a poco al ver al padre, y se quedó mudo. ¿Quién es esta niña?, preguntó él. Soy Bruna Mencía, respondí para ayudarle. Valentina, a mí no me daba miedo la gente, pero su mirada me hizo temblar el estómago y a Jacinto le vi apretar los muslos. Le había espiado muchas veces cazando en el bosque, me gustaba su soledad primitiva. Soy Bruna Mencía, repetí, la hija de la Santiña. Me cogió del mentón y lo acercó a su rostro, me tuve que poner de puntillas, yo también jadeaba. Tienes un ojo de tu madre, me dijo con aliento de cueva, me han contado en el pueblo que pones trampas para topos. Yo sé cazarlos mejor que nadie, señor marqués, le lucía bajo el sol del invierno el anillo de familia, este que ahora se yergue en mi dedo con la camelia de diamantes. Ven junto a mí, Valentina, levanta los brazos para que te vea y pueda guiarte, tengo la fatiga rondándome como pretendiente celoso.

—Quiero que me enseñe los caminos del laberinto —dice la niña.

—Habrás de conocerlos como toda reina para que juegues, ames y maquines entre ellos. —Sonríe con el *rouge* cruel.

—Este laberinto es el lugar que más me gusta de su reino. —Valentina tiene una risa pequeña.

—Sabes reírte, niña tonta, ya era hora de que quitaras por un momento esa cara mustia. Si hubieras visto como yo a José Novoa sí que se te hubiera quitado con motivo la sonrisa. Id a la cocina a que os den de merendar, nos dijo aquella tarde, porque no hablaba, ordenaba, y luego tú te vas a tu casa por donde has venido, me señaló con el dedo, se dio la vuelta y me tembló el mundo en las entrañas.

Cuando Bruna y Valentina llegan a la salida del laberinto hay otro hombre grande esperándolas. Las piernas gruesas un poco abiertas en actitud de reto, los brazos en jarras, los ojos negros de las noches sin sueños, el cabello veteado de rojo y blanco, las orejas grandes y la ambición en las mejillas. No lleva botas de caza sino zapatos finos, pantalones verdes de lana y gabardina beige. Huele a la colonia de los aspirantes a reyes y sonríe con labios de daga.

Bruna enarca las cejas y abre más sus ojos de dos colores.

—¿Qué has venido a hacer aquí? —le pregunta.

—He venido a llevármela —le responde él, y mira fijamente a Valentina al igual que Bruna.

El corazón de la niña late con fuerza, parecía haber encontrado cierto reposo en el laberinto junto a su abuela, pero ahora va a entregarla a aquel desconocido. Ella no cuidó de mi mamá, y ahora tampoco lo hará de mí por mucho que diga, piensa Valentina. Se amarra a la cuerda de su cintura. Cerca del laberinto ve una casa de hierro y cristal, es el invernadero; corre hacia él mientras de un árbol cercano cae un chorro de pájaros negros.

9

Valentina, la nieta de la cuerda mágica

Valentina, tócate el ombligo cada vez que tengas miedo, cada vez que te sientas sola, le decía su madre balanceándose en la hamaca de la siesta; la niña jugando a hundir la nariz en la melena de amapola. Estamos unidas para siempre por una cuerda mágica, va de tu ombligo al mío, del mío al tuyo, en una autopista de amor invisible. A través de ella, mamá siempre estará contigo y te protegerá del mundo cuando el mundo sea malo, que a veces lo es, y hay que perdonarlo porque lo hicieron salvaje e injusto, pero también lindo, tierno como este abrazo que te doy con olor a jazmines, la hamaca balanceándose en el patio de cáscaras de colores. Valentina ponía un dedo en el lunar de su destino, otro en el ombligo de su madre, no predestinado a reinar, y se quedaba dormida. Nada malo podía suceder, la vida era calor, era la sombra de la ceiba del patio, era el silencio espeso de los jazmines, era el regazo de la piel tan blanca comparada con la suya. Luego balanceo, alguna mosca de la tarde, un bostezo, la bocina lejana de un coche, una caricia, los ojos cerrados.

La madre de Valentina sabía bien que el mundo podía ser

salvaje y sobre todo injusto. Se llamaba Rebeca. Rebeca del pelo rojo, periodista y revolucionaria. Desde que era pequeña se llevaba la plata de las vitrinas del pazo para dársela a los pobres en las romerías, y Bruna le daba unos azotes. Todos los hombres somos iguales como los grelos, eso le había enseñado Jacinto, aunque uno sea más sabroso que otro. Y ella así lo creía cuando se instaló en su pequeño apartamento de La Habana Vieja, sin más compañía que una Remington que parecía escribir al ritmo de los años veinte, pero corría por entonces el año 1968, y Rebeca veía por fin cumplido su sueño de viajar a Cuba. Lo había anhelado desde que era estudiante en la Universidad de Madrid, y se echó a las calles junto con otros compañeros el día que triunfó la revolución cubana para gritar: libertad o muerte, y acabó con las costillas magulladas en un calabozo de la capital por comunista y alterar el orden público.

En el apartamento que estaba frente al de Rebeca, tan minúsculo como el suyo, vivía Melinda van Dyck, la Elefanta de Oro. Ella fue la única que vio cómo aquellos hombres disfrazados de hombres se llevaron a Rebeca, un año más tarde de su llegada a La Habana, tras derribar de una patada la puerta del apartamento. Después los tacones de las botas bajando la escalera, el carraspeo de uno de ellos que escupe, la Remington tintineando en el aire sus últimas palabras, los escalones sucios, la Elefanta tirada en ellos con un puñetazo en la boca que se la ha amordazado de sangre, un perro en el zaguán que se lame una pata, una colilla humeante, una palabra que flota: traidora, traidora a la revolución que te acogió como a una hija, en la boca torva de uno de los hombres; después silencio.

Con Rebeca sólo se llevaron la Remington que creían subversiva, la Remington que no volvería a escribir porque no regresó jamás al apartamento, extraviada como quedó en las burocracias carcelarias; sólo volvió Rebeca, con la memoria rota y una hija en el vientre. La Elefanta la envolvió entre sus brazos de cayuco. Melinda, la revolución no es todos los hombres que la hacen, le susurraba Rebeca, que los hay que la ensucian con sus actos infames; la Elefanta la envolvió entre hojas de palmera con un emplasto de lima, canela y nomeolvides. Melinda, me equivocaron con otra extranjera que escribía para los capitalistas blasfemando sobre el hambre que aquí se pasa como si no se pudiera vivir de libertad la envolvió en palabras dulces. Melinda, y luego me soltaron, pero ya era tarde. Melinda, bórrame la memoria, le decía Rebeca en el delirio de las semanas siguientes, empapando el lecho de fiebre. Melinda, quítame los pedazos que me quedan de ella, como si fueran los restos de un espejo roto, para que no me hiera más. Y la Elefanta que no, mi amor, mi periodista de pelo rojo, que es mejor mirarse en el espejo de pedazos unidos, y verse linda a pesar de todo. Bórrame la memoria, insistía Rebeca, la poca que me queda, haz que se vaya, que no la vea nunca la criatura que llevo dentro. La Elefanta cantaba un salmo en papiamento, la lengua hecha de muchas lenguas que se hablaba en sus islas, quemaba tulipanes secos y un aliento de invierno le salía de la boca hundiendo el apartamento en niebla. Así, suplicaba Rebeca, que se lleve mi memoria este viento de muerte, que se la lleve lejos y no la traiga jamás.

Valentina nació a los ocho meses, escurridiza y dorada como un pez grande, una carpa que deslumbra a sus compañeras de río. Bajo el humo de un sahumerio de nomeolvides, en la calentura del apartamento, una madrugada de mayo. La mulata holandesa la sostuvo con fuerza entre sus manos porque vino al mundo con prisas, su piel resbalaba de líquidos secretos. Esta niña quiere volar, le dijo a Rebeca, no hay forma de retenerla. Tenía los ojos turbios de recién nacido, pero sabios como chamanes de tribu. El cabello de hojarasca, la nariz pequeña y ancha, los labios gruesos. Cuando la mulata puso a la niña en brazos de Rebeca, ella pensó que olía a lo más profundo de sí misma, y sintió que olvidaba otro poco lo que ya había olvidado. Se recreó en la calidez de su hija, en la mirada primera, en el amanecer de la ventana, y la acurrucó en su pecho.

A los tres años Valentina sólo dibujaba en el jardín de infancia unas burbujas negras que un psicólogo relacionó de inmediato con un trauma, con una predisposición hostil hacia la vida, pero cuando le preguntaron a Valentina replicó en su media lengua que no era otra cosa que su primer recuerdo, la primera foto que le disparaba la memoria de su existencia, el vientre oscuro de Rebeca. Valentina soñaba con él, soñaba con estar dormida dentro de su madre. Solían jugar a ponerse cada una en una punta del apartamento, riendo porque casi podían escucharse la respiración en la distancia minúscula, y se hablaban con un dedo en el ombligo, a través de la comunicación de la cuerda mágica. Mami, te quiero, corto y cambio. Y yo más, mi niñita, yo aún más.

Valentina creció sin echar de menos un padre, pero a partir de los cinco años no dejaba de preguntarle a su madre por él. Lo olvidé, le contestaba Rebeca, de tu papá me olvidé, me dio una enfermedad y se me murió su recuerdo. ¿Pero ya se curó, mami? Ya me curé, pero se me fue para siempre como una

Remington que tenía por esa época, se marchó para no volver y ahora tengo esta Olivetti que escribe más triste. ¿Y no se puede hacer nada, mami, para volver a acordarse? No, Valentina, los recuerdos no pueden vivir por sí solos si los arrancas de la memoria. ¿Y no habrá alguien que pueda encontrarlos? Eso ya no lo sé.

Rebeca, en cambio, sí le hablaba a Valentina de su padre, Jacinto. De cómo le había enseñado a leer en la biblioteca con las novelas de Julio Verne, sobre sus rodillas, desvelándole también en los descansos los misterios de los múltiples números siete que poblaban la habitación; de cómo le había mostrado el mundo en un atlas de tapas verdes, mientras su madre se convertía en la gran Bruna Mencía y celebraba fiestas en el pazo, lo iluminaba con farolillos, e invitaba a los amigos ingleses de su marido; bajaba majestuosa la escalera con su boquilla, sus moños y sus perlas, y Rebeca la espiaba desde el descansillo. La veía bailar vaporosa, beber en copas largas el líquido de oro, y reír, y la escuchaba atragantarse con palabras inglesas, y con nombres de negocios que ella no comprendía ni le interesaba. Su madre, que por aquel tiempo había llenado el jardín del pazo de pavos reales con la cola de abanico abierta paseándose por donde les venía en gana, de flamencos africanos que teñían de rosa el horizonte del estanque y adornaban por fuera lo que estaba hueco por dentro.

Pero luego Jacinto se fue para no volver jamás, le decía Rebeca a Valentina. ¿Te abandonó tu papá?, le preguntaba la niña. Eso creí durante muchos años y se me secaba el corazón sólo de pensarlo. Mi madre me envió a un colegio interna a Madrid, donde luego me quedé a estudiar en la universidad y me hice revolucionaria.

Sin embargo, le contaba Rebeca a su hija en la noche habanera, cenando en el comedor del apartamento, una vez durante unas vacaciones de verano se me ocurrió disfrazarme de mi madre mientras ella bailaba en el salón del pazo. Subí a su dormitorio, abrí sus cajones, rebusqué entre los armarios de su ropa para probarme uno de sus vestidos de seda que causaban la admiración de los hombres, y allí las hallé, escondidas y bien escondidas entre las medias de cristal. ¿El qué, mami? Termínate la yuca frita o no te lo cuento. Valentina se mete un pedacito en la boca. Hallé un atado de cartas que no iban dirigidas a Bruna Mencía, sino a Rebeca Novoa. Eran las cartas que me había escrito mi padre a lo largo de los años y que ella me había ocultado haciéndome creer que él no quería saber nada de mí. ¿Y cuántos años tenías, mami? Come, Valentina. La noche en la ventana con una luna gigante. Catorce tenía, mi niña, no se me va a olvidar. Leí todas las cartas de golpe mientras resonaba en las paredes del pazo la música del baile y lloré mucho. Esperé a mi madre ovillada en su cama, con las cartas en las manos, arrugadas de lágrimas. Creí que soñaba cuando se abrió la puerta y escuché su voz adensada por el champán, y la de un inglés que en esa lengua susurraba y reía en el oído de mi madre. Rebeca, ella dijo mi nombre sorprendida, y desperté del todo. La vi con el moño medio deshecho, el *rouge* trasnochado por la madrugada y los besos ingleses. ¿Y cómo son esos besos de las islas Británicas? Tú termínate la cena o no te cuento más. Los ojos de Rebeca se pierden en la luz de la luna que entra por la ventana. ¿Y qué te dijo, mamá? ¿Por qué había hecho algo así? Él no te merece, ésa fue su explicación, nada más. Y ahora a la cama, Valentina. No tengo sueño, mami. A la cama y no seas desobediente.

¿Me contarás un cuento de bosques? Pero sólo uno. Valentina se lava los dientes, se pone el camisón y se acuesta en su camita pequeña como de juguete. En las profundidades del bosque gallego, en su corazón de castaños y robles... Allí nació la abuela Bruna, ¿verdad, mami? Allí nació y allí reina en su castillo de piedra, sola con un ejército de almas en pena. Pero mami... Ssshhh, calla, Valentina, duérmete y no preguntes más o ella vendrá a por ti y te entregará a los fantasmas.

A los siete años y gracias a la influencia de los cuentos gallegos, donde siempre había secretos y nostalgias que ocultar entre la bruma, y al papá olvidado sin posibilidad de recordar, Valentina se había convertido en una niña observadora e imaginativa. Continuó dibujando en cuadernos o cuartillas que le proporcionaban su madre o la Elefanta y, hasta los nueve años en que comenzó su vicio de inventar recuerdos olvidados por los demás, pasaba las tardes pintando padres marcianos, padres astronautas, padres revolucionarios ataviados con la gorra del Che, o bosques de hojas gigantes, con ríos de aguas amarillas.

Se hizo famosa en su barrio cuando empezó a inventar recuerdos. En el carnaval habanero la subieron en la carroza principal tapizada de flores que arrastraba un burro con sombrero de paja, cintas y cascabeles. La llevaron así hasta la plaza del vecindario donde había verbena en la que se bailaba, se tocaba la guitarra, los bongos, se cantaba el son, la guaracha, se bebía ron entre puestos de frijoles, puerco a la parrilla y yuca rellena y papas fritas. Bajo un palio de lino que improvisaron con cuatro cañas para burlar el sol del Caribe, ella hacía uso de lo que parecía un don, adivinar lo que los demás olvidaban.

—Valentina, ¿dónde puse el monedero, *mijita*, que no me

puedo acordar y tenía en él toda la plata? —le preguntaba una vecina.

—Lo dejó metido en un bolso de color blanco, el que llevaba anoche colgadito del brazo.

—Bendita, Valentina, gracias.

Y el hombre que trabajaba de cartero:

—Niña, por lo que más quieras, devuélveme un trocito del recuerdo de mi madre que se me perdió en el tiempo.

—Lo llevaba a usted a pasear al Malecón y merendaban guanábana mientras le contaba un cuento.

Y el cartero empedrado de lágrimas.

—Se me abrió la memoria de cuajo, niña, tengo la fruta dulce entre los labios, tengo el cuento de un pirata hablándome dentro del corazón.

Pero no siempre Valentina adivinaba gratis, en el colegio vendía a los chicos grandes los recuerdos buenos a un centavo, los malos a medio y los que tenían secreto a centavo y medio. Y no siempre su pretendida habilidad era festejada. Lo que esta niña tiene es una imaginación mesiánica, señora, y nada más, le decía a Rebeca la maestra de Valentina. No sólo va contando que su padre es una Remington, una máquina de escribir que se fue para no volver jamás, que una persona puede ser engendrada sin que medie un varón de por medio, como si procediéramos de hermafroditas; si sólo fueran esas barbaridades genéticas, podríamos pasarlas por alto y compadecer a la criatura que deja volar su mente para curar un trauma, pero es que además anda inventando todo el día cosas que dice olvidaron los otros, y tiene a sus compañeros viviendo en un estado de fantasía perpetua que no les deja concentrarse en las cuentas y en las letras, que aquí los niños vienen a aprender y no a que les hagan soñar. Valentina, eso está mal, no inventes, le regañaba su madre delante de la maestra, y ella sentada en un banquito triste, con las coletas cayéndole hasta los hombros, y una carita que era la pura bondad: no invento, mami, que me lo dicen sus ojos, que lo escucho en el vientre cuando ellos me preguntan lo que olvidaron. Ya te dije que lo que se olvida no se puede recuperar. Además, señora mía, hace negocio, se quejaba la maestra, que lleva la niña un bolsillo cargado de monedas, vende la fantasía, señora, y eso está peor todavía.

Valentina había empezado a cultivar su faceta de comerciante vendiéndoles recuerdos a los turistas. Rebeca, que apenas escribía desde el episodio de su Remington, había montado un puesto de artesanía con cuadritos de arena que pintaba de colores vivos con los paisajes de la isla, pues apenas les daba para sobrevivir. Solía llevarse a Valentina, que permanecía a su lado escrutando los ojos de los turistas. Si no le gusta el cuadrito le vendo un recuerdo que haya olvidado, decía la niña, dígame de quién lo quiere, ¿de su padre?, ¿de su madre?, ¿de su novio? Dígame si hay algo que le atormenta, hoy están baratos, a dólar. Y Rebeca: no le haga caso, pero la niña insistía, y los turistas se llevaban el recuerdo, aunque no fuera el que en principio habían ido a buscar. No has de hacerlo nunca más, le regañaba Rebeca, pero esa noche había pescado fresco para cenar en el apartamento, mantequilla, azúcar, y con suerte ron. Todo lo compartían con la Elefanta.

—Ven, que la niña ya vendió —le decía Rebeca.

Y la mulata pasaba al apartamento con sus carnes totémicas.

Comían en una mesita redonda frente a un televisor en blanco y negro que sobrevivía a golpe de interferencia, pero donde escuchaban por horas los discursos del Comandante en Jefe que copaba las dos únicas cadenas. Valentina le miraba fascinada, y no se movía de delante de la televisión hasta que terminaba. Luego le gustaba repetir las proclamas libertarias, porque había comprobado que los turistas le daban más dólares si al darles las gracias ella contestaba, en vez de «de nada», liberación o muerte.

—En verdad que la niña te salió revolucionaria, Rebeca —le decía la mulata mientras la cogía en brazos y le acariciaba el cabello y la llenaba de besos.

Tenía los ojos azules y un cuerpo tostado de Elefanta que se mantenía firme a pesar de la gordura. Rondaba los cuarenta y cinco. Se había hecho famosa en su juventud bailando en los clubes más concurridos del Caribe, con unos huesos de contorsionista que se le habían atrofiado en una artrosis prematura, así que vivía de lo que fue, exhibiendo en fiestas privadas su físico monumental embadurnado en un ungüento dorado, como un souvenir inmóvil de su época de gloria, cuando eran pocos los que la conocían por su nombre real, Melinda van Dyck, y sí por el artístico: la Elefanta de Oro. A Valentina le gustaba ayudarle a extenderse el ungüento. Había visto a su madre hacerlo muchas veces asomándose por la rendija de la puerta cuando ellas pensaban que dormía. Rebeca le acariciaba las piernas de árbol hasta más allá del final de la ingle, la espalda donde podía tumbarse un hombre, los pechos tersos con los pezones de humo, las nalgas de sandía, los brazos que habían traído a su hija al mundo y la acunaban y protegían cuando ella no estaba. Valentina las escuchaba hablar, reír, ronronear como gatos. Yo te unto de oro, Melinda, le decía, y ella: tú dame bien por las piernas, mi amor, no más, y con esas manitas dame masajitos para activar la circulación, para entretenerme el dolor y que mueva mejor los huesos.

Enséñame a bailar, Melinda, le pedía Valentina cuando terminaban de ver la televisión y ella ya se había bebido buena parte del ron que le devolvía, por unos instantes, la dicha de retorcerse al compás de ritmos caribeños, con un muslo ámbar alrededor del cuello, como una boa gigante. Valentina la imitaba riendo, la ventana del apartamento abierta para que entrara la brisa nocturna de los jazmines del patio y las palmas de las manos convertidas en estrellas. Las tres terminaban exhaustas. La mulata se arrastraba a la cama de Rebeca, que temblaba porque el ron le levantaba las mantas de la memoria, y temía mirar los ojos pardos de Valentina, temía que la niña viera algo que ella intuía no debía ver, algo que luchaba cada día por que permaneciera en la ciénaga del olvido. No pasa nada, mi amor, le decía la mulata en el rumor del papiamento, tras acostar a Valentina en la camita mueble del salón, y la tomaba entre sus brazos y la besaba para que en su memoria sólo estuviera ella, Melinda, con sus carnes doradas y su querida niña. Pero Valentina a veces se levantaba y se acurrucaba entre ellas: no puedo dormir, se quejaba mañosa. Rebeca le acariciaba el cabello y le contaba un cuento que sucedía en un paraje exuberante, verde, más allá del Atlántico, donde vivía una mujer con los ojos de colores que vendía a las niñas mentirosas a los ogros y las ánimas en pena.

10

Pesadillas de reina

Hace años que el invernadero del pazo se ha convertido en una selva íntima. Los cristales engarzados en hierro blanco tienen agujeros por donde entra la lluvia, pero mientras tanto yace en su transpiración silenciosa. Respira por sí mismo, con un perfume a orquídeas jugosas y un latido de humedad perenne. En otros tiempos reinaba el orden de las manos del jardinero, y las plantas se extendían en filas con una belleza marcial. Ahora crecen a su capricho. Se les ha asilvestrado el carácter y reniegan de la obediencia de antaño. Se extienden en ramas dichosas por todas direcciones, han invadido el techo, las paredes traslúcidas, y juegan a golpear los cristales con la punta de los tallos. A veces parece que el invernadero va a estallar, que los cristales no podrán contener tanta exuberancia. La poda me recuerda a la educación, suele pensar Bruna; te dan forma, te doman, te indican por dónde debes crecer, o al menos lo intentan. Ahora mando yo, hace muchos años que mando yo, y hasta los fantasmas tienen que obedecerme.

Valentina se ha ocultado en el invernadero huyendo del

desconocido grande y de su abuela, tras una mata de orquídeas violeta. Aspira el aroma de la planta.

—Mami —le susurra a la cuerda, la acaricia con los labios—, este olor me trae a la memoria cuando llovía a mares en La Habana y la tierra se abría en agujeros, en surcos. Mami, ven a buscarme, mami, no me abandones. Que no me lleve quien no conozco. Tengo miedo de este país aunque sea el tuyo...

—Tú eres la de Cuba. Se te nota porque tienes la piel igual que el café con leche que se toma mi padre por las mañanas.

Valentina da un respingo. Hay un niño a su lado, alto como una torre de castillo desde la que se vigila a los enemigos del mar. Con los ojos de agua, pecas en los pómulos, la barbilla de yunque. No sabe de dónde ha salido. Lo ha escupido una planta carnívora y ahora es él quien desea morder a otros. Le sonríe torciendo la boca. Le asoman los colmillos de hielo. Ella retuerce la cuerda entre los dedos y dice:

—Así que tu padre bebe niñas.

—Ja, ja. Te queda grande el abrigo.

—Y a ti el cuerpo.

—Ja, ja. Así que tú eres la que viene a heredar, a quedarse con todo lo que pueda. No pareces gran cosa.

—Yo no quiero nada de este reino de muertos ni de ninguno. Así que te lo puedes quedar, seas quien seas, que yo nací para la revolución, nosotros no heredamos, sino que todo nos lo ganamos luchando.

Piensa en la escalera que sube a su apartamento en La Habana, en las proclamas de libertad y lucha que se ven entre la ruina de los desconchones de cal, piensa en la mulata con la lengua consoladora de papiamento, en la hamaca del patio de jazmines, en el pelo rojo de su madre, en esa voz nocturna de los cuentos gallegos.

El niño tiene alrededor de trece años y un flequillo que le cae ladeado por la frente, ocultándole en ocasiones uno de sus ojos fríos.

—Es mi padre quien debería heredar este pazo.

—Y a mí qué con esta casa triste... —Se enrosca y desenrosca la cuerda entre los dedos—. Pero ¿acaso tu padre nació con un lunar en el ombligo?

—Anda con la que sales, niña... Ésas son cosas de locas. Claro que tú debes de estarlo también como muchas mujeres de la familia, pues ¿no le estabas hablando a esa cuerda? —La señala con desdén.

Valentina le da una patada al niño en la espinilla y sale corriendo del invernadero. Quiere alejarse del laberinto donde está ese hombre grande con su abuela y resguardarse en algún lugar secreto del jardín. Pero escucha a su espalda la voz de leopardo del día de su llegada.

—¡Valentina, ven aquí!

Siente en la piel la mirada de dos colores, el amarillo felino, el negro exigente. Se acerca despacio a su abuela y al hombre, que la mira de arriba abajo con los mismos ojos que el niño del invernadero. Éste no tarda en llegar a su lado.

—Papá, tenemos a otra loca. Habla con una cuerda, mami, mami, la llamaba —dice con gesto de burla.

Bruna mira con dureza al hombre grande. Se llama Uxío y es el hijo de Roberta. Vive en Ourense con ese niño suyo que se parece tanto a él, como si Dios se hubiera propuesto hacer un pequeño doble de un ser que Bruna desprecia sólo para castigarla.

—A ver si le enseñas modales a tu hijo —le dice mientras Valentina huye en dirección a la avenida de sauces y sicomoros, a la avenida que recibe y despide a las reinas.

—Te ha salido asustadiza tu nieta cubana —responde Uxío, y sonríe con una mueca de satisfacción.

—Está mejor educada que tu hijo, se cree con derecho a todo.

—Y lo tiene.

—Eso ya se verá —responde Bruna encendiéndose un cigarrillo—. Te has dado prisa en regresar al pueblo, muy rápido te has enterado de la llegada de Valentina.

—Uno está bien informado. —Sonríe otra vez—. Pero vamos al asunto que nos ocupa: mañana sin falta me la llevo, que esté preparada para el mediodía. —Carraspea con autoridad y se mete las manos en la gabardina.

—Por mí llévatela ahora mismo… ¿acaso crees que yo quiero tenerla?

Bruna echa sus trenzas hacia delante, quedan robustas sobre el visón y el niño retrocede. Le recuerdan a dos serpientes, dos boas de nieve capaces de tragarse, si no a un hombre, a un adolescente entero.

Uxío abandona el pazo con su hijo. Conduce un Peugeot oliva que Bruna ve alejarse hasta desaparecer tras el arco de los tilos. Se desabrocha el visón blanco, está acalorada, y camina apoyándose en el bastón con la empuñadura de plata.

—¡Valentina, Valentina! —llama a su nieta—. ¡Valentina, Valentina!

Su nombre retumba por todo el jardín del pazo. La niña lo siente rebotar en el agua helada de los estanques como una piedra que vuela a saltos y finalmente se hunde. Lo escucha enredarse en los brazos largos de los sauces, en los sicomoros que lo sellan en su mutismo de sarcófago, Valentina, Valentina, se enrosca en los pináculos de porcelana azul, sobrevuela sin detenerse el jardincito de Amelia Lobeira, zigzaguea perdido en el laberinto de reina, se alimenta de los grelos de la huerta, se hace más fuerte, más colérico, Valentina, más que un nombre es ya una orden, un mandato, una obligación. Valentina no quiere ser Valentina en aquel jardín extranjero y camina por él sin más rumbo que la huida.

Pasan varias horas hasta que la niña se topa con la capilla del pazo, solitaria más allá del estanque. El sol se ha abierto camino entre las nubes, pero su fuerza comienza a debilitarse y la luz se encorva lentamente hacia el ocaso. Su nombre ha desaparecido. Antes de que se desvaneciera del todo, lo escuchó también en la voz de la criada vieja, Petriña, las letras eran más pequeñas y parecían vestir el luto plañidero. Le rogaban: rapaciña, vuelve a casa que a tu abuela le crece cada vez más el enfado, vuelve, que no está acostumbrada a que la desobedezcan, aquí hasta las camelias florecen cuando lo dice ella, y se tiene hambre sólo si lo manda; rapaciña, no seas así, que como se te haga de noche se te va a helar hasta el alma.

Ya sólo queda el silencio del jardín. La dictadura del viento. El discurrir del agua. Valentina siente las tripas vacías. No ha comido desde el desayuno, y debe de ser ya la hora de la merienda. A pesar de que arrastra el visón negro, un temblor siempre la acompaña. Sabe que por mucho que se abrigue, por mucho que busque refugio en aquella capilla de piedra que se alza frente a ella, no dejará de temblar hasta que regrese a La

Habana. Aun así decide aventurarse a su interior. La puerta de madera con tachones de hierro cede al primer intento. Recibe a la niña una corriente de hojas secas, una bofetada gélida en cada mejilla. La luz que entra por las ventanas ojivales de los muros se va afilando conforme cae la tarde, y deja en la estancia un color azul. Hay un rosetón con vidrieras de arcoíris en lo más alto de la pared opuesta a la del altar. Se puede subir hasta él por una escalera de caracol. En los tiempos de gloria del pazo, aquellos en los que José Novoa aún no había iniciado una guerra contra Dios, era el lugar destinado al coro. Bruna lo había formado de nuevo durante los años de las fiestas con los ingleses y los pavos reales y los flamencos rosas; doce mujeronas del pueblo y un labriego tenor, bajo la dirección de un seminarista venido desde Ourense, arrancaban a la rusticidad de sus gargantas estertores místicos. Pero sólo quedan los atriles lisiados en una esquina, uno sobre otro, en una montaña de abandono, y partituras que a veces vuelan solas por el aire secreto de la capilla junto a las hojas secas.

Valentina sube despacio la escalera, apenas queda claridad para distinguir los peldaños. Cuando llega al pisito de arriba, a la tarima de cielo que da vistas, ve el altar y su retablo de volutas doradas que encargó una marquesa con caprichos barrocos; ve la pila de granito bautismal donde el padre Felicio bautizó a Jacinto Novoa usando los óleos de los muertos; ve dos esculturas de santos vestidos con terciopelos carmesí, pero decapitados por un horror desconocido; ve las cabezas de los santos como pelotas de fútbol arrinconadas entre la mugre y las telarañas, y en el suelo de piedra gruesa, próximo al desvarío oro del altar, unas manchas grandes y oscuras. Valentina siente un escalofrío. Para distraerse de las manchas, la niña finge que se encandila con el fresco de ángeles pintado en el techo. No da resultado. Abandona la tarima de aleluyas y glorias, de réquiems y villancicos, con el único propósito de acercarse a las manchas. Le sale vaho de la boca y se frota las manos para calentar la desolación que le ha caído encima de repente. Alguien ha entrado en la capilla recientemente, hay una vela a la mitad en el candelabro del cirio pascual, y una caja de cerillas de un restaurante de carretera por la que no ha pasado ni la humedad ni el tiempo.

Valentina enciende la vela y se acerca a las manchas. Las observa haciendo pucheros. Son de sangre, sangre seca que no se puede limpiar. No sabe si la mancha de sangre de su madre aún resistirá en una calle de La Habana Vieja. Los coches pasan por encima y las suelas de los zapatos y las sandalias de los viandantes, y las guaguas impías de las que cuelgan racimos de gente, y las patas de los perros callejeros y de los perros con amo, meándose sin ningún respeto sobre la sombra de una muerte. Durante semanas, Valentina se escapó del colegio para apostarse en la calle de la tragedia. Ay, no la pise, señor, decía, ni usted, señora, por lo que más quiera, no me pise la mancha de mi madre. Y se quedaba sorda de llorarlo todo y no escuchaba los cláxones de los coches que la esquivaban como podían haber esquivado a su madre, esa tarde de lluvia, la marabunta que la dejó con el cabello rojo en abanico de desgracia. Pues esa tarde no había coches, sólo el mercadito de arte con los puestos de artesanos bajo las nubes negras. Valentina sopla la llama y la apaga. En el delirio del pasado, siente la lluvia caribeña dentro de la capilla y el silencio, roto tan sólo por sus pasos, le parece turba cubana, y las manchas próximas al altar, de rito o sacrificio pagano, la sangre de su madre que suele ver en sueños. Y llora tapándose los oídos, cantando la canción que entonaba con la Elefanta aquella tarde aciaga mientras jugaban a pasarse de la mano de la una a la de la otra un cordelito rosa, que enredaban en zigzags y desenredaban para matar el tiempo sin pensar que era otra la muerte que rondaba.

Se abre la puerta de la capilla, pero Valentina no puede oírla. Ay, mami, no me dejes nunca. Llora, moquea, aferrada a la cuerda que la mantiene en pie. Ay, mami, ven a buscarme a este lugar tan frío, a este lugar de muertos o que se van a morir bien pronto. Ay mami, ven. Toda hecha lágrimas, por eso no puede ver al joven de cabellos dorados que se le acerca y extiende hacia la niña unos brazos sensibles, flacos. Valentina, dice su nombre el joven, pero la niña sólo ve la tarde de feria, la lluvia, la turba, el rojo del cabello de su madre, el rojo del jersey del joven, que la llama, y ella le oye desde tan lejos que cree que él es el sueño y la realidad, la desgracia que ha de volver a vivir y para no vivirla más, se desmaya.

Sale el joven de la capilla con la niña en brazos. Le pesa porque está acostumbrado a la ligereza de los peces de oro. Es el joven que se ocupa del estanque. Bruna lo ha enviado en busca de su nieta. Casi pesa más el visón negro que Valentina. A la niña le cuelga un brazo y el cabello se bambolea al ritmo de su caminar. Poco a poco se hunden en la tarde camino de la casa.

Cuando Valentina despierta se halla en su cama de sábanas celestes. Reconoce la habitación y a la vieja criada que hace calceta sentada en una silla. Le teje bufandas y jerséis al joven de los peces. El rojo que llevaba puesto se lo ha hecho ella.

—Niña, no vuelvas a desobedecer a tu abuela —le dice

juntando las dos agujas como si fueran una lanza—. Si ella te llama, tú vas. Se ha tenido que acostar, pero mañana la regañina no te la quita nadie. Ay, rapaciña, con lo que ella te ha esperado. Bueno, ¿te encuentras mejor?

—Un poco. —Se acurruca entre las sábanas.

—¿Y hambre tendrás?

—Hambre, sí. —Valentina se sienta en la cama.

—Claro, como que no almorzaste. Te he preparado un guiso de lentejas con carne. Pero otra vez si te portas mal no cenas, así son las cosas en esta casa.

La vieja criada guarda su calceta en un saquito de tela y acerca a la niña una bandeja que tenía preparada en la mesa. Destapa la cazuela y un aroma sabroso se extiende por la habitación reconfortando a Valentina.

—Me lo voy a comer todo.

—Buena rapaza, así me gusta.

Petriña mira el reloj.

—Se me hizo tarde. Me voy a dar de comer al trasno que luego no me deja dormir.

—¿Qué es un trasno? ¿Su mascota?

Ríe Petriña y echa hacia atrás la giba nocturna.

—El trasno es un duende.

—¿Un duende? —repite Valentina abriendo mucho los ojos.

Petriña mira un instante por la ventana buscando en la noche un cómplice de la historia que se dispone a contar. Baja la voz y se esfuerza en ponerla ronca.

—Aquí en Galicia les decimos trasnos a los duendes sinvergüenzas que se meten en las casas.

—¿Y para qué se meten en las casas? —Se lleva a la boca una cucharada de lentejas.

—Pues yo qué sé, niña, para molestar, para hacer la vida imposible, porque al que anda suelto por el pazo si no le echo bien de maíz en el suelo para que se entretenga recogiéndolo y comiéndoselo como una mísera gallina, se pasa la noche haciendo travesuras: rompe platos, golpea unas cosas contra otras, lo que sea con tal de no dejar dormir.

—¿Y le ha visto alguna vez, Petriña?

—¿Al trasno? De refilón. Son tímidos encima los muy... Me voy que se me calienta la boca, carajo de seres...

Petriña sale de la habitación con su saquito de calceta colgándole del brazo y echa la llave de la puerta.

Cuando Valentina termina la cazuela de lentejas, se levanta y comprueba que está encerrada en la habitación. Se acurruca de nuevo entre las sábanas aferrándose a la cuerda de su madre para intentar dormir. Es una prisionera. Le da miedo ese cuarto, le pone triste porque es tan solitario que hasta las paredes parecen llorar. Ay, mamita, si estuvieras a mi lado ahora para decirme un cuento de los de antes de acostarme, o mejor uno nuevo, mamita linda, que ahora estoy dentro del que solías contarme y tengo más pavor que cuando lo escuchaba, invéntate uno en el que pueda encontrarla, donde no se crezca, mami, donde no pasen las cosas malas.

La niña se duerme hablando con su madre hasta que un ruido en la puerta hace que se despierte sobresaltada. Es una noche de cielo blanco, como mojado en leche. Valentina se sienta en la cama, el ruido cesa durante un momento, pero se escuchan en el pasillo golpecitos en la pared, toc, toc, y de nuevo en la puerta. ¿Y si es el trasno de Petriña?, se pregunta, ¿y si no le ha echado demasiado maíz y anda suelto por la casa sin dejar dormir? La niña tiembla, la llave gira, cri, cri, con un lamento de animal herido, el picaporte baja, quiere entrar: ¿el trasno de Petriña, el espectro que le envía su abuela por portarse mal o su propia abuela convertida en fantasma? Se dibuja una rendija de luz en el suelo, amarillenta, silenciosa, luego un ayyyyyy desgarrador, la puerta se abre del todo, Valentina chilla, se esconde debajo de las sábanas, alguien, algo, ríe, es una risa de piedras, de catarata, y otro ayyyyyyyyy inmenso, y luego una voz con aliento de tumba:

—Que se me llene la carne de flores, que me coma enterita el bosque.

Otra carcajada le borbotea en la garganta mientras camina hacia la cama. Pasos en el estómago de Valentina, en el corazón que le asoma por la camisa de dormir, en la boca donde le brota un ruego: mamita, venga a sacarme de este cuento, o de esta pesadilla que me ahoga, despiérteme, mamita, si es un sueño o mándeme a Melinda a buscarme, que ella tiene los brazos fuertes. Sale de debajo de las sábanas y por todo espectro, espíritu, duende o fantasma, Valentina ve una cabellera lunar, encrespada, viva, que va de la cabeza a los pies como velo de novia. Una mano huesuda sobresale por ella, sostiene una palmatoria con una vela. Bajo su resplandor quimérico, la niña descubre los labios viejos, el rostro envenenado por las arrugas y las hebras de pelo, los ojos en insondables cuencas. Valentina salta de la cama y corre hacia la puerta. La cabellera la sigue. Viste un camisón blanco, largo, viste quizá vaporosa mortaja.

—Tú, que quieres quedarte con lo que no es tuyo —increpa a la niña, y una saliva espesa se dispersa de rabia. Y luego ríe y canta—: ¡Que se me llene el cuerpo de flores, que me coma enterita el bosque, la, lará, lará, lará!

Valentina avanza por el pasillo todo lo deprisa que le permite el miedo, siente las piernas densas como carne de sueño, de pesadilla inmóvil.

—Has venido aquí para quedarte con todo, pero no es tuyo, impostora. Vete, vete —escupe la cabellera—, la, lará, lará, que se me llene la carne de flores... que me coma el bosque...

Despiértame, mami, despiértame, que la vida se me escapa de miedo. Valentina no sabe adónde dirigirse, no sabe dónde ponerse a salvo, tropieza con la alfombra de la escalera de castaño y está a punto de caerse, la cabellera la alcanza:

—Ladrona —la señala con el dedo de hueso—, ¿tú también crees que vas a poder ser reina?

La noche se derrama por las ventanas del pazo mientras Valentina busca en el pasillo del primer piso el dormitorio de Petriña, pero todas las puertas que encuentra están cerradas con llave. Dice el nombre de la criada con voz trémula, sin obtener más respuestas que las carcajadas de la cabellera, que su la, lará, lará infantil. La niña baja la escalera hasta llegar a la primera de las estancias en las que se divide la cocina. No se detiene, pues es la de los esclavos, y en el frenesí le parece escuchar los cánticos tropicales de labios gruesos, las maldiciones y los encantamientos primitivos que no limpió el rencor ni el detergente de tres siglos.

—Petriña, Petriña —llama a voces a la vieja criada.

En la segunda estancia, la de los azulejos blancos, iluminada por el resplandor de las brasas del hogar donde antaño hervían los pucheros, encuentra a Petriña en la silla baja, durmiendo el orujo de una botella vencida sobre las baldosas, sola, sin más rastro del trasno que unos granos de maíz cerca de sus pies.

—Petriña, ay, despierte que me sigue no sé qué, Petriña, que me dice cosas feas. —La zarandea por un hombro, le menea la borrachera, pero la vieja criada es inmune a toda vida que no sea su dormir.

—Sí, ama, no, ama —murmura sin despegar los ojos.

Valentina escucha de nuevo el la, lará, las carcajadas. Huye de la cocina y alcanza el recibidor. Se queda mirando un instante el cuadro de su abuela, Bruna Mencía, las perlas de óleo que aún le rodean el cuello, los ojos de leyenda; después se esconde bajo una de las sábanas que cubren los muebles.

—Crees que no voy a poder encontrarte porque estoy vieja, la, lara, lará, pero te huelo, te huelo. —Entra la cabellera en el recibidor y levanta una sábana tras otra con una mano que ya es garra, hasta dar con Valentina—. Te atrapé, usurpadora. —Se estremece de risa y bajo el camisón, los que fueron unos pechos inmensos se desparraman de gozo.

Ay, mamita, despiértame ya de esta pesadilla, ruega Valentina agarrando su cuerda. Se dirige aprisa a la escalera, cuando frente al óleo de su abuela la encuentra a ella, Bruna Mencía, en camisón de encaje y perlas, peinada con las trenzas de la civilización, con la piel rosada en las mejillas.

Bruna de carne y hueso que abre los brazos y Valentina se refugia en ellos.

—No temas —le dice, le acaricia el cabello—. No temas.

La niña se acurruca en el camisón crujiente, en el perfume de tabaco, de camelias blancas, y por fin llora.

—¿Esto es un sueño? —pregunta Valentina.

—¿Por qué habrías de soñar? Estamos las dos bien despiertas. Abre los ojos y no temas. Ella no es más que una loca, no es más que lo que queda de mi hermana, mi prima: Roberta.

11

Roberta, la prima que quiso ser madre

—¿Te crees el ama del pazo, eh, Bruna? Me regañas porque asusto a tu nieta, a tu heredera, y quieres encerrarme otra vez en el dormitorio de las locas, en el más alejado de ti, pero ni siquiera en él podrás olvidarme —dice Roberto.

—Cállate y vete a donde te corresponde o te pongo a dormir en el jardín, o te saco de los pelos al bosque.

—No mandes tanto, Bruna.

—Yo mando lo que quiero.

—Ya no por mucho.

—No lo verán tus ojos que se han de morir primero porque eres más mayor y más malvada.

—Eso ni lo sueñes, que me agarro a la vida con una dentellada, y serás tú la que te vayas primero.

—Eso lo veremos, que a mí no me gana en determinación ni la propia muerte.

La habitación de Roberta está en el sótano, al que se accede por unas escaleras que parten de la cocina. Es húmeda aunque la calienta un radiador eléctrico. Tiene roto el termostato y hace un ruido monótono como el de un moscardón. Hay una cómoda con cajones para guardar ropa y a su lado, en la pared, la marca negra de lo que fue un espejo grande que Bruna ha ordenado quitar, así que te jodes sin mirarte, loca, más que loca, los espejos son sólo míos.

Bruna encierra a Roberta en la habitación y sube a la cocina. Ha dejado a su nieta junto a Petriña, a quien ha despertado de un grito, despejándole la borrachera. Toma a la niña de la mano y la lleva a dormir con ella. La acuesta en su cama mundo una vez que ha retirado los cojines del trono, la arropa con las sábanas de hilo, le acaricia las mejillas, le dibuja caracolas, espirales, así le hacía a tu mamá hasta que se dormía cuando era muy chica, así le hacía en sus cabellos rojos hasta que el sueño la vencía.

Mientras tanto en la habitación del sótano, tumbada en su lecho pequeño, frente a una ventana por la que se ve la hierba del jardín, Roberta se arropa con su cabellera blanca.

—Si ya no quieres hablarme ni hacerme compañía en la noche amarga, qué me importa, Bruna —dice poniéndose de lado en el lecho—. Yo te hablo aunque no estés y te cuento lo que me da la gana. Con lo viejas que estamos, míranos esta noche al lado de esa niña, pero la ternura que me da verte. —Sonríe con las encías sanguinolentas y sin dientes—. A veces me pregunto qué hubiera sido de nosotras, Bruna, mi prima, que te traté como a una hija y te quise como a una hermana, si nunca hubiéramos ido aquella tarde a la meiga. Si mi madre, tu tía Angustias, no se hubiese empeñado en que nos dijera la ofensa de nuestros destinos que ella quería convertir en suyos. Que la mujer desciende también de la estirpe de Caín, y por mucha costilla que pretendan llamarnos bien sabemos empuñar un arma. Cuántas veces me he lamentado en los últimos años de lo sucedido, cuántas hasta que se me derritió la memoria en el fango de la locura. Consciente soy de ello en momentos de lucidez como éste donde me da tregua, y la razón me dice por dentro: loca, loca, loca, que alguna tuvo que heredar la maldición de la abuela Tomasa, y a mí me tocó todo lo que tú no quisiste o lo que no hubieras querido nunca.

»¿Recuerdas, Bruna, lo que le dijo mi madre a la meiga?: Trouchiña, échales las cartas a mi hija y a mi sobrina, a ver si alguna me va a quitar la miseria que tengo encima y va a ser algo más que una borracha como yo. —Ríe a carcajadas—. Aunque la Troucha era la meiga del pueblo, vivía y ejercía el oficio en esa casa de piedra desvencijada del claro de robles. Era mujer vieja y de sabiduría aprendida de la vida, de la naturaleza, del mucho tratar con las personas y observar sus ojos, sus manos o sus almas en busca de destinos, eso decía madre. Contaban, acuérdate, que tenía un olfato privilegiado para la desgracia, la olía en las miradas y en las carnes como se huelen los guisos sabrosos o las mierdas de vaca, ella misma lo decía riéndose con la boca abierta que sólo le aguantaba ese único diente carnívoro. Llevaba tantos años en la profesión de los hados y las magias que muchos la creían inmortal. Sólo el Juanchón, ese hijo que adoraba, le recordaba que fue mujer con ocupación distinta a la de rebuscar en la vida de otros. Pero ya sabes que se rumoreaba que el marido era mal hombre y de los que dejan los huesos rotos al decir adiós.

»Era la tarde del 26 de febrero, lo sé bien, del año, echa tú las cuentas, doce tenías tú y yo diecisiete, cuando la Troucha vio entrar en su casa a Angustias, la del orujo puro, como llamaban a madre, con nosotras dos, las rapazas que le había entregado un mal destino. Lo primero que se le pasó por la cabeza a la buena meiga, eso te lo garantizo, Bruna, fue la venganza. Habían pasado los doce años que lucías, la niña con los ojos de dos colores y el cabello con las ondas como las hojas de roble. Pero al Juanchón no se le había pasado ni se le pasaría nunca la cojera que le dejó el linchamiento del pueblo, y el ojo tuerto por haber sido sospechoso de catar sin permiso de ellos, o de Dios, las mieles carnales de tu madre, la Santiña, que finalmente la llevaron con tu nacimiento a la muerte.

»—Mira que tú no me defendiste —le dijo a madre mascando el diente de rencor.

»—Y qué iba a hacer yo, Trouchiña —respondió ella—, más que grité que el Juanchón era inocente de violar a mi hermana no lo grité nadie, pero tú sabes que cuando el pueblo se pone en marcha es como un río desbordado, se les enciende la bilis de sangre y el furor que alberga sus entrañas les sale a borbotones de palos. Pero te traigo dineros para que lo olvides todo.

»—A buenas horas, doce años después, Angustias, que ya se me podía haber muerto el hijo, o habérseme olvidado la pena, que no ha sido así.

»—Ay, meiguiña, tú que eres cartuxeira —le lloraba la lagarta de madre— y la mejor que se conoce…

»—Déjate de adulaciones, Angustias y enséñame cuántos son esos dineros.

»—Éstos —dijo madre sacándose del bolsillo de la saya un puñado de monedas—, y esta botella del mejor orujo que se ha visto en esta tierra. —Y me dio un empujón para que le entregara todo a la meiga.

»—Esta muchacha tuya, Roberta se llama, ¿no?

»—Hija de mis entrañas es.

»—Pues tu Roberta ha heredado tu mismo cabello y el de tu madre, la loca Tomasa —le dijo la Troucha mirándome con sus ojos de animal muerto.

Roberta ríe mientras se acaricia la cabellera que le sirve de manta. Siempre tuvo el pelo crespo como la espuma de un perro rabioso, negro y bien negro en la juventud, que le creaba alrededor del rostro una aureola de oscuridad, en cambio ahora parece caldo de nieve. Su nariz es ancha y los ojos grandes y redondos de cuentas de collar, con la mirada triste en la época que fue con Bruna y su madre a ver a la meiga. Por entonces tenía la barbilla cuadrada de hombre, del leñador que fue su padre, pero el cuello fino como antesala de unos pechos rebosantes, preparados desde su nacimiento para la maternidad, pechos de carne blanca, dura, que se le salían de la blusa si se descuidaba.

—Qué miedo me dio la meiga, Bruna, cuando la miré de frente tras empujarme madre a sus fauces —dice Roberta mirando por la ventana del dormitorio del sótano—. Pero ya desde el primer instante le habías interesado más tú, hija de santa y de padre desconocido, que el Juanchón era un infeliz y además indigno de emparentar contigo, con lo hermosa que yo te había criado hasta que me dejaste, pronto quisiste volar de mis manos como si tu padre hubiera sido el viento y tú pájaro que vas a encontrarlo, cuánto te he querido, si la Troucha te llega a hacer daño por vengarse en tu carne del pecado de tu madre, por no quitarle culpa al Juanchón que le costó el linchamiento y confesar de quién eras tú, la hubiera estampado la botella de orujo en la cabeza, la hubiera ahogado con mis dedos ásperos que eran instrumentos de campo, por mucho temor que me causara su diente depredador, su mirada maquiavélica de barro, pero cogió el orujo, me hizo a un lado y se dirigió a ti.

»—Empiezo por ésta, Angustias —dijo.

»Y madre:

»—¿Has olido desgracias?

»—Desgracia y gracia casi a partes iguales.

»La casa de la Troucha sí que olía a todo lo vivo y todo lo muerto, Bruna —dice Roberta riéndose nuevo—. Ojalá quisieras escucharme. Qué más quisiera yo que compartir mis ratos de cordura y nostalgia contigo. —Suspira—. Había en casa de la meiga ratones colgados de unas cuerdas por las cabezas, ahorcados para meterlos en hechizos, y una pata de cabra mohosa, y sapos sujetos en hilera por las ancas secas y ramas de tojo en abanicos floridos de una pupila tuya. Humeaba en el hogar una cena donde nosotras imaginábamos flotar pedazos de difuntos, y no habría más que judiones, digo yo, y algún cachelo para hacerlos más deliciosos, pero a esa primera hora de la tarde, por las ventanas pequeñas de la casa, se escurría una claridad marchita, el humo del puchero era neblina que lo impregnaba todo y el fuego del hogar dibujaba sombras en las paredes sucias de lluvia. Se nos cruzaron los ojos en una mirada de hermanas, de esas que dicen me tienes si hace falta, no temas, y la otra se acuna en las palabras sin voz, sin letras, estamos juntas, nos consolábamos, y por la noche, si sobrevivimos a esta Troucha y madre no nos muele a palos, vamos a ver las estrellas del cielo tan bonitas que no pueden existir, o sólo existen para nosotras. Luego la meiga te ordenó que te sentaras en una silla mugrienta frente a la mesa, que era el pilar de la estancia. La mesa con manchas de recetas domésticas donde partía el hambre de ella y de su hijo, y el de gentes como mi madre, hambrientas de saber lo que no se debe porque te puede costar un precio, donde había plumas de gallina, o de pollo y restos de hierbas y pegotes de bálsamos que fabricaba con el esmero de la codicia. Mi recuerdo es fresco ahora de vieja, más que de joven, y escapa a la contaminación de la locura. La Troucha: con los pelos amarillentos como si la vejez los tiñera de grasa de animal, hebrosos, la nariz de garrote y las manos dentro de aquellos guantes de lana de oveja que le dejaban las yemas fuera, las uñas de puñal, de garra de bestia, cogió una baraja de cartas, que para eso era cartuxeira. En los naipes veía mejor que nadie lo que está por llegar o lo que ya llegó y no se olvida. En sus naipes acartonados con dibujos de animales retorcidos, animales de leyenda, y seres cuya existencia nos parecía imposible. Te hizo cortar la baraja y poner sobre ella la palma de la mano derecha. Desea, desea, te dijo con la mirada encendida por el ritual, desea lo que para ti habrá de ser o será, y te sonrió saliéndosele el diente entre los labios. Madre se frotó las manos, espero que lo que la vaya a ocurrir haga honor a su procedencia, le dijo con sus anhelos de duros y perras. Echó la meiga una carta tras otra, distribuyéndolas en tiras de destino, hum, decía, y otro hum, y tú con la mirada puesta en ella, en mí, en madre que se frotaba la impaciencia. ¿Qué, qué ves, Trouchiña sabia?, le preguntaba madre, ¿hice bien en no matarla? La meiga le chistó para que se callara, y siguió carta tras carta. Ladeaba la cabeza, se rascaba la barbilla con pelos de chivo. Sacó un naipe de una mujer de otra época, de otro mundo que no era el nuestro, ornamentada con la fantasía de la riqueza.

»—Ajá, enséñame el ombligo —te ordenó la meiga—. Tiene una señal, la tiene, ¿verdad? —le preguntaba a madre.

»Y ella qué iba a saber si no te bañó en su vida, Bruna. Si era yo la que te metía en el barreño o te pasaba un paño para que no te comiera la mugre de estar viva, para que no hedieras como las gallinas y los lobos te confundieran con ellas.

»—Vamos, enséñame el ombligo, pequeña —insistía.

»Doce años tenías y las teticas te iban creciendo de a poco. En esa época parecían las de una perra. Madre te bajó el vestido roto hasta que surgió tu ombligo, ansiosa, buscando lo que ella no había visto hasta entonces. Te brillaron las teticas bajo el fuego del hogar, te las templó la bruma del puchero, pero nada eran comparadas con el lunar redondo, piojoso, como una luna negra. La Troucha se mojó la yema derecha del dedo corazón en su saliva viscosa, y la frotó por tu ombligo dejándotelo pegajoso, de caracol, pero limpio para que resplandeciera tu señal oscura como abismo.

»—¿Desde cuándo tiene la marca?, ¿nació con ella, verdad?

»Madre se apoyaba en su silencio mientras la Troucha te tocaba y retocaba el lunar de tu destino, así que respondí yo, que era quien sabía todo sobre ti: lo tiene desde que la alumbró su madre, Marina, la Santiña, bien que le froté por si era la mierda de cabra seca sobre la que había nacido, pero no se le fue, a no ser que se le metiera el excremento en la piel, y dejara allí por siempre su dibujo de miseria.

»—Miseria le queda poca por vivir —respondió la meiga—, tienes el mundo pintado alrededor del ombligo —te dijo echándote una mirada de gloria.

»Y luego a madre:

»—Ésta te va a sacar de pobre. Ésta va a ser reina.

»Madre se quedó idiota, boquiabierta.

»—¿Como la reina de España? —preguntó.

»—No, mujer, es un decir, pero lleva la ambición escrita en uno de sus ojos, el más oscuro, el amarillo le hará flaquear a veces, pero está bien claro en el ombligo, en los naipes, y huele a la desgracia opulenta, a la desgracia de los grandes, a semillas tostadas y pimentón rancio. Poca hambre vas ya a pasar —te decía la meiga—, comerás asados y dulces.

»—¿Todas las veces al día que yo quiera? —le preguntaste tú, y te brillaban los ojos.

»—Hasta hartarte —te aseguraba la Troucha—. Y tendrás vestidos nuevos y bonitos, y joyas como las que lucen las princesas y vivirás en un castillo de reina.

»—¿En un castillo? —le preguntaste.

»Se te veían ya, Bruna, las teticas erizadas de gusto, apuntando al futuro con la determinación del pasado.

»—En uno con torres y almenas —te aseguraba ella— como el pazo del señor marqués. El pazo de Novoa, ¿lo has visto alguna vez?

»Y tú negaste con la cabeza. Saber sabías que existía un noble que cazaba y al que muchas veces ibas detrás de su pista, pero qué te importaba a ti dónde vivía si hasta que la Troucha no te abrió la ambición como una naranja a la mitad y le sacó el jugo que sería zumo de tu desgracia sólo te importaba el bosque, Bruna, mi hija, mi prima, mi hermana.

»—¿Y qué más? —apremiaste a la meiga.

»Aún no tenías la riqueza descrita entre tus manos y ya te parecía poca. Anhelabas acumular aunque sólo fueran predicciones, la avaricia te hizo subirte el vestido como si te hubiera robado de pronto la inocencia, y las teticas quedaron ocultas por los harapos que vestías consciente de que les quedaba tan poca vida como a tus tripas vacías.

»—Ahora la otra —dijo la meiga.

»Yo, Bruna, pero a nadie parecía importarle lo que iba a ser de mí. Madre te abrazó y te cubrió de besos sin estar borracha.

»—Ya decía yo que mi hermana era una santa —clamaba la muy falsa—. Te moriste, Marina, pero me dejaste el regalo de una sobrina para una vejez de rica. Mariniña, querida, cuánto te echo de menos —aullaba como plañidera.

»—Calle, madre —le dije—, que aún falto yo.

»Y te ordené que te levantaras, sin embargo bien que te costaba dejar la silla, perrona, egoísta. Comenzó a latirme en la frente la picadura de abeja que nunca me había curado del todo, la pus al quite para salirse a la mínima de la carne como lava de volcán, hasta que te levantaste y yo me vi frente a la meiga y los naipes sucios. Hice el mismo juego de cortar y poner la palma y desear tanto o más que lo que habías obtenido tú. Muy pocas cartas tuvo que poner la bruja sobre la mesa, muy pocas hasta formar la hilera miserable donde leyó guiándose con la uña:

»—Y tú, Roberta, has nacido para servirla.

»Me reventó de pus la picadura. ¿Y qué había hecho yo desde que naciste sino velar por ti? Aun así se me ocurrió preguntar si yo sería reina.

»—Servirás a una que es como tu hermana —respondió.

»Que mi futuro fuera un esclavo del tuyo te gustó tanto, Bruna. Te reíste y de tu boca salió, para que yo me desbordara en pus, que ya tenías tu primera sirvienta, y que esa noche te iba a lavar la ropa en el río.

»—Lo poco que era tu padre se muestra en lo poco que me dio —le escuché murmurar a mi madre, y ese poco era yo.

»—¿Y no ve alguna otra cosa? —le insistí a la Troucha.

»¿Se me puede culpar, hermana, por anhelar también un porvenir de oro? Ella me vio con la frente en charco y con los pechos latientes tras la blusa, orondos por ofensa de madre, así que sacó otra carta, y vi que era una bestia amamantando crías. Se chupó la meiga el dedo corazón de la mano izquierda, y me lo metió en el surco que se abría entre mis tetas.

»—No serás reina, pero sí madre de reyes —me dijo para regocijo mío.

»—Como mi madre has sido muchas veces, yo voy a ser reina. —Eso se te ocurrió decirme, Bruna, con la inocencia a medio corromper.

»—Pero la carta dice madre de varones y tú eres hembra —replicó la meiga.

»—¿Y los hijos que yo tenga? —replicaste molesta.

»—Supongo que los tendrás. —La Troucha se encogió de hombros—. Sin embargo nada dice la baraja sobre ellos.

»Ay, que me entraron ganas de llamarte teticas estériles, amamantadoras de criaturas sin futuro dorado. Se te puso un mohín en los labios...

»—No te preocupes, Bruna, tú brillarás con la luz de mil descendientes —te soltó la muy desgraciada—. Acuérdate entonces de esta meiguiña que te ha dado la buenaventura, pues seré vieja y necesitaré templar los huesos con alguna comodidad que otra.

»—Anda que no eres pedigüeña, meiga —intervino madre—. Ya te he pagado hoy bien pagada, no inclines a la niña a dar que ya tuve bastante con su madre santa, y ella gracias a Dios no ha salido tan generosa.

»Abandonamos la casa de la Troucha y te escapaste bosque abajo. Madre te llevaba de la mano. Ven aquí, mi reina, te decía, y te mesaba el cabello como solía hacerlo yo en las noches en las que te consolaba de sus palizas de borracha. Se había creído que era tan fácil hacerte suya. No, madre, que es mía y muy mía, qué te has pensado. Pero tú echaste a correr.

»—¿Adónde vas? —te preguntó madre con la cara verde de pensar que se le escapaba la riqueza ahora que la tenía tan cerca—. Yo que todo te lo di, no pienses que sin mí vas a llegar a nada, vuelve, Bruna, vuelve.

»Tú te alejabas con el trotar silvestre que aún te proporcionaba la pobreza, la esperanza de lo que sucederá, y de pronto el viento nos devolvió tus palabras.

»—Voy a ver dónde viviré de reina.

»Te ibas al pazo de Novoa, lo supe desde el primer momento. Conmigo te quedas, le dije a madre para joderla el alma, tu hija soy yo y con eso has de conformarte. Me reí, Bruna, como la loca que soy ahora, loca, loca, loca, recordando el veneno que nos alimenta esta noche clara. Cuánto deseé por un instante que no volvieras, que te tragara el bosque y sólo le quedara yo a madre y a sus sueños de grandeza. Yo con mis pechiños orondos, destartalados de tristeza, blancos de jugosas motas rosas, yo con mi pelo de herencia maldita, y mis ojos de precipicio por los que a mis diecisiete sólo había querido asomarse un chico que me rondaba y era como casi todos los de la zona, afiladoiro. Manoliño le decían, dejaba los cuchillos y las tijeras convertidos en asesinos, cercenaban hasta los suspiros ocultos en el aire, las sombras y las malas palabras, descabezaban cerdos de un tajo, y cortaban como mantequilla hogazas. Iba con su bicicleta por el pueblo, y luego de un pueblo a otro de la parroquia soplando el chiflo de boj. Lo que a ti te gustaba burlarte de mí, Bruna, y decirme: mira que ya te viene el novio por el sendero del bosque con su silbido, sal a verle que te va a afilar el corazón de tanto amor hasta que la punta se te salga del pecho. Tontita, qué sabrías tú del Manoliño que respetaba demasiado y la pasión la pulía como navaja por la rueda de la bici. Había cumplido los veinte, feo no era, tampoco guapo, pero me rondaba con entereza, los ojos los tenía de ferrocarril, vivos que le chuflaban como la locomotora cuando te contaba las cosas, y te decía por lo bajito: te quiero, Robertiña, mi tijerita afilada, y luego grises de reguero de humo, el cabello, hojarasca, rubiasco y cobre, y eso sí, flaco, famélico porque ni la vida ni los chorizos ni los pucheros de grelos y garbanzos lo engordaban. La mano se le va a escurrir el día que quiera ir a agarrarte las carnes, se le cae de puro nada, se burlaba madre, qué poca cosiña, hija, qué poca, *pa* un diente y no más. ¿Cómo me iba a dar Manoliño, el afiladoiro, los hijos reyes? Eso debió de pensar madre cuando la Troucha ofendió con mi destino, monarcas alfeñiques, ¿de dónde iba a sacar el Manoliño la majestad y las riquezas? ¿Pedaleando día tras día por los caminos y los montes haciendo filos a otros y cobrándolos ni a perra? Ni en siete vidas habría ahorrado para ser noble y menos de la realeza. Que el Manoliño no era para mí o para mi porvenir de madre me hizo daño, tú sabes, Bruna, que a mí me gustaba el muchacho, y mucho, primero porque me hacía caso, que yo era morenaza y de tetas grandes, pero más bien pavisosa. Tenía una conversación amena, me relataba las anécdotas que le pasaban yendo por los pueblos vecinos y lo hacía con una gracia que se me olvidaban todas las penas, me daba alegría con que sólo me mirara, y luego estaba la ternura escondida entre los huesos y el pellejo que sacaba en los momentos íntimos, y en los no tanto, como cuando me decía que se iba a Madrid a ganar duros y a traerlos de vuelta para casarse conmigo. Muchos de los suyos emigraban a la capital que allí, entre tantos habitantes, había mucho que afilar; se pasaban unos años y si no los cazaban las de la ciudad volvían con camisas de cuello duro. Tú, Bruna, poco sabías de novios y tocamientos y besos apretados en la espesura del bosque o donde pillara el arrebato y no hubiera por las cercanías un adulto, al menos eso pensaba yo hasta que regresaste aquella tarde de febrero que nos echó la predicción la meiga del pazo de Novoa hablando de torres y castillos, de avenidas de sauces que te hacían reverencias con la languidez de sus ramas, de la naturaleza convertida no ya en princesa sino en reina como ibas a ser tú, presumida, de las aguas del jardín manejadas con una docilidad muy bella, de unos peces de oro, y de un niño, tan famélico como mi Manoliño, pero con el mayor hambre de mundo que habías visto jamás, de un mundo que para ti era desconocido. Qué sabíamos nosotras de lo que había más allá de las montañas y el río, A Coruña, Santiago, y hacia abajo Madrid. Se te habían subido a la cabeza los aires de reina como se nos subía el orujo, y bailábamos con madre celebrando nuestra miseria y mirábamos las estrellas sin más pronósticos que la felicidad de esa madrugada. No paraste de hablar de él cuando madre se fue a dormir, que no te pegó por escaparte o por la tardanza de las horas a las que llegaste a casa, a ver si a esas alturas iba a mancillar tu piel elegida para majestuosa, y aunque venías con signos evidentes de que habías comido: las comisuras de los labios llenas de azúcar y de una mancha marrón que resultó ser chocolate, ay, eso me dio más envidia que nada, habías merendado chocolate caliente y rosquillas en el pazo de un noble, en la cocina, bien era verdad, pero sólo representaba un primer paso para la conquista del territorio, pero a lo que iba, que se me enreda la cabeza loca, más loca si no me gustara recordar entre estas luces y estas sombras lo que nos ocurrió, Bruna, contártelo como si estuvieras presente me consuela de este sabor a vacío que tiene el perder la cabeza, la boca te sabe a madriguera cuando vuelves en sí, y sólo me queda esperarte y luego, juntas, a la muerte. Pero aquella noche madre te dejó comer a pesar de todo, te dio un pedazo de tocino que a mí no me había dejado ni catarlo, y después de que lo engulleras como si mi hambre también tuviera que servirte, mirándome de reojo con la complicidad que sólo atañe a uno y a su vanidad, pasaste a mi lado disimulando y me diste una miga que te habías guardado para consolarme, una miga, cuando tu boca reventaba de tocino, y hacía unas horas de rosquillas y chocolate. Las tetas se me escapaban de enojo, que ellas estaban más vivas que yo y eran las mensajeras de mi alma, y para mayor escarnio madre sacó el trozo de espejo de un rincón de la alacena, el espejo que nos devolvía la imagen de quienes éramos, esa que los charcos o el río hacía temblar, y para aprendérnosla nos tocábamos el pecho mientras decíamos yo, yo, ésta soy yo, y ésa tú, y jugábamos a pestañear y a ahuecarnos los cabellos, pero esa vez madre te dejó mirarte sólo a ti, para que fueras entrenando la coquetería que forma parte del reinado, y te deleitaste en lo que eras e ibas a ser. Yo me acerqué con el sigilo del que sufre y me vi detrás de tu reflejo petulante, en una esquina, medio ojo mío asomándose al lado de tu cabello siempre en primer lugar, castaño como las avellanas, y tus ojos que nadie entendía, ni siquiera tú, sol era uno y otro abismo, y cuando estuviste saciada de ti le devolviste el espejo a madre, que se había bebido para celebrar la cosecha de orujo que destilábamos en tres días, y roncaba sobre el catre vestida y una sonrisa de al final te voy a joder, miseria, así que aprovechamos para salir a ver las estrellas, pero aquella noche hasta el firmamento te parecía poco. Te vi desdeñarlas por primera vez como si no fueran más que cagadas luminosas de cabra, era tu propio brillo el que mirabas y el que te esforzabas por que mirase yo.

»—¿Y cuál es, que se me olvida por torpe y pobre, el nombre del hijo del marqués? —te pregunté.

»—Jacinto Novoa —me respondiste tocándote coqueta una clavícula—. Y me ha dicho que mañana regrese al pazo sobre las cuatro de la tarde, pues ya habrá terminado los estudios y su padre duerme entonces una siesta grande. Me va a esperar en la puerta trasera donde lo encontré hoy. Ay, yo quiero que me espere, Roberta, quiero entrar de nuevo en ese pazo de sueños, y que me peinen como a la naturaleza y que me vistan como a las flores; ay, que me espere, para merendar chocolate, para ver el agua dar saltitos como una oveja amaestrada, y que me lleve a su lugar favorito, eso me ha dicho, asustado como un pájaro, Roberta, que me espera para enseñarme su mundo que digo yo será el de los ricos, el de los reyes.

»Y te esperó porque no había dejado de pensar en ti mientras estuvo despierto, eso me confesó años más tarde. Lo mató la ansiedad de la vida hasta altas horas de la noche y tuvo que ir Carmiña a dormirlo en su regazo ancestral, para que dejara de babear la madrugada con un llantito de amor que lo había enfermado a pesar de los pocos años. La nodriza lo acunó entre sus senos, donde él halló reposo regocijándose con el recuerdo de otros tiempos. Comió poco tras desperezarse entre las carnes protectoras, estudió menos de lo habitual con ese jesuita desahuciado que tenía por maestro, y a las cuatro, cuando la casa dormía su memoria, acudió a buscarte a la puerta trasera. Yo te seguí. Me moría de ganas de ver a ese noblecito escuálido, a ese Jacinto que decían clarividente porque es el preferido de los muertos. Reía por la corredoira de tojos silvestres que descendía hacia la propiedad de los Novoa. No tardé en verle caminar arriba y abajo por fuera de la tapia gigante, indiferente a las almenas de colmillo que atestiguaban su alcurnia; el corazón no le aguantaba la impaciencia del encuentro, parecía un pajarillo tras un chaparrón de lluvia, Bruna, cuánta razón tenías, pero con la tragedia de la adolescencia encima, me recordaba a lo que tuvo que ser el Manoliño de crío, me dieron ganas de ponérmelo a un pecho para curarle el aire de desconsuelo, y a ti te hubiera puesto al otro, entre la brisa de mi carne, de donde nunca debiste salir, mi hija, mi prima, mi hermana, así te hubiera protegido también del padre, José Novoa, que bien de miedo te daba y otro tanto te gustaba, quizá de esta forma no nos hubiera pasado lo que nos pasó y yo no estaría tan loca.

12

José Novoa, el cazador atormentado

José Novoa parecía expirar pronunciando una única palabra. No se le entendían las letras, se moría en ellas y resucitaba. Sentado en el chester del salón de caza situado en la planta baja del pazo, sólo la copa de brandy que sostenía en una mano, como si formara parte de su anatomía de montaña, rompía aquel ciclo de muertes y resurrecciones cuando se mojaba el gaznate con ademán huraño. Con la otra mano, cerrada en puño, José Novoa hacía sonar un clic-clic junto al crepitar de la leña. Quien no le hubiera conocido habría pensado que rezaba, que ensalzaba o rogaba a Dios en una letanía monocorde, que el marqués daba las gracias por su riqueza, por su poder de perro solitario que dormía vigilante sobre la alfombra. Eso creyó Bruna la tarde siguiente a la predicción de la meiga, cuando acudió a su cita con Jacinto y entró en el pazo de la mano del niño y vio a José Novoa entre los rayos de una luz de chocolate que presagiaba tormenta. ¿Mi padre rezar?, jamás, le aseguró Jacinto, en tal caso rezaría al demonio. La niña, oculta tras el quicio de la puerta, espió el anillo de los Novoa con la camelia de diamantes que destellaba en la mano del brandy, el triángulo de pecho que se le escapaba a José por la camisa abierta con un saquito de cuero colgado de su cuello, el pelo de ardilla, la cicatriz del pómulo que le dejó el anillo de los Novoa cuando lo lucía su padre y lo abofeteó por robarle la escopeta a su hermano Iago, la cicatriz de la humillación que había sobrevivido tantos años. Nada había humilde en la figura de José, en su respiración de buey, ni el clic-clic de su mano compitiendo con el chisporroteo de la lumbre en esa sobremesa eterna, donde la vida, querida mía, no tiene más sentido que la muerte, murmuraba José frente al fuego, al ritmo del clic-clic. La verdad de tu pérdida, querida mía, de tu sabor a miel.

Es el hombre más poderoso de esta tierra, ¿verdad?, le insistía Bruna a Jacinto. Y él que sí, Bruna, mientras se aguantaba el orín detrás de la puerta, mi padre todo lo ve como si fuera una presa, y ahora, aunque no nos mire, nos puede estar viendo porque es capaz de distinguir a sus víctimas en lo más intrincado del bosque, así que vámonos. Y ella: espera, mientras recorría con la mirada los trofeos expuestos en las paredes con su pelo seco y sus cuentas de vidrio, las cuernas pulidas, las cortinas de terciopelo sangre, las alfombras tejidas a mano en telares reales, la plata asomándose en las vitrinas de los muebles oscuros, y la escopeta más grandiosa que la niña había visto jamás en un lugar de honor sobre la chimenea, su culata con el escudo de lobos y camelias para que nadie pudiera olvidarla, y a su derecha una más pequeña de dos cañones, la que José le robó a Iago muchos años atrás.

Jacinto tiró de la mano de Bruna. Vámonos, por favor. La condujo por un pasillo alfombrado de verde, con cuadros de caza en las paredes, hasta que llegaron a una puerta de dos hojas con un dintel ornamentado.

—Cierra los ojos, Bruna, por favor —le rogó Jacinto.

—¿Y por qué?

—Para que sea sorpresa mi lugar favorito. Yo te los tapo.

—Jacinto, tienes la mano fría. Y te siento respirar como si se te hubiera metido dentro tierra. ¿Está muy lejos?

—Detrás de la puerta. —Rió.

—¿Y si viene tu padre?

—Está bebiendo. Ábrelos ahora.

—Vaya. —Lanzó un silbido—. El techo es tan alto como el cielo.

—Esto es la biblioteca, Bruna. Y no corras por ella, que los libros necesitan silencio.

—Brunaaaaaaaaa.

—Calla, por favor.

—La habitación tiene eco como la montaña. Pruébalo.

—No, por si él nos oye, o mi maestro.

—Y es que te quedaste mudo, prueba, prueba. Jaaaa…

—Cintooooo.

—¿Lo ves como parece que estamos en lo alto del monte?

—Otro día me llevas allí y gritamos todo lo que quieras.

—Hay un sitio desde el que gritas y si has dicho alguna mentira en tu vida te quedas mudo.

—Pues no hablará ni uno de los que hayan ido allí.

—Yo.

—Te estás riendo. Da gracias que ahora estás aquí porque no volverías a hablar.

—Se te ha puesto cara de tonto.

Jacinto hundió la mirada en el mosaico del suelo.

—Que es broma, cómo vas a ser tonto si te habrás leído todos los libros que hay aquí.

—Muchos sí.

—¿Y de qué hablan los libros?

—De todas las cosas, porque son la memoria del mundo.

—¿Y dicen cómo puede una llegar a ser reina?

—Eso te lo digo yo: naciendo de un rey o casándote con uno.

—¿Y de cómo debe comportarse una reina?

Se filtraba por los balcones de la biblioteca el presagio de lluvia.

—Puedo preguntarle a mi maestro, pero es más divertido si te muestro todos los mares y los países que pienso recorrer cuando sea mayor. Y lo haré sólo en ochenta días.

Sobre la mesa donde le daba las lecciones el padre Eusebio, había un atlas de tapas verdes encuadernadas en piel. Lo abrió Jacinto con la veneración de lo sagrado, acarició las hojas sedosas hasta encontrar el mapamundi de colores fuertes. China, Bruna, la India, este triángulo amarillo. ¿Éste qué? Este pico que ves aquí que se mete en el mar, el océano Índico, el Pacífico, Bruna, y estas islas forman un país que se llama Japón, ¿te das cuenta de lo que hay más allá del bosque, del río que parece una frontera, de las montañas cosidas como las labores de mi nodriza por pespuntes de vides? Éste es el mundo inmenso, Bruna, y señalaba dichoso el mapamundi, cuidando de ocultar el dedo índice huérfano de una falange por un tiro mal dado, mientras le llegaba a las mejillas el perfume a campo de la niña que le preguntaba con ojos perplejos: ¿Y cómo se llega hasta él? En un barco gigante, Bruna, en tren, en globo, que es una bola de colores que se hincha y te lleva por los aires. Ella reía y le golpeaba el hombro, le vas a mentir a otra con tus tonterías de marquesito, pero en el corazón dudaba: ¿y si son cosas de reina? ¿Y si han de volar como los pájaros, como las cometas en las romerías, con sus riquezas al viento para que todos las vean y sepan quién manda en sus vidas, en sus casas, en sus estómagos, que si a mí se me antoja aquí no come nadie? Ya verás, insistía él mientras se arrimaba más a ella y le llegaba la peste cálida a gallina del vestido, al humo de la casucha pobre, voy a llevarte conmigo cuando seamos mayores, porque una reina ha de conocer otros reinos y hacer relaciones diplomáticas y comerciales con ellos para ser una reina de verdad, eso le decía mientras le llegaba del cabello el aliento de los helechos del bosque, tan desconocido para su olfato inmóvil, para su olfato acostumbrado a las tetas de leche y a los humores de un jesuita viejo. Así que para ser reina no basta con mandar, llenarse la despensa con chorizos y volar como una cometa, pensaba Bruna, algo habrá que aprender, y miraba de reojo el universo de libros procurando que Jacinto no se diera cuenta, porque no sabía qué carajo son esas relaciones que me dice el marquesito este que he de hacer, que yo no entiendo aún el hablar de ricos, ni este trajín de feria que se traen, pero me prometo por mi vida que lo he de entender, se decía mientras él continuaba con la gaita de mira Bruna, éste es el mar Caribe y aquí México y aquí Cuba. ¿Y dónde estamos nosotros ahora mismo en este mundo de colores, Jacinto, en este mundo de papel más loco que mi abuela donde se salta volando de un color a otro, vivimos en este rojo, o en el naranja que termina en una cola de lagartija? Y él con la excusa de mostrarle, de indicarle la situación exacta de la angustia que le removía de amor las tripas, le rozaba con su dedo el que ella había posado sobre el mapa, y con una caricia se lo empujaba hacia el norte de España, hacia el verde diminuto que le erizó de gozo el pellejo cuando la niña, en vez de apartarlo, le devolvió con el suyo la caricia. ¿Aquí?, le susurró llevando su dedo para otro color distinto. No, más acá, Bruna, le corrigió él el rumbo con la voz de harina, no bajes tanto, que la cola de lagartija es América del Sur, y nosotros somos Europa, pero le empujaba el dedo hasta la China empapado en un sudor insoportable, y ella, coqueteando con la piel ajena, se iba hasta el carmesí de Australia. ¿Aquí? Y él que no, soñándole por primera vez los genitales se dirigía a Groenlandia. En este tan blanco han de vivir todas la novias del mundo, sonreía ella. Es hielo, Bruna. ¿Hielo? Agua helada, escarcha del bosque, un país hecho de escarcha. Ahí quiero ir yo. También te he de llevar, se lo prometía a la niña en voz alta y en el silencio de su deseo de abrazarla, y con otra caricia que ella correspondía hacia viajar su dedo hasta el polo sur, y aquí más escarcha. ¿Pues qué le pasa al mundo que tiene cabeza y pies de hielo? Y él pensaba: que no te había conocido antes, al igual que yo, y sentía derretirse su existencia de nieve, la camisa hecha una sopa pegada al pecho, y los pies comidos por hormigas, mientras Bruna lo miraba desde la incertidumbre de sus ojos distintos, mientras, sin él saberlo, su padre les observaba desde el umbral de la biblioteca preguntándose qué carajo le he hecho a Dios para que te rías de mí en mi cara, en mi casa donde sólo mando yo y me juntes lo que no se puede juntar, ¿es que no me has jodido ya bastante?, le increpaba mientras veía las mejillas de su hijo con unas chapas de felicidad que no había visto hasta ese instante de muerte, y una expresión de lerdo persiguiendo el dedito de la niña por el mapa que le revolvió las entrañas. Hizo sonar el clic-clic que aún llevaba encerrado en una de sus manos como si quitara el seguro de su escopeta. El clic-clic que puso a los niños alerta; sin embargo, no se atrevieron a mirarle hasta que José Novoa se les aproximó con las botas de campo, tambaleándose en alguno de sus pasos, y un tufo a brandy, a ilusiones rotas que Bruna identificó al instante pues se había criado entre los azotes y los abrazos de la borrachera.

—¿Qué hace aquí esta niña, Jacinto? Te dije que no había de salir de la cocina si regresaba al pazo. Le das de comer y que se marche.

—La estoy enseñando el mundo, padre —tartamudeó.

—Su mundo es el bosque, y no tiene que saber más porque la vas a desgraciar. ¿Lo has entendido, niña? Perteneces donde perteneces, y de ahí no has de salir.

—Pero, señor, yo quiero aprender para ser reina.

José Novoa le agarró las mejillas con una sola mano. Tenía los ojos febriles.

—Tú eres del bosque, ¿te ha quedado claro? De allí puedes ser lo que quieras, pero nada tienes que hacer en este pazo. —Y le soltó el rostro.

—Le traje un frasquito de miel de la que hacía mi madre, la Santiña, ¿recuerda? —dijo Bruna sacándoselo del bolsillo de la saya.

El aroma de la retama que lo coronaba se extendió por la biblioteca. José Novoa hizo sonar el clic-clic de su mano. Entre sus dedos la niña alcanzó a ver como unas piedrecitas blancas que él hacía chocar unas contra otras.

—Mi tía Angustias guarda algunos botes de entonces, de cuando mi madre andaba viva, señor, y los vende a muy buen precio, pero yo quiero regalárselo porque me invitó a merendar en el pazo ayer, cuando salimos del laberinto.

—Mi hijo echa espuma por la boca como un perro y habla

con los muertos, ¿lo sabías? —le preguntó sin coger el frasco que le ofrecía.

Un trueno resonó en la biblioteca como eco del cielo.

—Algo he oído que se dice por el pueblo, señor.

—El pueblo no sabe más que pedir y pedir y luego dejar la lengua suelta. Hatajo de cotillas.

Cruzó las manos en la espalda e hizo sonar su clic-clic.

—Mi hijo habla mal de mí con su madre. —Tenía revuelto el cabello de ardilla iluminado por las primeras canas—. Puede hablar con cualquier muerto. Pero no quiere hacerlo con quien yo le pido, a todos los piojosos del pueblo atiende, que yo lo sé, menos a su padre. Le he pedido infinidad de veces que la busque en ese mundo de fantasmas, pero su madre todavía me jode desde el infierno donde esté y le selecciona los muertos de contacto, menuda monja.

Temblaba el niño y la saliva se le acumulaba en las comisuras de los labios.

—¿Le has pedido que hable con tu madre, Bruna?

La interrogaba desde el páramo donde se hundían sus ojos.

—Aún no, pero quería que le diera un recado.

—Así que eres como todos.

—Después lo olvidé, señor, y estuve jugando con su hijo.

—¿Y ahora que te lo pide tu amiguita qué vas a hacer, Jacinto? Maldito nombre —masculló—. Vamos, habla con ella, búscala. Dime, ¿está aquí ahora? ¿La ves entre nosotros? Tiene el cabello verdoso de helechos, y los ojos como el amarillo de la niña. Es menuda, pero fuerte, ¿la ves?, di, contesta, ¿está aquí ahora?, es muy fácil distinguirla, tiene que seguir siendo tan joven.

Agarró a su hijo por un brazo y lo zarandeó.

—Obedece a tu padre, ¿está Marina en esta habitación?

—No lo sé —gritó el niño zafándose de él—, cuando Bruna está conmigo no puedo ver ni escuchar a ningún espíritu, pierdo todo contacto con su mundo pues sólo existe ella.

Los ojos gatunos parecía que se le iban a dar la vuelta, y la boca se le llenó de espuma al tiempo que se desplomaba en el suelo con un charco de orina en los pantalones.

—¡Carmiña, Carmiña! —gritó José Novoa.

—¿Qué puedo hacer, señor? —preguntó Bruna arrodillándose junto a Jacinto, acariciándole el cabello.

—¡No lo toques, márchate, márchate ahora mismo del pazo y no quiero que regreses jamás!

La tormenta había estallado en el jardín cuando Bruna abandonó la biblioteca. Se había cruzado en el pasillo interminable con una mujerona vestida de negro que la miró con unos ojos de ratón, escondidos entre los pliegues de la vejez y la obesidad.

—Él no te necesita —le dijo—, vete y déjale tranquilo, desde que te conoció el otro día anda sufriendo y aún es joven para esos delirios. Además está enfermo.

Desplegaba a su alrededor un aura de leche antigua, rancia, y tenía las mejillas en carne viva porque la piel del rostro no le aguantaba después de los cinco partos y tanto sufrimiento el frío del invierno. El cielo estalló en otro trueno inmenso y la mujer se santiguó dos veces.

—Vete, niña, por la que fue tu madre, la santa más santa de todas las que ha parido esta tierra, que yo tuve la dicha de cruzármela en una ocasión y me ayudó a echar un hijo al mundo, y de muerto que vino me lo revivió con la gracia de su boca y el calor de su respiración. Por eso te digo, niña, sal de este pazo y marcha para tu casa lo más rápido que puedas. Es ésta una noche de malos presagios.

—Y ¿por qué lo va a ser, señora?

—Porque truena como si se partiera el cielo, y me han echado leche negra estos pechos que siempre la dieron blanca y pura —sentenció cogiéndoselos, y desapareció camino de la biblioteca.

Partió Bruna de regreso a su caseto. Diluviaba en el jardín del pazo con un fragor de guerra que helaba el corazón de miedo. Los relámpagos iluminaban de vez en cuando el camino hasta la tapia de colmillos. Pero ya se adivinaba en los parterres de rosas, en las camelias y los sauces, la niebla que se había extendido por el bosque. Era tan espesa que Bruna no pudo encontrar el sendero que conducía hasta su casa. Además no había viento, lo que la mantenía inmóvil en el bosque como una desgracia. ¿Será éste el principio del mal augurio que me ha dicho esa vieja?, se preguntó mientras buscaba refugio entre las gruesas ramas de un castaño. Cerca de ella escuchaba el ulular espectral de una lechuza.

Subida en el castaño, rememoró la imagen de Jacinto Novoa echando espuma por la boca. Ay, Dios mío, que se me ha revuelto de pena el alma cuando le he visto como los perros que hay a veces a las afueras de la aldea, con los ojos saliéndoseles y el hocico torcido de flemas. Acaban todos apedreados o muertos de un tiro, un pellejo a los pocos días que se come la humedad y el viento. Me ha hecho daño verlo así después de haber probado la caricia de su piel, que es suave, Jacinto, casi más que la mía aunque yo soy una chica. Pero a él se la mantenía a salvo de todo la soledad del pazo, los pechos de Carmiña, que le encanijaban el cutis para que no dejara nunca la flor de recién nacido y se convirtiera en hombre a sus casi trece años.

La pena que tengo, se decía Bruna, y con esta niebla en la que apenas puedo verme las manos frente a los ojos, y esa lechuza que no para de chillar como si este viento que se levanta poco a poco le estuviera arrancando las plumas. Madre, tú que eras santa, protégeme. Bruna se acurrucaba entre las ramas, se acunaba el miedo con un canto de romería, se resguardaba de la lluvia con una rama gruesa y el mantoncillo de lana de oveja.

Nunca supo cuánto tiempo se quedó dormida en aquel castaño cuajado con los primeros brotes de la primavera. La despertó el canto de la lechuza. La niebla era menos densa a su alrededor y apenas llovía, aun así el sendero continuaba sin verse bien. Se disponía a bajar del árbol cuando escuchó como un lamento que parecía contestar al ulular de la lechuza. Se asomó al sendero y, entre las hilachas de niebla, vio la figura de un hombre que reconoció enseguida. Vio a José Novoa vagando solo, sin más rumbo que el que le marcaba su dolor y el brandy. Vio su cabello flotar en el viento fuerte que se había levantado y arrastraba la niebla. Vio su camisa empapada por la lluvia reciente, nada llevaba encima para protegerse del relente, el saquito le colgaba del cuello con ademán triste y él lo acariciaba mientras su boca se ahogaba en un lamento: condenado estoy a un destino de putas frías, así me has dejado porque no hay mujer que pueda calentarme el hielo de tu pérdida, ni cama, ni sendero que no me huela a ti, Marina, a tu piel de monte, ni ojos en los que no vea los tuyos; toda luz se fue contigo, toda esperanza, solo estoy, como siempre estuve hasta que te encontré, pero fui un cobarde, amor mío, cumplí con el linaje para el que nací, ¿y de qué me ha servido?, ¿de qué me vale ser marqués si no te tengo?, demasiado tarde lo he sabido. Se hallaba inmerso en su desgracia cuando Bruna lo vio tropezar con la raíz de su castaño que sobresalía de la tierra y caer rodando colina abajo. Señor, señor, se apresuró a llamarlo. Bajó por la ladera y comprobó con alivio que no había caído hasta el río, sino que se había quedado enganchado en unas piedras.

—Señor, señor marqués —lo llamó de nuevo.

—¿Eres tú?

Su voz sonó pálida y aturdida por el golpe.

—Soy Bruna Mencía, ¿se acuerda de mí?

—Te dije que no regresaras al pazo.

—Y no estoy en el pazo, señor, estoy en el bosque, igual que usted. Se ha caído.

Consiguió llegar hasta él y lo ayudó a levantarse. Tenía una herida en el muslo que sangraba bastante.

—Usted no se preocupe, señor marqués, que la gente de campo somos pobres, pero tenemos recursos, yo le hago lo que le hice a mi cabra cuando se despeñó por un barranco, un torniquete dice el algebrista que se llama —le explicaba mientras se rajaba una tira de la saya y se la ataba con fuerza alrededor de la herida—, que le salvó la vida a la cabra vieja que a su vez me la había salvado a mí, porque me dio su leche.

—¿Siempre hablas tanto, niña?

—Sólo cuando estoy nerviosa. Y cuando es noche como ésta de mal fario, ya me lo dijo una señora en su casa, y yo soy muy supersticiosa.

Bruna lo ayudó a incorporarse. Se había torcido un tobillo y apenas podía caminar. Apoyado en la niña, consiguió subir al sendero. La niebla había vuelto a espesarse y se escuchaba a lo lejos un toque de campanas.

—Ay, señor, iglesia cerca de aquí no hay como para que se oiga ese redoble. ¿No podría ser la capilla de su pazo?

—La capilla de mi pazo está cerrada para los asuntos de Dios. Allí despedazamos ahora las presas de la caza.

—Ay, señor, están tocando a ánimas, más de las doce han de ser, ¿tiene usted reloj?

—No puedo mirarlo ahora, niña, pero más de las doce seguro por la hora en que salí del pazo.

—No le pregunté por Jacinto.

—Dormía tranquilo cuando me marché.

—¿No lo escucha usted, señor?

—Sí, niña, y junto al toque siniestro, el ulular de una lechuza que me está llamando. Quédate aquí que yo he de marcharme.

—No, se lo ruego, es muy peligroso.

Bruna lo guió a tientas hasta el castaño donde se había refugiado de la lluvia y lo escondió con ella tras el tronco centenario. Después buscó un palo y pintó un círculo en torno a ellos.

—No se salga de este círculo, aquí estará protegido, yo la he visto una vez, sólo de refilón, y casi me quedo muda para siempre, señor; es la Santa Compaña que viene a llevarse un alma, alguien se va a morir esta noche por aquí cerca.

—Ojalá sea yo.

—Cómo puede decir eso si es un marqués y tiene un niño tan listo como Jacinto, que todo lo sabe del mundo. Se oyen las campanas otra vez, señor, y entre la niebla ya me parece ver la procesión de espectros, blancos son, transparentes, van hacia el pazo, rondan la entrada del pazo; señor, no mire, no mire, no se salga del círculo que me enseñó a pintar mi tía Angustias como le dijo la Troucha, ¿sabe quién es, señor? No deje de mirarme, no atienda las campanas, no se deje arrastrar por ellas, que son como las moiras del mar que te embrujan con su canto para ahogarte, eso me cuenta tía Angustias porque yo nunca he visto el mar, y bien que me gustaría, pues la Troucha es la meiga que vive en el bosque, la que tiene al Juanchón que lo dejaron cojo, pero, claro, usted qué va a saber de chismes de pueblo si es un marqués y tiene preocupaciones de ricos, que no sé cuáles son, pero si el señor quiere contármelas algún día que sepa que yo le escucho, y hablo sin parar para ahuyentar el miedo, que eso me pasa cuando me cae la noche en el bosque, que me pasa muchas veces, y me pongo a hablar como loca con mi madre, Marina, como la llamó usted. Ahora me da vergüenza hablar, decirle cosas, porque estoy con usted.

—Háblale, Bruna, háblale por mí, a ti te escuchará, se me hielan los huesos, niña.

—Señor, está usted temblando, y cada vez me habla menos, casi nada, diría yo, tres hilos de palabras, y está más pálido, señor, que no sé si es que le cayó de golpe la borrachera encima, usted me va a disculpar, que yo no tengo nada en contra, incluso yo misma a veces me bebo el orujo de mi tía con mi prima y bailamos como en las romerías. No, no hable, señor, que en cuanto que pase la que tiene que pasar le llevo al pazo. ¿Qué dice, señor?, no le oigo, ¿curuxa? ¿eso dice, señor?, curuxa. Ya le entendí, sí, yo también la he oído esta noche, y aún chilla de vez en cuando, curuxa. ¿Siente el frío que yo siento en la nuca? Ay, señor, que creo ver la procesión de nuevo, el camino al pazo está blanquecino y no parece niebla, y huele a cirio.

—¿Qué es ese sonido, niña? No lo distingo bien. ¿Es la curuxa que me llama?

—No, señor, es peor, hasta la curuxa se ha quedado muda. Son las campanas, señor, las campanas que tocan a muerto otra vez entre los relámpagos del cielo. No se mueva del círculo, cierre los ojos que la siento venir y abráceme, por lo que más quiera, porque me muero de miedo.

—Ven aquí, niña, no fui hombre para proteger a tu madre, pero ahora sí he de protegerte a ti. Cómo hueles a retama.

—Por el bote de madre que llevaba en la saya.

—Y la carne te huele a vida.

—Viva estoy, señor, aunque no sé por cuánto tiempo, pues la muerte pasa de blanco y en procesión por nuestro lado, y sólo nos tenemos el uno al otro, ya ve usted lo que son las cosas.

—No tengas miedo, niña, ven, apoya la cabeza en mi pecho y duerme. Yo te acaricio el cabello, te velo los sueños, duerme, ya no estás sola en el bosque.

—Gracias a Dios, señor, que estoy con usted.

—No mientes a ese impostor.

—No se enfurezca que se le abre la herida y le sale la sangre, que no sé si ésta llama a los muertos, o ya les importa poco porque son casi transparentes. Perdóneme usted, pero no es el momento de ponerse a mal con el de arriba sino de lo contrario, porque si la procesión va hacia el pazo, ya sabe el señor lo que eso significa, el terrible presagio de que van a llevarse un alma que allí mora.

—Que se lleven la mía, niña, que ya no la quiero para nada.

—Si se la llevan se muere usted, que no conozco yo caso de hombre que haya vagado con cuerpo y sin alma, sola ella sí, pero nada más.

—Que me lleven a mí. Llámales, niña, llama a los muertos, que no pasen de largo, que no vayan al pazo que allí tengo a mi hijo; que me lleven a mí, cuentas tengo que arreglar con alguien del otro mundo, y allí debe morar también quien yo más quiero.

—No me ponga los pelos de punta, señor, la piel parece quemarme de escalofríos. ¿No oye el cántico triste?

—Sólo te oigo a ti, niña, y siento tu corazón joven en mi pecho. ¿Qué me importa morir? Curuxa, curuxa.

—No grite; se lo pido, señor, se lo ruego.

—No tengas miedo, niña, yo te abrazo y te protejo, vienen por mí que estoy maldito. Ha llegado mi hora, van a buscarme al pazo. Estoy aquí.

—Señor, se lo ruego.

—Calla, mi niña, cierra los ojos, duerme, no mires más esta noche de tormenta que me han de llevar los muertos.

13

Los pechos vivos de Roberta

Roberta vio llegar cabizbajo a Jacinto como si cargase en sus hombros con toda la melancolía del bosque. Sólo estaba ella en la casucha para consolarle de algo que Jacinto conocía muy bien, la muerte. Fue la primera vez que hablaron, que se miraron a los ojos y Roberta descubrió los de él, de gato, tal y como le había dicho Bruna, rasgados por nacimiento y más aún por el llanto incontenible que le dejaba en el rostro dos rayas de pena. Le vio llegar por la ventana y se dijo: mira que parece el pajarito de lluvia. Espigado en su abrigo verde de rico, mojadito de lástima, alto para una edad que era también la de Bruna, pero con el lustre de espíritu, las mejillas de harina, solitario, confundiéndose con una hoja que vapulea el viento y se la lleva por los aires hacia lugares remotos. Le vio llegar atravesando el senderito del bosque como si fuera a desaparecer en cualquier momento, por eso se le metió en la cabeza la idea de abrazarlo, de hacerlo más humano con su propia humanidad para que no se evaporase dejando tras de sí no más que un vaho de desconsuelo. Le vio llegar hipando un lamento que ni la brisa de febrero lograba acallar, resoplando lágrimas, con un gemido

constante como si poco a poco se fuera desangrando de tristeza.

Llamó a la puerta con los nudillos. Roberta se atusó el
cabello, se deshizo del mandil, se abrió un botón de la blusa
para que le respirasen los pechos que tuvo que amansar porque
se le erizaban bajo la blusa. Calma, les dijo. Les hablaba, y
Bruna también. Bruna, que había crecido bajo el calor de su
sombra, de su leche prestada y su ternura propia, de su fragancia a madre, a carne llamada a engendrar carne.

Los pechos de Roberta quisieron a Jacinto nada más verlo.
Tras abrirle la puerta a ella le pareció que aún tenía el corazón
en tierra de nadie, ni niño, ni joven, ni hombre. Se fijó en la
sombra sobre los labios carnosos, labios hechos para besarlo
todo, para besar el mundo, pensó, anda que no sabe mi prima
picarona. Eran sus ojos lo más vivo de su ser, lo que escapaba
a la tentación perpetua de fantasma.

Enseguida que pudo, Jacinto dijo el nombre de Bruna.

—Aquí vive, y yo soy su prima Roberta.

—Tanto gusto.

La educación acabó de derrumbar la desgracia que había
retenido un instante.

—¿Y dónde está, por favor? —preguntó con el rostro empedrado de llanto.

—Anoche llegó a casa de madrugada por la niebla y la
tormenta. Pero se levantó temprano y salió al pueblo a hacer
recados.

Jacinto se quedó quieto. Ella lo tomó de una mano.

—Ay, mi niño, como tengas el alma así de fría —le dijo, y
tiró de él hacia dentro del caseto.

No se resistió. Mansamente, se adentró en la penumbra de

aquella pobreza, de la pestilencia a ave doméstica, a cabra vieja, a puchero de sobras y rendimientos de orujo. Lo miró todo con el espanto del que descubre la miseria, los catres desvencijados de humedad, los paños y las sábanas remendadas, el suelo de tierra, las paredes con los chorros de moho, las grietas entre las piedras por donde entraba el viento, y la nieve en las ventiscas y las abejas de Marina la Santiña, que venían a vigilar si Bruna seguía viva. Se llevó la mano a la nariz, y Roberta le acercó al hogar para que le distrajera el olor de la leña.

—Y tú eres Jacinto.

—Sí. —Acostumbrándose a respirar ese aire de animal.

Y cuando la respiración parecía calmársele, volvía al vicio que traía de las lágrimas.

—Ay, pobriño, ¿y qué te pasa? Cuéntaselo a Roberta, que será para ti todo consuelo. Ven y ven, acércate a mí, abrázame…

—Es que se me murió… se me murió. —La boca balbuciendo lo que no se atrevía a decir.

—Se te murió…

Y ya con su vida muy próxima a la de Roberta, con su olor a medicina tierna, a ropa noble, a colonia de flores.

—Se me murió… Carmiña.

—¿Quién?

—Mi nodriza —se desahogó por fin entregándose a los brazos de Roberta—. Esta noche pasada se la llevó la muerte mientras me velaba el sueño —le explicaba entre quejidos húmedos—, y yo no la vi venir para avisarla, para decirle escóndete mi tata, como la llamaba, porque la he visto y dice que viene a por ti.

El niño hipaba ensopándole las tetas, y Roberta apretándole contra ellas, que son alivio de niño, de macho, se decía, mientras se le escapaban de la blusa enloquecidas por el desconsuelo como dos grandes lenguas que quisieran lamer a Jacinto, y él dejándose cada vez con la voz más de caverna.

—Me desperté y la vi quieta —decía el niño—, con los ojos abiertos y el trapo de espantarme los espíritus en una mano rígida, meciéndose como única despedida.

—¿Meciéndose después de muerta?

—Con un crujido de nana como si no quisiera que yo despertase jamás. Así ha sido, no te miento, Roberta.

La llamó por su nombre con esa boca y los pezones de la muchacha se hicieron lumbre.

—Pero no veía su espíritu por rincón alguno del cuarto, ni en el techo, pues algunos se pegan a él recién muertos jugando a lo que Carmiña y yo llamábamos, por influencia de mi maestro, la ingravidez eterna.

—¿Y qué ha de ser eso, niño?

—Eso es que flotas, Roberta.

Otra vez su nombre, y más quemazón en los que sólo había estrenado el Manoliño por encima de la blusa, que putas hay muchas en el pueblo, pensaba Roberta, pero a los diecisiete yo me guardo para el hombre que me lleve a la iglesia.

—Así que no he podido verla, ni hablar con ella aún. ¿Para qué me sirve esto de ver y escuchar a los muertos si luego no puedo hacerlo con el que yo quiero?

—¿Y no puede ser pronto, mi rapaciño? —le consolaba—. Quizá no le ha dado tiempo al alma de tu nodriza a acostumbrarse a no pesar, a ser libre sin carnes. Quizá ha de aprender a hablar otro lenguaje, supongo yo, a usar su boca invisible, y eso no se aprende en unas horas, ¿acaso tú hablaste nada más nacer?

—No, no —negaba Jacinto con la cabeza, y se hundía en el desfiladero de los pechos, ahondado entre las montañas tiernas.

—No me llores, mi niño. —Lo acunaba mesándolo con los labios el cabello negro, encendiendo con su calor, con su saliva aquella aflicción plañidera.

—¿Y dónde está mi nodriza, Roberta? —gemía—, la que me espantaba los espíritus cuando no me dejaban dormir ni comer, la única que los veía conmigo y luego me contaba los chismes de cómo eran de vivos: el Ciprianiño ha mejorado siendo ánima, tiene un brillo en la mirada sin ojos que no lo tuvo jamás, me decía acunándome, y un trato de persona insospechado con lo mula cocera que se ponía ante cualquier cosa.

—Ahí le doy la razón a tu nodriza. Yo conocí al Ciprianiño siendo aún niña y una buena mula era, un asno sin corazón más bien, mira que se puede mejorar de muerto, de lo que se entera una, ¿y entonces hay ánimas guapas, Jacinto? ¿Se mejora por dentro y por fuera?

Pero él a lo suyo:

—¿Quién me va a espantar ahora la impaciencia de los muertos? ¿Quién les va a decir: dejad al niño que tiene que dormir, dejadlo que ha de comer o me lío a golpes con el trapo y os descoyunto la birria de ánimas que sois, egoístas, malvadas?

Y venga a llorar y a hundirse en Roberta, hasta que de pronto ella le sintió más frío que nunca. El niño se puso rígido en el abrigo de noble, se escapó de entre las tetas y empezó a soltar por la boca esa palabra que encendió los nervios de Angustias cuando se asomó por la puerta: curuxa, curuxa.

Una abeja penetró con el viento por una grieta.

—¿La ves, la ves? ¿Está aquí? ¿La tienes dentro, niño espíritu? —le preguntó Angustias—. Hermana, mírame. —Zarandeaba a Jacinto—. Mírame, hermana, que la hija te va a llegar a reina, eso dice la Troucha, y yo me fío de esa vieja.

—Curuxa, curuxa.

—Ya lo sé. La curuxa que cantaba y tú te marchabas, putiña, y ya me imagino para qué. ¿Qué me quieres decir? Anda, suelta ya el recado que este niño me ha de dar, sí, que no me dejaste tanta carga como parecía si se me hace con dineros y posición, y su trabajo me ha costado que llegue a rapaciña, no tardará en empezarle a sangrar los interiores, pero dime, ¿qué mensaje tienes para mí? ¿Qué ordena mi santa? Que yo tengo que preguntarte una sospecha que me tiene sin dormir.

Angustias reía, reía sin parar con su peste ebria, y Jacinto más: curuxa, curuxa, hasta que al niño le volvió de pronto el frío que era suyo, el que le acercaba a la frontera de lo humano, y los ojos se le quedaron sin fuego, como las almendras después de tostarlas, y la boca se le hizo de carne. Dejó de pronunciar la espectral curuxa, se le había ido la comunicación con el otro mundo, y se le ensombreció el rostro, le temblequearon las rodillas. Roberta volvió a abrazarlo, a estrellarlo contra sus pechos. Pero fue escuchar el niño, a su espalda, la voz de Bruna y separarse de la muchacha. Miró a Bruna como si él fuera otro ser distinto, otro ser que no había existido hasta ese momento que estuvo frente a ella, y dijo su nombre, Bruna, llenándosele los labios con la sola presencia de la niña, y las lágrimas se le secaron.

—¿Qué haces aquí, Jacinto?

—Vine a buscarte para decirte que anoche se murió Carmiña, mi antigua nodriza, mi tata —respondió lejos de Roberta.

—Entonces fue a ella a quien se llevó la Santa Compaña del pazo. Gracias a Dios, aún vive el marqués.

—¿Qué murmuras, Bruna? —le preguntó su prima.

—A ti qué te importa —le contestó mirándole las tetas que habían sido suyas, las protectoras de su infancia.

Bruna se miró las que se adivinaban como granos de maíz por debajo de su blusa, ésas donde ninguna cabeza hallaría más consuelo que la dureza de los huesos, esas que aún luchaban por despuntar en una adolescencia de hambre. Ella me saca la ventaja de la edad, se dijo, de eso no había duda, y de unas tetas vivas. Ay, Bruna, pensaba entre tanto su prima, que estas que Dios me dio grandes y tiesas me hacen parecer culpable de lo que no soy. Se miraron en el silencio que se hizo en la casucha, hasta que lo rompió la borrachera de Angustias.

—Habla con ella, niño, con mi hermana, pregúntale si es quien yo creo el que le hizo la faena de matarla, vamos, que te diga.

—Ya la perdí, señora. —Muy digno en su papel de noble.

—Pues recupérala y que me hable, que me ha tenido a palo seco de ella desde el día de su muerte.

—Se fue y ya no va a volver —insistía él mirando a Bruna.

—Un orujo te vas a beber, marquesito, que te ha de regresar el muerto. —Se lo servía en un vasito con poso de mugre.

—No, gracias, vine a decirle a Bruna…

—Jacinto, vámonos al bosque, te voy a enseñar el lugar donde se entierran las penas y uno ya no se acuerda más de ellas.

—Niña desagradecida, se queda aquí, por si le vuelve mi hermana, tu madre, mi santa. Que tengo que preguntarle una sospecha que me reconcome por dentro, a ver si después de todo voy a ir al infierno.

—Que no, señora, que ya no me vuelve más.

—Tú bebe, bebe.

Obligó a Jacinto a tragarse el orujo y a éste se le puso cara de abrasársele las entrañas.

—Vámonos al bosque —le repetía Bruna, y le tiraba de la manga del abrigo.

—Te vas a tomar otro, niño.

—Adiós, señora, tanto gusto.

Salió corriendo detrás de Bruna. Alejándose de mis pechos tristes sin la respiración de sus cachorros, se lamentaba Roberta.

—Dame a mí el vaso de orujo, madre.

—Bebe, bebe, hija. Cuando tu prima regrese se va a beber la paliza de mis manos por mucha reina que me la vaya a hacer el tiempo.

—Eso, madre, péguele. —Bebía, bebía regocijándose por dentro—. En unas horas se me han de alegrar otra vez los pechos.

Bruna condujo a Jacinto hasta el cementerio de las penas, inaugurado con la primera paliza de Angustias que pudo recordar.

—Me dolió donde me siento durante varios días —le contaba la niña, apartando las zarzas que cubrían el camino hasta su camposanto.

—¿Esa mujer del orujo te pega?

—Sólo porque bebe y tiene el alma rota de desgracias.

—Pues yo te voy a defender.

—¿Y qué le quedaría a ella si no nos arreara? Lo hablamos a veces Roberta y yo mientras vemos las estrellas y nos da pena aunque reventemos de picor allá donde nos cayó el golpe. Se lo he dicho a Dios cuando paso por delante de la iglesia, la dejo como un acto de caridad, que se puede mandar hasta en la misericordia, luego echo la pena al árbol, ahora lo entenderás, Jacinto, y que lo pague más adelante con una mala muerte, o una maldición que no la cure ni remedio de meiga.

El niño tenía las manos ortigadas y con arañazos de zarzas y pinchos de tojos, pero seguía a Bruna a través del bosque sin sentir la erupción de granos ni el escozor de las heridas. Olvidaba todo dolor detrás de ella, olvidaba su cabeza pesada a causa del orujo, admirando su cabello castaño, desgreñado y largo, su paso ágil a través de la naturaleza. Le costaba respirar debido a los mocos acumulados por el duelo de Carmiña. Aquella tarde distinta a todas las demás acabaría de nuevo en una jornada de lluvia, pero no tuvo miedo. Ni siquiera cuando surgió ante ellos el descomunal castaño con el tronco deformado por los siglos, y Bruna se dio la vuelta para mirarle con los ojos de flor y de sombra y decirle: éste es el cementerio, Jacinto, y él vio la neblina que exhalaba la tierra como si respirase tristeza, y entre ella los helechos espectrales y los esqueletos de salgueiros; vio las raíces saliendo entre la hierba y el musgo y la procesión de babosas negras avanzando gigantes por una de ellas como un cortejo de duelo; vio las hojas secas en alfombras de lápidas, y cuando estuvo más cerca del castaño, el abismo hacia el olvido que se abría en su corteza centenaria.

—Estamos en el corazón del bosque —le dijo Bruna tomándole una mano—. No tengo libros con países de colores para señalarte dónde nos encontramos, pero si yo fuera el bosque, con sus ríos y sus arroyos, estarías aquí. —Le puso la mano sobre el latido que se le salía de la toquilla, que se le escapaba de su pecho apenas despegado de la niñez.

Él escuchó el tictac que marcaría a partir de entonces el ritmo de su vida y de su muerte, y supo en esa tarde destinada a la tormenta que no habría más atlas, ni más mapas que el que tenía frente a él, el cuerpo de Bruna Mencía, firme y con olor mimoso a gallina y a sombra.

Tronó el cielo.

—Vamos a echar tu pena al árbol antes de que se moje —le dijo la niña—, pero antes tienes que sentarte a sufrir por ella. ¿Cuál era?

—Se me murió Carmiña, mi tata —respondió Jacinto.

—Duelo tradicional por muerte —decretó ella, sentándose a su lado—. Yo sufro contigo, ¿te importa?

Él negó con la cabeza. Le ardían las mejillas a pesar de la niebla.

—Pero ¿qué hacemos?

—Primero le das tu pena a las babosas.

—¿Cómo?

—Diciendo babosas, yo os la entrego; que la más valiente cargue con ella.

Él lo repetía con obediencia solemne.

—Así no —le regañaba Bruna—, con los ojos cerrados, y ahora los abres, ¿la ves?

—¿El qué?

—Tu pena. La carga esa babosa negra.

—¿Cómo lo sabes?

—Se ha puesto un poco más gorda. Cierra otra vez los ojos y sufre. Recuerda a Carmiña, ¿a qué olía?

—A leche, al moho del trapo de espantar, al ajo que parecía a veces sudar su carne.

—¿Y qué echarás de menos?

—Todo, Bruna, que fue madre para mí, consuelo de muchos días y noches, con ella aprendí los besos y las caricias, y me limpiaba la vergüenza que viste de las babas de la boca por mi enfermedad, que es más bien penitencia. Ella que me ha salvado la lengua con la que te hablo ahora. —Se le enredaba esa lengua en llanto.

—Muy bien, muy bien, Jacinto. Mira la babosa.

—Ahora la veo, parece que se comió a otra.

—Móntala en una hoja seca.

—¿Cómo?

—Te ayudas con un palo.

El niño rebuscó en los despojos del otoño.

—Le ha de servir de ataúd, así que busca una que sea digna de ella.

—Ésta parece fuerte. —Le mostró una a Bruna.

—Y hermosa —añadió ella.

Arrancó el niño su babosa del cortejo fúnebre, la cogió con la mano, era cálida, tonta, la puso sobre la hoja, y la tiró por el hueco de la corteza del árbol como le indicó Bruna, los dos en pie frente al abismo que parecía descender hasta lo más hondo del mundo.

—Ahora que la tierra llore tu pena —le decía la niña mientras abandonaban el cementerio, mientras caían sobre ellos las primeras gotas de lluvia— y se convierta en humo triste, en niebla.

A Jacinto le flaqueaban las piernas, y una risa tosca se le venía a la garganta. No temía a los castaños ni a los robles, ni a los helechos tan perfectos como hostiles que le intimidaban en otras ocasiones, ni a los arroyos despeñados a saltos entre las rocas; la naturaleza daba vueltas a su alrededor, inofensiva, y le soplaba las mejillas consolándole la brasa del orujo de Angustias.

—¿Sabes, Bruna, que me quedaría por siempre en el bosque —le decía con las lágrimas cayéndole entre los hipos invencibles de la risa—, que nunca fui tan feliz y tan desgraciado a un tiempo, que me basta con la vida que aquí se respira si tú estás conmigo?

La niña le sonreía mientras cantaba:

—*Santa Bárbara bendita, que en el cielo estás escrita, guarda pan, guarda vino, cruceiros guarda gente por el camino.*

Y así ahuyentar el destino de la lluvia, la negrura de las nubes cerniéndose sobre el cielo de barro, y bailaba como en las romerías, levantándose un poco la falda, agarrando la mano ortigada de Jacinto que sentía la vejiga estallarle de gozo.

—Enséñame esa canción, Bruna.

Ella se la repetía dos, tres veces, danzando en torno a él, y sus voces sobresalían entre el viento de tormenta y los truenos, hasta que Jacinto cayó sobre un lecho de hierba, fatigado de reír, mareado de amor, sin él saberlo, ronco de invocar a santas, de espantar maldiciones, borracho de cansancio y orujo amargo. Bruna se echó a su lado con un retozo alegre, y las gotas les mojaron el cabello y el rostro. Aún reían y chocaban un hombro con otro cuando Jacinto descubrió, posada en el tronco de un roble, imperturbable en su tamaño gigante, negra y amarilla, una salamandra que le dicen galaica, Bruna, y créeme que yo no la había visto jamás hasta esta tarde de luto por Carmiña, cuando al niño se le despertaron los instintos de macho. La estuvieron mirando durante un buen rato, tan silenciosos que parecía habérseles detenido su propia existencia, hipnotizados por la respiración de estar juntos, mientras el perfume de la tierra mojada les trepaba por la ropa, les invadía la piel, les camuflaba en el bosque. Un mirlo en busca de refugio se posó en una rama del roble. Bruna Mencía se sacó un tirachinas del bolsillo de la saya con gesto felino, se le afilaron las pupilas, se le detuvo la vida en el guiño del ojo con el que calibraba su puntería.

—Enséñame a disparar —le rogó Jacinto, al oído.

—Pero has de matarlo —le advirtió ella— y nos lo cenamos.

El niño asintió. Se chupó los labios y se mordió el inferior cuando tuvo el arma entre las manos.

—Tensa firme, pero con suavidad —le dirigía Bruna—. Cierra un ojo y elige dónde le quieres dar. Siente latir en ti el corazón del animal.

Ajá, respondía Jacinto, sólo ajá mientras en la boca paladeaba la muerte. Veía en el último aliento del ave, en su pecho parduzco, diminuto en su arriba y abajo, un aleteo de despedida, ajá, la piedra salió volando y estalló en un golpe de plumas y sangre.

—Lo has matado —le felicitó Bruna.

Pero a él le sangraba también el labio donde se había hincado los dientes, y el pulso le temblaba cuando la niña le entregó su víctima aún caliente. La sostuvo sin saber qué hacer con ella; por primera vez no sentía vergüenza de la falange que le faltaba en el dedo corazón de la mano izquierda, y se la mostró a Bruna como si fuera una herida de guerra.

Se comieron el mirlo bajo el roble. La niña lo desplumó con destreza, le sacó las tripas ayudándose de la navaja que siempre llevaba encima, junto al tirachinas, lo trinchó en un palo, encendió una hoguera con un pedazo de fósforo, y lo asó ante la admiración y el espanto de los ojos gatunos de Jacinto. Tocaron a poco, sólo unas hilachas de carne y un chupar de huesos. Era más el ritual de comerse lo que se había dado muerte que el manjar en sí, pero a Jacinto le supo delicioso. Si me hubieras visto, padre, pensaba, desgarrando con los dientes un ala famélica, relamiéndose con el jugo sanguinolento que se le escurría por la barbilla, si me hubieras visto, no me tembló la mano; tú mejor no me mires, madre, que ahora le comprendo un poco a él, se me encendió en el pecho un instinto que se convirtió en fuego primitivo.

Bruna le observaba con el deleite del maestro ante la hazaña del pupilo, satisfecha de mostrarle su mundo, de que él lo disfrutara.

Muchos años más tarde, inmerso en el calor doloroso de la tarde caribeña, echado sobre la hamaca de la siesta, solo, sin más murmullo que la planicie del mar turquesa, Jacinto habría de recordar aquel festín glorioso. El hombre que se espantaba a sí mismo los espíritus locales no podía ser ese niño que le regurgitaba su memoria una y otra vez. Le veía sonreír junto a Bruna en las entrañas del bosque, iluminado por el júbilo de la vida y la muerte como no volvería a estarlo jamás.

14

Rencillas de revolucionarias y reinas

Bruna respira como una locomotora tendida en medio de su cama. Ovillada en una esquina, Valentina intenta dormir. El pecho de su abuela sube y baja. Ella le da la espalda. Vigila las sombras del cuarto, los ruidos que van más allá de la respiración de vapor, el olor dulce de la camelia cuando empieza a pudrirse, el perfume de Bruna que flota en un marasmo de tabaco. Ven conmigo, niñita, le había dicho, tomándola de la mano la noche anterior, y la había hecho ascender hasta ese último piso donde el tiempo es un ser vivo más.

Por la claraboya que reposa encima de la cama penetra el filo anaranjado del amanecer. Valentina toma la cuerda de su cintura y la acaricia como si fuera piel. Recuerda que hace unas horas, cuando su abuela la llevó a su habitación y el sueño comenzaba a abatirla, la había llamado por el nombre de su madre. Rebeca, mi niñita de cabellos rojos, en el delirio de su duermevela, la acercaba a su regazo, Rebeca rebelde, mi pequeña. Valentina se había agarrado a su cuerda, y se había alejado al otro lado del universo que era la cama, desde allí podía vigilarla. Había encontrado en ella protección durante unos instantes, pero no podía fiarse, bajar la guardia. Valentina se sentó en la cama e intentó pasarse una pierna por detrás del cuello como le había enseñado Melinda, la Elefanta. Los contorsionismos la tranquilizaban.

La luna se borra del horizonte. Valentina se desdobla, se estira, se duerme. A las nueve de la mañana, Petriña entra en la habitación y se encuentra la escena de la abuela como un planeta y la nieta un pequeño satélite en su órbita. Se estremece. El tiempo todo lo ordena, piensa, el tiempo tiene su propia misericordia y hay que entenderla, piensa. Mi señora que ha estado tan sola. Pone frescas las camelias, la bandeja del desayuno en la mesa y va por la de la niña. Cuando regresa, Bruna ya está despierta.

—Ayer se escapó Roberta del sótano y asustó a mi nieta —regañó a la criada.

—Creía haber echado bien la llave.

—Pues te aseguras la próxima vez.

—Sí, señora. Quería decirle que tiene carta del señor. Pone urgente en el sobre, viene por vía de los aires, por avión, vamos.

Valentina se despereza. Tiene los ojos hinchados.

—Duerme más, niña —le ordena su abuela.

—Se me acabó el sueño.

—Duermes como un pájaro igual que comes —apunta Petriña mientras coloca la bandeja del desayuno frente a su señora.

Ella, antes de beber un sorbo de café o pellizcar el bizcocho, abre el sobre que hay en la bandeja. Viene de México. La mano parece una hoja en otoño maltratada por el viento. Petriña le acerca las gafas lupa y pone el desayuno enfrente de Valentina, que sigue sin acercarse a su abuela. Bruna lee y bufa, arruga la carta, se levanta bruscamente y derrama el café. Petriña se apresura en recoger lo que su señora va demoliendo, derramando con sus ademanes de animal herido.

—Quiere venir al pazo a morirse —dice Bruna con una mueca amarga—, como si no hubiera sitios en el mundo digo yo, que saque un atlas de los que tanto le gustan y elija el lugar que más le plazca.

Recoge la carta, la aplana, la estira, la dobla, la mete en el sobre. Abre un cajón de la cómoda y la guarda en una caja donde asoman las esquinas de un montón de cartas.

—¿Sabrá que estás aquí? —le pregunta a Valentina.

—¿De quién habla? —La niña siente las piernas débiles.

—De tu abuelo Jacinto.

—El abuelo. —Por un momento a la niña le brillan los ojos. Bruna la mira con dureza.

—Sí, tu abuelo, que quiere venir aquí a morirse, al pazo, me dice, donde nació.

—¿Y usted no quiere que venga?

—Llámame abuela, Valentina. Eso es lo que soy te guste o no. Además, a ti no te importa si viene o no porque estás a mi cargo.

Valentina achina los ojos.

—Pues él cuidó de mi mamá y usted no.

—Y qué sabrás tú del pasado sino las mentiras que te contaron.

—Mi madre no mentía nunca. Usted le dijo que su padre la había abandonado, que no quería saber más de ella, usted sí que mintió.

Valentina se levanta de la cama con el camisón ceñido por una cuerda.

—Hoy te quitas esa cuerda de loca —le exige Bruna.

—La cuerda es mía y no me la quito. Revolución o muerte. —Valentina tiene los ojos con lágrimas.

—Otra revolucionaria, como si no hubiera tenido bastante. Pues yo a los revolucionarios los achanto a castigos.

—Ya es un castigo estar aquí, de donde mamá se fue porque le mentían.

—Qué sabrás tú de nada, niña tonta.

—Sé que me quiero ir a Cuba con Melinda.

—Olvídate ya de esa mujer, ahora soy yo quien te va a cuidar.

—Usted no puede cuidar a nadie porque se va a morir bien pronto de vieja, como el abuelo que viene aquí a morirse, a este cementerio. Además tampoco cuidó de mi mamá, y tampoco quiere cuidarme a mí. Me va a entregar hoy a ese hombre grande que tiene un hijo odioso.

—¿A qué hombre te voy a entregar si tú eres mía y bien mía?

—Al que nos encontramos a la salida del laberinto.

—¿A Uxío?

Bruna ríe.

—No viene por ti, niña tonta, yo no te entrego a nadie. Viene a buscar a la loca de su madre, a la loca que viste anoche, mi prima Roberta. Me la deja aquí para quitarse el entuerto de una vieja chiflada, pero ahora que estás tú aquí quiere llevársela.

—Yo recuerdo que mamá me hablaba de la tía Roberta. La recordaba cuidando siempre al abuelo Jacinto.

—Lo cuidó mucho, sí, bien que le interesaba. Pero tú vas a saber la verdad, aunque seas una niña, porque las reinas han de saberlo todo incluso aunque no sean cosas para su edad. Te voy a dejar este reino y el corazón limpio de patrañas. Y ahora quítate esa cuerda, ¿no decía el hijo de la alimaña de Uxío que hablabas con ella? Sólo nos faltaba que te tomaran por otra loca. Ya tenemos muchas en la familia, pero tú eres de otra estirpe más excelsa.

»Petriña, sácame el camisón de salir, que voy a arreglarme antes de que le dé una paliza a esta niña maleducada. Y repito, te vas a quitar la cuerda.

—No quiero. Quítese usted el camisón y vístase normal.

Bruna le da un bofetón en la boca y Valentina sale corriendo de la alcoba. Baja la escalera de castaño mientras el eco de su nombre resuena colérico entre las paredes del pazo. Guerra de guerrillas, piensa Valentina, se lo ha ganado. Desciende hasta la cocina. Se acurruca en el rincón de una arcada y llora. Ve un teléfono, quiere llamar a la Elefanta para que la venga a buscar, para oír el consuelo de su voz en papiamento. Sin embargo, escucha los pasos de Petriña, viene detrás de ella por orden de su abuela. Ve unos peldaños de madera que descienden hacia la penumbra. Conducen a un pasillo que huele a humedad. Al final del mismo hay una puerta. Tiene la llave en la cerradura. Se escucha un ronquido a través de ella. Valentina baja el picaporte. Está cerrada. Gira la llave con el corazón en vilo. Baja de nuevo el picaporte y la abre. La luz tenue penetra por la ventana e ilumina la cabellera blanca. Parece un animal de nieve. Valentina permanece apoyada en la pared, junto a la puerta, mirándola. De pronto el animal se da la vuelta y Valentina puede ver su rostro. Es tan viejo que no comprende cómo puede seguir vivo, y lo está porque de la boca abierta sale aquel ruido de caverna que le encoge el estómago. Los párpados le recuerdan a los de un sapo, le cuelga su bolsa de veneno de los ojos cerrados. Huele a orín seco. Valentina apenas se atreve a respirar para no despertarla, aun así ella abre los ojos. Y la mira. La encuentra. Le sonríe con dulzura. Valentina avanza hasta el hueco de la puerta. Espera. El animal se despereza y se incorpora hasta sentarse en la cama.

—Mira que ella me ha quitado el espejo. Mi madre le dio el pedazo donde nos mirábamos a escondidas, donde decíamos ésta soy yo, ésta eres tú. Quiere quitarme todo, hasta mi reflejo de vieja. —Ríe con las mandíbulas negras.

A Valentina le parece un acto de misericordia que no le dejen espejos cerca. No así tenerla encerrada en una habitación lúgubre del sótano.

—Mi madre me hablaba de usted —le dice la niña con una mano en la cuerda—, es mi tía Roberta. Anoche me asustó, creí que era un fantasma. Además me decía que yo quería quedarme con todo lo que no era mío. Y sepa que yo ni tengo ni quiero más que mi corazón y mis manos para luchar por la libertad.

Roberta da un respingo.

—Eres hija de Rebeca, no tengo dudas. ¿Te gusta mi pelo? —Se acaricia la cabellera—. ¿Me lo peinas?

—¿Por qué no se lo corta? Lo tiene demasiado largo.

—No me acuerdo. ¿Por qué no me lo corto?

—Si quiere se lo digo yo. Sé leer los recuerdos perdidos.

—Saliste también entre dos mundos. Porque ¿dónde viven los recuerdos?

—Los tiene guardados usted ahí dentro. —Le señala el pecho.

Roberta se toca las tetas destartaladas.

—Mi abuela debe de tener el pelo tan largo como usted, pero ella se lo recoge en trenzas.

—Yo lo tengo más largo.

—¿No se lo cortan por eso? ¿Hacen guerrillas de cabelleras?

—No me acuerdo.

—Le repito que yo se lo digo.

Va a acercarse a Roberta, pero ve sus ojos negros que brillan alucinados y retrocede de nuevo hacia la puerta.

—Otro día mejor.

—Dile a tu abuela que no me encierre aquí. Yo quiero una habitación de invitados de la segunda planta. Es mala, muy mala.

—Dice que está loca. La va a venir a buscar su hijo.

—Ay, no, con él no tengo deudas pendientes, con mi prima, sí. Tengo que estar cerca de ella, aunque sea en este sótano, porque si no me muero. Ya se lo he dicho a Uxío muchas veces, que no me voy con él a Ourense; si me separa de mi prima, yo me voy a la tumba y ella gana y se puede cortar el pelo.

Se escuchan pasos. Valentina retrocede hacia el pasillo y ve llegar a Petriña.

—La Virgen santísima, ¿cómo se te ocurre abrir esta puerta?

—¿Acaso no puede ver a su familia, a su tiíta?

—Vino tu hijo por ti.

—Mi hijo del alma, mi hijo de mis pechos nocturnos. Pero no quiero ir con él.

—Sal de aquí, Valentina, y vete a vestirte. Tu abuela se ha vuelto a enfadar.

—Y a mí qué, si ella no se quiere ir yo la defiendo. Ha de ser libre para decidir, además todos somos iguales y tiene que

185

tener una habitación también de ricos. Como usted, Petriña, o todos dormimos abajo o todos dormimos arriba.

—Que le va a costar a su abuela hacerla reina. —La vieja mira al techo y Roberta ríe—. Sal de aquí.

—Tía Roberta, que yo voy a hablar con mi abuela para que le ponga a dormir en la habitación que quería de la segunda planta, y si no le dejo la mía.

Valentina se marcha con las mejillas encendidas. Se toca la cuerda; mami, aquí todos son y viven como burgueses. Voy a vestirme, que no me gusta luchar en pijama.

Uxío Mencía ha aparcado su Peugeot oliva en la placita de la fuente, ha venido con su hijo, pero lo ha perdido de vista. Es un hombre edificio. Los muslos son los pilares que le asientan en la tierra. Pero los ojos aún sueñan como cuando era niño, alentado por su madre. Mira las dos torres simétricas del pazo, el jardín donde se le pierde la vista. Siempre le ha gustado la avenida de sauces y sicomoros. Solía imaginar que la recorría subido en un elefante engalanado con cascabeles y cintas. Un elefante que con su trompa cogía a su tía Bruna y a su hija, esa niña del pelo rojo, y las lanzaba por los aires para librarse de ellas. Cuando seas mayor todo será tuyo. ¿Y seré marqués, madre? Lo serás, de eso me encargo yo. Le brotaban a Uxío las palabras de su madre cada vez que pisaba el pazo. ¿De qué te vas a encargar tú, madre, con esta demencia heredada que te hace delirar?, piensa mientras ve salir a Roberta por la puerta del pazo pisándose la cabellera.

—No quiero irme, Uxío, tengo que estar aquí para velar por tus intereses, vigilando que mi prima no se muera antes que yo. Ya te dije que es predicción de meiga que seré madre de reyes, y ese rey eres tú, mi Uxío, que un día te ceñirás la corona de la justicia y te alzarás con el poder.

—Anda, calla, que lo que te va a ceñir bien es el ataúd que ya te llama, Roberta —le dice Bruna, que ha salido a acompañarla.

Petriña lleva atada a Roberta de la cintura como si fuera un perro con una correa.

—Le he dicho mil veces que no ate a mi madre —replica Uxío.

—¿Y me vas a llevar a Ourense, hijo? Que yo no quiero ir, que me ahogo en la ciudad.

—No, madre. Que nos hemos trasladado a vivir a una casa del pueblo.

—Aun así, voy a ayudar a instalarte y me vuelvo al pazo. Pero bien rápido, para que no le dé tiempo a la muerte a alcanzarme.

—No será mientras yo viva, no te quiero ver por aquí más. Ya no vuelves —dice Bruna.

No se le quita de la cabeza la carta que ha recibido esa mañana desde México.

Quiero ir al pazo a morirme, Bruna, entre las paredes que me vieron nacer y que me condenaron a lo que soy y he sido. Quiero volver al jardín, al estanque con sus peces dorados, al laberinto donde una vez jugamos a que eras reina. Tengo el corazón enfermo de no tenerte cerca y no me aguanta más la vida. Mi corazón débil es como un espíritu que me habla, que me cosquillea dentro del pecho, que me araña los minutos y las horas; necesito volver para poder morir en paz.

Valentina está asomada a la ventana del recibidor viendo lo que sucede, parece que no es necesario por ahora salir a luchar, mami, le habla a la cuerda, la tía Roberta se va porque quiere, pero he de convencer a la abuela para que la deje volver. Ahora sé quién es Uxío. Me hablaste de él. Era un niño de ojos fríos, Valentina, me decías, de agua pura, líquidos, que le daban una apariencia irreal. Tenía prohibido entrar en el pazo, incluso en el jardín, pero él se colaba cuando le venía en gana, con la cara sucia, y surgía detrás de un seto, en el estanque, tras un sauce o un sicomoro y me sacaba la lengua o me tiraba del pelo. Llegué a pensar que era un trasno, un duende que me perseguía sin descanso. Somos primos, me decía, llevamos la misma sangre.

Valentina se da la vuelta para salir al jardín y se encuentra con el hijo de Uxío. Los mismos ojos la observan. Él no tiene la cara sucia, pero sí las comisuras de los labios, ha estado comiendo chocolate.

—No tienes permiso para estar aquí —le dice Valentina.

—Estoy donde quiero.

Se miran.

—Te llamas Valentina Novoa.

—Sí, ¿y tú?

—Pedro. Pedro Mencía.

El niño sale del recibidor y camina por el pasillo hasta llegar al saloncito de caza. Huele a pintura fresca, por lo demás nada ha cambiado. Permanecen las cuernas de los ciervos, el jabalí disecado, la chimenea con el hogar gigante, las escopetas colgadas en el orden de siempre. Valentina le ha seguido. Es la primera vez que entra en esa habitación. Un escalofrío le recorre la espalda.

—Yo estoy aprendiendo a cazar. Me enseña mi padre.

Se queda mirando una de las escopetas que está encima de la chimenea. Uxío acerca una silla y se sube en ella para alcanzarla.

—Guau —dice.

El arma refulge en sus manos, como si de alguna manera hubiera vuelto a la vida. Es la escopeta de la familia, con el escudo de los Novoa en la culata. La camelia y el lobo aullando a la luna.

15

La escopeta de la culpa

José Novoa vio llegar a la niña caminando por la avenida de sauces y sicomoros, bajo la llovizna.

—Te mandé llamar porque hay un topo en el huerto que se está comiendo las hortalizas —le dijo a Bruna mirándole los ojos de dos colores.

Iba ataviado con botas y capote de monte y el sombrero verde con ala y pluma de faisán, pues se disponía a salir de caza.

—Eso me dijo el hombre que envió a buscarme —respondió Bruna—. Pero acabo de ver el huerto y le digo lo mismo que a él: allí no hay topo ninguno, señor. Que sé yo distinguir lo que es un agujero de este animal del de una azada, *pa* eso me salieron los dientes entre los campos.

Se escuchaban los ladridos nerviosos de los sabuesos.

—Me parece que no eres tan buena cazadora de topos como me asegurabas.

—Soy la mejor, no se me escapa ni uno. —Se arrebujó en la toquilla que llevaba sobre los hombros porque la mañana era fresca—. Pero aunque no haya bicho que atrapar me alegro mucho de ver al señor porque me quedé preocupada por la herida de su pierna, claro que ya sabía que el señor no se había ido *pa* donde se vayan los muertos, porque si se muere un marqués y más usted que es amo de toda esta parroquia y de no sé cuántas otras, una se entera no más ocurra, si no es porque la iglesia revienta a campanazos de difuntos. Digo esto, señor, y mire cómo se me levanta la piel a ronchas recordando las de hace algunas noches en el bosque. —Se sacó un brazo de la toquilla para mostrárselo—. Se entera una porque no se chismorrea otra cosa en bosque y pueblo.

—Ya estás hablando sin parar, niña.

—Es que la presencia del señor me hace gusarapos en la tripa. —Sonrió, y José pudo ver la línea que le asomaba como leche entre los labios.

—¿Te doy miedo?

—No, señor, es que me gusta usted.

—¿Ah, sí? —Un brillo se encendió en los ojos negros del marqués—. Pues no suelo gustarle a nadie.

—Al bosque sí le gusta. Le he visto pasear con su escopeta, a ver si le sale una presa para darle caza. Y luego me gusta a mí.

—Pues fíjate qué personajes.

—Podría gustarle a muchos más si el señor quisiera.

—Así que soy antipático.

—El señor es serio, pero es que es un marqués y tiene que mandar.

—Mandar es solitario, niña. Es un lobo que te devora.

—Pues creía yo que era bonito mandar y que no le manden a uno.

—¿Quién te dijo que el que manda es libre, niña?

Se hallaban en la placita de entrada al pazo, junto a la fuente de los peces dorados. Jacinto les observaba desde la ventana de su dormitorio.

—Le iba a traer agua milagrosa del manantial de mi madre, la Santiña, que todo lo cura, pero no me dejó su hombre entretenerme en nada. El marqués ordena y tú obedeces aprisa, mocosa. —Puso voz ronca, pero José no se inmutó.

—Yo no creo en santas, ni en aguas mágicas, sólo creo en lo que puedo matar. La pierna me la cosió el cirujano, y me la vendó —dijo señalándose la pernera de los pantalones más gruesa que la otra—, y al cirujano si se me antoja o me cura mal le puedo pegar un tiro.

José Novoa torció la boca que aún le sabía al coñac de la madrugada, a resaca de chimenea, y caminó despacio, con las manos a la espalda, hacia la entrada de la casa.

—Tú me hiciste un buen torniquete en la pierna, niña.

—Pues menos mal, señor —respondió Bruna siguiéndole.

José rió mientras le revolvía el cabello castaño.

—¿Sabe? Yo tampoco soy de muchos amigos, a mí lo que me gusta es irme por el bosque.

—¿Y mi hijo?

—Hace unos días le enseñé a usar el tirachinas y mató un mirlo de una pedrada.

—¿Jacinto? Lo dudo. No es capaz de acertarle a lo que tiene delante.

—Le aseguro que así fue.

—¿Y tú tienes buena puntería?

—La mejor, no se escapa ni un bicho vivo. Se lo puedo demostrar ahora mismo. —Se sacó el tirachinas del bolsillo y se puso a mirar a su alrededor.

—Dale desde aquí al caño de la fuente —le sugirió José.

Bruna recogió una piedra del suelo, disparó y acertó.

—Buena chica. —Le dio un golpecito en el hombro—. ¿Has ido alguna vez de cacería?

—Nunca, señor, pero me gustaría mucho. —Se le alegraron los ojos.

—Estás flacucha, no vas a poder sujetar una escopeta. —Sonreía.

—Estoy fuerte, señor, si me presta una le aseguro que podré con ella.

—Abre la boca. —Le agarró la barbilla con una mano y con la otra le subió el labio de arriba para examinarle los dientes. Se estremeció al mirarlos—. No estás mal —dijo con un temblor de voz—, pero no te voy a llevar; la mayoría de las mujeres no son más que un incordio cazando.

—Yo no soy como las demás mujeres.

—¿Ah, no?

—Voy a ser reina, señor, y voy a vivir en un pazo como éste, me lo han dicho.

—¿Y qué mala lengua ha sido ésa?

—La de la meiga del bosque, la Troucha le dicen, pero no me parece a mí que diga mentira.

—Ya mandaré yo a que hablen con ella para que no le meta a las niñas pobres patrañas de ricos en la cabeza, que luego así se nos levantan las masas.

—Dígale lo que quiera, pero llévame de cacería, señor. Ay, se me ha puesto una cosa en el pecho cuando me lo ha dicho, se me ha revuelto el gusarapo; lléveme, lléveme, señor.

Jacinto Novoa, desde la ventana, lloroso aún por el luto de Carmiña cuya presencia se había desvanecido, vio cómo su padre revolvía de nuevo el cabello de la niña que él adoraba.

La cacería estaba preparada para el mediodía. Bruna cargaba al hombro la escopeta de cartuchos del calibre doce que José le robó a su hermano en la infancia, y Jacinto la escopeta familiar, la de la culata con el escudo de lobos y camelias que su padre había cogido de encima de la chimenea para que se acostumbrara a la maldición de su herencia.

Caminaron por el bosque hasta llegar al puesto donde habían de permanecer a la espera de que los sabuesos de los perreros movieran las presas y éstas pasaran por delante de ellos. Se habían concentrado en aquella zona una gran cantidad de jabalíes, corzos y algún que otro zorro.

—Quitad los seguros de las escopetas —susurró José Novoa mientras miraba a los niños y el sonido de las armas le iluminaba el rostro adusto—. Concentraos en el bosque, no penséis más que en matar lo que veáis.

Jacinto sintió la culata de la gran escopeta apoyada en su hombro, había de estar firme para que el retroceso no le hiriera, pero se le clavaba la carga familiar y le pesaba hasta partirle de dolor la mano. Aun así apuntó al bosque y buscó en sus tripas el furor incivilizado que identificó más tarde, junto al padre Eusebio, como la supervivencia, matar para ser hombre. Escuchaba las palabras de Bruna: cierra un ojo, Jacinto, siente latir en ti el corazón del animal llamándote con el tictac de la muerte. Miró a la niña, su perfil hermoso, sus ojos depredadores acechando cualquier ruido del bosque. Miró a su padre, apostado en el capote de monte como una roca invencible en mar de tormenta, impasible al tiempo, a la lluvia delicada, al miedo, y le tembló la escopeta en un estertor de vejiga que le decía: Jacinto a punto estás de que se te vaya la vida por la ruindad de tu sexo, y luego vendrá la espuma que te rodea la boca de vergüenza y te mete la lengua en las fronteras de tus dientes; Jacinto, concéntrate en quitar lo que dio Dios, en jugar a la ruleta sin azar de la naturaleza, escucha lo que te traerá el viento, los ladridos mortales de los sabuesos, Jacinto, que es mucho lo que aquí te juegas, la hombría que despunta en tu horizonte de macho, la valía de un Novoa.

Sudaba el niño a pesar del frío y se mordía el labio inferior con la fiereza por la que luchaba; ay, madre, se decía, perdóneme, pero quiero ser como mi padre. Miraba a José Novoa, heroico, en espera de la presa, buscaba fuerzas hasta en el último rincón de su carne; ay, madre, tápese los ojos que ya me bautizó como quiso y sólo por eso mi nombre es hiel en los labios de mi padre, que me tiembla el alma y no puedo escuchar más corazón que el mío; ay, madre, deme la ayuda de Dios, sea misericordiosa aunque ahora no pueda verla ni oírla mientras Bruna esté cerca, apoyó su boca en el metal de la escopeta, que soy yo el que lleva el peso del honor. Bruna, la indómita me gusta decirle, concentrada ahora en la muerte que nos va a salir al paso.

Ladraron los sabuesos entre el enredo de castaños y robles, habían olido una pieza. Jacinto se hincó más el diente en el labio, se ajustó la escopeta al hombro, tragó la poca saliva que le quedaba en su boca de cera. Ya estaban libres los sabuesos de la cuerda que les ataba el gaznate, y seguían el rastro del animal que habían sacado de su escondite. Se movían los helechos, los salgueiros flexibles, se movía el bosque entero a los ojos de Jacinto, los cerró recordando las enseñanzas del padre Eusebio: ve con tu ojo interior, le sermoneaba el viejo jesuita, la sabiduría debe ser libre de las ataduras de los sentidos. Jacinto se hizo sangre en el labio, ay, que se me quite de la cabeza esto que pienso, quiero los ojos abiertos, mi maestro dice cosas sabias, pero nada conoce de matar como machos o como hembras; se fijó en Bruna, en cómo la miraba su padre, parecía buscar en la niña algo perdido. Le había explicado con paciencia el funcionamiento de la escopeta del doce.

—Ábrela, niña, ¿tienes fuerzas?

—Sí, señor.

Por mi madre santa si no la abro que me caiga aquí muerta, pensó Bruna mientras tiraba del cañón, pero José la ayudó con su mano grande.

—¿Has oído ese clac seco, niña?

—Lo he oído, señor.

—Pues ahora mete los cartuchos y listo.

Le entregó dos en la manita fría, y Bruna se entretuvo un instante en su tacto.

—Qué bonitos son, señor, rojos como la sangre que hacen.

—Anda, déjate de hablar ahora, y de poesías que es tiempo sólo de cazar y no de nervios.

—Nervios no tengo yo, sólo los gusarapos cociéndose de dicha en la olla de mi estómago.

Sonrió la niña y José se echó la mano con pecas al saquito del cuello.

Crujió el bosque. Los ladridos de los sabuesos se les echaron encima. José apuntó con su rifle nuevo, Bruna con la escopeta más pequeña, Jacinto con la de la familia. Un corzo salió de entre los helechos, aterrorizado por la ferocidad de los perros con su latido agudo detrás de él. Pasó el corzo por delante del puesto, José Novoa disparó sólo para herir al animal y dejárselo más fácil a los niños. Bruna no pensó más que en sus entrañas, en la nada del instinto, le acertó en el cuello, mientras Jacinto sentía que se tragaba su voluntad la escopeta con camelias y lobos, sentía la expectación de su padre, de Bruna, sentía la vejiga que se le encendía de ganas, y se le aflojaba en líquido tierno entre los pantalones, sentía el miedo de la baba escondido en los labios, y todo se convirtió en un limbo de terror, la voz de su padre: dispara, Jacinto, que no se diga que hasta una niñita le mete un cartucho antes que tú, la voz de Bruna: dispara, Jacinto, puedes hacerlo, escúchale el corazón que te llama, le decía la niña con la clavícula más bella del mundo, la voz del animal que no era más que resuello de miedo, el rostro de su madre, en su imaginación, temblando de rabia; se le nubló la vista y disparó al cielo, a las ramas de los castaños donde se perdió el cartucho.

No hubo suerte esa mañana de lluvia para Jacinto, esa mañana que habría de recordar con nitidez. Erró también los disparos contra el jabalí que se les puso a tiro después del corzo. Le pareció un animal invencible, se le paralizó el cuerpo ante los gemidos histéricos, ante el tamaño brutal de aquel porco salvaje que parecía cabecear de rabia porque lo iban a matar. Dispara, Jacinto, dispara, le ordenaría su padre otra vez, pero era mirar al hombre que había contribuido a engendrarlo en el huertecito con flores de su nombre, en plena violencia marital, y agarrotársele la vida.

—Que yo quiero disparar, ay, padre, que quiero que se te caiga de orgullo el rifle y digas aquí está mi hijo que todo lo mata, y Bruna, aquí mi hombre bravo de campo. Pero los dedos se me vuelven piedra.

Y los ladridos de los sabuesos le estallaban en las sienes

mientras deliraba que los restos de aquel mirlo lapidado por él se le reían en la tripa. Me mataste a mí, pero se te acabó el valor y la puntería, se retorcían a carcajadas las hebritas de carne, las ternillas invisibles.

En cambio Bruna fue ver al jabalí y sentir que la sangre se le espesaba de fuego y la nuca se le erizaba con la expectación de la muerte. No pensó más que en meter un cartucho en el cuerpo de aquella bestia que acabó abatiendo José Novoa con su rifle, después de que ella le acertara dos veces en el lomo.

—Bien hecho, niña, tienes la misma puntería que yo a tu edad. Has nacido para esto.

José Novoa arrancó la escopeta familiar de las manos de su hijo y se la entregó a Bruna.

—No eres digno de ella —le dijo—, confórmate con la que estaba usando la niña del calibre doce.

Bruna acarició la culata con el escudo de camelias y lobos. Pesaba la escopeta como un secreto. Miró a Jacinto, aquel niño delicado y ojeroso que rehuía su mirada, incluso su existencia; aquel niño con ojos de gato, voz tranquila, maneras tiernas, manos blancas como los capullos de su nombre, manos que sujetaban con su propia vergüenza la escopeta del doce. Era un pajarillo de ala rota, un ave desamparada que necesita cuidados para poder volar.

—Señor, que hace unos días mató de una pedrada un mirlo, ya le dije.

—Calla —le ordenó José—. Ya está bien por hoy, se acabó la caza.

Echó a andar por mitad de uno de los senderos que conducían al pazo. Daba zancadas que aplastaban de una sola vez las matas de helechos, y apartaba con vigor las ramas que le salían al paso dificultándole seguir; una de ellas la soltó de golpe y fue a chicotear la mejilla de su hijo, que avanzaba detrás de él. Se dio la vuelta José Novoa y vio en el pómulo del niño una raja abierta por la que asomaba la lengua de la sangre. Perro destino, murmuró llevándose la mano a la cicatriz de su mejilla, y continuó abriéndose paso entre la naturaleza. Bruna se acercó a él para limpiarle la sangre con la punta de su saya, pero Jacinto la apartó de un manotazo, soltó la escopeta del doce sobre la hierba y corrió en dirección opuesta a ellos. Bruna lo llamó, quiso seguirlo, pero en su mano cargaba con la escopeta de la familia.

—Señor, que su hijo se fue.

—Que se vaya, a ver si aprende. Tú me acompañas al pazo con las escopetas.

Bruna miró hacia la espesura del bosque donde se había perdido Jacinto. Quisiera seguirte, pajarito, para que no sufrieras más. Con lo listo que eres y lo mal que disparas, pero yo te he de enseñar. Miró a José Novoa, de momento él era el rey, Jacinto sólo el príncipe.

—Pues sí manda usted, señor.

—Y tú obedeces si quieres que te lleve otro día de caza.

Cargó la niña con la escopeta del doce, que no pesaba nada en comparación con aquella que llevaba grabada una historia de bestias y flores.

Iba Jacinto por el bosque soltando lágrimas, mojando los carballos con su desconsuelo. Ay, que me quiero morir en esta tarde sombría, ay, que el amor duele, que pincha y tengo ganas de llorar hasta por el ojo interior del padre Eusebio. Así iba el muchacho, con el mar en las entrañas, cuando se topó con Roberta en una corredoira que conducía al pueblo.

—Rapaciño, que siempre te veo llorando, ¿y qué te hizo la vida ahora, a quién te quitó esta vez?

Ella con sus pechos alegres bajo la blusa, y él venga a envenenarse de lágrimas.

—Di algo, que me da congoja verte.

Pero él sólo suspiraba y hacía pucheros.

—Ven con Roberta —le decía acercándose, extendiendo sus brazos, tomándole entre ellos—. ¿Y con qué te hiciste ese arañazo?

Y por toda respuesta más llanto. La sangre se le escurría por la mejilla apoyada en los pechos felices de Roberta, le recorría el mentón, el cuello larguirucho de espíritu y, en un hilo ignominioso, descendía como serpiente por el canalillo de la muchacha, manchando a una Mencía con la sangre de un Novoa.

16

El ajedrez del destino

—Jaque a Dios.

Eso le decía José Novoa al padre Eusebio cuando le ganaba al ajedrez, lo que no ocurría muy a menudo. Se sentaban después de cenar en el saloncito de caza y se enfrascaban en la partida bebiendo vino.

—Jaque a Dios. —José derribó el rey del fraile y rió a carcajadas.

Aquélla era noche de viento. La luna parecía un gajo de cristal.

—Ríase —repuso el fraile con dulzura—, pero usted es más creyente que los feligreses que van a misa los domingos y fiestas de guardar.

—Qué mal perder tiene, Eusebio. —Aún saboreando los restos de la carcajada.

—Odiar a Dios es tanto como reconocer su existencia, José.

—No me joda con filosofías que si quiere le doy la revancha.

José acarició el saquito de cuero que llevaba colgado al cuello y se escuchó un breve tintineo.

—Dios le ha venido bien para tener a quien culpar, si no se odiaría aún más a sí mismo. Él no destruyó su vida, al contrario, le ha ayudado a que no se le derrumbe del todo.

—Le prefiero filosófico, Eusebio, no es lo suyo este tipo de sermones. Se me hace viejo y le vuelven las costumbres metomentodo de sus compatriotas eclesiásticos.

Miró los ojos del fraile, que flotaban en las cataratas de leche.

—He oído que el obispo de Ourense le quiere excomulgar.

—Ya lo intentó cuando le contraté de maestro, Eusebio. Olvida que usted también es un proscrito de la fe.

—Esta vez el obispo se ha enojado porque no quiere atender las demandas de esos campesinos que se le agruparon en el sindicato católico.

José dio un puñetazo en el tablero y varias figuras cayeron al suelo.

—A mí no me va a imponer un puñado de meaiglesias a quién debo contratar para sembrar mis tierras, prefiero que se pudran los cultivos. Que sólo contrate trabajadores de su sindicato, me proponen. Y los que se agruparon en la asociación agraria, los comunistas, imagino yo, diciéndome lo mismo, que sólo ponga a trabajar en mis tierras a los que están afiliados, y que les mejore las condiciones de trabajo, y les compre máquinas. Quitándose están el pan los unos a los otros e intentando decirme a mí cómo repartirlo. Y eso no lo voy a consentir, Eusebio, que la riqueza y la comodidad también tienen su precio. Yo ocupé el lugar de mi hermano Iago, me tragué su destino de marqués y me costó caro. Ahora que nadie se atreva a decirme nada. Que cada uno se joda con lo que le ha tocado en esta vida perra. Y el que no quiera o no pueda pagar las rentas de la tierra que trabaja, que se despida de ella porque lo voy a embargar hasta el alma, además de ponerle en la calle a punta de escopeta.

—Los tiempos están cambiando, José, los hombres aprenden a luchar con otras armas, y tienen derecho a mejorar su vida.

—Los tiempos se pueden ir al carajo. —Se sirvió un vaso de vino y lo engulló de un trago—. Además siempre se acaba en las mismas, a tiro limpio, si no se arregla lo que se quiere. Se me está volviendo sentimental.

José tenía los ojos febriles y la cicatriz de la mejilla le latía como un corazón.

—¿Hubiera preferido que su hermano heredara el marquesado?

—¿Y que se hubiese casado con Amelia, la madre de Jacinto? Sin duda, a él le había tocado la monja y no a mí. Si ese Dios suyo no me hubiera dado tan buena puntería... Menuda penitencia me tenía reservada...

—¿Y qué le hubiera gustado hacer si no hubiese sido marqués?

José Novoa soltó una carcajada de hielo.

—Vivir en el bosque como un salvaje, padre. Hacer mi santa voluntad y cagarme en las tradiciones y en toda la imposición social o familiar que me hizo marqués.

—Es usted un auténtico anarquista, de los de convicción visceral. Haga su voluntad entonces, ahora que puede.

—Hasta el poder tiene unas normas que hay que cumplir si se pretende mantener.

—Pues libérese de él. Cáguese en el poder, José.

—Ya se me murió lo que más quería. Tuve que haberlo

hecho antes —respondió él acariciando de nuevo el saquito de su cuello.

—¿Y qué me dice de Jacinto? El muchacho merece salir al mundo, es el momento de que asista a un colegio. Cada vez se encierra más en los libros; es el mejor estudiante que he tenido con diferencia, sobre todo de geografía.

—Está enfermo.

—Grandes hombres vivieron con su enfermedad, Napoleón sin ir más lejos, y muchos literatos. Nada tiene su hijo para causar vergüenza.

—Ya le tiene a usted para que le enseñe.

—Me temo que la muerte ha sembrado en mí su semilla fatal, José, y muy pronto ha de venir a recolectar su fruto.

—No me joda, usted no se muere hasta que yo lo diga. Si me llega a avisar le traigo al médico.

—Nada se puede hacer ya.

—¿Podremos al menos jugar la revancha antes de que parta al infierno de los suyos?

—Podremos —respondió el fraile sonriendo.

José le observó sentado en la butaca. Llevaba más de diez años viviendo con aquel hombre y se había acostumbrado a verlo sigiloso por los pasillos del pazo, apoyándose en el báculo prehistórico, retorcido como la serpiente en el tronco del paraíso.

—¿Le tiene miedo, Eusebio?

—Ninguno.

—Lo suponía, usted es un hombre inteligente. Sentiré su marcha, es un fantástico contrincante de ajedrez, pero también le envidio.

—Si no es su hora es porque aún ha de hacer algo más

aquí. Quizá por su hijo. Podría ser su nuevo compañero de ajedrez, yo le he enseñado y me supera en muchos aspectos.

—Juguémonos en esta partida su destino, así será más emocionante. —Se sirvió otro vaso de vino—. Si usted gana, llevo a Jacinto a un colegio inglés, nada menos, para que sea el marqués más fino de esta tierra; si pierde, se queda en el pazo como un patán. En cuanto a que sea mi contrincante al ajedrez, ya veremos, Eusebio. Lo mismo me hace la jugarreta de soplarle las jugadas al muchacho cuando ya no sea más que un fantasma. Que no le pille, porque le remato de un tiro.

En los últimos tres años, Jacinto se había convertido en un muchacho transparente que espiaba, desde el quicio de la puerta y con una paciencia unánime, a su padre y al fraile jugar al ajedrez. Analizaba cada estrategia seguida por ambos jugadores, la apuntaba en un cuaderno, donde podía estudiarla después con detenimiento y cotejarla con los manuales sobre el juego que había hallado en la sabiduría de la biblioteca. Y cuando no podía jugar contra el padre Eusebio porque en el último mes dormía mucho y en cualquier parte, incluso de pie, enroscado en el báculo como si él y su bastón fuesen un todo que la muerte se estaba llevando de a poco, imaginaba que lo hacía contra un contrincante que no era otro que su propio padre. Jaque al rey, soñaba que le decía derribándole la figura. Jaque al cazador. Te gané, padre, aquí sí que no sirven tus rifles ni tus balas. Aquí la puntería está en la mente, y la mía cuando dispara es letal. Y reía como había visto el muchacho que reía José Novoa, con la amargura de la boca ancha y el borboteo demoníaco que lo hacía orinarse encima cuando no era más que un crío. Pero Jacinto Novoa ya tenía quince años y el esfínter se lo había sujetado a fuerza de voluntad y de morderse el miedo. Había crecido tanto que parecía una torre inexpugnable, de altura y de corazón, solía decirle el padre Eusebio. Era todo lo flaco que no era José Novoa, todo lo discreto de existencia y de gustos que él nunca fue. Tenía el rostro sin una sola peca, liso y pálido como el de una virgen. Quizá sólo se asemejaban en el carácter solitario, que José eligió y a él le habían llegado a imponer por vergüenza, y en la cicatriz que lucían en su mejilla izquierda.

Cada día que pasaba Jacinto parecía desdibujarse de la realidad. Siempre había vivido entre dos mundos, uno de vivos, otro de espíritus, pero últimamente prefería existir en este último. Se estaba convirtiendo en una ráfaga, en un soplido ojeroso que se deslizaba por el pazo hablando con seres invisibles, riéndole las gracias de su humor difunto, almorzando con ellos como un hombre que había perdido el juicio. Los criados lo esquivaban para no chocarse con los fantasmas, los oídos se le estaban cerrando para los vivos y se le abrían de par en par para las demandas y deseos de los muertos. Al principio llevaba una libreta para acordarse de quién era cada uno, apuntaba su nombre, la fecha de su fallecimiento y los parientes y amigos a los que debía dar un recado. Inició también una intrincada red que relacionaba las amistades y los parentescos entre todos ellos, con el fin de facilitarse la búsqueda de quien le pidieran y de encontrar en los limbos eternos a Marina la Santiña, con quien deseaban hablar además de él, su padre y Bruna Mencía. Sólo la había visto una vez en la casucha de Angustias, una joven de ojos amarillos que pronunciaba la palabra curuxa con una lengua suave; después, al llegar Bruna, se había desvanecido entre un rumor de abejas. No había vuelto a encontrarla. Y ningún espíritu sabía darle noticia de ella. Si la encontrara, se decía Jacinto en sus largas tardes adolescentes, podría ir a buscar a Bruna con un recado de su madre. No me consideraría entonces como a un ser inútil, estúpido, sino como alguien que puede hacer algo extraordinario. Un héroe como los que aparecen en los libros de mitología que me enseña el padre Eusebio. Mi bella Helena, mi fuerte Penélope, descenderé al inframundo si hace falta para ser digno de regresar a tu lado. Hallaré la forma de merecerte. Jacinto, que había decidido no ver más a Bruna hasta que tuviera un plan para poder conquistarla, se escondía entre las sombras, en los derroteros de la muerte donde se sentía a salvo. Sabía que ella cazaba con su padre asiduamente, sabía que permanecían juntos en el puesto esperando que llegara la presa y que juntos la mataban, al menos él lo imaginaba así mientras la cicatriz que le había dejado en la mejilla aquella rama que se la chicoteó le escocía sin parar. Desde aquel día que José Novoa le quitó de las manos la escopeta de la familia, se había negado a disparar más delante de él. No volvió a acompañarlo en una cacería, ni su padre se lo pidió. A veces soñaba con el frescor del bosque en las mejillas, con la humedad de la tierra negra que lo transformaba en un chico feliz. Disparaba con sus ojos y cuanto miraba caía a sus pies. Luego despertaba en el lodazal de un sudor que empezaba a oler a hombre, se ovillaba como en el seno materno que nunca recordó, y se decía si yo lo cazara todo ella me preferiría a mí en vez de a mi padre, y mi padre me preferiría a mí en vez de a ella.

Jacinto había reanudado, como en la época de Carmiña, el correo con la aldea a través del agujero en la tapia trasera con la esperanza de que algún contacto le llevara hasta los confines de Marina. Cada noche, nada más desplomarse el sol en el jardín del pazo, se escurría hasta ella. Leía las notas en su dormitorio y buscaba en el cuaderno si ya eran muertos conocidos y localizados u otros nuevos que pudieran darle alguna información sobre la Santiña. Sin embargo, un día de marzo de 1929, cuando todas las camelias ya habían florecido menos las del árbol que medía el sufrimiento de los Novoa, descubrió un mensaje en una cuartilla tosca. Tenía una caligrafía apena legible que dejaba escapar, entre la cárcel de las letras, la ansiedad con que fue escrita.

«Jacinto —le temblaba la torre de la "J" como si fuera a derrumbarse, y la cruz de la "t" se apoyaba en la "o"—, soy Bruna. Voy a la escuela. ¿Me ayudas con la geografía?»

El muchacho apretó la cuartilla contra su pecho y el corazón, que se le había parado durante tres años sin el tictac del de ella, resurgió con un leve ronroneo de gato. Y lloró como si la verdad del mundo se hubiera revelado ante él de una forma tan evidente que no dejaba lugar a la mentira. Se acabó el buscar por las fronteras del más allá a la madre muerta, los libros serían su caballo de Troya para entrar en el corazón de Bruna como un héroe.

«Bruna —escribió en un papel de carta con membrete de los Novoa y con una pluma negra, varonil, que alargaba una caligrafía perfecta—, será un placer para mí ayudarle con la geografía y con otras materias que necesite. Puede venir a la biblioteca mañana...» No, se dijo, muestro prisa; lo tachó, tomó otro papel y volvió a empezar: «Venga a la biblioteca dentro de tres días, a las siete de la tarde, que ya habré terminado los estudios que me han mantenido hasta ahora tan ocupado. La saluda, Jacinto Novoa».

Pero qué se habrá creído éste poniéndose tan fino, se dijo Bruna tras recoger la nota en el agujero de muertos y mandársela leer al escribidor por una perra porque ella no tenía aún la soltura suficiente. A ver, léamelo otra vez. Y el escribidor: pues me das otra perra. Sí, hombre, tú eres un ladrón, voy a aprender a leer y te voy a quitar el puesto y a decirles a todos que yo se lo leo hasta tres veces sin más dinero. Anda, vete de aquí, muchacha, que de la Santiña de tu madre no tienes más que el ojo que se te quedó de flor. Y tú los ojos de desgraciado, y salió de casa del escribidor con el papel entre las manos. Menudo mundo de ladrones, refunfuñaba Bruna por una corredoira del bosque. Mira que ahora me arrepiento de haberle enviado la nota a Jacinto, que al crecer se puede volver uno tonto. Y eso que ha rechupeteado conmigo los huesos de un mirlo. Primero que no me quiere ver y me marea con mil excusas que da al servicio de su pazo. Con las ganas que tenía de que me enseñara más cosas del mundo y yo de enseñarle a tirar con la escopeta, pero no ha habido manera. No quiero ponerme más triste por él, sobre todo ahora que me he decidido a escribirle, parece Jacinto el rey que da una audiencia, y la reina voy a ser yo, sonrió. Me dan ganas de escribirle otra nota y decirle anda que te zurzan aunque tenga ganas de verte, bobo con puntería de mosca, pero más ganas tengo de darle en las narices a Roberta, y sobre todo de callarla esa bocaza que no para de meterme puñaladas. Ay, que se te escapó el marquesito, me dice siempre la muy pinchona, que ya no quiere saber nada de ti, que con unos años más se dio cuenta de que eres una campesina palurda a la que puede echar de sus tierras, menuda reina a la que me tocó servir, presume ahora de tanto que merendabas chocolate en el pazo, sólo te quiere el padre como perro de caza, que le da lo mismo tenerte a ti que a un sabueso famélico, bueno, que tú le sales más barato. Y Bruna: que me dejes, mala sangre, a ti qué te ha de importar, cuando sea la reina de esta tierra y me coma lo que me venga en gana bien que vendrás a servirme y me pedirás que te compre vestidos para ponerte con el Manoliño, si es que vuelve. Y tanto que vuelve, le respondía Roberta con un meneo de pechos que se le salían del enojo por el borde de la blusa, y con dineros de Madrid, a ver qué te has pensado tú, que se me va de afiladoiro a la capital y anda que allí no vive gente y cada uno con sus cuchillos para afilar, me vuelve rico que me río yo de las reinas, a mí me hace lo menos emperatriz. Pues que te aproveche, le respondía Bruna, yo sólo quiero mi bosque. Le daba la espalda a Roberta para que no la viera cómo se le caían las lágrimas. Echaba de menos a su prima con olor montuno que le acariciaba por la noche el cabello para que no temiera nada. Echaba de menos las estrellas. Con razón decía el señor marqués que el poder es solitario, y eso que aún no le hinqué el diente.

Cogió una cuartilla de las que usaba para la caligrafía y escribió: «Jacinto —mordiéndose los labios primero, pasándose después la lengua por ellos—, voy en un día —sudándole la frente, las sienes, la garganta—, o no voy nunca. Bruna».

Otra vez el papel al agujero de los muertos. Pero Angustias vio salir a su sobrina del caseto.

—¿Adónde vas?

—Al pazo con un recado para Jacinto, tía.

—¿Y no vas a ver al marqués, al grande, al que manda?

—No hasta dentro de unos días que me dijo que habría cacería.

—Pues vete a verle antes y dile que no podemos pagar la renta del caseto porque nadie me compra el orujo, que el que tú seas reina me está costando caro y antes de que te pongas la corona nos mata de hambre. Mira lo que me dicen las de la aldea: que tu sobrina se pasa la vida cazando con el patrón, dicen, y que se la lleva a pasear al monte, ¿tan joven la vendiste? Angustias, mira que es sólo una muchacha de quince años y la hija de la Santiña además, lo más sagrado que tenía este pueblo, y tú se la entregas a los ricos para que la deshonren, y yo que les digo: a mi sobrina no la deshonra nadie, malas lenguas, envidiosas, que si ella tira como un hombre con la escopeta no es culpa mía, será que ninguno de vuestros hijos mata puercos salvajes con el patrón como los mata ella de bien. Fíjate cómo te tengo que defender, defiende tú esta casa ante el patrón para que me dé más tiempo para pagar la renta.

—Qué renta, tía; la tierra para el que la trabaja, como dicen en la asociación agraria, y el bosque para todos y patrón ninguno.

—Anda, que no te oiga el patrón esas palabras, que nos pone en la calle en menos que canta un gallo.

—Déjeme, tía, que si voy a ser reina lo seré de todas formas, pero seré reina a mi manera y no a la de nadie.

—Y de qué manera se puede ser reina sino mandando y con dineros, muchacha tonta.

—Pues ya lo veré yo cuando me llegue el momento, a lo mejor mando para decir que aquí nadie manda sobre otros porque lo digo yo, y luego me voy al bosque.

—Reina del bosque, desgraciada, te voy a sacar a palos el bosque de esa cabeza. —Bebía orujo, Angustias—. Que tienes el vicio de tu madre y de la abuela Tomasa, mira qué castillo vas a tener en el bosque, una cueva como tuvo la loca de tu abuela que fue mi madre. Ya te dejé ir a la escuela. Tía, me dijiste, si quiere que sea reina déjeme ir a la escuela del pueblo grande, la que es de niñas, que no hay nada malo en saber letras y números y digo yo que una reina ha de saber contar, y firmar, porque no va a firmar con una cruz y para tener dineros pues habrá que contarlos, que palabrería no te falta, muchacha, a quién habrás salido si no hubo político en la familia, pero yo por el futuro de las Mencía dije sí, vete al colegio en otoño y en invierno, y primavera y verano te das a las abejas que es lo tuyo, a heredar lo que nos dejó tu madre, que hay que aprovechar los últimos resquicios de su fama de santidad, que haces conmigo lo que quieres, Bruna, y mientras mi hija de sangre y carne, mi Roberta, deslomándose a trabajar la huerta y las tierras de otros por mísero jornal, y más analfabeta que yo, que ya es decir, eso sí, ni mu al patrón de que se nos apuntó al sindicato católico para hacerse la recatada ante el Manoliño y que pensara que le iba a guardar bien la ausencia mientras estaba en Madrid, porque como se entere el marqués de que tu prima anda con los que él tanto odia la tenemos hecha, mira que le dije: no te metas en nada y ella que yo me meto en lo que quiero que es mi vida y mi lomo el que se troncha en las tierras mientras Bruna hace letras y pega tiros con los ricos.

—Tiene razón, tía, que haga lo que ella quiera, que ya me apaño yo con lo mío y sin ayuda de nadie.

Y se echó al bosque para llevar el recado. Siempre le pasaba que según se iba acercando al pazo le venía a la cabeza la hermosura de los jardines, las plantitas cortadas haciendo formas geométricas, las flores en hileras como soldados de la más pura belleza, los estanques con patos y esculturas de piedra. Nada podía ocurrirle en ese jardín perfecto, la vida no era vida, sino un sueño, algo irreal, una fotografía de las de los libros de la escuela, y tenía la impresión de que debía caminar despacio y sin movimientos bruscos para que no se desvaneciera cuanto la rodeaba, las ramas lánguidas de los sauces flotando en el viento, enredándose en las porcelanas. Y luego estaban los peces dorados del estanque, que le recordaban a Bruna que todo era posible si uno lo quería de verdad, sólo hacía falta saber exactamente lo que se quería, y ya estaba.

Dejó la cuartilla en el agujero, y volvió a buscar la respuesta a la mañana siguiente.

Estimada Bruna:

Tras arduas gestiones he logrado posponer los compromisos de estudios que tenía adquiridos y finalmente me alegra comunicarle que podré recibirla dentro de un día a las siete de la tarde.

Le saluda,

JACINTO NOVOA

Tardó en leer la nota Bruna por lo menos una hora, y aunque tenía dudas sobre lo que significaban muchas palabras, estaba segura de que Jacinto la había citado cuando ella le pedía. Partió a casa saltando las piedras del arroyo, riendo a carcajadas mientras jugaba con el enjambre de abejas que la perseguía y le hacía cosquillas con el zumbido de oro. Ay, que no, madre, que ahora tengo prisa, y reía porque en el bosque la vida no se podía romper, la vida era vida y estaba para usarla a su antojo.

Para la cita con Jacinto en el pazo de Novoa, Bruna se puso el vestido de los domingos y por encima la chaqueta gruesa de lana para los fríos de marzo. Pero cuando lo vio a él con el cuello duro de la camisa blanca saliéndole como un alzacuellos de tristeza por la chaqueta de pata de gallo con botones de madera, pantalones a juego y zapatos de cordones, le vino al corazón que Jacinto vivía muy solo y se le aplacó el enfado que tenía por el tiempo que la había evitado. Estaba de pie el muchacho frente a una mesa de la biblioteca, abierto sobre ella el atlas de geografía con tapas verdes con el que jugaron la primera vez, y un taco de cuartillas y lápices esperando la lección. Bruna no decía nada y él tampoco. La garganta se le había cerrado al verla de cerca, que en esos últimos años eran los cristales de la ventana de su dormitorio o de la biblioteca los que le habían contado cuánto había crecido Bruna. Era más baja que él, pero esbelta, de huesos anchos y hermosos. Jacinto buscó instintivamente la clavícula de la infancia y ella se abrió la chaqueta para mostrarle el principio que se le veía por el escote del vestido. Sintió un cosquilleo en las yemas de los dedos y sonrió porque no era capaz de moverse. Bruna se le acercaba con andares de mujer, con una cadera que se había redondeado y unos pechos que le despuntaban como quesos frescos. Atrás había quedado el cabello suelto y desgreñado, ella lo llevaba recogido en la nuca con un moño redondo, y el ojo amarillo le pareció primero miel, luego sol sobre la calma del mar, el oscuro, una noche de pesadillas porque no estaba ella. Jacinto se preguntó cómo había seguido viviendo hasta ese momento. Se hizo a un lado con la lengua muda y le indicó con la mano la silla donde podía sentarse, se la apartó como a una dama en una reunión social. Ella tomó asiento y después él. Mira que ya estamos aquí otra vez, no había perdido Bruna la costumbre de hablar cuando estaba nerviosa, y que ya voy a la escuela, y él ajá, y que a veces me hago un lío con las montañas y los ríos que hay en España, que parece grande el país y lo es aún más, y él le sonreía con una cara de gorrión húmedo que ella le tuvo aún más lástima, y para que se relajara se fue al pasado en busca de un recuerdo que lo salvara del ridículo de estar vivo en aquel traje de pata de gallo.

Bruna pasó las hojas del atlas mientras él le sonría, y a cada sonrisa procuraba respirar para que le volviera el habla, hasta que Bruna encontró el mapa de España y señaló Galicia, y él con un arranque de valor dijo: sí, aquí vivimos, Bruna. Y ella dio un respingo porque no reconocía la voz de gallo, que parecía un silbato o el órgano de la iglesia cuando se le iba una nota al capellán porque bebía y mucho el orujo de su tía. Ella señaló el río Miño con el dedo blanco, excelso, para Jacinto como una camelia temprana, y mientras el muchacho lo admiraba le pedía al Dios del padre Eusebio que le infundiera valor porque la cercanía de ella le olía a las mimosas frescas que plagaban la primavera y la realidad se le adensaba alrededor, se le hacía como de fondo de mar, y todo sucedía tan despacio y tan profundamente que le pareció que pasaban años hasta que se atrevió a indicarle con su dedo a Bruna, a guiarle con una caricia el suyo, y sintió que ella se ponía primero dura, su cuerpo que le parecía de melocotón, y después tierna; su tacto era la mística, el éxtasis que le describía el padre Eusebio. Cordillera Penibética, dijo Jacinto como si se hubiera tragado una montaña terminada en punta. Bruna se aguantó la risa, le miraba los labios gruesos con una tira de bigotillo castaña como la mata de su pelo. Él le tomó una mano, se la encerró en su cueva de amor apretándosela mientras las lágrimas de la alegría y la tristeza más grandes de la tierra se le venían a los ojos, a la boca, al pecho. Yo te enseñaré el mundo, le dijo, con una voz que se le había puesto ronca, y ella riendo respondió: me vale con la geografía, y con que me des unas lecciones de lectura que a veces las letras se me juntan. El mundo también está en los libros, le dijo, y comenzó a hablarle de un héroe llamado Ulises que sólo anhelaba regresar junto a su querida Penélope, y para ello hasta bajaba al reino de los muertos. Anda que tú los tienes aquí muy a mano, Jacinto. Y él: sí, pero yo hasta allí te buscaría. ¿A mí?, ella coqueta, y él como un sarmiento. Jacinto, se decía a sí mismo, que se te desboca el caballo, que así los griegos jamás hubieran conquistado Troya porque los troyanos se hubieran olido la argucia, paciencia, pero ella se quitó la chaqueta y en el aire quedó otra vez el perfume de las mimosas, y la vida se le hizo submarina al muchacho, y le apretó más la mano que no le había soltado, pero no sólo se le desbocó el caballo sino también las lágrimas, se le vinieron a los ojos como un ejército griego, porque en ese mismo instante comprendió que el amor por Bruna no sólo le impedía comunicarse con cualquier espíritu sino que también le hacía llorar torrentes, y para no sufrir la vergüenza de llorarle de amor en la primera cita, se aflojó con la mano libre el cuello duro y la abrazó tan rápido que Bruna no pudo defenderse, y pegó sus labios a los de ella mientras las lágrimas se le caían a mares por las mejillas y mojaban el beso, el primero de los dos, y a Bruna le invadió una ternura inmensa y le besó otra vez porque los labios eran suaves, anchos y salados como las riberas del mar, y se hundió en ellos mientras pensaba: ya está, ya está, mi gorrión mojado, yo te enseñaré a volar...

17

Romería de reinas

—Valentina, despierta que hoy es la romería de la Santiña. La última del otoño, la más fresca, donde el viento lanza sus buenos soplidos y se vuelan las faldas, o se volaban en los tiempos en los que no había más pantalones que los de los hombres —le dice Petriña mientras abre los postigos de la ventana y la luz del día santo se hunde en el cuarto como lanza en costado.

Entra Bruna. Camisón de batista con chorreras de encaje, perlas en tres vueltas al cuello, un moño de serpientes que le ha hecho Petriña muy de mañana con una púa de plata, botas de campo, labios *rouge*. Hace dos años que no asiste a la romería de su madre, los dos años que ha estado encerrada en la cama mundo hasta la llegada de Valentina. Fuma en la boquilla de nácar, echa nubes de humo mientras abre un armario.

—Hoy vas a empezar a llamarme abuela. Es la romería de mi madre, tu bisabuela, no hay mejor momento. Ah, y no quiero que lleves eso que llamáis vaqueros. Quiero que te pongas un vestido para que bailemos como lo hacía con mi prima.

Se arremanga el camisón.

—Ven aquí, Valentina, levántate. —Bruna imita el sonido de una gaita y baila—. Valentina —insiste en llamarla.

La niña se incorpora en la cama.

—Antes de ir a ningún sitio quiero pedirle que deje volver al pazo a la tía Roberta, ella quiere estar con usted.

Así, Valentina, se dice la niña, a la lucha, pero démosle una oportunidad al enemigo primero antes de empuñar las armas, por si se rinde. Y ahora las reivindicaciones.

—Y que duerma en una habitación lujosa como las nuestras, y Petriña también, o todas en las del sótano, porque sólo siendo iguales seremos felices.

—No me pongas de mal humor, niña, qué sabrás tú de las deudas que tengo pendientes con mi prima y de la igualdad, que ha traído más muertes al mundo que otra cosa.

—Las deudas que tengan serán bien viejas.

—Viejas, sí, pero deudas. Y ahora levántate de la cama y baila conmigo, que es el día de mi madre y no quiero que nada lo empañe.

—Si me promete que hará lo que le he pedido.

—Le pondré una habitación con cama de palio y armarios de caoba, pero ven a bailar que es la romería de tu bisabuela.

—Tampoco son necesarios esos lujos que distraen la vida y crean injusticias —dice Valentina frotándose los ojos para librarse del sueño.

Petriña se lleva las manos a la boca para amortiguar la carcajada.

Bruna suspira.

—El pasado siempre pasa factura, Petriña. Ya aprenderá que las ideas son las armas más mortales que existen.

—¿Me lo promete entonces? —La niña le ofrece su mano.

Hay que dejar bien sellado el pacto, piensa Valentina. Para luego poder atacar de nuevo si se incumple.

—Ven aquí, niña, que hoy todo te lo perdono, qué suerte has tenido y no quiero enfadarme por nada. —La toma de la mano y la saca a bailar.

Valentina se coge una punta del camisón, arrastra los pies sin ganas, hace muecas con la boca. Petriña se pone a dar palmas y tararea una cancioncilla popular, «La Virgen de los Prados...». Valentina sonríe por primera vez y baila primero imitando a su abuela, después salta más que ella, mueve la cadera hacia los lados, le sale la mitad de la sangre cubana.

—Que esto no es el trópico, que es muñeira de la de siempre, hay que quitarte el Caribe de las venas.

Bruna se detiene, el cigarro de la boquilla se ha consumido hace tiempo y es una pavesa que cae al suelo. Le falta el aliento, está colorada; le da la boquilla a Petriña, que apaga el cigarro en la ventana. Bruna se sienta en un sillón del saloncito que hay en la habitación. Valentina sonríe por un instante, pero vuelve a fruncir el ceño enseguida.

—Hay que salir a comprarte ropa. Hoy ponte ese vestido de flores y tu chaqueta de lana encima. Tráeme una tijera, Petriña, que vamos a quitar esa cuerda de monje que lleva a la cintura.

—No quiero.

Valentina se refugia en una esquina de la habitación y la mira hostil. Y yo que pensaba que esta mañana no había que sacar las armas y al final hasta voy a necesitar de los cañones, se dice aferrándose a la cuerda.

—No vas a ir como una loca charlando con un cordón siendo mi nieta, para que se rían y digan que aquí está la herencia maldita de las Mencía, la herencia de la loca Tomasa. Que no creas que no te he visto hablar con él.

Valentina mira a su abuela de arriba abajo.

—Usted va en camisón.

—Ah, pero es el de salir y mis motivos tengo. Y te he dicho que me llames abuela.

—Pues yo también tengo mis motivos, abuela.

Bruna se estremece al oírla. En el vientre le crecen de pronto enredaderas. Petriña trae las tijeras del costurero.

—Que sepa que si me la corta me muero —le dice Valentina.

—Te morirás de otra cosa, pero no de eso.

—De esto y de nada más. Córtese su camisón.

Bruna se acerca con las tijeras, le tiembla la mano; la niña tiene en los ojos una tristeza que le recuerda al caramelo fundido. Se mira el camisón con chorreras de encaje como si de pronto tomara conciencia de lo que es. Bruna Mencía puede salir a la calle con lo que quiera, piensa. Le late más deprisa el corazón, la memoria acaba de arrojarle en él la imagen de un hombre de flequillo negro y ojos pardos como los de la niña que abandona el pazo por la avenida de sauces, agita la mano, le tira un beso, hasta pronto, murmuran sus labios. Bruna cae de rodillas, las tijeras se le escurren en punta.

—Quiero llamar por teléfono a Cuba, a Melinda —dice Valentina.

Petriña se apresura a atender a su señora. La ayuda a levantarse.

—Me dio un dolor aquí. —Se señala el pecho.

Ya se va a morir, se dice Valentina, es el principio. Ahora se pondrá más enferma, y luego una mañana amanecerá quieta y no habrá nada que hacer. Será una más de los retratos que cuelgan de las paredes, un recuerdo que yo podría inventar. Y el cuento se termina.

—No debe bailar, señora. Es mejor que no vaya a la romería.

—Quiero que Valentina la vea, y la fuente de mi madre, de la Santiña, la fuente. Eso es lo que necesito beber, esa agua que cura todos los males.

Habrá que comprobar si también cura la muerte, murmura para sí Valentina, acercándose a su abuela.

—Si le dio un sofoco yo le preparo una infusión que se hacía Melinda en Cuba cuando venía fatigada del baile.

—Ya estoy bien. Nos vamos de romería.

—¿Me deja llamar a Melinda, por favor, abuela?

A Valentina la voz de la Elefanta de Oro le suena como si estuviera muy cerca, como si pudiera tomar una guagua y estar en su apartamento al poco rato. Sus palabras atraviesan el océano: ven a buscarme, Melinda, ven, que estoy muy triste sin mamá y sin ti, que me voy a quedar sin lágrimas de tanto echarte de menos. Tú no llores, mi niña, que si no estás bien ahí yo atravieso el Atlántico por ti aunque sea a nado. Melinda, ven a llevarme contigo.

Valentina habla desde el teléfono del recibidor. Su abuela la ha escuchado durante unos minutos oculta en el descansillo del primer piso. Cuando ha oído suficiente sube a su dormitorio.

Media hora después, en la placita de la fuente de los peces dorados espera el chófer con el Mercedes que trajo a Valentina hasta el pazo. Bruna va a buscar a su nieta al dormitorio. Lleva puesto un vestido de lana fría en color verde con vuelo hasta los tobillos. Del brazo le cuelga un chaquetón.

—Hoy es la romería de mi madre —le dice con una sonrisa— y es tradición que quien esté enfadado se reconcilie. Hay muchos que esperan su llegada para hacer las paces, así no se vuelven a pelear tan fácilmente.

Al caminar hacia ella, Valentina ve el borde del camisón que le asoma por debajo del vestido como si fuera una enagua antigua. La niña lleva vaqueros, una chaqueta y la cuerda en la cintura. Pero al ver a su abuela se va al cuarto de baño y se pone la ropa que ella le había pedido. La cuerda ha quedado debajo.

—La locura se lleva por dentro, abuela.

—¿Cuántos años tienes?

—Haré doce en mayo.

—Pues eres muy lista para tu edad, o es que os criáis bien espabilados en el trópico. Rebeca te educó a su manera, pero lo hizo bien.

Bruna extiende una mano para que su nieta se la estreche; no se atreve a pedir un beso, hace tanto tiempo que no la besan, ha olvidado el roce, el sonido de pájaro, el calor que deja por segundos en la mejilla, y no digamos en los labios. A cambio siente los deditos de Valentina. Bajan juntas la escalera, Bruna apoyándose en el brazo de su nieta.

—Que lo pasen bien, señora —les dice Petriña cuando pasan por delante de ella, y luego cuando Bruna ya no puede verla se santigua.

Es un día de sol. La romería de la Santiña se celebra en una pradera rodeada de carballos. Desde allí se peregrina a la fuente que queda como a un kilómetro bosque adentro, después se viene con el agua fresca en el cántaro, y se come, se bebe, se baila para celebrar el gozo de la santidad. Hay quien lo camina descalzo, quien lo hace en alpargatas, en zuecos o a caballo. Se ha abierto una senda entre los árboles que guía hasta la fuente. La tierra siempre está húmeda y hace charcos sin que haya lluvia con un agua parecida a la de la mar.

Por la pradera se desperdigan los puestos de viandas y vinos de la tierra. Tenderetes de artesanía con pulseras, collares y otros artículos de bisutería han venido a sustituir al quincallero que vendía todo tipo de trastos.

—¿Sabes, Valentina? Cuando yo tenía tu edad no había más que carros, burros, ni el señor marqués venía en coche porque no lo tenía, como mucho en carroza.

Bruna camina otra vez del brazo de Valentina. Algunas mujeres se apartan para dejarlas pasar. El cabello blanco de Bruna refulge al sol. Señora marquesa, le saludan, señora Bruna, señora. Está viva, se murmura, no se la han comido los remordimientos, creíamos que le pagábamos las rentas ya a un ánima en pena, porque ésta es de las que va a penar por el bosque de donde salió, que mira que se pierde uno cuando asciende al lugar que no le corresponde. La veo más vieja, como que casi es una arruga que camina, y esos labios de cualquiera, así es la vida, así, murmuran varias mujeres a un tiempo, con los dedos de sabañones y el pañuelo negro atándoles la memoria. Que hoy celebramos lo buena que fue su madre, santa fue, que a mi abuela le ayudaba con la cosecha, le daba consuelo del alma y le regalaba la miel, y ella si no le pagas a tiempo la renta de la granja te pone a dormir bajo los vientos. Y no le dio trabajo a mi marido en la cosecha porque coge otros trabajadores que se trae de fuera y le salen más baratos, y vende el ganado a pocas perras para sacarnos del mercado a los pequeños, y mira que ella no lleva sangre de marquesa, eso no pasaría si se hubiera quedado el marquesito del pueblo que le decíamos, que él lo daba todo por nosotros y nos buscaba los muertos. Ella salió al padre del marquesito, a José Novoa, con el que me decía mi madre que se pasaba el día caza que te caza, tiro arriba, tiro abajo, se le pegaría la maldad en la sangre de las presas, mira que… sí, se murmuró en su día, se santiguan. Y esa que va del brazo, la nieta que acaba de llegar, ¿la cubana? Sí, sí, mira la piel, de allí es, del Caribe que dicen, una indiana, pero que allí la hija por lo visto era bien pobre, la niña que tenía los cabellos rojos, ésa, ésa era la madre que ya está muerta, ésa, sí, y bien joven, un accidente, no se dijo, no se supo, pensábamos que todos habían muerto, que no quedaban más Novoa: el marquesito por esas tierras, la Bruna encerrada en su sepulcro, la hija también muerta, se nos olvidó la nieta, que no se sabía nada de ella hasta hace muy poco, que fue la Petriña quien dio la información, aún queda lealtad en el mundo, y ésa es la Petriña. Hoy no ha venido, no la veo por aquí, con ellas no está, y ¿a quién salió la de Cuba? Vete a saber, así a primera vista no me da a nadie, ese cabello que tiene castaño puede ser de cualquiera, es ya casi una mocita, y aparentosa, a ver qué hace hoy.

Bruna se enciende un cigarro en la boquilla de nácar y se pasea echando humo entre los tenderetes de regalos y viandas.

224

En uno venden miel de todo tipo, hasta miel de la Santiña, dice un cartel. Bruna mira al vendedor, ¿de la Santiña?, le pregunta. De la Santiña, pura, le asegura él.

—Hatajo de farsantes, aprovechados y embaucadores, ahora a la romería viene cualquiera, Valentina. He de hablar con el alcalde, que se prohíba la entrada a los desaprensivos.

Se dirigen a la senda que va en peregrinación a la fuente, y por sus límites de helechos, ellas que van y ellos que vuelven, se encuentran a Uxío Mencía con su hijo Pedro.

—Tía Bruna, has salido al mundo vestida para ello.

—Ni tú me vas a arruinar el día, Uxío —responde ella, y continúa caminando.

Valentina mira de reojo a Pedro Mencía. Va vestido de monte. Y una escopeta al hombro. Se estira cuando siente los ojos de la niña. Se pone de medio lado para mostrar el porte de pavo real hasta que se pierden de vista.

La fuente tiene el piloncito rosa que le ha descrito Bruna a su nieta. Al verlas llegar se apartan los que están alrededor esperando para beber, que yo salí de sus entrañas, desgraciados, piensa Bruna, bastante es que comparto su bondad. Saca un vaso pequeño del bolso y lo llena de agua. Le ofrece a Valentina; al mirar hacia ella le ha parecido ver de refilón que alguien la observa desde lejos. No le da importancia, todos la miran después de dos años de ausencia para comprobar lo que puede dar de sí la vida, lo que el tiempo escribió en ella.

Valentina bebe del agua de su bisabuela, del agua santa.

—Ya no vas a padecer ningún mal, mírame a mí —le dice Bruna—, muchos años que tengo y una salud de hierro sólo con algún achaque.

La niña hace un buche secreto en la boca y duda antes de

tragar. Ojalá fuera ésta el agua de la inmortalidad, piensa Valentina, el agua que no deja morir y resucita a los muertos. Se toca la cuerda por encima del vestido, la palpa para asegurarse de que sigue allí.

Se escucha música que viene de la pradera. Ellas regresan en silencio, paladeando lo que han bebido. Ha empezado el baile. El sol es cegador para octubre y se alza en un cielo limpio de nubes. Bruna ve acercarse al cura que vino a sustituir al padre Felicio y ya la conoció marquesa. Tiene unas gafas de oro incrustadas en el rostro, los ojos grises que le suspiran resignados, la punta de la nariz roja por los envites de la sangre de iglesia. Marquesa, cuánto hace que no la veíamos, mire que fui a preguntar al pazo por usted y me dijo su sirvienta que no recibía. Me cansé de existir, padre, una tiene derecho a ponerse en huelga de la vida cuando le viene en gana, toda la vida soportándola. ¿A quién, hija? A la propia vida, padre, ahora tengo una causa para volver. La vida es lo que nos entregó Dios. Usted lo ha dicho, y como me la entregó, hago con ella lo que quiero.

Valentina se ha separado de su abuela mientras habla con el cura y pasea entre los puestos. Reconoce el pulpo, pero lo cocinan de color rojo. Huele bien. ¿Lo quieres probar, niña?, le dice una mujer grande con un delantal blanco. No tengo dinero. Mira, la nieta de la marquesa y dice que no lleva un céntimo, cómo son estos nobles que se creen que ni el dinero va con ellos, piensa la mujer grande, pero la niña le ha caído bien. Se limpia las manos en el delantal. Te lo dejo probar gratis. Muchas gracias, señora, que nunca probé el pulpo de este color. ¿No?, pues ahora mismo. Le da un platito de plástico con unos pedazos. Valentina mastica y mastica con los labios llenos de aceite. Muy rico, le dice sonriendo. Pues ahora le dices a tu abuela que te compre, la mujer sonríe más. Si quiere yo le pago con un recuerdo que olvidó, los vendo, pero se lo doy gratis como usted a mí. Y ¿qué vendes?, ¿qué?, ay no me digas, María, llama a la del puesto de enfrente, que vende la nieta de la marquesa, ¿el qué vendías? Recuerdos olvidados y también los regalo. Pero ¿es que le adivinas a una el pasado?, pregunta una clienta del puesto de pulpo. Que es meiguiña, la nieta de la Bruna, tose, de la marquesa, dice la mujer grande, meiguiña, claro, que te viene de casta, de familia, tu abuelo nos buscaba los muertos. Lo sé, lo sé, Valentina sonríe. Y la nieta los recuerdos, que muchas veces es lo mismo, se ríen todas, se santiguan varias, el muerto está para recordar, o para olvidar, se ríen, ¿y que si se nos olvidó algo tú nos lo encuentras en la cabeza? En la cabeza o donde haya querido esconderse, dice Valentina. Ríen. Mira qué gracia tiene y eres tan sólo una niña, bueno, ya una mocita, que allí de dónde vienes os espabilan rápido. Asienten todas. Así que meiguiña, y miran a Bruna. Bien callado se lo tenía, mujer, si hace dos años que no dice ni mu, se miran entre ellas, yo no me acuerdo *na* de mi padre, dice la mujer del pulpo, me contaron que me llevaba a pescar al río. A ver, deme usted la mano, le pide Valentina; la toma entre las suyas, cierra los ojos, la llevaba en una barca de remos, bien vieja, destartalada, usted llevaba la cesta de los peces, y él las cañas, pero usted lloraba. ¿Lloraba yo? Porque le daba miedo el agua y él le hacía meterse hasta la cintura para pescar mejor, le explica Valentina. Jesús, pues es verdad que no puedo ni verla. La mujer grande pone los brazos en jarras. Fíjate lo que son las cosas, fíjate, repiten a coro; le sirve otro poco de pulpo a Valentina, cómo comprende una en un instante lo que le ha costado toda una vida de pesadillas, y a mí que se me olvidaron las historias de la guerra que me contaba mi abuela, ésas mejor que se olviden, dice la mujer grande, o que se limpien, murmura otra. Valentina tiene los labios brillantes, salados cuando ve llegar a su abuela. ¿Qué haces aquí? Señora màrquesa, qué suerte que le salió meiguiña la nieta. ¿Meiguiña?, ¿qué dice usted? Abuela, ¿es como llamáis aquí a los que encontramos recuerdos perdidos? Bruna mira a la mujer grande con el ojo negro. Mi nieta no es meiga, ¿se enteran?, mi nieta es marquesa, o lo va a ser. Creíamos que había sacado lo del marido de usted, se le escurre la voz a la mujer del pulpo. Es sabido por el pueblo desde hace años que del marqués está prohibido hablar hasta en su propio pazo, se juega a que no existe. Mi nieta no sacó más que su sangre de noble, qué se han pensado ustedes. No lo tome usted a mal en la romería de su madre, que las cosas hoy están para olvidar. Discuten y Valentina se marcha. Se diluye entre los cuerpos grandes. Camina bajo el sol. Se acerca a la explanada donde se baila. Las muñeiras que le contaba su abuela no las conoce, pero lo que tocan ahora es una bachata.

—¿Te atreves a bailar conmigo? —le dicen a su espalda.

Valentina se da la vuelta y se encuentra a Pedro Mencía. Igual de estirado, pero sin escopeta. Le dan ganas de sacarle la lengua, de darle una patada en la espinilla como en el invernadero.

—Claro que me atrevo, qué te vas a pensar —responde.

El niño pasa los brazos por su cintura y ella se los echa al cuello.

—Creí que te habías quitado tu cuerda, pero sigue aquí. La noto por debajo del vestido.

—Y a ti qué te importa.

—A mí nada, por hacer recuento de locas. —Aprieta los labios y sonríe.

Valentina quiere darle otra patada. En el último segundo cambia la violencia por una mirada de sus ojos que están verdes. Él se la devuelve. No se sueltan los brazos, siguen bailando. A Valentina se le van las caderas a las contorsiones, a los meneos de cadera de la Elefanta. Pedro, con el rabillo del ojo, está pendiente de quién les está viendo bailar. Con la que dicen será la que se lleve todo. Tú siempre con la cabeza bien alta, Pedro, resuenan en su mente las palabras de su padre, que aunque yo fui bastardo tú estás pasado por el tamiz de la iglesia. Con tu madre me casé aunque se me muriera al tenerte, y sangre de marqueses llevas, Novoas puros, y algo de Mencía, o mucha, pero es a las mujeres a las que les hace más mal.

Era Uxío Mencía rencor vivo y se lo había transmitido a su hijo Pedro. Había sido educado por su madre, Roberta, en la leche agria de ella. Bruna, mi prima, y los suyos se van a quedar con lo que te corresponde a ti. Tú llevas la sangre de los Novoa, Jacinto es tu padre y ella, mala, más que mala, lo alejó de ti, lo alejó de mí, no lo quería para ella, ni para las demás. Cuando supo de tu existencia mandó a tu padre lejos, y él se fue manso, más que manso. Y ella se hizo con el poder de todo, lo cubrió todo con su sombra, se quedó con el espejo de madre, que era nuestro mayor tesoro, se quedó con el pazo, se quedó con el poder de la tierra, él se lo dio todo. Ella no quiso que Jacinto nos diera nada a nosotros, quiso echarnos de la casa donde él me dejaba vivir sin renta, fuera, me dijo, traidora, que todo lo que tocas lo pudres, como lo hacía mi tía, tu madre. Quiso que no tuviera dinero, que pasáramos bien de hambre, nos quitó los hombres que venían a ayudarnos con el campo a sembrar y a hacer con los bueyes los surcos de las cosechas. Se me murieron los cultivos, y ella me decía: vete con tu bastardo donde no pueda ni olerte, que tengo dentro el hedor a animal de tu carne de todas las noches que dormí contigo. Nos quitó también los animales para trabajar la tierra, que se quedó seca y tu estómago vacío. Vete, me decía, no, respondía yo, aunque se me muera el hijo delante de los ojos de puro hambre, ibas descalzo y su hija con zapatos de charol y la melena roja con lazos de organdí. Vinieron a echarnos de la casa los guardias con los capotes de lluvia y los tricornios como escarabajos negros: a dormir a la intemperie, a dormir entre los árboles, en las cuevas salvajes, fuera de aquí, me decían, y ella con su escopeta en el hombro, sobre el cerro desde el que se divisaba la casa, para verme desahuciada, los pantalones de inglesa y un sombrero para cubrirle el ceño y la crueldad del alma. De puro pus te vas a morir, Roberta, echa por esa herida volcanes porque esta noche tu lecho y el de tu bastardo va a ser la tierra, eso sentía yo en las entrañas que me decía mi prima que fue como mi hija, mi hermana; quiso que te comieran los lobos, Uxío, hijo, alegría de mis pechos, quiso que borraran tu existencia. Rey tú eres, por derecho de sangre, tú y los que de ti desciendan y yo madre de todos ellos, como decía la meiga.

Pedro Mencía agarra más fuerte a Valentina por la cintura.

—¿Y sabes que en esta romería la gente aprovecha para hacerse novios? —le dice.

—Claro que lo sé. Pero yo ya tengo mi novio en Cuba.

—Y yo mi novia aquí, qué te vas a pensar.

Le suelta la cintura, Valentina sonríe.

—A ver, ¿dónde está?

Pedro ve venir a Bruna hacia ellos y se aparta de la niña.

—No te acerques a mi nieta —le reprende.

Le mira con el ojo negro lleno de odio.

—Y tú mantente alejada de él.

—Me sacó a bailar y yo sólo quise ser educada, como es la romería de su madre.

—No nos tenga miedo, tía abuela.

—Ya eres como una alimaña aun de crío, te han enseñado bien.

Suena música de muñeiras. Las gaitas vuelven a tocar, pero Bruna está cansada. Le gustaría bailar con Valentina, se le da la vuelta la memoria y se ve con sus zuecos y su vestido pobre, sin bragas, de la mano de Roberta, el vestido arremangado, sin más futuro que el sonido dulce de la gaita.

Bruna vuelve a otear entre los carballos. Cree que la observan, que unos ojos son sólo para ella. Acierta a ver a un hombre como envuelto en una manta que se oculta entre los troncos. Después desaparece y la respiración vuelve a su sitio, pero no por mucho tiempo. El hombre de la manta surge entre el gentío de la explanada, la manta es una túnica de algodón pardo con rayas marrones atravesadas. Tiene el cabello largo y blanco, le cae desde la mitad de la cabeza, el resto es calvo. Bruna siente dolor en el estómago. Ya está aquí, piensa, ya ha llegado. Toma del brazo a Valentina y echa a andar.

—Te voy a comprar una empanada —le dice— para que pruebes las delicias de la tierra.

—No tengo hambre.

—Todo es negar.

Bruna ya no le ve, el hombre de la túnica ha desaparecido. Pero sabe que sólo es el principio de lo que les llevará al final.

—Deme una empanada de zamburiñas.

Con el rabillo del ojo, Valentina ve a Pedro Mencía hablando con una niña rubia y el corazón le salta.

18

Camelios y tojos

—Jacinto era como los camelios del jardín. Es muy probable que éstos no hubieran sobrevivido en lo más profundo del bosque sin los cuidados de un jardinero, o no hubieran estado tan bellos. Jacinto era la flor de su nombre que crece en jardincitos cercados, en jardincitos que otro cuida y lustra y protege de las inclemencias. Yo era el tojo con pinchos que crece en cualquier lugar del bosque, que aguanta lluvias, humedades, heladas, que da flores amarillas sin que nadie lo cuide. Un tojo salvaje, un camelio. Así éramos de niños, Valentina —le dice su abuela.

Regresan de la romería de la Santiña. Están sentadas en el Mercedes, que avanza por la carretera estrecha serpenteando el bosque.

—¿Por qué me habla de repente del abuelo Jacinto?

—Porque le he visto en la romería. Ha llegado un día antes de lo que me había escrito. Si esperaba pasar desapercibido ha conseguido todo lo contrario. Yo lo reconocería en cualquier parte: el gaznate de canario, el perfume de la flor que lo maldijo, ese niño, delicado y ojeroso, ese niño de ojos de gato, voz tranquila, maneras delicadas, manos blancas, ese niño que me hacía sentirme mansa… —Se chupa los labios—. Lo hubiera reconocido con cualquier atuendo, lo hubiera reconocido incluso muerto, pero treinta años viviendo en el Caribe lo han dejado como le he visto hoy, envuelto en ese poncho de charanga, en esa túnica de algodón y rayas que me rondaba los huesos y el alma en la romería de mi madre, en la romería donde todo se ha de perdonar, que el día elegido para presentarse no es un capricho, sino seleccionado adrede. Truhán, el dolor de la vida le enseñó al final más de la cuenta.

—¿Era el hombre del poncho? —le pregunta Valentina.

—Así es.

Y no se equivoca. Cuando el Mercedes negro aparca en la placita, él la está esperando de pie, apoyado en la fuente. Jugando con los dedos en el agua, molestando a los peces de oro. Lleva la túnica parda con las rayas, y alrededor del cuello collares de cuentas consagrados a vírgenes caribeñas, unos cordones con plumas, conchas de tortugas, colmillos de caimán y otros amuletos que lo convertían en un chamán del trópico. Bruna baja del coche y encuentra que los ojos se le han puesto más redondos de ver el mundo que siempre había anhelado. Tiene el cuerpo enjuto bajo el sayón del que se hubiera reído su padre, y las manos, que le sobresalen por él, muy tostadas del sol, sin embargo, su rostro permanece de una palidez incólume que se ha acrecentado al llegar a su lugar de origen. Los labios gruesos se le han agrietado. Las riberas del mar, piensa Bruna, recordando aquel primer beso salado, ya no son más que orillas de pantano, manglar de arrugas.

—Bruna —se le escapa a Jacinto.

Hace más de treinta años que la ve sólo en las fotos que le han quedado de recuerdo. En el blanco y negro de la soledad.

Bruna Mencía, piensa aguantándose las ganas de llorar que lo amenazan cada vez que la tiene delante, porque cuando piensa en ella aún se le caen las lágrimas de puro amor. Aún cuando le escribe las cartas que le ha escrito a lo largo de treinta años desde que se le puso en el alma la costumbre.

· —Y esta jovencita tan linda tiene que ser Valentina.

La voz se le ha agusanado del licor, de las noches en vela hablando con los muertos para trazar la geografía de su mundo fantasmal, de las mujeres que han pasado por su lecho después de Bruna y de las que no recuerda más que el reflujo amargo de haberlas olvidado antes de su marcha.

Jacinto le pone una mejilla y Valentina le da un beso.

—Pregúntale si en verdad está tan enfermo como me dice en su carta —le pide Bruna a su nieta—. Pregúntale si en verdad se va a morir, si en verdad ha venido aquí a eso, pues yo esperaba encontrarme con un moribundo y le veo bien viejo, pero tieso, en pie, entero; creí que lo traerían en una ambulancia por su corazón débil, me decía que lo traerían con la mascarilla de oxígeno. Y de la ambulancia derecho al cuarto de su infancia, que ya no lo va a encontrar igual. Que es ahora habitación de invitados. La mecedora de Carmiña, donde tanto me dijo que se mecía su tata espantándole espíritus, la hice leña y con ella me calenté el rencor una tarde para avivarlo hasta que se pusiera más fuerte.

—Pregúntale a tu abuela, Valentina, que si hizo lo mismo con la de mi padre.

—Allí no me he atrevido a tocar que se me caen las manos de puro respeto, y el alma se me queda fría cuando entro porque le siento en la piel pero no le puedo escuchar.

—Aún no se ha ido. Llego a tiempo —dice Jacinto.

—Dile, Valentina, que a lo mejor le estaba esperando porque han de ajustar alguna que otra cuenta.

—Háblense ustedes, que les resultará más fácil —replica la niña.

—Haz lo que te digo y sin rechistar. Pregúntale si lo de morirse va para un mes o unos cuantos, porque esta casa es mía y bien mía.

—Yo no le digo eso —responde Valentina, y sale corriendo.

No me extraña que venga aquí a morirse, a este reino de rencores donde los muertos te observan desde las paredes con su rostro de mírame en mi desgracia pues a ti te ha de pasar lo mismo, masculla Valentina.

Ellos se quedan frente a frente durante un momento.

—De aquí en quince días, un mes como mucho, me he de morir y si Dios me alarga la vida me marcho.

Eso, piensa Bruna, vete con los fantasmas que ésos son los tuyos, los únicos quizá a los que has respetado. Vete con los muertos y pon tus pies flacos en un mundo solo y deja libre el otro, el de los vivos.

Jacinto Novoa había llegado al pazo con un enfermero. Se llamaba Jueves. Lo había conocido en una selva innata de Brasil durante una expedición en la que se lo llevaron como médium para que intentara ponerles en contacto con los espíritus de una civilización perdida. Jueves era mudo, con el sexo y la lengua cortados por una deuda de honor. Había cometido adulterio con su propia hermana. Jacinto lo encontró ensangrentado en medio de una noche de estrellas. Se lo llevó con él, lo cuidó, lo consoló, le puso en contacto con la hermana, que se había suicidado con el veneno de una tarántula. Lo llamó Jueves, pues fue el día que lo encontró, como Viernes de *Robinson Crusoe*, novela que había leído con pasión en la juventud.

Jueves era cocinero en su pueblo, pero cuando Jacinto se puso enfermo había aprendido las nociones más elementales de enfermería para poder cuidarle. Le tomaba la tensión cada mañana y cada noche, y lo apuntaba en una libretita. Si le subía o le bajaba le administraba las pastillas correspondientes. Le pinchaba unas inyecciones de vitaminas que parecían para un hombre de otro porte más monumental, le enganchaba la mascarilla de oxígeno si se ahogaba, pero sobre todo trataba de calmarle con morfina el dolor que a veces atacaba a Jacinto y le dejaba sin respirar, retorcido sobre sus propias entrañas. Entonces tras inyectarle la medicina, le frotaba el cuerpo con un ungüento que dejaba el pazo apestando a flores de selva. Además se ocupaba de su aseo personal, lo bañaba con una esponja marina, le peinaba la cabellera larga con un peine de púas de ébano, lo masajeaba con aceites para activarle la circulación y le cortaba las uñas de pies y manos.

Petriña instala a Jueves en la habitación de servicio más alejada de la suya, aun así pasarán muchas noches hasta que ella deje de dormir con la puerta atrancada y el rosario entre los dedos para que el sueño la venza. Pero lo que llevará peor es que Jueves, en los ratos en que Jacinto descansa por el efectos de los calmantes, se mete en la cocina con la intención de ayudarla. La primera vez que lo hizo pegó un grito que llegó hasta el bosque.

—Señora, lo vi de pronto detrás de mí, con ese silencio que arrastra como una cadena, y esa piel tirante de carbón puro, los ojos que le saltan en el rostro triste como huevos con tamaño de puño, lo vi así, señora, descalzo o con ese zapato callo que se le ha hecho en la planta del pie, esos pantalones de pesca, ese jerseicito que le cubre nada, ese pelo que es como crin de mulo, esos labios crudos, rosados de carne, que no pude por menos que creer que se había reencarnado en él uno de los esclavos que amarraban en la cocina los antepasados del señor, allá por los siglos feroces. Y había venido a vengarse.

—No te preocupes, Petriña, que yo le ordeno que no entre más en la cocina y se quede al lado de Jacinto.

»Valentina, dile a tu abuelo que no quiero ver más a ese hombre suyo merodeando por donde no debe, que me asusta a la criada.

Valentina trota hasta su abuelo. Su madre le quería, ella siente que también le quiere aunque no le ha visto jamás. Jacinto está en la alcoba de su infancia, pero apenas la reconoce. Sólo el espíritu de Carmiña ha logrado soportar las capas de pintura, las tiras de papel de flores bajo las que estuvieron a punto de emparedarla. Ya no tiene la mecedora para acunar con su cri-cri al niño, tampoco al niño hasta ahora que ha vuelto, hecho un hombre de otro lugar, lleno de santos desconocidos y amuletos salvajes.

Valentina llama a la puerta y escucha la voz de su abuelo que parecen truenos. Está sentado en la cama, apoyado en los cojines perfectamente dispuestos por las manos de Jueves, fuma un cigarro que deja en la alcoba un olor a dulce a hierba.

Valentina entra y le da el recado. Él aspira una calada y sonríe.

—Se lo diré, pequeña —responde—, pero ven aquí.

Da unos golpecitos en la cama, a la niña le late el corazón

y se acerca a él. Sabe que es un hombre muy importante y respetado en el otro mundo, en el suyo, en Latinoamérica. Es un médium famoso.

—Abuelo, ¿puede hablar con cualquier muerto?

—Con cualquiera que desee comunicarse.

—Así que con todos, todos, no.

—Si él no quiere no puedo.

—¿Y cómo los ve? ¿Se parecen a como eran de vivos?

—No suelo verlos, sólo les oigo, les siento. —Le acaricia el cabello y Valentina se recuesta en su hombro un segundo, pero levanta enseguida la cabeza.

Se va a morir, piensa, de aquí en quince días o un mes. Todo se muere, le dedica una sonrisa pequeña a Jacinto y se dirige a la puerta.

—Espera. —Jacinto apaga el cigarrillo—. ¿Quieres acompañarme al jardín?

—¿Llamo a Jueves?

—No, quiero que vengas tú.

Jacinto abandona la cama con ayuda de Valentina. De un cajón extrae un saco pequeño.

—¿Has plantado flores alguna vez?

—Nunca.

—Hoy te enseñaré.

Hoy me enseñarás, piensa Valentina, pero si quiero volver a plantar contigo dentro de unos meses ya estarás muerto.

—No quiero aprender.

—¿Por qué no?

—No sirve para nada.

—Para pasar un buen rato, para verlas crecer, hacerse hermosas, disfrutar de su belleza.

—Luego se secan, se marchitan y ya está.

—Todo en la vida se marchita, pequeña, hasta tú algún día lejano, pero antes florecerás muy bella y disfrutarás de ello.

—Pero después uno se muere.

Jacinto la abraza con suavidad, la siente tensa, con el cuerpo apretado por el corsé del miedo.

—¿Cuidaba a mi mamá cuando era pequeña?

—Le gustaba estar conmigo en la biblioteca, siempre le apasionaron los libros. Rebeca de pelo rojo, el mismo pelo que mi padre, José Novoa. Se sentaba en mis piernas y yo le enseñaba el mundo como había hecho antes con tu abuela, dónde estaba China, México, La Habana. ¿Querrás venir conmigo allí?

—A mí lo que me gusta es pintar.

—¿Y dónde pintas?

—En un cuaderno, si quiere puedo enseñarle mis dibujos.

—¿Por qué no vas a por el cuaderno y así pintas el jardín de mi madre? Estoy seguro de que esta vez florecerá.

Bruna los ve bajar por la escalera, Jacinto apoyado en el hombro de la niña.

—Valentina, te necesito.

—Voy a acompañar al abuelo al jardín.

—Quiero plantar estos bulbos de jacintos en el jardín de mi madre —le dice él mostrándole el saco—. Ya es hora que incluso la tierra cierre sus heridas y deje crecer la hierba.

—Valentina, dile que esa tierra está muerta, muerta de ira, y no perdona. Los agravios de dignidad no se limpian por el mero paso del tiempo.

—Los agravios de dignidad también han de hallar su paz. Ven con nosotros, Bruna.

—Venga, abuela. —La niña le tiende la mano, pero ella se da la vuelta y sube las escaleras hacia su dormitorio de la última planta.

El jardín de Amelia Lobeira es un páramo de tristeza. Aún quedan vestigios de la vallita de pinchos. En algunos tramos está hundida como si alguien la hubiera pisado con una zancada. La tierra es de color pardo, grisáceo, pedregosa.

Mira que has tardado en regresar, mal hijo, yo no podía ir tan lejos como tú estabas, Jacinto escucha la voz de Amelia. Lo sé, madre. ¿Y qué vienes a hacer aquí, en esta tierra que lo único que tuvo de bueno fue que de su profanación naciste tú? Vengo a plantar tu salvación, madre, y la mía, para redimirnos juntos, son bulbos del trópico, con flores cuyos pétalos parecen de carne, y huelen a más de un kilómetro de distancia. Los hice bendecir para ti en un santuario en el que yo te rezaba. Plántalos, pero de poco va a servir. Para estar en paz, madre, porque bien pronto te voy a ver por fin el rostro.

La tierra se desmiga como si fueran lágrimas cuando Jacinto hunde una pala en ella. Ha pasado junto a Valentina por el invernadero para hacerse con los aperos de jardinería. Está arrodillado en el suelo, abre el agujero, entierra el bulbo, lo tapa. Valentina se ha sentado en una piedra cercana, fuera del jardín. Teme entrar porque sabe que la tierra está muerta. Pinta a Jacinto echado en la tierra, con las manos sobre el pecho, y entre ellas el bulbo de la redención. Le habla y a él le llegan las palabras entrecortadas, las frases a medias.

—Yo sé que no abandonó a mi madre, que le escribía cartas que la abuela Bruna no le quiso enseñar. Por eso durante muchos años mamá pensó que la había abandonado, que no quería verla más.

—Me fui porque no me porté bien con tu abuela, ella me lo pidió y yo lo acepté. Luego Bruna sólo quiso proteger a tu madre.

—Mamá no me contó eso.

Valentina recuerda la voz de Rebeca: como no te duermas, la abuela vendrá en la escoba a buscarte y te llevará al bosque gallego con las almas en pena. Emborrona una bruja en el papel, le pinta capuchón picudo como el de las brujas de siempre, camisón de volantes y botas de tortuga verde; monta una escoba que sobrevuela el cuerpo de Jacinto.

—Fuera de aquí, que no me peles patatas —le dice Petriña a Jueves, le mira con el rabillo del ojo porque no se atreve a más—, que no las toques. —Se santigua—. Vete a cuidar del señor marqués, madre santa, el señor marqués, si le viera su padre cómo ha venido envuelto en esa túnica de samaritano, digo yo que así se imagina una a Jesús. Que no me peles los ajos, Miércoles o Jueves, como te llames, el padre del marqués era de armas tomar, eso te digo, y recio, no le gustaban las cosas raras, sólo un buen vino y una buena escopeta. Bueno, pélame la cebolla que a mí me hace llorar, y a veces una se pone y no para, y más ahora que sé que después de tantos años sin ver al señorito Jacinto vino aquí a que se lo llevara la muerte. Uy, pero qué finas me las has cortado y qué redondas.

—Jueves le enseña las manos que son de dedos finos, delicados, como si hubiera estado cocinando con porcelana—. Mira, voy a hacer tortilla de patata, asiente con la cabeza si me entiendes, eso es, hablas castellano, bueno, hablas...

Jueves tiene unos cincuenta y tantos años, los dientes grandes como piedras de cantera. Es corpulento y da la sensación de que puede cargar un árbol sobre su espalda.

—Yo soy quien cocina aquí —le advierte Petriña—, tú a ponerle inyecciones al marqués. Y como mucho, a pelar cebollas. No estoy acostumbrada a estar más que yo en la cocina y a veces el trasno. Que qué es el trasno, me quieres preguntar y no puedes, ya lo sentirás, nada te digo para que lo compruebes por ti mismo.

Jueves sonríe. Petriña se atusa el moño de castaña. Se aclara la garganta. A mis años, piensa, a mis años, y en la cocina del pazo con un hombre de la otra parte del mundo.

Valentina ha dejado a Jacinto en el jardincito de su nombre, sentado en la tierra, murmurándole, hundiendo en ella las manos. Ha cerrado el cuaderno de dibujo y ha mirado hacia las copas de los árboles que presagian el bosque. No se ha atrevido a asomarse a él desde su llegada. Será como asomarse a un cuento, se dice. Camina hacia la puerta trasera de colmillos, la cerradura de la verja sigue rota. La abre despacio, chirría, asoma la cabeza a los cuentos de su infancia, mira al cielo, lo cubren las melenas de castaños, pero no vuelan brujas... Sale, la tarde desprende sus últimas horas de luz. Todos sus sentidos están en alerta. Avanza por el sendero que parte del pazo hacia las granjas que se desperdigan por los límites del bosque, donde hace muchos años vivía su abuela Bruna. Le maravillan los helechos, los hilos de agua que se despeñan entre pequeñas cataratas de piedra y musgo, las delicadas hierbas, tréboles que como artesanía de la naturaleza la rodean. Se adentra un poco en el bosque. Ve los esqueletos de algunos árboles con las pelusas de líquenes, y un murmullo cercano, un arroyo, se dice, de donde proceden los hilos de agua que resbalan por las piedras. Sigue el sonido del arroyo adentrándose más en las espesura. La tarde es ya bronce cuando escucha el primer disparo. No sabe qué ocurre hasta que escucha el segundo, más cerca que el primero. Intenta regresar hacia el sendero, pero se ha perdido. El bosque le huele a pólvora. Valentina pierde su cuaderno, suena otro disparo, crujidos entre troncos de castaños, entre la telaraña de matorrales que le atrapan la ropa enganchándosela para que no pueda avanzar. Tropieza con una piedra, cae al suelo, se incorpora y ve unas botas, unos pantalones verdes de montar a caballo, un capote corto de hule verde. Es Pedro Mencía con las piernas abiertas y una escopeta humeante entre las manos de pólvora.

La mira sonriéndole:

—He estado a punto de cazarte. —Le tiende una mano para ayudarla a levantarse, pero ella la rechaza.

—Me puedo levantar sola.

Pedro retrocede unos pasos y encuentra el cuaderno que yacía entre la hierba.

—¿No te han dicho que es temporada de caza y no se puede andar por el bosque como si tal cosa? Has tenido suerte de que sólo estuviera haciendo prácticas de tiro. —Abre el cuaderno y se pone a mirar los dibujos.

—Dámelo, no tienes mi permiso para mirarlos.

Valentina intenta arrebatárselo, él lo esconde en su espalda, forcejean.

—Que me lo des.

—Quiero ver si eres una artista, claro como además estás un poco loca…

Valentina le da un mordisco en el moflete, él se lleva una mano a la herida, le sangra.

—Salvaje.

La toma por la nuca, le agarra el cabello y la besa en los labios. Ella le da una patada y echa a correr hasta que llega al sendero.

—Corre, corre que yo te cazo.

Valentina escucha la risa de Pedro perdiéndose en el bosque.

Bruna ve entrar en la casa a su nieta. Lleva las mejillas congestionadas.

—Abuela, mamá me dijo que cazaba. Y que disparaba muy bien. ¿Querrá enseñarme?

—¿Te ha ocurrido algo? ¿Ha sido Jacinto?

—No. Lo dejé en el jardín de su madre Pero ¿me enseñará a disparar?

Hay que prepararse para la lucha, piensa Valentina. Ya he sufrido la primera agresión del enemigo y ahora toca responder.

—Hace mucho que no disparo, pero en mi juventud no había mujer que me igualara.

Bruna conduce a Valentina hasta el saloncito de caza. De un armario saca un rifle antiguo.

—Me lo regalaron cuando tenía más o menos tu edad.

—Y puede matar a un hombre.

—Puede matar lo que te propongas.

19

Muerte de un Novoa

José Novoa solía aplacar cada mes sus ardores de macho en el burdel de una parroquia vecina al pazo, donde tres putas rollizas compaginaban el amor a sueldo con una pequeña vaquería. Las tres putas le temían. José se bebía hasta la última gota de vino, blasfemaba sobre la vida y la muerte mientras hacía sonar en una de sus manos el clic-clic siniestro, y remataba la noche pegando tiros al cielo. Ya está el bueno del marqués cazando estrellas, se decían los vecinos, a ver si abren un burdel en su parroquia y caza allí el universo entero.

Lo que más excitaba a José era que le lamieran muy despacio el cuello y el pecho. Que cualquiera de las tres vaqueras del amor le pasara la lengua por su carne de pecas, que le dejara un rastro de caracol, de baba tierna.

—Lámeme, curuxa. Lámeme —murmuraba ebrio de licor y de nostalgia.

Esto de que los hombres se vayan de placer a lametazos debe de ser cosa de marqueses, comentaba la puta más rolliza, si un día está lo suficientemente borracho le ponemos a la vaca a darle chupadas y ni se entera.

José solía quedarse hasta tres días, pero en su última visita permaneció sólo uno, los otros dos los utilizó para reunirse en Ourense con su abogado de confianza, quien se encargaba de sus asuntos legales y económicos, y para comprar un rifle.

—Deme el más bueno que tenga y el más ligero porque ha de dispararlo una mujer —le dijo al armero.

Y partió de nuevo hacia sus tierras.

Al día siguiente envió a un sirviente a buscar a Bruna. La vio llegar por el camino de sicomoros y sauces donde hacía más de veinte años se escondió Marina la Santiña después de dejar en el monte a la madre muerta.

—Mira lo que te compré —le dijo entregándole el arma—. Para que mates a la primera. Es un regalo por tus quince años.

—¿Y cómo se acuerda el señor de cuándo cumplo?

—Lo sé y basta.

—Qué bonita es —respondió ella apuntando con el rifle hacia la avenida de sauces.

—Me gusta cazar contigo, y pasear por el bosque, niña, bueno, ya te hiciste moza. No quiero que le enseñes a nadie nuestro lugar secreto.

—Al tronco de castaño donde encontró usted pudriéndose a mi abuela Tomasa me había llevado la tía Angustias muchas veces, para explicarme cómo acaban las mujeres salvajes con vicio de bosque, comido por él. Pero bien que me ha costado no decirle que usted también me ha llevado a la cueva donde vivieron mi madre y mi abuela, porque ella la ha buscado muchas veces para ver si rondaba por allí el ánima de mamá muerta. Siempre dice que su hermana era muy pequeña y no recordaba el camino.

—Lo halló rastreando sus recuerdos, y el propio bosque.

Yo estaba con ella cuando entró después de los años. Aún permanecía allí el lecho de hojas en el que dormían, y ropa convertida en harapos. Todo parecía vivo, como ahora.

Miró el ojo amarillo de Bruna. Era mucho más corpulenta que Marina, más alta, de envergadura redondeada y hermosa, pero había en su boca perfecta, en sus dientecitos blancos, en sus pómulos estrellados, un aire invencible a la Santiña. A veces, al mirarla, a José se le moría en la lengua el nombre de la madre y sentía ganas de acariciarla. Catorce años tenías cuando volví a verte en la romería del santo con puestos de pulpo y cachivaches de feria, casi los años de tu hija, le hablaba a Marina en su mente. Días después, tras no poder olvidarte, te hallé en el bosque. Tú ibas con tus tarros de miel, y yo con mi escopeta al hombro en busca de caza. ¿Me permite usted?, me dijiste, y te acercaste a olerme la piel del cuello. Di un respingo, luego me quedé quieto, con tu respiración pequeña latiéndome en las sienes. Huele usted a un olor que me asalta la memoria todas las noches antes de dormirme, ya lo sentí el otro día y ahora me vino como una ráfaga, soy buena con la nariz, ¿sabe?, que me crié oliendo, por eso mis tarros tienen la mejor retama, la más olorosa, ¿quiere uno? Se lo regalo, y yo mudo mirándote.

—Probemos el rifle, señor, vayamos a cazar algo. —La voz de Bruna le sacó del ensueño.

—Un buen porco salvaje.

—Pero luego el rifle se lo dejo en el pazo. La tía Angustias dice que la gente es muy envidiosa, y que por eso no la compran el orujo y por eso va mal en el pago de la renta.

—Otra excusa para no pagar la tierra. ¿Tú no serás una comunista de ésas, o lo que es peor, una beata social?

—Con todo respeto, yo seré lo que quiera.

—Tú serás lo que yo te mande. ¿No decías cuando eras más chica que ibas a ser reina?

—¿Pues es que a las reinas les dicen todos lo que tienen que hacer?

—Si se equivocan, sí.

Bruna se dio la vuelta y se encaminó hacia los sauces, pero tropezó con una piedra y cayó al suelo. Se golpeó la boca con la culata del rifle. Cuando José la ayudó a levantarse vio que le sangraba bastante. Se la abrió con delicadeza.

—Mira que tienes genio, en eso no te pareces a tu madre, ahora te rompiste un diente, dos quizá —chasqueó la lengua—, ven conmigo a la casa que hago llamar al algebrista para que te lo arregle.

La llevó hasta el saloncito de caza rodeándole los hombros con su brazo. La sentó frente a la ventana y mandó que trajeran de inmediato al que lo arreglaba todo, lo de animales y hombres, mejor que el propio médico, pues tiene la sabiduría de la naturaleza que es más sabia que las universidades, y mandó a una criada que trajera hielo en un paño, y se lo puso él mismo sobre la hinchazón de los labios que estaban enrojecidos con el carmín de la herida, los labios que había besado Jacinto hacía sólo unas semanas, en aquella tarde de fondo de mar que el muchacho rememoraba una y otra vez buscando aún más la soledad, regurgitando el recuerdo que habría de permanecer siempre intacto, suyo y sólo suyo en los recovecos de su intimidad llenándolo todo de ella. Por eso cuando la vio en el saloncito de caza, curándole su propio padre los labios que él había besado, se quedó en silencio apoyado en el quicio de la puerta, observando como lo hacía con las partidas de ajedrez, temiendo como había temido tanto el volver a verla por si aquel recuerdo se empañaba con una negativa, con un rechazo que no podría soportar, que me muera ya con este recuerdo para siempre, que me entierren con él, Dios del padre Eusebio, te lo pido, que sea mi ataúd y mi tierra, ya no quiero vivir nada más porque me da miedo vivirlo, a mí que nunca me asustó la muerte, la muerte es que ella no me quiera, pensaba temblando mientras su padre curaba a Bruna como nunca le había curado a él, y cuando llegó el algebrista con su sombrero de lluvia y su chaqueta de monte, José permaneció al lado de ella, y a cada ay de Bruna, le decía aguanta, que mira que eres valiente cuando vamos de caza, esto no es nada, ese mismo ay que le llegaba al corazón a Jacinto desde la sombra de su existencia. Cayó por fin el diente roto en la mano del algebrista, y de ésta pasó a la de José, que lo guardó ávido en un bolsillo de su pantalón.

—No se le va a ver el agujero, señor marqués, que le quedó muy atrás —decía el hombre recogiendo sus aperos de dentista—. Igual de bonita vas a ser —le decía luego a Bruna.

—Que le zurzan, bestia.

—Hoy debe estar a sopas y caldos, señor marqués, y mañana ya que se coma lo que le venga en gana.

Nunca había subido Bruna a la segunda planta del pazo. Nunca había ascendido por la gran escalera de castaño que conducía a la vida íntima de los Novoa. Te van a hacer un caldo, le había dicho José, hoy comerás con nosotros. Lo que ella no pudo imaginar en ese instante es que en vez de almorzar en la cocina con los criados, lo haría en el comedor familiar sentada a la mesa con el marqués y su hijo. Y mucho menos que una criada la conduciría hasta un dormitorio que era más grande que el caseto con cuadra incluida. Quítate el vestido que está manchado de sangre, le dijo, pero Bruna se quedó mirándola con los ojos callados, anda, que no tenemos todo el día, jovencita, mira que no te va a comer un vestido de ricos. Bruna había cruzado los brazos en una postura de trinchera, me echo un poco de agua y me queda limpio, respondió mirando la cama gigante con el palio de muselina blanca de virgen, las paredes enteladas en seda con los cuadros de flores, los sillones de terciopelo rosado en el saloncito con aire primaveral y la moqueta en la que se le hundían los pies como en la hierba del bosque. Olía la habitación al almidón de las sábanas, a la colcha de perfección lunar, al perfume de talcos de rosas que había sobre una cómoda con espejo de oro, Bruna te llamas, insistió la criada, que ya oí hablar de ti, y te he visto varias veces con el señorito Jacinto, pobriño el niño, siempre tan solo, le hace bien la compañía cualquiera que sea, yo soy Ignacia, Nacha me dicen, y sirvo a las señoras de la casa, vamos, servía porque aquí ya no queda mujer a la que atender, soy doncella, ¿sabes lo que es eso? Bruna se encogió de hombros. Mira, que te lo voy a explicar, esta habitación la ocupaba la madre del marqués, y por orden de él te vas a poner este vestido que la marquesa usaba de joven, le dijo mostrándoselo colgado en una percha. Era color vainilla, con encajes en el cuello y las mangas. Éste es el mundo de los peces dorados, pensaba Bruna. Se dejó quitar la ropa por Nacha, se dejó peinar los cabellos castaños, sin quejarse de los tirones, frente al espejo. Una podría acostumbrarse a esto, ¿verdad, rapaza? Suerte has tenido porque al señor le caes en gracia y al chico también.

Cuando Bruna bajó al comedor familiar de los Novoa y José la vio con aquel vestido de su madre, largo hasta los pies, pasado de moda, de época, pero aun así hermoso, y unos zapatos que le había puesto Nacha, para que no vayas con esos zuecos bajo el vestido que te lo afean, a pesar de que le estaban grandes y se le salían al andar, se la quedó mirando con sus ojos oscuros y le dijo: pareces otra. La indicó dónde debía sentarse y ella saludó a Jacinto de la forma más cortés que le permitió su educación de campesina.

—Me alegra verte —respondió él inmerso en un temblor de impaciencia. Estaba lívido de amor.

Tranquilo, Jacinto, se decía, acariciándose la pierna como lomo de perro, que se te va la vida en este momento, que de ti depende sea de gloria o de derrota.

—Te veo muy bonita con ese vestido. —La voz le salió al muchacho con un gallo como los que cantan al alba.

—Gracias —contestó Bruna mientras le miraba pensando: ay, pajarito que hoy estás más mojado que nunca, cómo me gusta el lindo pajarito con sus labios que besan y lo envuelven todo.

—Basta de delicadezas —dijo José Novoa— y a comer. —Se sirvió vino en un vaso y se lo bebió de un trago.

Otra criada distinta a Nacha había servido la sopa. Bruna miró el plato de porcelana blanca con volutas azules, la cuchara de plata, la servilleta de hilo con vainicas y entredoses de monjas. Aquí es todo como en los jardines del pazo, se decía, empezando por mí, pues me han acicalado como si fuese una hilera de flores. Ay, que a veces no sé si quiero ser jardín o bosque. Se puso a comer la sopa, el agujero del diente se le abría en abismo de dolor después de los tirones del algebrista.

—Deme un poco de vino, por favor, señor, que me adormezca el lobo que me muerde la herida.

José le sirvió un vaso.

—Eres hembra de raza —le dijo, y le sirvió otro a Jacinto—. Ya es hora de que bebas como un hombre —le reprochó.

Él respondió bebiéndoselo de una trago aunque se le incendiaron las entrañas.

—Sírvame otro más, padre, que me ha entrado sed. —Apretaba la vejiga el chico para no mearse de miedo.

—Hazte ahora el macho porque ella esté delante, pero a mí no me vas a engañar —repuso José Novoa engullendo una chuleta que a Bruna le pareció de ensueño.

Después del almuerzo pasaron al saloncito de caza donde José solía tomarse al menos un par de coñacs frente a las brasas de la chimenea. Había querido que le acompañaran su hijo y Bruna. Conforme más bebía más miraba a la muchacha con el vestido de su madre, porque de su mujer no quedaba en el pazo más que Jacinto, rencor, y un jardín de tierra muerta. Y es que aquella sobremesa su hijo le olía a la flor de su nombre, la flor de su desdicha, a la infamia de un bautizo urdido para clamar venganza.

Sobre una mesita de mármol reposaba el tablero de ajedrez con las figuras dispuestas conforme quedaron en la partida sobre el destino de Jacinto que se había jugado José contra el padre Eusebio. Había sido la última antes de que se agravara la enfermedad del fraile y tuviera que guardar cama en su habitación del pazo a la espera de que lo visitara la muerte. Había un jaque al rey.

—¿Te vas a tomar ahora un coñac con tu padre? —José hacía tintinear los hielos en el vaso.

—Si juega al ajedrez conmigo.

—A lo mejor hoy te me haces hombre.

Se sentaron en los sillones dispuestos alrededor de la mesa. Y Bruna se quedó de pie junto a la chimenea porque el encaje le había dejado la piel encendida de frío. Empezaron la partida, y José cambió el tintineo de los hielos por el clic-clic que guardaba en el saco colgado de su cuello. Se le afilaba la mirada a cada movimiento, a cada clic-clic que junto al coñac le hundía en el pasado.

—Deja de mirar a la chica y mira el tablero —le decía al hijo—. ¿Te creías bueno?, ¿te creías que podías retar a tu padre y ganarle? Estás necio de amor, pero no mires lo que no es para ti.

Sonreía José Novoa mientras pensaba: a partir de hoy voy a cagarme en el poder y ya verá el fraile que agoniza escaleras arriba. Miraba el ojo amarillo de Bruna, bebía y miraba a Jacinto cuando había de decidir su jugada. Empezó el chico a sentir la presión de la orina, y enfermó de vergüenza con sólo pensar que en el pantalón se dibujaban las primeras gotas; después temió que llegara la espuma. Todo cuanto había aprendido de ajedrez le desapareció de la memoria, sudaba hielo. Le temblaba la mano al mover las figuras. Se le quedaron las mejillas impávidas. Torre a alfil, caballo a reina. Mi reina que iba a ganar para ti, que tú eres el único mapa donde encuentro la vida, pensaba con los ojos anegados en lágrimas. Y ella temiendo la derrota del pajarito. Temiendo los ojos de José Novoa, que se le clavaban en el vestido, temiendo la sonrisa que le recordaba a las palizas de tía Angustias, a las noches de estrellas.

—Jaque a tu rey que se queda sin reina —bramó José y se bebió de un golpe el coñac que le quedaba en el vaso.

Las lágrimas ensuciaban las mejillas de Jacinto. No llores, pajarito, no llores, enséñame en el mapa dónde está China, que eso lo sabes tú mejor que nadie, pensaba Bruna mientras se acercaba al chico. Pero José Novoa se interpuso entre los dos.

—No lo toques —le dijo, e hizo sonar el clic-clic con una mano y con la otra se mesó los cabellos—. Márchate ahora, Bruna, he de hablar con mi hijo, quítate ese vestido y sal de esta casa hasta que te ordene volver.

Otra vez tenía que obedecer al rey, y dejar al príncipe a merced de su llanto. ¿Y si no me voy?, pensó, ¿y si le digo si la reina soy yo pues elijo a quien me viene en gana?, pero vio en los ojos de José Novoa una determinación cruel que le dio miedo, y obedeció como solía hacer.

—Quítatela de la cabeza. No es para ti. Mucha mujer —le dijo José Novoa a su hijo cuando se marchó Bruna.

—Yo la quiero, padre.

—No puede ser y no lo será nunca. Tú y la sangre débil de tu madre sois muy distintos de la de ella.

—¿Y si Bruna me quiere?

—Eso no lo creo. Y si es así tendré que poner remedio hoy mismo.

—No lo haga, padre.

—Ya lo creo que lo haré, eso y mucho más.

Al cabo de unas horas, atardecía en el pazo y Jacinto Novoa salió al jardín. Llevaba la escopeta con el escudo del lobo y la camelia grabado en la culata y una cartuchera al hombro. Se encaminaba a la capilla. Tenía en la garganta un nudo que no le dejaba tragar saliva y respiraba aprisa. Ya no le quedaban lágrimas. Llegó a la capilla cuando el sol se tumbaba en el horizonte. Encendió todas las velas. Vio el lugar donde su padre y los monteros desollaban a los animales que cazaban, las manchas de sangre junto al altar como si se hubiera celebrado un sacrificio pagano. Vio los dos santos vestidos de terciopelo carmesí, con su pelo natural del exvoto de un feligrés y sus ojos absortos en la eternidad. Los eligió como blanco. El ruido metálico de la escopeta al quitarle el pestillo, después el silencio beato y las ganas de matar. Disparó varios cartuchos que fueron a incrustarse en la pared y en las volutas del altar. Los santos aún permanecían ilesos. Disparó dos más con el mismo resultado. El perfume de la pólvora mezclándose con el de las velas. No se rindió. Uno de los cartuchos por fin acertó en la cabeza de un santo, del impacto se le aflojó del cuerpo y cayó sobre una mancha de sangre. El pelo del exvoto del feligrés se le despegó como si fuera un bisoñé. Quedó en la soledad de la ermita la calvicie del santo. A Jacinto le dio la risa y se le abrieron de nuevo las compuertas del llanto. La emprendió entonces con la cabeza del otro. Pero en esa ocasión cada tiro fallido, en vez de agrandarle la infamia, le traía a la memoria cuanto le había enseñado sobre Dios el padre Eusebio: te voy a explicar su existencia con este grelo que he cogido de la huerta, le había dicho el fraile, a través de las cinco vías de santo Tomás de Aquino, y Jacinto continuaba fallando los disparos, que se desperdigaban por la capilla, apuntando furioso a la cruz de madera que se erguía en el altar. Mira, Jacinto, escuchaba en su interior la voz sabia del viejo, la primera de las vías dice que todo lo que se mueve es movido por otro, nada es a la vez motor y movimiento. Pero, padre, repuso él, ese grelo que tiene en la mano no se mueve. Cierto es, Jacinto, sin embargo encierra movimiento en su semilla, crecerá si la pones en tierra y la riegas, la naturaleza será su motor, que procede de un motor primero no movido por nadie, que es Dios; y se le caían las lágrimas a Jacinto como perlas de cera, cargaba la escopeta para otro tiro que instintivamente se apartaba de la cruz. La segunda vía, mi querido pupilo, dice que todo es causa de algo, así este grelo no puede ser causa de sí mismo porque tendría que haber existido en la huerta antes de existir. ¿Sería entonces un grelo fantasma, padre? No, Jacinto, respondía el fraile con paciencia ciega, es porque debe haber una causa primera y esa causa es Dios, murmuraba Jacinto repitiendo la lección, cerrando un ojo para apuntar y disparaba a la pared del altar, gozaba con el retroceso del arma que le golpeaba el hombro, buscaba otro cartucho en el bolsillo. La tercera vía es la de la contingencia, este grelo, que temblaba en el pulso del fraile, podría existir o no, podría crecer o no en la tierra de la huerta, no es un ser necesario, sí lo es para el que tiene hambre, padre, alegaba Jacinto, pero podría saciar su estómago con otro alimento, ¿o no, mi avispado pupilo? Podría, padre; bien, le revolvía el cabello el fraile, entonces sólo hay un ser necesario, que es Dios. Y Jacinto lloraba más mientras veía salir el espíritu de su madre de la pila bautismal que había sido la causa del agorero destino que lo había entregado en manos de los muertos. Pero ¿qué haces, hijo? Que te vas a ganar la condenación eterna, baja esa arma que no ha de entrar siquiera en una iglesia, que no me arrepienta de haberte puesto mi nombre sagrado, que si te pareces a la bestia negra de tu padre reniego de ti para tus días y los míos eternos, Jacinto, y él cargaba otro cartucho y se aguantaba las ganas de dispararle a todo lo que no fueran sus recuerdos. La cuarta vía, mi pupilo, se refiere a los grados de perfección, nuestro querido grelo puede ser grande, que lo es, pequeño, más o menos verde, o sabroso, pero habrá un grelo perfecto de forma y sabor con el que podremos comparar a los demás, ese grelo es Dios, Jacinto, insistía su madre, por el santo óleo que te ha mantenido cerca de mí, baja el arma y arrodíllate con el más febril arrepentimiento, que ya se ha mancillado bastante la capilla con la caza que descuartiza tu padre, y Jacinto le pegaba un tiro a la pila bautismal por haberle jodido la normalidad en la vida, y el tiro rebotaba en la piedra santa e iba a incrustarse en un atril del coro; la quinta y última vía habla de la finalidad, le retumbaban las palabras del fraile en la cabeza, mientras metía otro cartucho en la cámara, este grelo que tan buen servicio nos está haciendo es un ser sin inteligencia, pero si acabamos de decir que era Dios, padre Eusebio. Cambiemos la premisa entonces, mi pupilo, cambiémosla; ahora este grelo no es más que una vil hortaliza, y quien ha puesto los grelos como todo en la naturaleza, dándole un fin, no es otro que Dios. Por tanto, mi querido pupilo, todas las hortalizas son iguales ante Dios como lo son los hombres. Y todos han de morir, sentenció Jacinto. La cartuchera vacía. Los ojos desérticos. El cañón de la escopeta humeando una bruma que empañaba de sufrimiento la capilla. Fuera el viento, soplando abejas. Y el mar que rompe entre los labios de Jacinto y le duerme con su espuma negra. Después silencio.

Soñó Jacinto que cazaba en el monte junto a Bruna. Ella con el rifle nuevo que le había regalado su padre, él con la escopeta que dormía también sobre el suelo de la capilla. Pero había otro cazador cuyo objetivo no era un jabalí o un ciervo, sino ellos. Los buscaba con un rifle gigante husmeando su rastro, los perseguía entre los carballos ciegos, entre los helechos frondosos. Justo cuando iba a dispararles, Jacinto despertó. La capilla yacía en una madrugada azul. Trinos de pájaros. Frío. Santos decapitados. Paredes que narraban lo ocurrido la tarde pasada. Viento. La escopeta agotada. Jacinto se puso en pie. Sentía en la cabeza y el estómago la resaca del vino, el dolor de las palabras que había tenido con su padre en el salón de caza. Salió al jardín. La naturaleza olía a su propio nacimiento, como si cada día todo volviera a comenzar. Llegó a la casa. Y la halló despierta. El padre Eusebio acababa de fallecer, según le dijo Nacha. Jacinto subió a verlo a su dormitorio. Era un tronco de parra retorcido esta vez en la guadaña de la muerte. Seco, pero oliendo a paz. Pronto llegaría el de las pompas fúnebres, el amortajador que lo momificaría en el sudario de leche. Entonces sí parecería un muerto. Ay, padre, qué voy a hacer sin usted, vine a contarle que ofendí a Dios y usted se ha ido ya con él, le rezaba Jacinto de rodillas ante el lecho, con las manos orando su pena. Dígame en qué mapa he de buscar para ir a encontrarle, hábleme de vez en cuando, padre, no se me acomode en la gloria eterna y visíteme. Aún le necesito, quería que me confesara pues vengo de matar santos y no maté más sagrado porque me salvó su grelo. Mire que a partir de hoy cuando me coma uno será como si comulgara. Le besó en la frente aún cálida. Se le abrazó al cuello, se tumbó junto a él en la cama. Puso la nariz en el cuello del fraile y retuvo en su memoria el olor del viejo, pues con él enterraría su infancia. Entonces escuchó los ladridos lejanos de los sabuesos. Entró Nacha en el dormitorio.

—Señorito, levántese que su maestro ya no pertenece a este mundo. A ver si le va a contagiar más del otro y un día se nos convierte en ánima sin pasar primero por la mortaja.

Los ladridos nerviosos rompieron otra vez el luto del dormitorio.

—¿Va a haber cacería?

—Ahora mismo se va su padre, y también la muchacha que almorzó ayer, Bruna se llama, que la hizo venir temprano.

—¿Y no sabe mi padre que se murió mi maestro?

—¿Cómo no ha de saberlo? Mandó llamar enseguida al que ha de apañarlo ahora y se fue a por el rifle.

Jacinto Novoa salió del dormitorio. El corazón en sus pasos que bajaban la escalera de castaño hacia el saloncito de caza. Había dos agujeros de disparos en el techo y otro en una pared. Jacinto cogió la escopeta del lobo y la camelia de donde acababa de dejarla, su lugar de honor, el frontal de la chimenea.

—Padre, yo también voy de caza —le dijo cuando le encontró en el jardín rodeado de monteros, sabuesos y de Bruna.

—Una noche fuera de casa te hizo recapacitar. Me alegra. —José Novoa sonrió—. Irás solo a un puesto, pero cerca de mí, no sea que me mates a alguien.

Jacinto debería haberse quedado aquella mañana velando al padre Eusebio. Debería haberse dormido en el limbo de su regazo como despedida. Debería haber tenido más paciencia en el puesto inmerso en los carballos de su sueño. La lluvia se cebaba sobre sus mejillas sonrosadas de viento, de agua que le ensopaba la ropa del día anterior. Los dedos agarrotados en la escopeta que había cargado de nuevo. Los helechos se movieron cerca de él. Abandonó el puesto y disparó a la vegetación.

Escuchó el gemido de un animal. Se le envalentonó la sangre. Disparó de nuevo. El animal huyó entre los helechos y Jacinto fue tras él. Sabía que estaba prohibido abandonar el puesto, pero aquella presa, la primera de todas, no se le iba a escapar. Apuntó de nuevo a la espesura de carballos, y antes de disparar le pareció escuchar una voz que le llamaba por su nombre. Era José Novoa ordenándole que volviera al puesto. Jacinto sintió latir en su pecho el corazón de su padre, tictac, bombeando la pasión que a él le aterraba hasta ese instante en que se le nubló la vista para retornarle enseguida con la agudeza de un depredador; cerró un ojo, frunció los labios y se dejó llevar por el instinto. No habría de olvidar aquella deflagración que le estallaría en sueños el resto de su vida y le empaparía la camisa de dormir con un caldo de culpa.

Después el bosque se quedó mudo, perplejo, hasta que se escuchó el grito de Bruna. Jacinto Novoa tenía en los labios el regusto de la pólvora. Bajó la escopeta y sintió que no podía moverse. La risa de su madre le había inundado el vientre. Qué bien hecho, hijo, qué merecido, ahora tu nombre será glorificado en mi jardín de venganzas. Jacinto arrojó la escopeta al suelo y se quedó mirando el escudo de los Novoa con su camelia y su lobo, que relucía en aquella mañana fúnebre. Qué bien hecho, hijo, y ahora que te reproche que no tienes puntería, que te lo diga a la cara mientras se le va la vida por esos agujeros que le has abierto para mandarlo a este mundo de muertos donde ella no está. Jacinto recogió la escopeta y se la echó al hombro.

José Novoa yacía entre un nido de helechos salpicados por la sorpresa de su muerte. Tenía dos tiros en el pecho y de ellos le manaba el río de su sangre, mientras Bruna, arrodillada junto a él, hacía con las manos un dique que impidiera lo inevitable.

—Déjame, Bruna —le susurraba José sin fuerza para acariciarle siquiera los cabellos que se le venían al rostro—, no quieras salvarme siempre, que los que nacen condenados, condenados se mueren sin más remedio; déjame, niña, que me has alegrado los días siempre oscuros; déjame, que has sido mi consuelo de los últimos años.

—No, señor, que no le dejo que se vaya, que tiene que quedarse conmigo para ir a cazar con el rifle nuevo cuando se extienda en el monte la neblina de la madrugada. —Y presionaba las heridas hasta con las mejillas para hacer más fuerza, para sentir el calor del hombre que parecía despedirse a cada resuello agónico.

—Deja que fluya mi sangre, Bruna, que salga toda, que se vaya por el bosque, que forme parte de él, que la busque a ella, lo prefiero a que se seque en el ataúd donde me meterán con la rigidez de las pompas.

—No se va a morir, señor, porque yo se lo mando.

—Suéltame, Bruna, y aprende a mandar pero en otros asuntos que mi hijo es blando como la nieve.

Jacinto de pie, mirándolos, quítate de encima de mi padre, impostora, me has robado el corazón entero, todo lo que me cabía en él, y ahora sólo me late en su lugar el tuyo y el de mi padre muerto, eso pensaba el muchacho, sin embargo permanecía callado.

—Ay, Jacinto, ¿qué has hecho? —le preguntó Bruna al verle, al sentirle cerca con la humedad metida en los ojos.

—Déjale, es la primera vez que ha tenido puntería en toda su vida. —José veía ya a su hijo entre el vapor de los muertos—. Gracias, Jacinto, porque has matado lo que tenías que matar. Celebradlo sin mí. —Sonrió.

—Padre... yo creí... se movieron las plantas...

—Iago —José Novoa miró al cielo—, ahora si tienes valor en la muerte ajustamos cuentas.

Un puñado de abejas llegó zumbando para revolotear sobre la cabeza del moribundo.

—Ya vienen por mí. Quítame las manos de las heridas, niña, que me quiero marchar, Curuxa, ¿dónde estás que aún no puedo verte? —Mirando a Bruna, al ojo amarillo en el que se perdía.

—Señor, señor, no, no. —Y se apretaba más contra él, contra la herida.

Jacinto cayó de rodillas en la hierba.

—Pon la escopeta en su sitio —le ordenó José.

—Sí, padre —dijo mientras las lágrimas se le escurrían solitarias.

—Curuxa... ¿Ves a Marina, Jacinto, está aquí?

—No veo nada más allá de su muerte y mi propio llanto.

—¿Y tú, Bruna?

—La huelo, señor, es la retama y la carne de madre que sólo al nacer olí en vida.

—Marina, yo te maté. ¿Podrás perdonarme? Fui un cobarde. Me he lamentado tanto de ello...

—Está delirando, señor, si fui yo quien le desgarró el vientre —gemía Bruna.

—Calla, aún mando yo. —Intentó sonreír—. El poder es solitario, Bruna.

Los helechos se mecían en el viento.

—Ahora te veo, curuxa, la muerte te hizo más linda.

Curuxa, no me dejes, por qué te alejas. —Un brote de sangre le vino a los labios.

Bruna lo abrazó mientras Jacinto se quedaba rígido, con los labios fríos. José Novoa se quitó el anillo con el lobo y la camelia de diamantes y lo dejó caer, ensangrentado, en la mano de Bruna.

El bosque quedó en silencio.

—Curuxa, no te vayas, curuxa.

Las abejas le rondaban la cabeza como corona de muerto. Se estremeció de gozo, pero en el último suspiro vio la risa blanca de Amelia Lobeira y se apagó con un escalofrío.

20

Los peces dorados

L a luz de una mañana de otoño entra por las ventanas del recibidor. Bruna lleva al hombro el rifle que le regaló José Novoa. A su lado, Valentina carga con la escopeta del calibre doce con la que cazó ella por primera vez. La niña va a recibir su primera lección de tiro. La imagen de Pedro Mencía se le dibuja en la mente a cada rato. Siente el tirón de pelo, los labios suaves, y agarra la escopeta con más fuerza.

—Estoy dispuesta para la lucha, abuela —le dice.

—Por Dios, Valentina, ni que fueras una guerrillera. Veremos qué puntería tienes. Si has salido a mí o a tu bisabuelo, José, que lo mataba todo ya con once o doce años.

—Lo importante es el coraje, abuela, y yo de eso tengo mucho.

Va vestida con sus vaqueros cubanos y el jersey tejido por Melinda ceñido con su cuerda. Bruna la mira, pero calla. Ella lleva el camisón de salir, las botas de tortuga y el viejo capote de monte de José echado por encima.

Jacinto Novoa baja las escaleras de castaño justo cuando se disponen a salir. Esa mañana tiene los ojos velados, turbios.

Está descalzo. Sin afeitar. La túnica parda le cubre el cuerpo, que se adivina desnudo debajo de ella.

—Bruna, ¿te vas de cacería con Valentina? —le pregunta con voz lastimosa—. Llévame contigo, antes de morirme quiero disparar de nuevo a tu lado. ¿Recuerdas aquel mirlo que compartimos, aquellos huesos que me dieron la felicidad con sólo chuparlos?

—Valentina, dile a tu abuelo que los moribundos han de hacer su labor, quedarse en la cama y morirse. Que su enfermero con nombre de día de la semana lo cuide mientras nosotras nos vamos a lo nuestro.

—¿Cómo puede ser tan cruel, abuela? Yo quiero que venga con nosotras.

—Pues vete tú con él y asunto terminado, aquí tienes el rifle.

Le da el arma. Valentina la sostiene triste.

—Y pregúntale a tu abuelo si ha venido aquí a morirse o a darme problemas. Debí negarme a que pusiera un pie en esta casa.

Jacinto se pone más pálido que de costumbre. Se le doblan las piernas bajo la túnica.

—Abuela, es culpa suya si le pasa algo.

—A mi edad ya no se tiene la culpa de nada, ya se acumularon bastantes a lo largo de los años y no queda sitio para más.

—Es un dolor en el pecho… —dice Jacinto.

Del bolsillo de la túnica saca una campanita que hace sonar varias veces, y Jueves aparece por la puerta que da a las cocinas. Lo toma en sus brazos robustos y le sube la escalera en una voladura.

—Llamaré al médico, ya no tenemos algebrista, confiaba

más en él. De todas formas lo mejor es que se fuera al hospital en vez de quedarse aquí —dice Bruna.

Es media mañana y Jacinto reposa en su dormitorio. El médico acaba de terminar de atenderle. Está en el pasillo de la segunda planta con Bruna y Valentina. La niña no ha querido salir a disparar hasta no saber cómo se encontraba su abuelo.

—Ya no se puede hacer nada, salvo procurar que no sufra —le dice el médico a Bruna—. Su corazón no aguanta más. Llámeme si empeora, marquesa.

Bruna le ordena a Petriña que lo acompañe a la salida, luego le dice a su nieta:

—Vámonos a que te enseñe a disparar con la escopeta.

—Se me quitaron las ganas —dice Valentina.

La figura de Pedro Mencía se ha desdibujado por un momento en su memoria. Y aparece su abuelo muerto. La primera víctima, piensa, ahora que acabo de conocerlo. No hay guerrilla contra la muerte.

—¿Me acompaña a la habitación, abuela? Me gustaría verle.

Jacinto Novoa está echado en la cama, sin la túnica no es más que un canario. Los ojos cerrados, el rostro con un ademán contraído por el sufrimiento. La palidez casi lo hace parecer un cadáver. Bruna recuerda por un momento su rostro cuando eran niños. Entonces el de Jacinto rebosaba de ganas de vivir, ahora se le ve rendido. Los labios se le afinan, los ojos nublados por párpados flácidos.

Jueves lo vela sentado en una silla. Bajo la cama Bruna ve un recipiente redondo de cristal que el brasileño usa de orinal para Jacinto.

—¿De dónde ha sacado eso? —le pregunta señalándolo.

Jueves abre una puerta del armario de la habitación y aparecen cinco peceras más. Bruna se ríe.

—Las peceras del compromiso, quién le iba decir a Jacinto que muchos años después, cerca de su muerte, un brasileño mudo se mearía en ellas, y se las pondría a él para que hiciera lo mismo.

—¿Qué ocurre con esas peceras? —le pregunta Valentina.

Bruna pone una mano sobre su hombro y la conduce fuera de la habitación, a una sala de la segunda planta con las paredes de tela verde y un gran ventanal que da al jardín. Junto a él hay una *chaise longue* color vainilla, muy ancha y con apariencia confortable. Se sientan las dos juntas. La luz desciende hacia el mediodía. Llueve. Una bruma se asoma en el horizonte del jardín, que parece desdibujarse.

—Valentina, si hubieras visto el pazo adornado con aquellas peceras de cristal donde nadaban ellos, perfectos en su espacio diminuto, ondulantes entre las matas submarinas de plástico. —Se enrosca el collar de perlas entre los dedos—. Aunque tuve que haberme dado cuenta al verlas, había en esa belleza algo impostado, algo antinatural. Jacinto quería entregarme el mundo lleno de peces dorados. Celebró nuestra fiesta de compromiso justo el verano de la guerra, un mes antes de que comenzara, los globos de luz alternaban con las peceras de ensueño en el jardín del pazo. Habían iluminado la avenida de sauces y sicomoros que conducía a los invitados hasta la plaza de la fuente, con una fantasía de velas como cirios de Pascua y en la punta de los pináculos de porcelana descansaba una estrella. Guirnaldas de luces pequeñas y camelias blancas serpenteaban entre los dioses de piedra y musgo, y en el estanque los peces dorados, los más grandes que yo había visto hasta entonces, gigantes en sus escamas de oro, abrían las bocas para alimentarse de la admiración de los invitados. Jacinto había hecho que los trajeran de muy lejos, habían viajado en barco, en contenedores de agua desde océanos turquesa, y después en un camión hasta los bosques. Algunos parecían desorientados, como si no comprendieran qué era ese oropel luminoso donde se hallaban, ese mar donde el charlestón extranjero salía despedido por los balcones de gasa profanando el silencio marino. Otros mostraban los ojos bobos, absortos en ese escaparate de faustos veraniegos, y nadaban sin rumbo, golpeándose contra las paredes del estanque. Jacinto, sin embargo, parecía saber perfectamente dónde se encontraba. Por primera vez desde la muerte de su padre lucía el anillo con la camelia de los Novoa que ahora ves en mi dedo.

—¿El anillo que ha de llevar el marqués? —pregunta Valentina mirándolo.

—O la marquesa. —Bruna se enciende un cigarrillo—. A Jacinto le quedaba grande en el dedo índice, por eso lo llevaba en el corazón.

—¿Usted lo hizo achicar?

—El tiempo lo ajustó en mi dedo.

»Jacinto recibía a los invitados al pie de la fuente con aplomo de noble, sonriendo, retando a su palidez que hasta en esos momentos de dicha se negaba a desaparecer. Y yo junto a él, envuelta en el vapor de mi vestido blanco. De vez en cuando él me tomaba la mano, y la sentía fría, como la primera vez que entramos juntos en el jardín del pazo.

»—Es una fiesta digna del gran Gatsby —dijo Jacinto.

»—¿Y ése quién es? —le pregunté.

»Me hablaba de tantos personajes de novelas que por esa época los mezclaba todos.

—Mamá leía ese libro en casa, *El gran Gatsby*, parece un libro de gángsteres. —Valentina sonríe.

—Te voy a leer a Fitzgerald en nuestra luna de miel, dijo Jacinto. Es un maestro.

»Luego me rozó los labios con un beso y estrechó la mano de otro de los invitados mientras me lo presentaba.

»—El conde de Urrieta, Bruna Mencía.

»Jacinto, has dejado de ser príncipe y te has convertido en rey, pensé, si José Novoa pudiera levantarse de la tumba que lo abriga la mala sangre. Esa tumba frente a la que nos despedimos tras el entierro traicionero que le prepararon a tu padre.

—¿Y cómo es un entierro así? —pregunta Valentina.

—Una carroza fúnebre con el escudo de la casa Novoa labrado en oro, que sobrevivía en las cocheras del pazo al devenir de distintas generaciones, cargó el ataúd hasta la iglesia del pueblo. Sobre la tapa, la escultura de un Cristo yacente acentuaba la tragedia.

»El entierro que él nunca hubiera querido —dice Bruna—. Estoy segura de que habría preferido pudrirse en el bosque como mi abuela Tomasa.

»Tras la carroza, en procesión, iban las plañideras pagadas con promesas de llamar a los hijos a recoger cosechas y hacer siembras, deshaciéndose en lágrimas de pan, y en la cabecera, las ruinas del padre Felicio que junto al obispo de Ourense trató de excomulgarlo, y la alcurnia, un par de nobles cuya presencia no se debía al cariño por el muerto, sino a un favor que le hacían al viejo medio inválido que viajaba en silla gestatoria al lado de Jacinto. Y en la silla una cabeza de lobo repujada en caoba.

»Es que cuando uno muere los enemigos aprovechan para hacerse fuertes —dice Bruna—. Por eso vino el abuelo materno de Jacinto, Andrés Lobeira, el único de la familia vivo. Su padre apenas le había permitido verle un par de veces a lo largo de su vida, aborrecía todo lo que tuviera que ver con el apellido Lobeira. Me pareció un hombre temible. Lo vi bajarse del trono andante donde lo habían transportado dos sirvientes de luto. No me fijé hasta entonces en sus ojos voraces, en sus patillas enormes y enmarañadas que le llegaban hasta el mentón poblándole gran parte de los pómulos.

—¿Como si fuera un hombre lobo? —pregunta Valentina mordiéndose una uña.

—Como si lo fuera. Caminaba cojeando y con la mano crispada en la plata de una cabeza de lobo que era la empuñadura de su bastón, y con la punta daba indicaciones a todos.

»—Bajen el féretro con cuidado. Espanten de una vez esa lechuza del Cristo que lleva posada ahí medio camino. Y ya defecó en sagrado. Jacinto, aquí. —El bastón señaló sus zapatos—. Sin moverte de mi lado.

»Pero Jacinto me buscaba con la mirada, no te alejes de mí, le había rogado, buscaba mi presencia, mi olor de mimosas, el vaho de leche caliente que a veces parecía desprender mi carne cuando me tenía cerca. Así se aseguraba de que no iba a encontrarse con el espíritu de su madre, ni con el de su padre, porque yo lo llenaba todo, el mundo de los vivos y los muertos.

»—A mí no me dejaba acercarme a Jacinto —dice Bruna—. Me trató de lo que era, de pobre.

»—Aléjate de mi nieto, y vete con los de tu clase.

»Pero entré en la iglesia y caminé hasta el altar para ver a José Novoa porque habían abierto la tapa del féretro y uno iba a despedirse o regocijarse de que estuviera cadáver, depende de quién.

»Esperé la cola de pésames, Valentina. Nadie le metía un papel en la caja con recados para sus difuntos. Parecía otra persona. Yo, que se me había muerto en los brazos, lo sabía bien. Aquél era un hombre de cera, con las cejas y los labios maquillados para borrarle toda su rusticidad dentro del primor de la mortaja cosida por las monjas, en cuya tierra conventual yacía enterrada su esposa, Amelia Lobeira. Bien muerto está, le escuché decir al cura, porque si no se habría levantado para emprenderla a tiros con todos.

—¿Y qué pasó después? —pregunta Valentina.

—Entró una lechuza, nunca se supo por dónde. Se posó en la cabecera del féretro y empezó a ulular entre los lamentos del órgano y el coro de niños entonando un réquiem.

»—Cójanla —mandó con la punta del bastón el viejo Lobeira.

»La iglesia enmudeció antes de que el mediodía que alumbraba las pompas fúnebres se convirtiera en tormenta. Un trueno fue el pistoletazo de salida que desencadenó el desastre.

»Se organizó un revuelo alrededor del muerto y de su pájaro guardián. —Bruna sonríe—. Todos querían espantarlo. El cura con la maza de las bendiciones, el viejo con el bastón, los sirvientes de luto, los ricos que había allí, los curiosos, los pobres…

»Jacinto sintió en el vientre que se precipitaba por el abismo de la perdición, y antes de que se le pusieran los ojos en blanco y la boca se le llenara con la espuma de los perros rabiosos, se le escurrió en sus labios mi nombre. Engordó el cielo y el trueno trajo una lluvia de santa que anegó hasta el umbral del templo.

—¿Quién espantó la lechuza? —pregunta Valentina.

—Todos y ninguno. El ataúd se volcó. José Novoa salió despedido de la mortaja de las monjas, se deshizo de ella rodando por el suelo, con el cuerpo grande que tenía en vida. Entonces Jacinto se puso a reír con la risa del padre, más de uno creyó que había resucitado antes de tiempo por el ímpetu de la venganza, y soltó tres blasfemias que enrojecieron el rostro de animal del viejo Lobeira. Junto a José Novoa rodó también el cartucho de una escopeta que se abrió en dos a los pies de mi tía Angustias; en vez de pólvora, llevaba dentro un mechón de pelo verdoso como el que decían tenía mi madre. Entonces mi tía se desmayó. Nunca me quiso decir por qué. Después de aquello lo enterraron enseguida en el panteón de la familia, donde descansaban los Novoa mezclados con Lobeira desde hace muchos siglos. Lo metieron en el agujero a toda prisa, como si el féretro les quemara en las manos a los enterradores, luego lo sellaron con cemento, lo menos tres capas, para que de allí no pudiera escapar ni un suspiro de ultratumba. Se dijeron misas por su alma durante un mes, sin contar con el funeral que preparó el viejo Lobeira, pues había venido a reconciliar al marquesado con la Iglesia tras los años de brutalidad religiosa de José Novoa.

»A Jacinto lo mandaron a Inglaterra.

—¿Por lo que pasó en el funeral? —pregunta Valentina.

—Se lo hubieran llevado de todas formas. Así lo había dispuesto José Novoa con su abogado unos días antes de morir. Le buscaron un internado a las afueras de Londres. Eso me contó Jacinto el día en que nos despedimos frente a la tumba de su padre.

—Vaya lugar para despedirse, ¿no? —dice Valentina.

El panteón de los Novoa era un templete de granito con un dintel de camelias esculpidas en la piedra. La verja, hierro y cristal. Unas escaleras frías descendían en caracol hacia la cripta. Olía a subterráneo entre las ocho tumbas con lápidas y difuntos de mármol.

—Jacinto eligió vernos allí. Mira en el agujero de la tapia, me dijo el día del entierro en un momento de descuido del viejo Lobeira, un agujero donde él se comunicaba con el pueblo en tema de espíritus y *mortos*. Fui a mirar esa misma tarde y, efectivamente, había una nota.

> Bruna, ve mañana al atardecer al panteón donde han enterrado a mi padre. Te estaré esperando.
>
> JACINTO

—Y allí lo encontré —dice Bruna—. Me dio la sensación de que había adelgazado mucho en un solo día. Me abrazó y le sentí las costillas, los brazos de palo que sólo parecían sostenerse de amor. Dime que eres mi novia, me dijo, sé mi novia y no me importa que me lleven al fin del mundo, y me abrazó más.

—¿Y usted le abrazaba también, abuela? —pregunta Valentina.

—Lo abrazaba porque sin querer había empezado a quererlo. Me gustaba su aliento de lágrimas, siempre salado, y su voz cuando me hablaba al oído con esa ronquera de gallos haciéndome cosquillas en los fondos de la tripa. Me gustaban los ojos de gato grande, cómo le brillaban cuando me asomaba a ellos, los labios con su mohín de tristeza, todo él era melancólico como la bruma del amanecer. Cuéntame cosas del mundo, Jacinto, le decía. Yo te contaré el mundo entero, contestaba, te lo escribiré mientras esté lejos de ti, y cuando vuelva te lo entregaré envuelto en oro, y yo me reía, ¿en oro?, en los peces que tanto admiras. Cuéntame historias, Jacinto, es lo que más me gustaba de él, escucharle, enséñame a ser una reina, enséñame el mundo para que pueda mandar en él. Entonces él se reía. Yo te lo entregaré y lo mandarás mejor que nadie. ¿Y a qué parte del mundo te vas ahora, Jacinto? Y él, que había llevado el atlas de tapas verdes que veíamos en la biblioteca, me señaló Inglaterra.

»—Quiero que te quedes con el atlas hasta que regrese —dijo Jacinto. Y lo puso entre mis manos.

»Luego apartó un mechón de cabello de mi rostro, me acarició una mejilla y me besó. Le pareció que crujían los huesos de sus antepasados tras la piedra del sepulcro, que su padre se levantaba con un ímpetu de muerte, y eso que se encontraba en el pozo de su tumba fría. Apretó más mis labios.

»—¿Serás mi novia? —me preguntó Jacinto, y sintió que le temblaban las piernas, que el panteón se estrechaba y se convertía en su propio sepulcro, en presagio húmedo de donde descansaría. Pero yo guardaba silencio.

—¿Qué le contestó, abuela? —pregunta Valentina.

—Le dije que le daría una respuesta cuando regresara de Inglaterra.

—¿Y qué dijo él?

—Volveré para que me digas que sí, Bruna y mientras te escribiré todas las semanas, qué digo, todos los días. Eso me dijo, y lo cumplió. Me escribió a diario. Con sus cartas cogí soltura leyendo. Me contaba que el colegio estaba a las afueras de Londres, en una campiña que en invierno se llenaba de nieve y parecía un páramo desolador, mientras que en primavera crecían las fresas salvajes, y el centeno cimbreaba con el viento como si fuera una serpiente gigante. También me recomendaba libros para leer. Comencé con *La vuelta al mundo en ochenta días*, al igual que él. Después vinieron muchos más. Tras la marcha de Jacinto, el viejo Lobeira regresó a su pazo cerca de Ourense, y el de Novoa quedó al cuidado de los sirvientes. La madre de Petriña, que se llamaba Nacha, me dejaba entrar en la biblioteca y buscar los libros que me indicaba Jacinto. Luego paseaba por el jardín con el corazón en la mano y veía la fuente con los peces de oro, la senda con sicomoros y sauces que fue mi primer paseo de reina, los parterres de flores, los camelios que parecían insomnes desde la marcha de los Novoa.

—¿Los echaba de menos, abuela?

—Andas como si no tuvieras lengua desde que se marchó el marquesito, me reprochaba mi tía Angustias, o ¿fue la muerte del padre lo que te dejó tan triste? Me pasaba los días entre el bosque y la escuela, Valentina. Buscaba a propósito la soledad en las corredoiras más alejadas y me sentaba a leer, al principio en voz alta, tartamudeando las sílabas hasta juntarlas, y luego, conforme pasaban los meses, cada vez más en silencio, las letras para mí y yo para las letras, apoyada en los troncos de los castaños, echada sobre las praderas secretas, zumbándome alrededor las abejas de mi madre con más tesón que nunca. Dejé de ir de caza, que tanto me gustaba. José Novoa me había regalado un rifle por mi cumpleaños que no llegué a disparar porque el día que iba a hacerlo él se desangró en mis brazos.

—¿Es el rifle que me ha dado a mí?

—Ese mismo. Lo había enterrado envuelto en un paño donde tenía los panales para la miel, porque ya no estaba él en el pazo para cuidármelo, y la tía Angustias lo hubiera vendido para que nos dieran perras, que era lo único que la importaba. A veces lo desenterraba como el que desentierra un tesoro y se recrea mirándolo, tocándolo porque su tacto frío se me quedaba en las manos durante largo rato, y me parecía escuchar la voz de José Novoa, Bruna metes la bala de esta manera, quitas el seguro, disparas, y sentía la caricia que a veces me hacía revolviéndome el cabello sin decir nada. Y las abejas de mi madre zumbándome como si me entendieran.

—¿Y qué le contaba en sus cartas de Inglaterra el abuelo Jacinto? —pregunta Valentina.

La mañana va cayendo en la *chaise longue* vainilla. Valentina mira las perlas de su abuela, pero no se atreve aún a tocarlas.

—Había hecho amigos. Le teníamos por un muchacho solitario, pero sólo necesitaba una oportunidad. Su don o su desgracia para comunicarse con los espíritus, en vez de arrinconarlo como a un bicho raro, le dio en Londres el exotismo de un pájaro al que todos se quieren acercar. Sus compañeros lo cuidaban porque a veces Jacinto daba la sensación de que iba a romperse de puro delgado, de puro pálido que lo dejaba reducido a unos ojos grandes, a unos labios gruesos. Y hacía servicios a los muertos ingleses y también a los vivos, se dio a la comunicación anglosajona de ultratumba, Valentina, y tuvo éxito pues los ingleses son tradicionales en esto de los fantasmas, tienen muertos antiguos, y el internado, por lo visto, hasta de la Edad Media, con lo que Jacinto estaba tan solicitado que apenas tenía tiempo para estudiar en el mundo de los vivos, ni para acordarse de la espuma de nieve que se le acumulaba en la boca con la efervescencia de la desgracia. Así que la enfermedad le aparecía sólo de vez en cuando, más bien, mi querida Bruna, cuando no tengo descanso, me escribía, y estoy comunicando con un espíritu y con otro y apenas duermo, de tal manera que cuando despierto dudo del mundo en que vivo, ya no tengo a Carmiña para que me los espante, ni a ti cerca para que los eclipses con tu sola presencia.

»Sus amigos se turnaban para meterle el palo en la boca y que no se mordiera la lengua, y cuando volvía en sí del ataque tenía una corona de laurel puesta en los cabellos negros porque padecía una dolencia de grandes, una dolencia de dioses, Jacinto, el médium, como le decían. Me hablaba principalmente de tres muchachos, uno americano con el que compartía habitación y otros dos ingleses que ocupaban el dormitorio de enfrente. Tuve la oportunidad de conocerlos en nuestra fiesta de compromiso, llegaron alborotando en un descapotable último modelo que despedía champán y risas por la avenida de sauces y sicomoros, dorada bajo la luz de las velas en la noche de verano. *Miss Mencía...* Bruna... *please to meet you...* encantado... con acento imposible... *beautiful...* Jacinto... *congratulations...*

Valentina ríe porque su abuela hace muecas mientras imita el acento inglés.

—Yo prefiero a los franceses —dice la niña.

—Y yo —confiesa Bruna apartando la mirada—. Pero no hablaba ni una palabra de inglés ni de francés en esos tiempos. Tanta lectura de cartas de Jacinto, tanto libro que me recomendaba y que Nacha extraía con el permiso de su joven señor de la biblioteca del pazo, me había hecho avanzar en la escuela. Pero no había pasado del castellano, ya tenía bastante con él. En cambio para los números has nacido, me dijo la maestra.

—A mí también me gustan los números —dice Valentina.

—Pues me parece muy bien porque te harán falta para hacer las cuentas de reina.

—¿Y qué pasó entonces?

—La maestra de la escuelita del pueblo, la de las niñas, me ofreció la posibilidad de ir a otra escuela en otro pueblo más grande donde podría continuar mis estudios, y luego a una academia de mecanografía en Ourense para ser secretaria.

»—¿Qué secretaria? —dijo Angustias—, si tú vas para reina, o por lo menos marquesa.

»Lo único que consolaba a mi tía era que las cartas de Jacinto seguían llegando con regularidad.

»—El chico es de honor y va a volver, ¿ya te pidió noviazgo? —me preguntó Angustias.

»—Aún no, tía, pero no querrá que regrese y me encuentre analfabeta y él con educación de los ingleses. Que se nos acaben los sueños, que él es un marqués y yo una chica pobre, por mucho que dijera la Troucha hace años.

»—Pero con antecedentes santos —insistía Angustias— y ahora que se murió el padre, el marquesado parece que vuelve a entrar por el aro de la Iglesia.

»Yo quería estudiar, Valentina, es lo único que sabía con seguridad. Porque si algo había hecho Jacinto era abrirme la curiosidad al mundo, me había sacado de mi bosque de ensueño, de mi naturaleza salvaje, y me había enseñado el refinamiento de la civilización. Así que convencí a tía Angustias con el caramelo de que las reinas deben saber cosas, y ella bueno, me parece que la reina que tú quieres ser sabrá demasiado. Pero caminaba todos los días dos horas para ir y otras dos para regresar de la escuela al caseto mísero. Y me puse a fabricar miel como no lo había hecho hasta entonces porque quería irme a Ourense a estudiar para la máquina de escribir, y mi tía me decía: te he malogrado, como no salga lo del marqués te quedas entre dos mundos, y ya no vas a saber a cuál perteneces. Pero Jacinto regresó, siete años después de morir su padre.

»—¿Por qué tardaste tanto? —le pregunté.

»—No me dejaban volver. Y los veranos me retenía mi abuelo en su pazo de Ourense.

»Eso me dijo el día de nuestro encuentro en la romería de San Estesio, habían transcurrido siete años desde la última vez. Yo ya tenía los veintitrés, igual que él, y bailaba con un mozo del pueblo que me rondaba de vez en cuando, pero que por no acordarme no me acuerdo ni del nombre. El caso es que a mí me pareció verle dando vueltas alrededor de la explanada donde era el baile, rondando en círculo sin quitarme ojo y el estómago se me dio la vuelta, como me pasó ayer en la romería de mi madre. Había cambiado, estaba más alto, más hombre, pero hombre flaco, y con tez de nieve, a esos signos no podía escapar. Dio unas cuantas vueltas hasta que se apoyó en un carballo y se quedó inmóvil, mirándome. Terminó el baile y cuando me dirigí a buscarle había desaparecido. Creí entonces que había sido una visión, incluso que le había pasado algo en Inglaterra y me lo venía a decir ya de *morto*. Pero no era así. Estaba más vivo que nunca. Se había ido por el bosque de carballos que protegía como centinela la explanada, y entre cuyos troncos se desperdigaban los puestos de pulpo, de empanadas, de zorza guisada, de orujo puro, y yo le seguí, seguí lo que me había parecido ver, su sombra famélica internándose en la espesura, crucé un arroyo que engordaba en el deshielo, atravesé la pradera donde se hundían los pies en el barro negro y la hierba era tan verde que no se podía mirar sin que una congoja se te atravesara en la garganta, bajé por una ladera de helechos. ¿Dónde estás, Jacinto, que estás más invisible que nunca?, me preguntaba, y cuando iba a regresar a la romería con la esperanza perdida, se me aparecía otra vez la visión de su nombre, de su cuerpo de flauta entre los troncos. Jacinto, le llamé, y él apareció detrás de un carballo, tan cerca de repente que me dio la sensación que nunca había sido real hasta ese momento lúcido que lo tuve a la distancia de un aliento después de los años, apuntándome con los ojos de lince que se le habían puesto creciéndole a un ritmo salvaje y los pómulos donde tenía escrita la geometría de la soledad.

»—Ya he vuelto —me dijo tomándome por la cintura, apoyándome en el carballo.

—Le debías una respuesta, abuela —dice Valentina.

—Se la debía y me la pidió.

—He esperado muchos años a que me respondas —dijo Jacinto.

»Se le salía al joven el corazón por la camisa inglesa. Yo hecha mujer, envuelta en un vestido de flores.

—Y le dijiste que sí, abuela —dice Valentina.

—Le dije: te responderé cuando sepa que has regresado del todo. Pero el viejo Lobeira se había muerto y había venido también a enterrarlo y a heredar la fortuna que le había dejado.

»—De aquí ya no me mueve nadie —respondió Jacinto.

»—Había regresado con una determinación desconocida, Valentina. Volvimos a la romería y me sacó a bailar en la explanada que decimos de San Estesio, para que el pueblo viera que era Jacinto Novoa, el que lo heredaba todo, y elegía a la mujer que le venía en gana y ésa era yo, una de ellas. La hija de Marina la Santiña, de padre desconocido, que vendía miel por las casas y los caminos del bosque. Lo mismo que hizo en nuestra fiesta de compromiso, cuando me sacó a bailar su amigo americano, y él rodeó el salón mirándonos, como el lobo que mira a su presa hasta que se decide por dónde la va a atacar, y caminó por medio del salón, abriéndose paso esta vez entre nobles y familias de alcurnia, y me arrebató de las manos yanquis, para bailar el charlestón que había aprendido en Londres y que todos vieran a quién había elegido para casarse, a mí, envuelta en un vestido de gasa blanco, una cinta en el cabello recogido en un moño con un broche que me había regalado, y unos zapatos de tacón que había tenido que aprender a usar practicando con Nacha por el pasillo de la segunda planta, donde yo tenía ya mi habitación hasta que me casara y era una que había hecho arreglar Jacinto, porque sólo pensar que me alojaba en la que estuvieron su madre y su padre juntos le entraba un presagio de espuma. La misma habitación que ocupé unos días más tarde de nuestro encuentro en la romería de San Estesio, cuando me invitó a una cacería que había organizado.

»—No cazo desde que murió tu padre —le dije.

»—Pues ya es hora de que lo hagas —respondió Jacinto.

»Desenterré el rifle y me fui al pazo con una maleta de tercera o cuarta mano que había comprado tras vender unos cuantos tarros de miel santa, y que tenía preparada para irme a Ourense al curso de mecanografía. Metí el atlas de tapas verde, un vestido que había heredado de Roberta y que le habían hecho para que saliera a pasear con el Manoliño, su novio, en los tiempos en los que él estaba en Galicia y no afilando cuchillos en Madrid. A pesar de que la tía Angustias lo había arreglado en los momentos en los que estaba sobria, me quedaba grande en el pecho, pero no me hizo falta, porque al llegar al pazo me recibió Nacha, me subió a la habitación de la segunda planta y me dijo: el señorito Jacinto le ha traído esto de Inglaterra y dice si puede ponérselo, si sería tan amable de ponérselo, mejor dicho. Nacha me ayudó a vestirme, tenía por aquella época siempre detrás de ella una niña de ojos negros y como hechos de agua que la seguía a todos lados, ¿sabes quién era, Valentina?

—¿Petriña?

—La misma. Me vestí con un atuendo que luego supe era el que llevan los ingleses para la caza del zorro: unos pantalones ajustados que a cualquiera que no entendiera de esa moda le parecerían una indecencia, en color claro, una blusa blanca, una chaquetilla en terciopelo marino, unas botas de caña y un sombrerito de casco negro. La ropa me quedaba un poco pequeña. Jacinto debía de pensar en mí como esa niña de dieciséis años que dejó con un beso en los labios frente a la tumba de su padre, pero ya había cumplido los veintitrés, y me habían ensanchado las curvas. Me recogió el pelo Nacha en un moño trenzado.

»—Mire que tiene los ojos raros —me dijo la doncella.

»Ya me llamaba de usted; era lista y sabía que si estaba en esa habitación y poniéndome esa ropa era porque iba a quedarme mucho tiempo más de una manera o de otra. Jacinto llevaba la chaquetilla roja, y los pantalones crema.

»—Si nos viera tu padre con esta pinta de ingleses nos haría arrancar la ropa —le dije riéndome.

»—Pero mi padre no está —respondió Jacinto.

»No había invitado a nadie más a la cacería, Valentina, sólo él y yo en un mano a mano de recuerdos. Eso pensé en un principio, a pesar de las ropas. Yo llevaba mi rifle sin estrenar y él la escopeta con el escudo de la familia, aquella con la que había disparado a su padre. Me daban escalofríos cada vez que le miraba. Cada uno en un puesto. Él mató tres piezas, dos corzos y un jabalí. Me dejó perpleja porque Jacinto tenía una puntería horrible.

»—Después de disparar a mi padre no volví a fallar un tiro —me dijo cuando le pregunté—. Además he estado practicando en Inglaterra.

»En esa cacería, yo sólo cacé un corzo porque se me agolpaban las imágenes de José Novoa y se me nublaba la puntería.

»—Escucha el corazón de la presa, ¿recuerdas? Tú me lo enseñaste —me dijo Jacinto.

Ahora era él quien disparaba sin pestañear, guiándose por el instinto, y Bruna la que se distraía con el recuerdo de José Novoa y otros pensamientos. ¿Le quiero?, se preguntaba, ¿será capaz de casarse conmigo?, ¿de hacerme marquesa? ¿Voy a vivir en el pazo, con vestidos, con Nacha y su hijita sirviéndome? Se acabó el vender la miel, pero todavía no te pidió que te casaras con él. Pero lo hará, se dijo.

21

El compromiso

—¿Y cuándo le pidió que se casara con él, abuela? —Valentina se recuesta en la *chaise longue* vainilla.

—Yo sabía que iba a pedirme en matrimonio sin tardar mucho. Después de la cacería donde Jacinto me sorprendió con esa puntería fabulosa, me invitó a comer en el pazo. Me había comprado un vestido de muselina blanco con flores y una chaqueta a juego, de color verde, que tenía la lana más suave que yo había probado jamás. Después del almuerzo fuimos a la biblioteca. Era el señor de la casa, el nuevo marqués de Novoa, el heredero de los Lobeira.

»—Pero no me importan mis títulos, yo sólo quiero estar contigo —me dijo—. Además todos somos iguales ante Dios, como los grelos.

»Me reí, Valentina. Ya me lo había dicho una vez hacía muchos años. Ese día también le había devuelto el atlas de tapas verdes, donde él me enseñó un mapa del mundo por primera vez.

»Se lo entregué, y él se retiró un momento a una esquina

de la biblioteca con mucho misterio. Regresó al poco tiempo con una sonrisa en los labios.

»—¿Dónde vamos hoy, Bruna? —me preguntó Jacinto.

»Iba vestido con un traje gris de franela y una camisa de color azul.

»—Quiero ir a Francia —respondí.

»Valentina, ilusa de mí. Me puso el atlas entre las manos.

»—Busca Francia —me dijo.

»Abrí el atlas, o se abrió solo más bien por la página marcada, en ella había un anillo.

»—Cásate conmigo, Bruna.

»—Te has saltado el paso de los novios.

»—Sé todo para mí, aunque ya lo eres, en realidad.

—¿Y ya le dijo que sí, abuela? —pregunta Valentina.

—Aún no.

—Vaya, lo que le hizo sufrir.

—Valentina, eres demasiado joven para comprender que el corazón humano a veces se vuelve noche negra al ver sus deseos cumplidos. Me ahogaba de repente el aire de la biblioteca que tanto creía haber anhelado, no podía respirar, y sentía un cuchicheo en las tripas como si me hablaran en una lengua sólo comprensible por la piel y la carne. Por las lágrimas que pugnaban por salírseme de los ojos cual pus de la herida. Jacinto el de los ojos de gato me miraba sin entender. Déjame pensarlo, le dije sin pensar lo que decía, dejando que mi lengua hablara el lenguaje de las tripas que se nos hace extranjero a fuerza de pasar por la cabeza lo que sólo debe filtrar el tamiz del corazón.

»—Pensar si me matas o me das la vida —respondió Jacinto.

—¿No le querías, abuela? Lo que decía mamá, que sólo era su dinero lo que buscabas.

—Calla, víbora de la incomprensión, que al igual que tu madre te crees con derecho a juzgarme sólo por el parentesco que nos une. Como si de una entraña a otra se transmitiera también un derecho sobre el alma. Pero mi alma es mía y muy mía. ¿Tú no sabes que entre el día claro y la noche hay una vigilia del cielo?

—¿Vigila, abuela?

—Que ni duerme ni está despierto.

—Pues tanto el amanecer como el atardecer suelen dejar el cielo del color de la sangre.

—Qué sabrás tú a tu corta edad de esas luciferinas medias tintas a las que me refiero. Esas medias tintas que vienen a contradecir cuanto hablaba el silencio desde la primera vez que abrimos ese atlas con la geografía de las caricias.

»—Bruna, no me abandones —me rogó Jacinto—, sólo tu amor puede atarme a la vida, siempre lo he sabido, sin ti me pierdo en el mundo de los muertos.

»Se le nubló la vista, Valentina, y pude ver su saliva armando ejército en las comisuras de los labios como si la bruma del *morto* ya le llamase a la perdición. Lo abracé, lo acuné, y sentí en el pecho que se deshacían sus huesos pegados a mi carne. Del bolsillo de su chaqueta saqué el palo, que él me había enseñado debía ponerle entre los dientes, y lo sostuve así hasta que no me dieron las fuerzas, y lo bajé al suelo conmigo. Llamé a Nacha y cuando entró la buena de la criada entre las dos lo subimos a la cama, y allí lo dejé, sudando todo él el sudor que su maestro jesuita le decía ser el sudor de los genios. Me fui a mi habitación, me deshice del vestido...

—¿Lo dejó solo?

—Lo dejé en su casa, en su pazo, con su enfermedad de

Dios, porque a mí, que no era más que una hembra, se me arrugaba en los bolsillos el destino. Pensaba y no sabía pensar, no podía más que atender a los entresijos que me decían vete al bosque, vete, y supe que estaba en lo cierto mi víscera cuando apareció de la nada una abeja zumbándome las sienes. Me puse la falda y la blusa que había llevado de mi casa de pobre, las zapatillas donde la miseria jugaba a hacer agujeros, y me eché en una bocanada al bosque. Corrí y corrí entre los helechos que se me enredaban interrogantes, ¿adónde crees que vas, Bruna? ¿Con qué derecho huyes de tu sino? ¿Crees que eres libre del presagio de la meiga, de la luna del mundo que se alza en la noche de tu propio ombligo?

—No crea, abuela, que yo pienso que el mío significa lo mismo.

—Calla, que de un ombligo a otro te diré que era mi madre la que me guiaba donde mis ojos no veían, al frente de aquel dispendio del alma. Mi madre con su zumbido mostrándome el camino hasta donde me condujo un buen día José Novoa, tu bisabuelo, la cueva donde la loca de mi abuela la había echado al mundo perro, la cueva monte arriba que había sido cobijo de eremitas y pastores. Y según me iba acercando me venía a la cabeza el pelo rojizo del marqués, desordenado en el trajín del paseo, y su olor montuno, a pelo de sabueso, a la transpiración del bosque, tan parecido al mío en aquellos días de caza que compartimos y cuyo significado comprendo ahora con más lucidez que entonces.

»—En esta cueva no había ni ricos ni pobres —me dijo José Novoa con los brazos en jarras mirando la abertura por la que él entraba al paraíso—, ni campesinas ni marqueses, sólo un hombre y una mujer.

»Y así supe que se reunía allí con mi madre, Valentina, que donde ella había nacido para él era lugar sagrado. Y cazaban juntos, como cazaba conmigo, pero además ellos despellejaban la presa y la asaban para comérsela, mientras que a nosotros los monteros nos las llevaban a la capilla para dar cuenta de ella. Así que entré en la cueva y me hice un ovillo en los restos de la naturaleza que no eran más que restos del fuego de otras épocas, y hierbas de haber hecho nidos de calor para luego tardes de llanto. La noche se me echó encima. Ya había salido abrenoite, que es aquí el primer murciélago que nos anuncia la oscuridad, y no me atreví a salir porque la luna parecía cantar como una lechuza, y cada vez que ponía fuera un pie ululaba con una luz muy blanca. Quise creer que mi madre se había convertido en luna guardiana, y la leche de su amor me entraba a ráfagas en la negrura del refugio. En esos pensamientos me dormí, y a la mañana siguiente la abeja me acompañó hasta el caseto de tía Angustias.

»—Creí que ya no te ibas a acordar de los de tu sangre a los que debes la vida —me dijo mi tía—. Que los lujos del pazo y el amor de un noble te habían borrado todo cariño y lo poco que te inculqué de honra. ¿Te lo ha pedido ya?, dime. ¿Vamos las Mencía a dejar de ser locas para tocar la gloria de ser reinas?

»—Me lo pidió, pero aún no le contesté.

»—¡Desgraciada! ¿Quién te has creído que eres para hacer esperar al destino? —rugió Angustias—. Nos vas a traer en vez de la gloria la ruina de la maldición. Si no te casas todavía tengo fuerzas y autoridad sobre ti para molerte a palos. —Me levantó la mano—. Que el pronóstico de la Troucha se te ha puesto delante de las narices, que te llama para que te hundas en él, y el que no sigue su llamada se condena de por vida, que lo sepas. —Se santiguaba—. Te cae la maldición si no le atiendes y pasas de largo.

»—¿Qué maldición, tía? —le dije yo.

»—La de las desgracias, chiquilla, que te crees muy lista ahora porque has ido a la escuela y quieres aporrear una máquina de escribir, así que hazte la que yo no me creo vuestras patrañas de pobres, de analfabetas.

»—No es eso, tía, pero…

»—Pero ¿qué? ¿Acaso no le quieres? Si llevas pelando la pava con él desde que erais niños, di ¿es eso? ¿Que no estás enamorada? Ten muy en cuenta lo que te voy a decir, Bruna, el amor mató a tu madre, no fue tu nacimiento sino el amor que la condujo hasta él, ¿quieres qué te ocurra lo mismo? Que se te meta en esa cabezota que tienes: el amor mató a tu madre que era mi hermana adorada.

»Y yo miraba a Roberta de reojo, que fingía fregar los cacharros, pero no nos quitaba ojo ni oído. Si me caso y soy reina, pensaba, y se cumple entera la predicción de la meiga, ella tendrá que servirme. Sonreía a mi prima, sin embargo, Roberta se afanaba con el estropajo. No te preocupes por nada, le decía en mi mente, vamos a bailar como en las romerías, vamos a emborracharnos y mirar las estrellas, las noches se me hacían a veces frías sin el calor de Roberta, sin sus pechos que se le marchitaban en el escote con ansias de vivir. ¿Y si jugamos a que nunca fuimos a la Troucha? Y yo venga a mirarla, y le veía la marca de la frente con el pus palpitante detrás de la carne. Sentía una compasión que me quitaba el resuello recordar lo que le había pasado no hacía más de una semana con el Manoliño, el novio que tenía desde bien moza. Se le había ido a Madrid años atrás de afiladoiro y había regresado, en vez de con dineros para casarse, como le había prometido, con un brote de sífilis que habría adquirido, imagino yo, en algún burdel o burdeles capitalinos. Lo traicionó la soledad de sus cuchillos, digo yo, la hombría que algunos no saben cómo aguantársela, el caso es que lo trajeron al hospital de Ourense, y allí estuvo unos meses para curarse porque se le complicó con otra dolencia, y para mostrarle a Roberta que estaba arrepentido, que ya no iba a pastorear nunca más por el pecado de la carne, se puso a leer vidas de santos. Robertiña, le decía, porque ella se había ido hasta allá para visitarle, mira que ahora estoy con la vida de santa Gema, y mañana empiezo con la de san Ignacio, y ella venga a echar lágrimas, sin decirle ni mu, y él no llores, mujer, sin saber que lo que la hacía llorar no era la pena por verlo así, sino el aguantarse las ganas de zurrarle, de estamparle en el cráneo lo que tuviera más a mano, la palangana con la que le lavaban las monjas las miserias o el orinal que se dejaba ver al lado de la cama, pero Roberta no se atrevía delante de las monjas. Se está enmendando, le decían las religiosas, día y noche no hace otra cosa que dedicarse a la hagiografía, que casi hay que arrancarle el libro de los dedos para que concilie el sueño y descanse, no sólo de santidad vive el hombre, pero mira tú que las monjas tenían razón, se le estaba derritiendo el seso como a don Quijote, ¿sabes tú quién es ése, Valentina? ¿Se estudia en Cuba?

—Anda, claro, abuela, y en todo el mundo —dice la niña.

—Pues si a don Quijote le había ocurrido con los libros de caballería, al Manoliño le había pasado con los milagros y los santos, por eso cuando salió del hospital en Ourense y se vino para la tierra, le dijo a Roberta que de matrimonio nada porque se metía a santo. Entonces sí que ella le zurró lo que se había aguantado en el hospital, a santo te metes, desgraciado, si viniste de Madrid llenito de sífilis, que la única santa que ha habido en esta tierra fue mi tía Marina y ahora yo por haberte aguantado, y él pues ahora habrá un hombre santo. Tuvo que salir mi tía Angustias, que oyó los gritos fuera del caseto donde estaban, y si al principio alentaba a su hija a que le diera con el palo de la escoba, luego se asustó porque el Manoliño seguía siendo nada, un alfeñique, y mucho más después de la sífilis que lo había dejado en un entramado de huesos, se le hundía el estómago y daba la sensación de que se le pegaba a la espalda, una raspa después de chuparla, vamos, y los ojos, que parecían sinceros en la juventud, aviejados de lo que habían visto, pero con la luminosidad de la gloria que creían haber alcanzado. Se fue el Manoliño con su buena tunda en las costillas, con los pelos, que ya le despuntaban canas, bien arrancados. Se quedó Roberta con un puñadito en la mano mientras jadeaba de rabia, y ¿ahora quién me va a querer a mí, desgraciado? Dios, moqueaba el Manoliño rascándose los golpes mientras se alejaba de nuestra casucha, y ¿Dios me va a dar los hijos? ¿Me va a dar bocas que me expriman los pechos? Blasfemia, gritaba él. Blasfemia la que tú has cometido, que te esperé cuando podía haber tenido otros, y ahora se me casaron todos y yo me quedé como la novia plantada. No, eso sí que no, respondía muy digno, como la ex novia de un santo. Roberta le tiró una piedra que lo acertó en la cabeza, bestia sacrílega, gritaba él, y ella le lanzaba otra que le causaba un buen escozor en la rodilla. Entró Roberta en la casa y no paraba de llorar. Tía Angustias la metía la cabeza en su regazo que nunca fue de madre, pero que se quiso estrenar ese día para exprimirme el alma, ¿y ahora qué vamos a hacer?, sollozaba como si en la casa hubiera un muerto, a una que la planta el novio para hacerse santo, que parece, hermana mía, decía mirando al techo, una broma que le mandas a mi pobre hija desde tu tumba desdentada, y la otra que le pide la mano un marqués y se lo piensa, desgraciada, me decía a mí, ¿no ves que tienes que amparar a tu familia?, nosotras que te lo hemos dado todo cuando no tenías nada, que te acogí en esta casa y te di lo poco que tenía quitándoselo a mi pobre hija, te llené ese buche de ternero y te di cobijo, me gasté los reales en la meiga para que te guiara en tu destino, te llevé a la escuela para que le siguieras, y ahora que le tienes delante, te lo piensas, ¿hay otro acaso? No es eso, tía, pues si es la patraña del amor a mí no me vengas con monsergas, ya te dije lo que le hizo a tu madre, el amor mata, y ahora cumple con tu deber y ayuda a tu familia. Roberta sacó la cabeza del regazo de su madre. El cabello se le había encrespado aún más con los vapores de las lágrimas, parecía un erizo triste, con los ojos metidos dentro de los pliegues de su desgracia, y la abracé, la abracé muy fuerte, y ella a mí, como en las noches que pasábamos juntas para airear los golpes, que yo me caso, Roberta, pero eso no significa que tú tengas que venir a servirme, que en el pazo hay sirvientas, y tú eres mi prima, y vienes de invitada a las habitaciones de la segunda planta, o te quedas allí el tiempo que haga falta, hasta que se te quite esta cabellera de pena que se te ha puesto, y ella me besaba mucho, y me acunaba en los pechos de alegría salvaje.

Valentina se recuesta en la *chaise longue* vainilla.

—Así que le dije que sí a Jacinto. —Bruna se enciende otro cigarrillo—, que se había recuperado del ataque de espuma, y él organizó la fiesta de los peces dorados.

»Iba a venir la tía Angustias, pero se puso tan nerviosa la mañana del día de la fiesta que se bebió la producción de orujo que atesoraba en reserva para un mes. Por poco se la lleva Dios borracha al infierno, o al limbo de los que no son nada, ni buenos ni malos, aunque pensándolo mejor ahí estaríamos muchos, si no todos. Jacinto le había dado dinero para que se comprara un vestido, lo mismo que a Roberta, y nos fuimos al almacén del pueblo cabeza de parroquia, a la ida en el carro del cura, andando a la vuelta. ¿Y tú?, me decían, a mí me había comprado Jacinto una maleta llena de ropa en Londres que era más moderna que en España. Ella es la prometida, la reina, decía la tía Angustias a quien se lo preguntaba, y tiene sedas y linos, y terciopelos de Inglaterra, nada le hace falta de vuestras manos envidiosas, y se reía echando la cabeza hacia atrás. Se compró un vestido amarillo que dijo con éste me entierran, ni mortaja bordada por monjas lo supera. Me voy al cielo como un rayo de sol, y para mi hija Roberta otro de color azul para que se vaya al cielo, que tiene un novio santo, y se desmelenaba de risa, la muy... me lo callo que aún eres una niña, Valentina. Tan feliz estaba que no hubo quien la levantara del catre miserable a la hora de irse para el pazo, si le hubieran acercado una cerilla a los ronquidos que soltaba hubiera salido ardiendo. Eso me contó Roberta cuando llegó al pazo con el vestido azul que le había elegido tía Angustias, y su escote que dejaba ver el precipicio de los pechos maternales pero yermos, secos sin bocas que atender. Yo te voy a buscar si no un conde al menos eso que dicen un burgués, le dije a mi prima. Pero se quedó apocada con el cabello encrespado de vergüenza. Sólo bailó una lenta con Jacinto y bien a gusto la muy ladrona. Roberta no le perdía de vista, y eso que él era espíritu y ella carne. Pero como nosotras sólo bailábamos borrachas en casa o en las romerías se la trastabillaban los pies, los sentía como zoquetes de madera, me dijo, y a punto estuvo más de una vez de irse de bruces sobre la tarima de mieles del salón de baile. A mí el vientre se me encogía de verla, torpona y de campo entre las damas pálidas de la alta sociedad, y sus hijas enjutas, con el color de los palacios en las mejillas, frías y lindas, comedidas sin la sangre o el viento del bosque. Y me miraba en los grandes espejos de oro que colgaban en las paredes del salón como racimos de luz para comprobar con disimulo si a mí se me veía igual. ¿Había conseguido convertirme en un jardín? ¿En un parterre de hortensias o begonias veraniegas? La copa con champán en una mano, leche de teta para mí al lado del orujo de tía Angustias. Gasa blanca inglesa por la que se me salían las clavículas que le gustaban a Jacinto, perlas en el cuello, polvos de maquillaje rosa, el cabello sujeto con una cinta de terciopelo beige alrededor de la cabeza, como el trapo que me ponía Roberta en la infancia si ardía de fiebre, empapado con el agua de la fuente de mi madre santa, que ahora me serviría para enfriar la calentura de ser reina.

—Me hubiera gustado verla, abuela.

—Y puedes verme porque alguien vino a detener el tiempo. A hacerlo escollo en el fluir de la vida que yo vislumbraba entre los humores del bienestar. Le vi por vez primera de refilón, reflejado en uno de los espejos. El cabello negro se le ondulaba indómito, observaba con unos ojos cuyo color aún no podía definir, pero sí su mirada un tanto desdeñosa, expectante, como si se permitiera la licencia de juzgar cuanto pasaba a su alrededor, de diseccionarlo, clasificarlo para su deleite intelectual.

—¿Quién era, abuela?

—Un hombre que el espejo me devolvía impertinente.

—¿Joven, guapo?

—Joven era, veinticinco años tenía, lo supe más tarde. Guapo también, aunque entonces me pareció más provocador. Tenía el cuello de la camisa desabrochado y no llevaba corbata. Un brazo en jarras. Seguía el ritmo de la música con el pie.

—¿Y qué ocurrió?

—Que el tiempo se detuvo.

Bruna se levanta de la *chaise longue* vainilla poniéndose una mano en la cintura, frunce el ceño, un lobo le muerde los huesos. Del cajón de una cómoda saca lo que a Valentina le parece un libro de otro siglo, con tapas de cuero que se rajan por su vientre. Bruna se sienta de nuevo junto a su nieta. Lo abre despacio, como si la tapa fuese una culpa de plomo. Mi abuela desprende frío, piensa Valentina, es posible que la muerte la tire del pelo hacia la tumba y entonces qué pasará conmigo. Bruna abre el libro. Esa tapa de cuero parece, mamita, puerta de sepulcro, abierto queda, piensa la niña, y se estremece. Los dedos de Bruna alisan una fotografía sepia.

—Aquí. —A Bruna se le afilan los dedos—. Él encerró el tiempo en una caja que llevaba colgada con una cinta, una caja por donde el mundo se veía distinto. Terminó de sonar un charlestón, Jacinto dio orden a la orquesta de que no tocaran más y rogó a los invitados que salieran a la plaza y se colocaran detrás de la fuente de los peces dorados. Él había desaparecido del espejo, pero lo volví a ver de frente a todos, detrás de un trípode donde apoyaba la caja. Tenía las piernas abiertas, y conforme llegaban los invitados daba órdenes de cómo debían colocarse, miraba dentro de la caja, escondiéndose tras un trapo oscuro: ustedes a la derecha, ustedes a la izquierda, la dama del vestido rosa delante del caballero de barba.

—¿Era un fotógrafo?

—Un mago que jugaba con la luz del día y de las almas.

Valentina mira la foto con detenimiento.

—¿Ésta es usted, abuela? —pregunta la niña.

—La novia junto al estanque, decía él, en el medio de todos. Míreme, suba la barbilla, por favor, la voz como el crujir de helechos secos, como las abejas en enjambre de mi madre en torno a la flor.

—Está hermosa, abuela. Y este que está a su lado es el abuelo Jacinto, ¿verdad? Lo reconocería enseguida.

—Él es. Después de tomar la fotografía se acercó a nosotros. Mario Armand, dijo Jacinto, mi prometida, Bruna Mencía. Nos estrechamos la mano.

—¿Y él, abuela, no sale en ninguna foto?

—Él permaneció en la sombra.

22

Mario Armand, el fotógrafo
que quería ser libre

Mario Armand despertó en una de las habitaciones de invitados de la segunda planta. Se desperezó en la cama decimonónica, un dosel de gobelinos azules y borlones de seda; estaba desnudo, tumbado en el centro del lecho, con los brazos en cruz y las piernas abiertas. La comodidad pudre la mente, pensó, la anestesia con deleite mortal. Pero reconozco que es fácil acostumbrarse a ella. Al placer de hundirse en ella. El hombre se pierde en su canto de sirena, suspiró mientras nadaba en las sábanas crujientes de almidón. No había cerrado los postigos de las ventanas y los rayos de sol atravesaban la neblina espumosa de la mañana, iluminándole. Con la piel atigrada de luz, bostezando aquel mundo que le parecía inmóvil, añejo, pensó en cuánto le gustaría estar de nuevo en París, su ciudad, en el viejo apartamento del edificio de la rue Pigalle que acababa de alquilar. Pero aún le quedaba el encargo de retratar a la prometida.

Llamaron a la puerta.

—Le traigo el desayuno —se escuchó la voz eficiente de la sirvienta.

Él se cubrió con la sábana.

Nacha dejó una bandeja con café, zumo, tostadas y bizcocho en una mesa junto a la ventana.

—La señora le espera en media hora junto a la fuente de la plaza.

—¿Y el marqués?

—Pasó mala noche y no se ha levantado.

Tendrá resaca, pensó Mario, al igual que yo. Se había divertido en esa fiesta, donde se derrocharon los peces dorados en burbujas de cristal. Las luces como estrellas. El champán y el charlestón frenético de los invitados. Les había tomado la foto alrededor de la fuente con la última luz de la tarde, con el sopor impávido del sol antes de despedirse. Había tenido el refuerzo de las bombillas encendidas, aun así le dijo al joven marqués: es posible que la fotografía salga movida, hay muy poca luz, y la exposición será demasiado larga para tanta risa, pero él había insistido, quería a toda costa el recuerdo de su fiesta de compromiso. Al menos aquélla no era una foto predecible como las que estaba acostumbrado a hacer, posados rígidos de burgueses, de nobles orgullosos de sus perros, de sus coches de lujo y de sus grandes escalinatas como retrato propio. Tomar aquella foto, incluso con las complicaciones técnicas y el largo tiempo de exposición al que tenía que someter a los retratados, le había divertido. No había logrado mantenerlos quietos en la misma posición más de unos minutos, algunos sostenían en las manos las peceras, otros posaban con posturas de baile, alguna que otra dama le tiraba un beso entre las burbujas de las copas de cristal, besos que debían repetirse e iban poco a poco perdiendo su frescura, su picardía, y en el centro de todos ellos, los novios, el marquesito con los huesos de hilo y esa sonrisa que inundaba la placa de su cámara eclipsando cualquier otra, el marquesito más feliz que había visto hasta ese instante de luces, peces y cristal, y la prometida de ojos fabulosos, de viento que no se puede atrapar. La prometida que parecía navegar en otras aguas. Con ella tenía una cita esa mañana lenta, soleada, haga retratos de mi prometida en el jardín del pazo, le había encargado el marquesito, quiero tener a Bruna de alguna manera siempre conmigo, como si supiera que en algún momento la va a perder, se dijo Mario, como si lo asumiera y por eso me manda atraparla en una fotografía.

Encontró a Bruna apoyada en la fuente. Metía un dedo en el agua e intentaba acariciar los peces dorados. Ella escuchó los pasos que se acercaban, y se giró. Mario llevaba el trípode plegado sobre uno de sus hombros, y la cámara de placas colgada del otro con una cinta de cuero.

—Buenos días. ¿Cómo se encuentra su prometido?

—Está descansando, gracias. A pesar de no estar aquí voy a respetar su insistente capricho de hacerme una fotografía, pero entienda usted que ése no es mi deseo.

Tiene los ojos pardos, pensó Bruna, marrones a simple vista y verdes cuando los ilumina el sol.

—Si lo prefiere esperamos a que él se encuentre mejor para que pueda acompañarnos.

—Si no le importa, hagámosla cuanto antes.

—¿Alguna preferencia sobre el lugar del jardín donde le gustaría que la retratara? —le preguntó mirando su vestido de flores pequeñas, de flores rojas sobre un algodón crema, las medias finas, los zapatos veraniegos con tacón que se abrochaban a un lado y el sombrerito de paja redondo, sin alas, con una cinta carmesí alrededor.

—En el estanque grande. —Bruna encendió un cigarrillo.

Jacinto le había regalado una boquilla larga de plata. Y en aquel espárrago distinguido que le decía tía Angustias se entregaba a un vicio que le calmaba los nervios de subir los escalones hacia el cielo de los ricos. Le ofreció un cigarro a Mario que él aceptó.

—Vayamos al estanque, espero que ofrezca una luz suave en su cara y buenos reflejos en el agua.

Caminaron por la avenida de sauces y sicomoros, por las sendas que delimitaban la belleza de los camelios centenarios, de los huertos domesticados, del jardincito estéril del agravio. La mañana era azul y el sol calentaba su silencio. Bruna miraba de reojo al fotógrafo, su traje de lino claro un tanto raído, su camisa blanca de pechera impoluta, sus zapatos de cuero con cordones y las punteras desgastadas. Le gustaba su forma de fumar, llevándose el cigarrillo a un extremo de los labios para dar una calada.

—Si no es indiscreción, ¿de dónde es usted? Su acento es distinto y su apellido… y su profesión.

—Nací en París, mi padre era francés, mi madre en cambio es de Ourense. Emigró a Francia siendo muy joven. Pero ahora, tras la muerte de mi padre, ha regresado a su casa.

—¿Ha venido a visitarla?

—Y a decirle adiós.

—¿Se marcha usted lejos?

Bruna se detuvo y le miró a los ojos.

—Mi madre ha sido la que se ha marchado a Argentina para reencontrarse con su hermana, que emigró a Buenos Aires hace ya muchos años.

—Tendría que estar muy emocionada con el viaje —dijo Bruna, y continuó caminando.

—Llevaba más de media vida intentando ir a visitarla. ¿Alguien de su familia se ha marchado fuera?

—No, todos estamos aquí.

—Tiene suerte, entonces.

Bruna se puso la mano en la frente, le dolía la cabeza.

—¿Se encuentra bien? —le preguntó Mario.

—Sí, gracias. Sólo es que no dormí bien y tengo algo de jaqueca.

Aquella noche Jacinto había vuelto a tener una pesadilla. Le escuchó desde su habitación los gritos y la angustia que le arrebataba el descanso. Hablaba con su padre. Vete, le decía, no me jodas más la vida que ya te moriste; vete, padre, que ahora soy yo quien manda y ya tomé mi decisión y si he de pagar por ella pues que me lleven al infierno contigo. Después llamaba a Bruna, y ella acudía a la cabecera de su lecho. Lo encontraba sudando con los ojos café alucinados de miedo, tercos en la visión de José Novoa. Está aquí, le decía, ahora se irá, respondía Bruna, quiere quedarse y hablar contigo, ¿le ves? No puedo verle, Jacinto, no le mires, no le escuches, no le creas, nada de lo que dice es verdad, abrázame, bésame, Bruna, no me abandones nunca. Algunas noches a ella se le había encendido el cuerpo con un escalofrío porque la cicatriz que tenía Jacinto en la mejilla supuraba una hebra de sangre. Bruna se tumbaba junto a él y lo tomaba entre sus brazos, le acariciaba el cabello negro para calmarlo, le cantaba canciones de romería, canciones a los cruceiros para espantar los truenos, las meigas, las almas en pena. Nada te ocurrirá mientras estés conmigo, yo te cuidaré siempre, Jacinto. Y así se dormían, besándose en el sopor de la vigilia hasta que los vencía el sueño.

—¿Ha vivido en Galicia alguna vez? —le preguntó a Mario.

—Siempre en Francia. ¿Conoce París?

—Iré de viaje de novios.

—Creo que le gustará.

—Imagino a un parisino y no le veo a usted.

—Siento defraudarla. Espero que a París le dé una oportunidad.

Bruna miró de reojo a Mario. Tenía la barbilla partida por una hendidura y una barba muy corta. Las ondas del cabello le caían sobre un lado de la frente como a los muchachos traviesos, pero él estaba serio cuando abrió el trípode, cerca del estanque grande, con su barca de santo, su agua verde oscura, el trípode conservador del que quería liberarse, pensaba Mario, con suerte ésas eran las últimas fotos que hacía con aquella vieja cámara. Estaba harto de poses, no se muevan, la dama de blanco más a la derecha, el caballero del sombrero con pluma más hacia la izquierda, quietos, suba la barbilla, estire la pierna, sujete al perro, cuidado con el sombrero que no le caiga demasiado, no se muevan, aguanten un poco más. Colocó la cámara en el trípode, tenía a aquella mujer delante de él, y más allá el agua, los frutales, los bancos de piedra, las nubes aún bajas en el cielo.

Bruna se sentó en un banco. La espalda rígida, las piernas prietas una contra otra y una dolorosa sonrisa impostada, los músculos de cristal. Los brazos le resultaban molestos por primera vez en su vida, no sabía cómo colocarlos, qué hacer con ellos. Los tenía colgando a lo largo del cuerpo, estúpidos, muertos. El sombrero le pesaba, el cabello le arrancaba gotas de sudor; se lo echó hacia atrás, frunció los labios, se puso de perfil, miró al horizonte. Mario se detuvo a pensar cómo desenredar semejante pose, y ante su mirada reflexiva, Bruna se irguió aún más, estiró el cuello, quería ser una garza, un ave que mira a los demás desde las nubes como algunas de las damas que había visto la noche pasada en la fiesta de compromiso. Los ojos se le afilaban, entornó los párpados, cruzó las piernas, y para seguir viva encendió un cigarro que colocó en su boquilla de plata. Fumó en un par de caladas y la dejó suspendida en el aire. Miró a la cámara.

—¿Me permite que la dé una serie de indicaciones para el retrato, mademoiselle? —le dijo Mario acercándosele—. Para empezar, las manos.

Se parecen a las de mi madre, pensó, que se dejó la vida trabajando de cocinera, sus dedos están enrojecidos y me atrevería a decir que han probado los sabañones del frío. Tienen mataduras, son manos de campo, no de noble, ni siquiera de burguesa por mucha boquilla de diva que sujete. Con delicadeza tomó la mano de Bruna con la que no fumaba; tenía el puño cerrado, como una garra. Fue abriéndole los dedos con suavidad y pudo sentir la aspereza y los callos que se escondían en ellos.

—Así, no los tense, déjelos libres. —Le colocó después la mano sobre uno de los muslos.

Él le toca los hombros, apenas se los roza, uno un poquito más alto que el otro, le dice, y póngase más de lado, así, la gira, suave, le quita el sombrero, se despeña la melena por los hombros, está más hermosa sin él, le coloca todo el cabello sobre un hombro, cuida de que ni una hebra quede despeinada, y Bruna poco a poco se va relajando, hasta sentirse barro, arcilla que es moldeada de pronto por una mano artesana. Mejor si no está fumando, ¿le parece bien? y ella asiente porque no puede hacer nada más, evita mirarle. Mario se separa un poco de la modelo, contempla su obra aún inacabada, pone los brazos en jarras, sus ojos se han vuelto castaños. Bruna los mira fugazmente, siente que su piel se separa de su voluntad, arcilla entregada al artesano. Mario le ha quitado la boquilla y la deja sobre otro banco, nos faltan sólo las piernas, ah y esta otra mano, la retiene un instante entre las suyas mientras piensa, estire bien los dedos, se los extiende uno a uno, mejor la colocamos sobre la otra, apenas puede Bruna, criatura todavía inacabada, oponer resistencia, la piel se le ha hecho bosque, le han crecido líquenes que le cuelgan gozosos, le han florecido las matas de tojo en el vientre, y en el pecho se ha instalado la zozobra húmeda del musgo; un arroyo le corre entre los pechos. Junte las rodillas pero sin tensión, le pide Mario, ladee las piernas ligeramente, y levante un poco los talones, que el peso de ellas vaya hacia la punta de los pies, así, Mario no se atreve a tocarle el vestido, a rozarle las rodillas que parecen redondas como magdalenas a través de la gasa de flores. Está lista, ella le ve alejarse, taparse la cabeza con un trapo, asomarse a la cámara. Bruna tiene frío, se han llevado su piel en unas manos, y ahora su carne está desnuda a merced del viento, del sol que los alumbra y Bruna se deshace en la brisa, se desmiga como pan tierno, es polvo volando en una nube de humo. Suba un poco la barbilla, escucha una voz lejana, mire a la cámara, no se mueva, aguante un poco, está preciosa, piensa Mario, pero no se lo dice. Se lamenta de que, durante el revelado, tendrá que difuminar esa imagen en la que ahora se recrea para que se asemeje a una musa naciendo de la niebla gallega, una diosa de ojos melancólicos que anhela una existencia verdadera. Ese tipo de retrato es lo que el marqués había elegido cuando le enseñó una muestra de su trabajo. La única parte artística que él veía en su obra era difuminar burgueses, nobles, hacerlos volátiles, quitarles la carga de su inmovilidad, de su apariencia bizantina. Pero aquella mujer era demasiado real para desenfocarla, para ponerle ningún filtro, pensaba Mario. Se había quitado el trapo de la cabeza y la admiraba aprovechando el dilatado tiempo de exposición que debía esperar por su cámara.

—Ya puede moverse —le dijo a Bruna al cabo de unos minutos.

Pues venga usted a ponerme la piel en su sitio, pensó ella, la carne, los huesos, para que vuelva a ser yo.

—¿Se cansó mucho en el posado? Estas máquinas de fotos son terribles, un arma contra la espontaneidad.

—Explíqueme cómo funciona —le pidió Bruna.

Mario la vio acercarse, había perdido la rigidez que al principio mostraba su cuerpo, parecía una niña de mejillas sonrosadas, de cabello dilatado en la brisa.

—Quiero hacerle otra foto, ¿está de acuerdo?

—Antes déjeme mirar por su cámara —repuso ella.

—Está bien, pruebe. —Le ofreció el paño oscuro y Bruna se cubrió la cabeza como había visto hacerlo a Mario.

—¡Se ve del revés!

—El mundo patas arriba, ¿qué le parece?

—¿A mí también me ha visto boca abajo?

—Por supuesto. —Mario sonrió.

—El estanque está borroso.

—Yo lo desenfoqué aposta.

—¡Después de que le traje hasta aquí! ¿Qué tenía de malo?

—Nada, sólo que me interesaba más usted. No necesita ornamentos.

Bruna sonrió.

—¿Quiere probar a hacer una fotografía?

No huele al perfume de las ricas, pensó Mario poniéndose detrás de ella, sino a bosque. Bruna lo sintió a su espalda.

—Mueva la cámara para elegir el encuadre —le dijo él enseñándole cómo debía hacerlo—. La cámara le muestra una parte de la realidad, pero es su ojo el que decide cómo mirarla y con qué porción quedarse finalmente.

—Comprendo. —A Bruna le flaquearon las piernas un instante. Una babosa negra se le enroscó en las tripas como si quisiera seguir su recorrido sinuoso hasta el mísero final. Cuidado, pensó Bruna, tengo un animal dentro—. Siéntese en el banco, que voy a fotografiarle a usted —le dijo ronca.

Mario con la cabeza en la tierra y las ondas del cabello en equilibrio, enfoque, le aleccionó él, moviendo el fuelle de la cámara hacia delante y hacia atrás. Bruna primero le acercó a ella, lo convirtió en una pirueta que llenaba todo el espacio, toda la realidad que tenía frente a sus ojos, el mundo era ese fotógrafo francés, después lo fue alejando en el horizonte con el fuelle, como un barco que lentamente se va perdiendo en altamar, y cada vez era más pequeña su silueta aunque no por ello menos hermosa.

—¿Ha elegido ya su encuadre? —le preguntó Mario.

Bruna dudaba, lo volvía a acercar a ella, lo traía de vuelta como el marinero que regresa tras una tormenta y en la playa lo esperan con lágrimas.

—No le enseño a disparar porque tengo muy pocas placas y las necesito para usted.

—¿Cada una de estas placas es una fotografía?

—Eso es —respondió levantándose del banco, caminando hacia Bruna por el cielo, atravesando las nubes—. ¿Le ha gustado intentarlo?

Bruna asintió.

—Ahora le propongo ir al bosque.

—¿Qué tiene de malo el jardín?

—Es grandioso, pero si me dan a elegir me quedo con el bosque, creo que estará magnífica en él. Allí la luz también será más matizada porque los árboles no permiten que penetre del todo. En el jardín es demasiado dura y le hace sombras en el rostro.

—Le llevaré a un lugar que creo que le gustará.

Caminaron hacia la tapia de colmillos con la cancela de hierro donde Bruna se encontró con Jacinto la primera vez. Conforme dejaban atrás los parterres perfectos con sus gladiolos simétricos, con sus rectángulos de boj cortados por la mano primorosa del jardinero, conforme avanzaban entre esa naturaleza acicalada para ser más bella, Bruna anhelaba en su estómago el caos más devastador, la naturaleza enredada en sí misma, sin amos, sin propósitos, sin guías.

Cuando se adentraron en el bosque, Bruna comenzó a sentirse agua, arroyo de un deshielo improvisado, se acabaron los estanques donde ella se detiene en una hermosura que no sirve para nada. Bruna, líquida entre los helechos, entre los castaños de tronco mágico, le iba mostrando el camino a Mario, titubeando en sus zapatos nuevos de tacón, no está acostumbrada a ellos, pensaba él, apenas sabe manejarlos aunque éste sea un terreno hostil. Yo crecí en este bosque, le contaba Bruna, sabía que seguiría hablando hasta que la lengua se le diluyera en el silencio de esa mañana luminosa, ese silencio que le daba más miedo que su propia voz, que la voz de ese fotógrafo con su melodía francesa. Bruna, que de pronto se sentía absurda en su vestidito de flores. ¿Le pesa mucho la cámara y el trípode?, le preguntó a Mario. Estoy acostumbrado a cargar con ellos, pero cuénteme más sobre su bosque. Bruna echaba de menos los zuecos de la infancia, el cloqueteo que hacían sobre las piedras. Voy a llevarle a un lugar que cuenta la historia de mi madre. ¿Y de usted? Bruna sintió que las abejas de su miel se le metían dentro y le zumbaban por las venas, de mí también. ¿Tiene tiempo?, se atrevió a preguntarle, para escucharla lo tengo. Mario se olvidó de París entre las matas de helechos, y ella le contó la historia de su madre, todopoderosa de bondad, la Santiña del pueblo, y tomó un sendero para enseñarle la fuente, beba y nunca se pondrá enfermo, se lo garantizo, le dijo. Entonces se dio cuenta de que parecía una meiga más que una dama, pero él le sonrió. El tiempo se había detenido en el caño, en el pilón de piedra rosa, se seguía sin saber quién puso los cuartos para que luciera tan hermoso y digno a pesar de los años que habían caído sobre él y sobre su historia. Beba agua, le insistió ella. Mario probó el frescor de la Santiña, se le deshacía el pasado en la boca, después bebió Bruna que tenía la garganta seca de tanto hablar.

—Este lugar tiene una luz perfecta para hacerle el retrato.

Se levantó un viento que le agitó el vestido a ella y les revolvió el cabello, un viento que silbaba entre los castaños y rompía el monótono chasquido del caño de la fuente.

—Quítese los zapatos, por favor, y métase en el pilón.

—Así voy a parecer una campesina. Ya le contaron en el pueblo lo que le conté yo de mi madre, pero ellos le fueron con más chismes.

—¿Qué chismes?

—Que yo también hacía miel y la vendía por las casas y los caminos.

Fue entonces cuando apareció una abeja a rondar la cabeza de Bruna. Como una aparición de su pasado.

Anda, madre, vete, le decía ella con una lengua que le salía del corazón, una lengua que no era visible más que a los oídos de los muertos. Y la abeja venga a zumbarle entre los cabellos que se quería llevar el viento hasta las nubes. Madre, ¿de qué me vienes a advertir? Que este hombre pone primero del revés y luego del derecho las cosas y a las personas, y eso a nosotras qué. Soy mayor, madre, para que me rondes con zumbidos de leche, para que me arrulles.

Mario ya había hundido el trípode en el estómago negro de la tierra cuando ella le vio aproximarse.

—Le voy a espantar la abeja que de repente ha venido a verla —dijo él.

El bosque se acurrucaba a su alrededor, los líquenes caían en melenas de ensueño desde las ramas de los árboles. Un hilo de sudor recorría el cuello de Mario hasta descender por el pecho con la camisa blanca.

—Deje que salga en la fotografía. Aunque intente espantarla no se va a ir si no quiere.

Mario dio unos manotazos al aire, pero la abeja siguió su ronda alrededor de la cabeza de Bruna.

—Está usted muy gracioso haciendo aspavientos con la mano. —Sonrió.

—Me gustaría probar su miel si es tan buena que hasta la siguen las abejas.

—Ya dejé de hacer.

Ahora voy a ocuparme de cosas de marquesa, pensó, pero no se lo dijo.

—Tiene razón, no se va, que se quede con usted. ¿Me permite que la coloque para la fotografía?

Le sobrevino otra vez ese repelús en la piel cuando Mario le sostuvo la mano para que ella se quitara los zapatos, no se había puesto medias porque le daban calor, eran un vicio de rica al que no se había acostumbrado, que hasta hacía muy poco iba hasta sin refajos de interior en invierno, con la falda de lana sólo tapándole las vergüenzas. Sin embargo, le dio pudor quedarse descalza, fue casi como desnudarse. Se le encendió un rubor en el cuerpo que le estalló en el vientre, y dos amapolas le florecieron en las mejillas.

—Siéntese en el pilón y meta los pies en el agua, por favor.

Y el repelús que no se le iba, porque sentía hasta la calidez de la respiración de Mario mientras él le colocaba una mano sobre la falda y otra bajo su barbilla, que se perdía en el horizonte del viento. Las rodillas le habían quedado al aire, y eran huesudas como sospechaba Mario, y redondas a un tiempo.

—¿Está muy fría el agua?

—Mírelo usted.

Le salpicó unas gotas con el pie que le ardía helado.

—Me lo tengo merecido por pedirla todo esto. Disparo muy deprisa porque está bien fría, a ver si me va a coger una pulmonía.

Qué pulmonía, se decía Bruna, si es agua de santa.

—Junte los pies en punta, como una bailarina, y apoye

todo el peso en los dedos. Está bien, ahora quédese quieta, por favor.

Pero ella no hubiera podido moverse aunque quisiera. Había mudado su piel de jardín en piel de bosque; sobre el agua del pilón flotaba el esqueleto de serpiente.

—No se mueva —repitió Mario, que la miró fijamente y pensó: he de hacerle otra fotografía entre los helechos, y otra sentada en la hierba, París queda muy lejos.

Y mientras la abeja ronda que te ronda la cabeza de Bruna, el amor mata, zzzzzz, parecía decir, zzz, el amor, hija, a mí me dio la muerte.

23

El cuarto oscuro

Jacinto los vio llegar por la ventana. Se había levantado tarde, con dolor de cabeza, la boca agria, los calzones mojados. Había tomado el desayuno en la terraza del salón de baile con sus amigos ingleses, los había despedido en la placita de la fuente, agitando la mano mientras ellos se alejaban en el descapotable entre risas que hacían eco durante minutos, que retumbaban en el aire, igual que llegaron, como si la resaca fuera un chiste; luego Jacinto había mirado el reloj, no vienen, aún no vienen, pensaba, tardan, me pongo a trabajar para distraer la impaciencia. Bruna, mi Bruna, quiero hundirme en tu cabello, quiero despertar una y mil veces a tu lado, si no estás la vida es hueca, es un nido sin madre.

Se sentó en el escritorio que tenía en su alcoba. Donde estudiaba de muy niño las lecciones del padre Eusebio, porque al principio la biblioteca se le hacía grande a su mundo pequeño y allí lo velaban las tetas de Carmiña, sentada en una mecedora junto a la ventana, cri-cri, cri-cri, y la calceta al ritmo de su balanceo, estudia, Jacintiño mío, que eso es cosa de nobles, yo te enseño a leer, Carmiña, y a escribir tu nombre, calla, rapaciño, que no me hace falta, mi nombre he escrito con las amarguras que me ha dado el vivir, y con las alegrías de cuidarte, así está escrito mi nombre, con las lágrimas de las penas y las sonrisas del querer, así me llamo, como tantos otros que sólo saben sobrevivir, pero tu nombre se ha de escribir con letras, con la cabeza, porque has nacido para mandar a los demás y si eres bueno, que lo eres, los ayudarás también.

—Carmiña mía, mira que hace tiempo que has muerto y ahora oigo el cri-cri de tu mecedora vieja como si estuvieras aquí. Carmiña, cómo echo de menos tu fragancia de leche, tus manos espantándome el don, tus sentencias tan sabias.

Jacinto había comenzado en el internado de Londres una obra que le llevaría el resto de su vida acabarla. En un cuaderno nuevo con las tapas de cartón había escrito con un rotulador entre las nieblas inglesas: ONTOLOGÍA Y GEOGRAFÍA DE LOS ESPÍRITUS, y en la primera página: «Jacinto Novoa, septiembre de 1929», y en la segunda:

Introducción: Existe un océano en el mundo de los muertos, su geografía no es pura alma, no caminan sobre la nada, sobre los haces de luz, sobre las hebras de las nubes, las sombras o las ráfagas de viento, su mundo tiene accidentes geográficos que han de sortear. Sospecho que hay al menos un océano, no sé aún si de aguas parecidas a las nuestras, y tampoco puedo todavía establecer sus límites. Me atrevo a aventurar que es muy posible que coincida con nuestro océano Atlántico, me atrevo a aventurar que la naturaleza de nuestra tierra tiene su doble en el mundo de los muertos, que existe el espíritu del océano, de las montañas, de los cabos, que cada uno tiene su gemelo difunto. Trataré de ser más concreto con la ayuda de los nuevos viajeros que se ponen en contacto conmigo en estas tierras anglosajonas.

Ya vienen, se dijo Jacinto asomado a la ventana de la alcoba. No le había cundido en el trabajo de su obra, no tenía la cabeza para límites fantasmales o accidentes invisibles; se había dedicado más a mecerse en el cri-cri para templar la espera.

Bajó las escaleras de castaño corriendo de la segunda planta a la primera, después las bajó más despacio para llegar al recibidor caminando pausado.

Bruna, con los ojos alegres, el vestido sucio, arrugado, el verano en los labios, en las mejillas, el sombrero en una mano, la melena precipitada en el barranco de los pechos, rebelde, una abeja que va y que viene, que le zumbaba y ella reía con los dientes blancos; Bruna, toda luz como el primer día que la vio en la tapia del pazo cuando iba a revisar el agujero con los recados de *mortos*.

—Hicimos unas fotografías también en el bosque, por eso nos hemos retrasado —le dijo ella—. ¿Te encuentras mejor?

Le puso la mano en la frente como para tomarle la temperatura, le miró con disimulo las comisuras de los labios; no había restos de espuma.

—Estoy como nuevo sólo de verte.

Almorzaron en el comedor familiar, en la intimidad caoba de los Novoa. Aún había mucho jaleo de criados recogiendo los restos de la fiesta. Los peces dorados se habían convertido en una plaga y no sabían qué hacer con ellos. No cabían en el estanque de la fuente, así que decidieron echarlos al estanque grande con la barca pétrea del apóstol. Durante el verano el sol les hacía brillar las escamas cuando salían a la superficie en busca de comida y el pazo parecía un espejo que lanzaba señales al cielo. Las peceras se acumularon en la cocina donde los esclavos, luego en los trasteros y veinte años después todavía rondaba alguna por un rincón de la casa; aparecía de pronto, como una plaga que se reproduce de manera insospechada, la pecera del compromiso, decía quien la encontraba, que la señora no la vea, y se cambiaba de sitio hasta que desaparecía por unos años.

Por eso sirvió la mesa Nacha, aunque ella sabía más de doncella. Mario Armand estaba sentado frente a Jacinto y Bruna a su lado. Qué hombre, se dijo, santiguándose por dentro para que no se le cayera la sopera con la crema de puerro, que me rapte y me lleve al infierno. El marido se le había muerto de pulmonía, y le había dejado en prenda a la pequeña Petra.

—De segundo hay pescado, pero no dorado —se le ocurrió decir a Nacha. Miró los labios de Mario y no sonrieron. Parecía concentrado en la crema.

—¿Y hace cuánto que falta de París? —le preguntó Jacinto.

—Ya va casi para veinte días.

—¿Le va bien a Francia con el Frente Popular o mejor que a España por lo menos?

—Se podría hacer más. Aunque lo importante es luchar contra los fascistas. —Tomó una cucharada de crema.

—Leí que había habido huelgas muy importantes en el mismo París.

—Y las sigue habiendo, pero aún no se han conseguido grandes cosas. Hemos de seguir luchando.

—De todas formas ustedes los franceses sí que se han vuelto civilizados. He leído que son tan numerosos los trabajadores que se ponen de huelga en las fábricas, que el gobierno no se atreve a mandarles los guardias, así que ustedes aprovechan para darse al baile y a actividades culturales, para irse de romería a la francesa, cuando aquí en España nos desangramos a tiros o a navajazos ante algo así.

—No crea, mi parte de sangre española no acaba de entenderlos.

Bruna silenciosa. Bruna mirando a los dos hombres morenos. Uno pálido, otro de tez torva. Uno de ojos que no son lo que parecen, el otro de ojos con rasgado de gato.

Después del almuerzo, Nacha guió a Mario hasta la bodega para ayudarle a habilitarlo como cuarto oscuro para revelar las fotografías. Era el lugar más adecuado, húmedo y sombrío.

Si usted lo quiere más negro, yo le restriego las paredes con carbón, pensaba Nacha, o con la lengua después de pasársela por el pelo, se reía sola.

—Lo que el señor artista necesite me lo dice, que yo se lo traigo o le mando a por ello donde *haiga* que mandar.

—Gracias. Tráigame tres palanganas, si tiene rectangulares, agua, un trapo y una pinza.

Al cabo de un rato Nacha llegó con los mandados y tuvo que dejarlo solo.

—Que la oscuridad le disfrute, digo que disfrute de la oscuridad —le dijo, y se fue renegando de sus carnes solitarias.

No se veía nada cuando la criada cerró la puerta de la bodega. Las paredes eran de piedra y la humedad, un perfume que se adhería a la piel. Mario había colocado sobre una mesa las placas de las fotografías. Abrió una de ellas tras palpar dónde se encontraba y sacó el negativo. Entonces escuchó pasos en su vientre. Es ella, se dijo. Se pasó una mano por el cabello.

Un chirrido, lento, inseguro. La puerta se abrió. Una raja de luz penetrando como una lanza.

—¿Mario?

—Cierre, por favor, puede velarse un negativo.

—Tenía curiosidad...

Bruna cerró enseguida y se quedó quieta. Silencio. La oscuridad la engullía, parece que entré en la muerte, se dijo, y a ella vengo.

—¿Qué está haciendo? —le preguntó.

Tuvo frío en la voz.

—Abro las placas. Dentro están los negativos. Hay que sacarlos uno por uno y meterlos en una cubeta. Si les da un poco de luz se pueden dañar.

—Lamento si le he estropeado alguno, me marcho.

—No, por favor. Si vuelve a salir puede entrar luz. Quédese conmigo. Así me hará compañía en esta boca de lobo.

La voz quebrada. Silencio. Se adensó la bodega negra, se convirtió en un ser vivo. Sólo se escuchaba el ruido que hacía Mario al sacar los negativos a tientas. Su respiración de hombre. Bruna dio un paso hacia delante. Otro más. Desplegaba las alas de los sentidos.

—¿Le gusta su trabajo, observar el mundo del revés? —le preguntó.

—Me gustaría más verlo del derecho con otra cámara de fotos.

—¿No se ve en todas así?

—No. Hago estos retratos porque necesito dinero para comprarme una Leica y hacerme reportero.

Mario se sintió absurdo, como si en aquel mundo íntimo de oscuridad no tuviera cabida ese deseo.

—¿Qué hace exactamente un reportero?

Y qué importa, se dijo él.

—¿Dónde ésta? —le preguntó.

—Aquí.

—¿Dónde?

—No lo sé.

La voz le retumbó en el pecho. Nada sabía en aquel lodazal donde todo era él. Dio otro paso con un brazo extendido.

—Estoy aquí —escuchó.

Tocó la espalda de Mario. Él le agarró la mano.

—La tengo.

—Tiene usted un oficio un poco de murciélago.

—Venga a mi lado.

—¿A qué huele?

—Son los químicos del revelado. Están dentro de una cubeta.

—Parece usted algebrista.

—Sí. —Sonrisa ciega.

Silencio.

—¿Cuándo se casa?

Los brazos se rozan.

—En julio.

—No le he dado la enhorabuena.

Mario ya no saca más negativos.

—Gracias.

—Aún no se la he dado.

La oscuridad parecía miel, miel negra que se deshacía en sus bocas.

Y en ella se deleitaban, se olían, se presentían.

—Le deseo que sea feliz —dijo él.

—La felicidad parece frágil.

—Lo es.

—Y muy breve.

Bruna sintió la mano de Mario sobre la suya. Duró un instante.

—Quiero hacerle otra fotografía en el bosque, aún me quedan placas —le susurró él.

Quedaron en verse en la placita a las siete de la tarde.

La última luz para mí es la más hermosa, le había dicho Mario. Bruna había logrado convencer a Jacinto de que no los acompañara.

—Me pongo tensa cuando poso, y prefiero hacerlo sola; además es una sorpresa para ti la foto que se me ha ocurrido que me haga. Te va a encantar.

En esta ocasión, Bruna guió a Mario hasta el enorme castaño donde estaba el cementerio de las penas. Atravesaban la corredoira pespunteada de helechos cuando les salió al paso un individuo en calzones largos de otra época, descalzo y famélico, con un crucifijo en el pecho pulgoso más grande que sus puras costillas. El cabello con tiña, húmedo de las noches en vela, los ojos clarividentes, los labios llagados. Bruna lo reconoció enseguida.

—Manoliño.

Se apoyaba en un báculo que no era más que rama de castaño pulida a mordiscos de machete.

—Era el novio de mi prima —le susurró al oído a Mario— y la dejó para hacerse santo.

Mario enarcó las cejas.

—¿Santo?

—Se leyó las vidas de todos los conocidos.

—Bruna, que te casas he oído, pero éste no es el novio.

El Manoliño se rascaba la cabeza.

—Es un fotógrafo que vino a hacerme un retrato por encargo de Jacinto.

—¿Cómo está usted? Mi nombre es Mario Armand. —Le tendió una mano.

El Manoliño le dio la hebra de huesos que era la suya, y se la dejó apretar por la de ese hombre que cargaba con una caja y un bastón de tres patas.

—Bruna, ¿cómo anda la Robertiña?

—Anda, Manoliño, no andes tú en la herida.

—Dile que venga a verme. Que me hice oráculo y le digo predicciones para ayudarla con lo del novio nuevo.

—¿Oráculo?

—Que veo lo que va a pasar.

—¿Y cómo lo ve usted? —preguntó Mario.

—Lo miro a los ojos a la persona y le pongo la mano en el corazón. ¿Quiere que yo le diga a usted?

—Si a cambio me deja hacerle una foto.

—¿Y adónde me va a llevar?

—Me la voy a llevar a Francia, a París, pero si me da sus señas le remito una copia.

—En mi cueva no hay señas. Que me metí en una de ermitaños que había monte arriba.

—¿No será en la que nació mi madre, Manoliño?

Usurpador de nidos, le vino a la boca, profanador, pero retuvo las palabras dentro, navegándole en saliva.

—Yo no sé dónde queda eso, Bruna.

—Ya iré yo a ver si es allí.

—Bueno, pues si es me visitas que a veces la santidad me pesa.

Mientras tanto Mario abría el trípode y colocaba la cámara.

—Póngase usted en la pose que más le apetezca, o mejor no pose, sea usted.

—Antes deme su corazón para que le ponga la mano, y sus ojos que son —se los miró profundamente— de dos colores, uno dentro de otro, no como los tuyos, Bruna, que cada uno se te fue a un ojo distinto.

Le puso una mano sobre la camisa donde le latía el corazón, y clavó su mirada en la suya.

—Usted acaba de nacer, como aquel que dice, y aunque se va lejos vendrá a España a morirse.

—¿Y eso cuándo?

—Eso no lo dicen sus ojos porque están como a estrenar, como si hasta hoy no hubiera visto usted más cosa en el mundo que lo que se le metió hoy sin su permiso.

—¿Qué permiso?

—El que usted no dio para que le nacieran los ojos.

—No te entiendo, Manoliño —dijo Bruna—. ¿Y usted, Mario?

—Yo tampoco, pero ahora me toca a mí hacerle la foto.

Manoliño se apoyó en el báculo y se puso a orar.

—¿Y no le coloca usted? —le preguntó Bruna.

—No es un retrato posado como el suyo. Para él sería perfecto tener la Leica de que le hablé. La cámara que quiero comprarme. Es muy pequeña y ligera, y hace la fotografía al momento, no hace falta esperar. Capta a las personas de forma espontánea.

Manoliño abrió la boca y se le vieron las encías marrones y el par de dientes que le quedaban, grandes, como de mulo viejo. Así estuvo quieto hasta que Mario disparó.

—Da recuerdos a Robertiña —le dijo a Bruna— y ven a que te diga a ti presagios.

—Yo ya tengo bastante con el que me dijo siendo niña la meiga.

Manoliño se alejó orando por la corredoira.

—De afiladoiro a santo, ya ve usted cómo es la vida, Mario, pasando por Madrid. Le cambia a uno cuando menos lo espera.

—¿Así que fue usted a la meiga?

—De niña me llevó mi tía. Y me dijo que iba a ser reina.

—Bueno, casi acertó, va a ser marquesa.

—De hacedora de miel a marquesa, sí, la vida.

—¿Le gustaba su trabajo?

—Me gustaba porque era lo que hacía mi madre, y sentía que ella siempre estaba conmigo cuando andaba en las colmenas. Además con las abejas me entiendo a veces más que con los humanos. Una vez que ya tienen una reina, le arrancan la cabeza al resto de las candidatas a serlo; son prácticas.

—Espero no tenerla de rival nunca. —Mario sonríe.

—¿Y usted cómo se hizo fotógrafo? ¿Su padre se dedicaba a la profesión?

—No, era carpintero. Trabajaba poco, la verdad, más bien fumaba y jugaba al dominó en la taberna donde mi madre era cocinera. Allí pasé la mayor parte de mi infancia. Pero todos los días, cuando iba y regresaba del colegio, pasaba por delante de un estudio de fotografía y me pasaba horas espiando por el escaparate cómo trabajaba el viejo monsieur Hublot. Un día estaba atendiendo a una mujer hermosa, se distrajo coqueteando y dejó la puerta abierta. Entré en cuanto desapareció escaleras abajo, donde tenía el cuarto de revelado, y me subí en un taburete para mirar dentro de la caja mágica. Cuando me asomé vi todo negro. No puede ser, me dije. Comencé a tocar la máquina, y la placa de cristal que tenía puesta cayó al suelo y se rompió. Monsieur Hublot me puso a trabajar en su tienda hasta que la pagara.

—¿Y de qué se ocupaba?

—Llevaba las fotos a los clientes a su domicilio, dos céntimos que te quito de la deuda, me decía él, la tenía apuntada en una pizarra, cuarenta y cinco francos, y con cada nuevo trabajo me hacía las cuentas. Mario, coloca el fondo de la playa detrás de madame Linardi, dos céntimos menos; monsieur Hublot, ¿me deja mirar dentro de la caja?, no, respondía él siempre. Mario, vete a comprar los líquidos de revelar, tres céntimos menos, monsieur Hublot, ¿puedo mirar por la caja?, nooooo.

Bruna rió. Se miraron. Se apartaron la mirada.

—Cuando me portaba mal me sumaba céntimos de la deuda. Y así estuvimos tres años, hasta que cumplí los quince. Entonces monsieur Hublot me dijo: ven aquí, muchacho, este es tu regalo. Me dio un paquete y dentro había un paño negro. Mi propio paño negro, este que llevo conmigo. Ya no me hacía falta la banqueta para llegar a la cámara, adelante, me animó, él se puso delante del objetivo, me cubrí con el paño, y le vi reflejado en aquella placa de cristal que había roto hacía tres años. Él fue mi primera fotografía. Después de hacérsela me dijo: son diez francos, así que fue a la pizarra y la deuda de nuevo quedaba sin saldar. Vuelves a trabajar para mí, muchacho.

—Qué listo su *mesié* Hublot —dijo Bruna.

—Al llegar a casa recorté un rectángulo de un trozo de papel y con él comencé a encuadrar mi fotos invisibles, ésa fue mi primera Leica. Fotografiaba el instante. El mundo en mi rectángulo, mientras monsieur Hublot me enseñaba a manejar la cámara de madera y los retratos para ganarme la vida.

—Otra vez su Leica.

—Sí, y dígame, ¿cuál es la suya?

—Me gusta aprender cosas. Cuando era niña Jacinto me dijo que había gente que volaba en un globo por los aires metidos en una cesta y yo al principio no le creí. Mi mundo era muy pequeño, Jacinto despertó mi curiosidad, y mi mundo se amplió.

—Me ha dado la sensación de que lo cuida mucho.

—Me necesita…

Llegaron al cementerio de las penas. El castaño permanecía seco, con su abismo de líquenes que se abría al olvido.

Si quiere enterrar alguna pena éste es el lugar, le dijo Bruna. Las babosas negras desfilaban en hilera cerca del tronco. Antes quiero fotografiarla, mirándola no puedo pensar en nada triste. Mario la toma por los hombros, la sienta con delicadeza sobre la hierba, enmarcada en el castaño. Ponga las piernas hacia un lado, descálcese, es él quien le quita los zapatos, quien le coloca los pies uno sobre otro con una caricia, quien le estira el vestido, le alisa el cabello. Como en un ritual aprendido, ella se deja hacer en la canícula de la tarde de verano, se abandona a perder la piel, a que él se la lleve en sus manos y la deje otra vez desnuda.

24

Boda en el pazo

Tengo las piernas abiertas, el bebé quiere nacer. Sudo, lloro, me orino por el esfuerzo de intentar cerrarlas, pero es inútil. Una enfermera me sonríe, tiene un rostro dulce, pequeño, me acaricia el vientre hinchado, me pasa la mano por él como por el lomo de un perro. Tiene uñas de ave rapaz, de halcón que desgarra los pedazos de vida. Le sonrío con el corazón en los labios y un dolor me hace doblarme sobre mí misma. La enfermera me abre más las piernas, yo las cierro de golpe y pongo las manos en mi sexo desbocado. Es de noche, hace frío. Grito porque me desgarran las entrañas, tengo que dejarlo salir, lo sé, la enfermera me lo exige, me abre las piernas de un tirón, me incorporo y le veo la cabeza de sangre, los hombros, los brazos, hasta que se escurre del sexo como si éste lo escupiera. El bebé gruñe con un hocico de cerdo, tiene el cabello rojizo y largo, el cuerpo cubierto de pecas, pezuñas en vez de pies; le miro e intenta morderme, la enfermera ríe, me lo pone en el pecho, tiene dientes afilados…

—Yo estoy a tu lado, todo está bien, Bruna, sólo es una

pesadilla. —Jacinto le acarició el cabello, la tumbó en el lecho para que descansara.

—Tú no estás a mi lado en el sueño.

—Pero cuando llegue en verdad el momento lo estaré. ¿Cómo voy a dejarte sola cuando nazca nuestro primer hijo? Nada deseo más que abrazarlo. —La acurrucó en su regazo, la arropó con la sábana.

No me consuela, pensó Bruna, abrazándole las costillas por las que se le transparentaba el alma.

—Tengo miedo, Jacinto.

—¿De qué?

De nada y de todo, pensó mientras a él le miraba con ternura, de un sabor a miel amarga en mi garganta, de una punzada que me retuerce el estómago inflado de vida, tengo miedo del aire, de las sombras, del sol, del cielo azul, de la lluvia, de los campos, de los peces dorados que abren las bocas como si quisieran engullirme al verme, tengo miedo de ti, de mí, tengo miedo del futuro, del pasado, de lo que ocurrió, de lo que nunca ocurrirá.

Nacha llamó a la puerta del dormitorio. Traía el desayuno. Se incorporaron en el lecho. Jacinto ahuecó unas almohadas para que ella se apoyara.

—Buenos días. Llegó la prensa, señor marqués —le dijo entregándole un par de periódicos.

—¿Yo no tengo correspondencia de Francia, Nacha?

—Nada llegó, señora. —Dejó la bandeja del desayuno sobre una mesa y se retiró.

Jacinto la miró de reojo y abrió uno de los periódicos.

—Están luchando en el frente. Me siento tan inútil, Bruna, por no poder alistarme e ir a la guerra.

«No eres hombre, no eres hombre, empuña un arma y vete a pegar tiros, flojo, caldo de pollo.»

—Me parece escuchar la voz de mi padre tantas veces. Y luego la de madre: «Anda y que le maten a él otra vez, reviéntale el ánima de un tiro, hijo, que ni siquiera sin boca es capaz de callar».

»Me hablan cuando tú no estás, cuando te alejas de mí, Bruna; otras veces sólo lo imagino.

—No te atormentes, Jacinto, ¿acaso es culpa tuya que seas epiléptico? No eres apto para ir a la guerra, pero sí para muchas otras cosas. —Le besó la mejilla.

—Voy a involucrarme en llevar las tierras, y en la administración del pazo. Mi padre lo había dejado en manos de un abogado de Ourense, pero yo quiero tomar el mando.

… y aprende a mandar pero en otros asuntos que mi hijo es blando como la nieve, se encendieron en la mente de Bruna las palabras de José Novoa.

—¿Me enseñarás cómo se hace? Tú necesitas tiempo para dedicarte a escribir tu obra sobre los espíritus. —Le abrazó, le besó en los labios, le acarició el pecho de galgo, le succionó el cuello pálido. Y él se deshizo en sus brazos.

Tras el desayuno, Bruna fue a dar un paseo por el jardín. Estaba embarazada de cuatro meses y el médico le había recomendado que caminara todos los días al menos durante media hora. Se perdió por la avenida enmarcada por los setos de boj que conducía entre los tilos y los magnolios gigantes hasta la capilla. Algo me trae a este lugar de ritos y profanaciones, pensaba, a este lugar donde no se borra el olor de la caza despedazada de José Novoa. Yo lo sé bien, que el tufo me acompañó lo que duró mi boda. Prisas le entraron a Jacinto por casarse, en plena guerra, apenas sin invitados, que eran y son tiempos de frentes, barbaries y trincheras.

Bruna entró en la capilla. La habían vuelto a consagrar por el cura del pueblo antes de la boda. Un cura nuevo que sabía, no obstante, los antecedentes de la brutalidad del anterior marqués, no quiero pensar que hoy en día estuviera vivo, le dijo a Jacinto, mejor muerto, muchacho, aunque consciente soy de que era tu padre, que no son tiempos para levantar la mano contra Nuestro Señor en esta Galicia nuestra. Consagre la iglesia, le decía Jacinto, la pila bautismal, embadúrnela de agua bendita que aquí uno de ustedes cometió el error que me dio una vida a medias entre dos mundos, bendiga, padre, bendiga, que es lo suyo, yo creo en mi Dios que es como los grelos. Ay, no me sea usted blasfemo, replicó el cura, dicen que así era su señor padre, aunque se le tiene a usted por el marqués del pueblo, que perdona rentas si no se pueden pagar en estas épocas duras. Usted limítese a bendecir, y traiga un coro de fieles que nos venga a cantar el aleluya.

Se reformó la tarima del coro, los atriles que habían servido para colgar los pellejos sangrientos de los animales, se reformó el altar, se taparon con una masilla los agujeros de las balas, se repararon las cabezas de los santos pegándolas con una cola que no aguantó, porque en mitad de la ceremonia eclesiástica, Bruna con el velo de novia cubriéndole el rostro, se desplomaron de los cuellos, plon, plon, con un estruendo seco que le cortó al cura la lengua, el rito del amor, y lo dejó mudo, pálido, ante la santidad decapitada en su presencia. Es él, decía Jacinto en el oído de Bruna, no puedo verle ni oírle, pero es él, que viene a exigir que le dejen su capilla como estaba, brutal, salvaje, pero esta capilla ahora es mía, nuestra, Bruna; sí, Jacinto, y nos casamos en ella y hacemos lo que nos da la gana; fui yo quien decapitó a los santos; sí, Jacinto, un collar de perlas de tres vueltas que él le había regalado le amordazaba el cuello. Siga, padre, le exigió Jacinto, la masilla de las balas se escurría de los agujeros como si fuera de agua, y todo lo tapado resurgía impúdico, usted siga, padre, y las cabezas rodando por el suelo de piedra, que cante el coro, y doce túnicas elevaron sus gargantas por encima de los decapitados, y una mezzosoprano que habían traído de Ourense se desgañitó en un avemaría que reconfortó ligeramente las almas. El altar estaba recién pintado de pan de oro, lo habían adornado con margaritas silvestres, jacintos blancos y, entre el aroma dulce, un puñado de grelos. Las manchas de sangre permanecían incólumes, y sobre ellas habían colocado los sitiales para la familia de la novia, la tía Angustias, con el vestido de rayo de sol aunque habían llegado los fríos, y en la capilla el eco de las voces traía un vaho gélido, la tía Angustias sobria para evitar que se le fuera la mano y dormirse. La tía Angustias con un tembleque en las piernas, en las manos, tiritando toda ella de santa sobriedad. Marina, le decía a la hermana, mirando el altar con el Cristo tan reluciente como su vestido, Marina, mira si te la he cuidado bien, Marina, sé misericordiosa y cuando me llegue la hora, que no veo lejana, intercede por mí a quien haga falta, tengo un lobo que me muerde las entrañas y temo que en breve me las deje secas y como pasto de tumba, Marina, que soy la que te enseñó a ser humana. Y junto a Angustias, Roberta, enfundada en un vestido de color rosa que se fundía con su carne lozana. Roberta cabizbaja y alegre, Roberta que lloraba y le latía el pus de la frente, Roberta en las fronteras del amor, mirando a la niña que había criado espléndida con las galas de boda, toda satén y gasa, Bruna, la niña del bosque, de las estrellas, de las abejas de su madre y de ella. Y en los sitiales del novio sólo dos de los amigos ingleses, no le quedaba de familia más que dos primos lejanos con los que sólo se reconocía por ser el marqués de tal o de cual. Y al fondo de la capilla, vieja y corroída, la Troucha, con el Juanchón de garrote que le sustentaba los huesos, a ver a la niña que había echado tan venturoso prodigio, sin miedo a que esta vez lincharan al hijo por acusarlo de ir a ver cómo casaba la hija que había tenido de forzar a la Santiña, o eso habían dicho para buscarle la ruina.

Ya está, pensó Bruna, después del sí quiero, ya soy marquesa. Y ahora… intentó aflojarse el collar de perlas mientras un hombre gris de bigote y barbas blancas les tomaba fotografías tras la ceremonia con una cámara semejante a la de Mario Armand. Qué parte de nuestra verdad tomará en sus retratos, se preguntaba Bruna, aferrada a su ramo de novia. Jacintos blancos en honor a Amelia, la suegra muerta. Quieta, por favor, señora marquesa, míreme, sonría, relaje sus hombros, permítame que le coloque esta mano que le queda libre, un tacto como el de un pescado, la piel sin inmutarse, la carne en reposo latente. Nada. Mario estaba en París. Había recibido una carta de él a las pocas semanas de que abandonara el pazo tras la fiesta de los peces dorados, con una copia de la foto del Manoliño. Nacha se la había entregado, la primera carta que recibe en su nuevo hogar, le dijo, Bruna ya se había instalado definitivamente en una de las habitaciones de invitados de la segunda planta esperando que llegara la boda.

Se fue hasta la fuente de la Santiña para leer la carta, se sentó fatigada en el pilón, la boca seca, bendito Dios qué bien que aprendí a leer, ¿cómo puede comunicarse la gente así?, se le ocurría, y se moría sola de la risa que le daba ella misma,

París, 13 de julio de 1936

Estimada Bruna:

Le envío la foto de su amigo, que junto a la suya en la fuente de su madre, me han abierto las puertas de la revista *Vu*, para la que anhelaba tanto trabajar como reportero. No sabe cuánto le agradezco que me acompañara al bosque aquel día y el encuentro tan afortunado con este personaje tan excéntrico como entrañable que a punto estuvo de convertirse en su cuñado. Por fin me he despedido de mi vieja cámara por la que usted se asomó para comprobar que a veces se puede ver el mundo del revés, el mundo como no imaginamos nunca, lo que no debe ser aparece como lo más correcto, se me ocurre. El caso es que me he comprado la Leica de la que le hablé. Qué distinta sería nuestra sesión de fotos con ella. Es tan ligera, y se pueden disparar hasta treinta fotos de una sola vez. No la aburro con mis ilusiones, parezco de nuevo un crío descubriendo cuánto hay a mi alrededor a través de su encuadre, que empieza a convertirse en mis ojos. Le deseo que sea muy feliz en su pronto matrimonio. Y que algún día volvamos a encontrarnos.

Un saludo cordial,

MARIO ARMAND

Le escribió a la dirección de París que venía en el remite del sobre. Le escribió hasta siete y ocho veces porque su letra le parecía horrible.

El pazo de Novoa,
3 de agosto de 1936

Estimado Mario:

Muchas gracias por enviarme las fotos. La del Manoliño la encuadró usted que parece un duende del bosque. La otra en la fuente de mi madre la guardaré como un recuerdo muy bonito. Me alegro de que ya tenga su Leica, yo espero hallar pronto la mía. Enhorabuena por su trabajo en la revista que me indica, ya es usted reportero, entonces. Dígame ¿de qué hará ahora fotos? ¿Ya no tomará más retratos? Como sabrá estamos en guerra, apenas lo podemos creer. España está desordenada, desbaratada, aún no sabemos lo que va a ocurrir o ni siquiera si le llegará esta carta. Espero que la situación en Francia esté mejor.

Un saludo desde el bosque,

BRUNA MENCÍA

La respuesta tardó en llegar más de dos meses. El sobre estaba arrugado y la tinta del remite, borrosa.

Estimada Bruna:

Espero que a pesar de la situación, usted y su prometido se encuentren bien. Quizá ya sea su marido, ¿se ha casado ya?

Le escribo desde el frente español, aunque he remitido la carta desde París a mi vuelta. La revista me ha enviado para tomar fotografías de lo que está ocurriendo. Quizá no reciba sus cartas en una temporada, apenas paro en casa, viajo constantemente con mi Leica encuadrando cómo el mundo ha perdido la cabeza, aunque ahora con esta máquina lo vea del derecho, me parece más loco y sin sentido que nunca. Siento que he de dar testimonio de lo que ocurre en su país, que también siento en parte mío. La imagen, la fotografía, está adquiriendo gran poder, pues la toman como garantía de la verdad. Y yo voy a intentar, como le he dicho, dar testimonio de ella.

Le saluda con afecto,

MARIO ARMAND

Bruna tomó como costumbre leer sus cartas en la fuente de la Santiña, sentada en el pilón, con una abeja que solía rondarle.

Noviembre de 1936

Estimado Mario:

Espero que se encuentre bien. Temo por usted, si le he entendido bien irá al frente a fotografiar lo que ocurre. Ser reportero parece peligroso. Deseo que su Leica le proteja de alguna manera, como si fuera una especie de amuleto. Mañana me caso con Jacinto, parece que no es momento de alegría ninguna, pero él insiste y no sabemos cuándo va a terminar la guerra, apenas ha comenzado. No iremos a París porque es peligroso viajar por el país de luna de miel. Nos quedaremos en el pazo. En Galicia de momento no se ha abierto ningún frente, ya lo sabrá usted. Si viene de nuevo por Ourense a ver a su madre, no dude en visitarnos.

Le deseo que se cuide y, si lo tiene a bien, escríbame unas líneas de vez en cuando para saber que usted y su Leica siguen vivos.

Con mucho afecto,

BRUNA MENCÍA

Bruna se sentó en un banco de la capilla, le había dado un pinchazo en el vientre. Se puso las manos sobre él, comenzaba a sentir al hijo que llevaba dentro. El hijo de Jacinto. Hacía varios meses que no tenía carta de Mario y estaba preocupada por si le había sucedido algo malo. Jacinto sabía de la correspondencia con el fotógrafo, incluso Bruna le leía algunas cartas. Trabaste buena amistad con él en poco tiempo, le dijo. Más fue por carta que en persona, quizá a través de él podamos enterarnos de más cosas que suceden en la guerra, tengo la impresión de que estamos aislados, de que las noticias no son todas las noticias. Pero Jacinto solía ponerse de muy mal humor después de la lectura, sobre todo de aquellas en las que hablaba por encima de lo que veía en el frente, y volvía a lamentarse sobre su inutilidad con un humor de perros que sólo le calmaba indagar en la existencia de algún río o accidente geográfico del mundo de los muertos, o salir de cacería con Bruna a pegar tiros por los montes, pero esa opción ya se había eliminado desde que ella estaba embarazada.

El mediodía se hallaba aún muy alto en el cielo. Bruna salió de la capilla tras un breve descanso y regresó al pazo. Había decidido ir a visitar a su tía Angustias, que estaba enferma de gravedad. Los ojos se le habían puesto como los de la hermana, de un amarillo intenso, pero éste nada tenía que ver con la flor del tojo sino con un hígado que ya no aguantaba más tanto trasiego de orujo puro.

Roberta lloraba. Qué sola me va a dejar, madre, y ella que aún no me he muerto, ni pienso morirme y dejarte sola en esta casa que bien podría ser mejor, lo sabe Dios. Jacinto les dejaba vivir sin pagar renta en una granjita con una casa de dos habitaciones, salón y cocina, y un establo aparte para los animales, donde había una vaca, dos bueyes para el arado, una cabra y una buena recua de gallinas. Tenía un terreno para el cultivo del cereal, donde trabajaban un par de campesinos pagados por Jacinto para que pudieran sacar la cosecha adelante. Vivimos de las migajas, madre, le decía a veces Roberta, de la miga de esa hogaza que es el pazo y su jardín de ensueño.

La nueva granja de su tía Angustias y Roberta quedaba a media hora andando del pazo, pero Bruna tomó el coche que había comprado Jacinto, un Ford que se descapotaba.

Roberta la vio llegar por la ventana, bajarse del Ford ayudada por el chófer que le abría la puerta y le tomaba leve y cortésmente de la mano. El collar de perlas en dos vueltas adornándole su nueva vida, un vestido de punto inglés, una chaqueta de corte impecable, un sombrerito de fieltro y diminuta pluma. Roberta se quitó el delantal de las faenas, se atusó el cabello de loca, se estiró el vestido burdo, se pasó las manos por el rostro, que se le iba aviejando sin remedio.

—¿Cómo está tu madre?

—Ah, ¿es que ya no es nada tuyo? Pues mi madre está que arde de fiebre porque el médico que mandasteis dice que tiene una infección además de lo del hígado, que se le descompone como perro muerto.

—Habría que llevarla al hospital.

—No quiere. Se niega a dejar este palacio que nos habéis dado para vivir, como si fuera el de la madre de la reina. Se cree que se lo van a quitar si se marcha de aquí, la muy estúpida.

—¿Y tú cómo estás?

—Que ni vivo ni duermo. Todo el día pendiente de madre, poniéndole paños en la calentura de la frente y del cuerpo, que le supura fuego.

—Te mando a alguien que te ayude a cuidarla y así puedes descansar.

—Mándame una criada de esas que te sobran.

—Aprovecha para dormir ahora que yo me quedo con ella.

—¿Y cómo va lo tuyo? —le preguntó Roberta mirándole de reojo el vientre.

—Creciendo.

—Tú que no tuviste nunca el menor tufo de instinto de madre, que te comías cuanto pillabas en vez de cuidarlo para que sobreviviera. Pero me voy a echar un rato en mi cuarto nuevo, sólo para mí, sí, que no habríamos sido las mismas de dormir separadas, digo yo, que no nos oleríamos a distancia como nos ocurre, o nos ocurría, porque ahora se te aguó un poco el olor, y no sé cuándo vienes o lo que te pasa.

—Échate y no te preocupes de más. Yo cuido a madre.

—Ahora ya sí parece algo más tuyo.

Bruna entró en la alcoba de Angustias. Dormía. Las manos se le habían afilado y las tenía sobre el embozo de la cama, enganchadas a él como dos garras. El cabello grisáceo y crespo enmarañado sobre la almohada. La nariz que se le iba estrechando por el sendero de la muerte, los ojos bajo dos pellejos flácidos, los labios entreabiertos por los que se escapaba el

337

vapor de pudrirse en vida, el aliento denso como el caldo, la barbilla en punta, la piel pellejuda pegada a los huesos.

Se sentó a su lado en una butaca. No se atrevió a tocarla. La alcoba olía al orujo que parecía destilar el cuerpo. Bruna se asomó debajo de la cama y encontró una botella medio vacía. Y qué más da ya, que se muera haciendo lo que más le gustaba, pensó. Que se muera y pague como hemos de pagar todos tarde o temprano, porque nada de lo que se hace queda impune.

Angustias se agitó en la cama, desclavó las garras del embozo, las tenía rígidas, entreabrió los ojos, y dos aureolas amarillas amanecieron en el cuarto. Vio a Bruna. Me parezco a tu madre, le dio la risa, mira, mira, le decía señalándose las pupilas, las cuencas hundidas, justo ahora que me voy a morir cuando más lo necesitaba me vuelvo santa, porque antes *pa* qué, se rió con estrépito.

—¿Cómo está, tía?

Angustias se incorporó en la cama, le miró el vientre y apartó la vista.

—Está madurando, ven, ven, acércate.

Bruna se levantó y fue hacia ella, no le quitaba ojo de la barriga, le temblaron las manos cuando quiso tocarla, se le pusieron retráctiles.

—Dile cuando nazca que yo no tuve la culpa.

—La culpa de qué, tía. —Bruna le tocó la frente—. Está ardiendo, voy a ponerle un paño de agua fresca.

—Déjate de paños y atiende. Tu madre, mi hermana, ayyy, nunca vino a verme de muerta, eso ya lo sabes.

—Lo sé, tía.

Un chorro de sudor le caía por el cuello.

—Pero yo la llamé todo el tiempo, tú me oíste muchas veces, cosas tenía yo que preguntarle, y decirle otras cuantas que no le dije de viva y tenía que oír, date la vuelta que no me mire tu hijo.

—Pero, tía, déjeme cuidarla, déjeme que le alivie la fiebre.

—Con el vestido no me va a ver, ¿verdad?, es como una cortina, está detrás de una cortina. Que no me mire el bebé.

—Yo se lo digo, tía, no se preocupe.

—Eso, tu madre, el día que se murió, le hicieron un velorio que parecía de reina, fíjate, como si fuera el principio de todo lo que te iba a pasar a ti, tres días viniendo gentes que yo ni conocía, y lloviendo de pena el cielo, le metían papeles en la mortaja con los recados a los muertos, todos querían algo de ella, me la hubieran despedazado para amuletos si se lo hubiera permitido. Bueno, ya se le llevaron los dientes después de muerta, sus lindos dientes, le quitaron todos menos las muelas, estos de delante —se señaló la encía con llagas y tres dientes—, se los llevó alguien, y no se supo más de ellos, sólo cuando a uno le venía la suerte se decía: éste tiene un diente de la Santiña, fíjate, tu madre lo que llegó a ser, mucho más que muchas reinas, te lo digo yo, aunque no comió tan bien, ni tuvo más lujos que sus abejas y sus secretos.

—Lo sé, tía.

—Tú qué vas a saber. El último día del velorio le metieron una prenda en la mortaja, pero no era como todas las otras, pedigüeña, lacrimosa, rogadora, interesada, se la metieron donde en vida le latía el corazón, que entonces estaba silencioso y quieto. Casi era una prenda peor, la prenda que le había dejado el corazón así... tieso... yo vi un bulto y ahora qué le han metido aquí, me dije, y lo encontré.

—¿El qué, tía?

—Lo he tenido escondido, aquí, mira debajo del colchón, en este lado de aquí, lo tenía preparado para dártelo cuando vinieras, dentro de ese pañuelo que has cogido está, frágil y fuerte, muerto y vivo, el recuerdo de lo que fue y no se puede olvidar.

Bruna abrió el pañuelo.

—Con cuidado, con cuidado —insistía Angustias.

—Es una camelia, tía.

—Una camelia, eso es —asintió ella.

—La flor de Galicia —dijo Bruna—, la flor de los Novoa.

—De los Novoa, eso es —repetía Angustias—. Un capullo de camelia que no se ha marchitado en más de veinte años, no se ha secado, míralo, yo lo he observado cada día, abría el pañuelo, hoy se le secan las puntas, me decía esperanzada, pero las muy putas seguían frescas y burlándose de mí porque olían a su propia primavera; la camelia, eso le dejaron encima del corazón mudo, la camelia y algo más que era todo un ata- dito de amor.

—¿De amor?

—De ese que la mató. Hay más en el pañuelo.

—Una pluma de algún pájaro.

—De lechuza.

—Sí parece.

—Se la enseñé yo a uno que sabía de aves, y eso me dijo. La lechuza que cantaba y ella se iba de casa. Si yo lo hubiera sospechado, y pensé que se iba a hacer buenas obras, o de noche a estar sola con el monte que tanto le gustaba.

—También hay un papel.

—Viejo, viejo, un papel viejo.

—«Perdóname. Te querré siempre» —leyó Bruna.

—Eso pone, «perdóname». Que me lo leyó por una perra el escribiente.

—¿Y quién se lo metió a mi madre en la mortaja?

—Creo yo que el marqués, que vino a velar a tu madre, como poseído por un ánima.

—¿Y qué piensa de todo esto, por qué me lo da ahora?

—Porque me muero. Para que tú lo guardes. Para que sepas que la estuve buscando toda su vida de muerta y la estuve preguntando: dime quién es, dime quién es, quién te preñó, dime si estoy en lo cierto con lo que sospecho. Y ella callada, muda. Sólo la vez que vino el muchacho noble, tu marido —le miró el vientre por un instante a Bruna, pero apartó la vista enseguida—, que la sentí aquí, curuxa, decía, él, curuxa.

—Curuxa, así la llamaba José Novoa, sí, yo lo sabía. Él me habló muchas veces de ella. Yo lo sabía todo, es cierto.

25

Traición de reyes

—Estás preñada —le dijo el Mano-liño.

Bruna se lo había encontrado en un sendero del bosque. Al salir de la granja de Angustias y Roberta, le había dicho al chófer que iba a regresar andando a casa. Necesitaba dar un paseo, que el aire le refrescara el rostro después de la pesadumbre a enfermedad y a orujo que se respiraba en el cuarto de su tía.

La imagen del antiguo novio de su prima le hizo recordar a Mario, no había vuelto a verle desde que le encontró con él en la corredoira. Le hubiera gustado llevar la foto encima para enseñársela, mira, Manoliño, le hubiera dicho, aquí que pareces un ser de otro mundo, un ser que no existe, pero es real. En París has gustado mucho, tú en París, fíjate. Sin embargo, no le dijo nada. Guardaba en un bolsillo de la chaqueta el pañuelo con el atadito de amor de la mortaja de su madre, Angustias ya se lo había entregado en custodia. El atadito le pesaba. El collar de perlas la ahogaba, a pesar de que lo llevaba sólo con dos vueltas. El vientre de cuatro meses le parecía roca que tiraba de ella hacia lo más profundo de la tierra.

—Te casaste, Bruna, yo lo oí decir y lo sentí aquí.

—¿Dónde lo sentiste, Manoliño?

—En los entresijos, que son los que me hablan. Y tu tía Angustias, me dicen, muriéndose.

—Eso lo sabe toda la aldea, que ya no va por ahí con su orujo a cuestas.

—Y mi Robertiña se queda sola.

—De sola nada, conmigo.

—Sola la siento.

—Pues será porque quiere.

—Yo oré y oré y oro por ella.

—Bien te podías haber pensado antes lo de tu santidad.

—De momento soy eremita y oráculo.

—Ya me dijiste la última vez que nos vimos. —Se metió la mano en la chaqueta, acarició el pañuelo con el atadito de amor.

—Te lo digo hoy a ti. —Se le acercó al corazón con el brazo extendido.

—No me toques aún.

—No te avergüences del niño.

—Yo no me avergüenzo de nada.

—Algo te preocupa.

—No parece difícil adivinarlo.

—Le das vueltas a algo. Algo te está creciendo dentro además del hijo.

—Y qué sabrás tú.

—Lo saben tus ojos y ellos hablan.

Le puso la mano sobre el pecho, cerca del corazón. Bruna se dejó hacer.

—¿Qué quieres saber? —le preguntó.

—Nada... —Apretó el atadito de amor, la camelia que sentía fresca en la mano.

—No pienses más, Bruna, no busques lo que ya no hay que buscar. No hagas nada.

—Toma una moneda, Manoliño. —Le entregó un duro—. Que bien hubieras entrado en la familia con la loca Tomasa.

Él le puso una mano en el vientre y le dijo:

—No quieras saber más.

La madrugada se extendía solitaria por las habitaciones del pazo. Bruna dormía sobre el hombro de Jacinto, abrazada a él. Me huele a cuando éramos pequeños, a su infancia lúgubre, pensaba, pero ya crecimos, la infancia quedó atrás, se tocó el vientre. Le quitaron los dientes, lo sabes, lo sabes, le martilleaban esas palabras de Angustias en la cabeza, a tu madre se los quitaron de muerta. Jacinto respiraba profundamente. Se fijó en sus rasgos con la breve luz de la luna que entraba por una de las ventanas cuyo postigo estaba sin echar: la nariz pequeña, los pómulos angulosos; tocó después su propio rostro, era más ancho, la barbilla más redonda, los pómulos más suaves, había engordado un poco con el embarazo, pero no importaba, los huesos eran los mismos. Él tenía los ojos felinos, ella más redondos. Intentó dormirse, pero no pudo. El bebé se le movía en las entrañas. Calla, le dijo, tú eres el que menos tiene que hablar. Se levantó de la cama y fue donde había guardado el atadito de amor, el pañuelo de Angustias con la camelia, la pluma, la nota. Sintió un dolor en el vientre, como si la criatura aún no nacida le hubiera mordido. Salió al pasillo. «Perdóname, te querré siempre.» Caminó por él sin saber adónde iba. Yo maté a tu madre, le vinieron a la cabeza las palabras de José Novoa en el momento de su muerte, tendido en el bosque con el pecho manando sangre, el amor mató a tu madre, crujían en el pasillo las palabras de Angustias. Madre, ¿dónde estás?, ¿por qué no vienes ahora a contarme, a protegerme, a explicarme? Caminó hasta el que había sido el dormitorio de José Novoa. Permanecía intacto. No se habían tocado sus objetos personales, su ropa, nadie había dormido en él desde su muerte. Parecía que en cualquier momento iba a regresar y encontraría todo tal y como lo había dejado. Bruna abrió la puerta y entró. El aire era pesado. La noche de luna se derramaba en los cristales de la ventana como leche. Que meriende en la cocina, eso le había dicho José la primera vez que la vio, y ahora mira dónde estaba. En su dormitorio, convertida en marquesa y con un Novoa en sus entrañas. El silencio estaba vivo. La criatura moviéndose aún más en su seno. De pronto un eco, como un estallido de pólvora. Bruna abandonó la habitación y regresó a la cama. Consiguió dormirse al poco rato, pero la despertó la misma pesadilla de la noche anterior. Apenas descansaba, desde que se enteró de su embarazo las pesadillas habían comenzado y no sabía cómo ponerles fin. Jacinto también se había despertado, duerme, duerme, le decía, acariciándole el cabello. ¿Me enseñarás el mundo como me lo mostrabas en el atlas de la biblioteca, pero esta vez de verdad? ¿Me llevarás a China, a India, a los polos cubiertos de hielo? Te llevaré donde me pidas, ahora cierra los ojos, descansa.

Amaneció un día nuboso. El cielo borrado por una niebla que lo volvía fantasmal. No ocurrió nada en especial hasta después del almuerzo. La vida que comenzaba a ser cotidiana en el pazo. A veces paseaban por el jardín, por el laberinto de reina como la primera vez. Comieron perdices que no habían cazado ellos, estofadas y tiernas, y bebieron una copa de vino cada uno. Luego Jacinto se retiró al salón de caza para tomar café y tratar de poner en marcha una radio que se había comprado para escuchar las noticias sobre el desarrollo de la guerra, y con un poco de suerte sintonizar alguna emisora inglesa para tener noticias verídicas del mundo.

Bruna se había retirado al dormitorio excusándose con un malestar en el estómago. Pero no pudo echarse en la cama. En el pecho le pesaba una duda que se había abierto en ella y, por más que lo intentaba, no lograba cerrarla. Regresó a la habitación de José Novoa. Estaba triste por la luz grisácea del día. La cama con una colcha granate. Una cómoda con cajones. Seria, recia. Una chimenea de piedra con un hogar negruzco. Bruna no sabía dónde dirigirse. ¿Qué hago aquí?, se preguntó. Pero sabía la respuesta, buscar lo que le dijo el Manoliño que no buscara. Abrió el primer cajón de la cómoda y lo primero que vio fue un saquito de cuero. Lo reconoció, José Novoa solía llevarlo al cuello. Clic, clic, clic, el sonido le vino a la memoria, la inundó como un diluvio. Grillos. Grillos que salen después de la lluvia. ¿Por qué se le ocurrían esas ideas absurdas? No debería estar allí. La criatura le saltó en el vientre. Sintió que abrir el saco para ver que contenía era como profanar la tumba de José Novoa. Como hicieron con la de su madre. Cogió el saco, lo mantuvo unos segundos en la palma de la mano, lo palpó y finalmente lo abrió. Se asomó para ver el contenido. Lo volcó luego sobre cómoda. Se pasó las manos por el cabello, no debería haber entrado. Dientes. Dientes con su raíz puntiaguda. Dientes que el tiempo no había alterado. Incólumes. Dientes tristes. Dientes. Y entre los dientes más grandes, dos de una niña, pequeños, tiernos. Bruna se llevó la mano a la boca. Los que perdió cuando se cayó con la escopeta.

Bajó la escalera hacia el saloncito de caza. Jacinto sentado frente al fuego. Las piernas cruzadas, un libro entre las manos. Un café que humeaba sobre la mesa baja. En el vientre de Bruna moviéndose un anfibio. La niebla en la ventana.

—Jacinto.

—Amor mío.

—Hay algo que me atormenta.

Llevaba en una mano el saco de cuero lleno de dientes, en la otra la camelia, la pluma de curuxa, el papelito viejo con la declaración de amor. Jacinto se volvió a mirarla.

—Sospecho que yo soy la bastarda de tu padre. Que somos… No me atrevo a decirlo. —Se llevó la mano al vientre—. Hermanos.

—Lo somos, amor mío. —Jacinto cerró el libro—. Creí que de alguna manera lo sabías y no te importaba, lo mismo que a mí. Durante siglos los egipcios se casaron entre hermanos, Nerfertiti era hermana de Akenatón, por ejemplo, y tuvieron a Tutankamón, forma parte de las grandes dinastías. Si te consuela, con los sicomoros de la avenida podemos hacernos unos sarcófagos en vez de un ataúd cuando nos llegue la hora. —Sonrió.

—Tú lo sabías. —Bruna aprieta en un puño el saco de cuero—. ¿Desde cuándo?

—Desde aquella tarde que te rompiste el diente, mi padre me lo dijo cuando te fuiste. Estaba ebrio, pero eso no era una novedad en él, ya lo sabes. He visto cómo lo miras, me dijo, nunca será para ti, y no sólo porque es demasiado mujer sino porque es tu hermana. Mi padre dio un trago largo de coñac. Su madre era mi amante desde la adolescencia, y mi único amor, debí casarme con ella y mandar a la familia y al marquesado al carajo. Así que olvídala, Bruna es una Novoa, una auténtica, no como tú, un alfeñique con la sangre blanda de tu madre. La voy a reconocer, habrás de compartirlo todo con ella, y ver cómo se casa con otro que no eres tú. La sangre de tu madre se retorcerá en su tumba, la hija de mi amante, de mi único amor por encima de la de su hijo, díselo, vamos, ¿la ves? Está aquí ahora, Amelia, jódete, si hubieras sido la mitad de mujer que fue Marina, mi curuxa, mi linda y bella curuxa del bosque, así que olvídala, nunca será para ti. Mi padre apuró la copa de coñac. Eso es lo que usted cree, le respondí mirándole a los ojos como no lo había hecho hasta ese momento, ella me quiere. ¿Y cómo os vais a casar siendo hermanos?, replicó él sonriéndome, mañana hablaré con el abogado para reconocerla, no me importa que sea bastarda, es más Novoa que tú, esto que llevo colgado del cuello son los dientes de Marina la Santiña, la única mujer que he querido, dijo agarrando el saco, pero tú te quedarás sin Bruna porque ella está prohibida para ti, bebía más coñac, enfebrecido, los ojos parecían los de un loco, hasta la oscuridad los hubiera temido. Calle, padre, le dije, o le mato. Descolgué la escopeta con el escudo de la familia y le apunté con ella. De los cañones salía un vaho de pólvora. No tienes valor, reía, y se le deformaba el rostro, no tienes valor, disparé al techo, disparé a la pared. —Bruna miró los agujeros que aún permanecían abiertos como una herida—. Y salí corriendo hacia la capilla, quería afinar mi puntería, convertirme en una bestia como él para poder enfrentarlo.

—¿No fue un accidente, Jacinto?

—Se merecía que le hubiera matado, no fue así del todo. Había que escoger entre él y tú y te escogí a ti. Te salvé del inframundo, Bruna, soy tu Ulises, y tú, mi Penélope.

—Jacinto, no te reconozco. —Las lágrimas se precipitan por las mejillas de Bruna.

—No llores, mi amor. Me hubiera casado contigo de todos modos. A mí qué me importa que seas hija de Marina la Santiña, como si eres hija de una perra. Te quiero, y si esa criatura que llevas en las entrañas además de mi hijo es mi sobrino, que así sea, si hemos de vivir como animales, viviremos, y si hemos de arder en el infierno, arderemos, pero lo haremos juntos.

—¿Y no crees que yo también tendría que haber podido elegir, como hiciste tú? ¿Por qué no me lo contaste?, responde, ¿por qué antes de casarnos no me diste la oportunidad de decidir?

—Creí que de alguna manera también lo sabías. Además ¿qué hubiera cambiado?

—Todo, Jacinto, todo.

—¿Has dejado de quererme porque sea tu hermano? ¿Alguna vez me sentiste como tal?

—En cierta forma sí.

—No me quieres entonces como a un hombre, sino como a un hermano, a un amigo. Te has casado conmigo por mi dinero, para medrar. Y ahora te entran retortijones de moral, cuando te das cuenta de que te has casado con tu hermano y llevas un hijo suyo en el vientre. —Rió de tal forma que a Bruna le recordó a José Novoa.

Los ojos de gato alucinados. Se levantó del sofá, arrojó el

coñac que estaba tomando a la chimenea, una llamarada salió despedida del hogar.

—Qué suerte has tenido, padre, yo que sí tuve valor de casarme con la mujer que quería, aunque fuera una campesina, y resulta que también era hija tuya, todo tenías que corromperlo con tus modales de bestia, cómo estarás disfrutando de ello. Al final has vencido tú. Pero yo me casé con la Mencía que amaba, y tú no, eso no me lo quita nadie.

Jacinto miraba a las cuernas de ciervo, a la cabeza disecada de jabalí como si su padre se hallara entre los trofeos de caza. Se sirvió otra copa de coñac, que apuró de un trago. Dime que me quieres, Bruna, que me amas como a un hombre, que no te has casado por mi dinero, la agarraba por la cintura atrayéndola hacia él. Por tu dinero que es también el mío, me has engañado, no me has dado la posibilidad de elegir, tu padre me iba a reconocer, tú lo has dicho, quería que heredara el marquesado, no me has dado nada que no me mereciera, que no me correspondiera por nacimiento. Sin mí no serías más que una bastarda. Jacinto la agarra de las muñecas. Ella forcejea para soltarse. Una bastarda más de los marqueses, de las miles que ha habido siempre a lo largo de los siglos. Mejor eso que tu mujer, Bruna intenta ir hacia la puerta, pero él la retiene y la arrastra hacia sí. Una bastarda que no le correspondía nada, una limosna como mucho y nada más. Bruna le golpea con los puños, él la abraza, Bruna, Bruna, soy yo, mi amor, le susurra en el oído, te quiero como siempre, esperamos un hijo, somos felices, qué importa lo demás. Suéltame, le duele el vientre, las piernas le pesan. Bruna, él la llama una vez más, los ojos de Jacinto se inundan primero de ira y luego de abandono, aparecen en las comisuras de sus labios la saliva de nieve que crece conforme Bruna se separa de él, no me importa lo que te pase, los labios le supuran crueldad, quiere herir, Jacinto cae al suelo y se golpea la cabeza con la esquina de una mesa, se abre en su frente un arroyo de sangre, fuera del pazo, en el jardín, sopla el viento una canción de abejas.

26

Bruna Mencía, la poderosa

A ngustias Mencía, descanse en paz. Se te murió el hígado de tanto bebértelo a tragos de miseria. Ahora que dormías en cama blanda y tenías lo que nunca tuviste, hombres que te trabajaran la tierra, el estómago lleno y una sobrina marquesa, vas y te mueres. Esto se escuchaba en el velorio de la granja, entre los pésames y los rosarios negros, las sillas bajas de luto para la compaña. Angustias, por muchos lujos que te des de difunta sigues siendo una desgraciada. El ataúd brillante en madera rojiza y las agarraderas doradas. Y dentro la muerta con el vestido de sol, amarillo como su piel de limón, mortaja para subir en un rayo luminoso al cielo. El ataúd en el salón de la granja sobre la mesa con cirios de velorio. Murmullos, rezos.

Roberta preparaba limonada en la cocina cuando vio llegar a Bruna por el camino que conducía a la casa. Ha venido a pesar de lo suyo, se dijo, y sonrió. Fue a abrirle la puerta antes de que llamara. La abrazó.

—Siento que vengas con el vientre vacío —le dijo, y le puso en él la mano—. ¿Ya lo notabas moverse?

—Calla. —Se deshizo del abrazo.

—¿Cómo es que lo perdiste?

—De un disgusto, cosas que pasan, dice el médico.

—¿Y qué disgusto fue ése? ¿Con Jacinto? Tanto que os queríais.

—Y qué sabrás tú. —Se estiró el vestido con las manos.

—Lo que vieron mis ojos, lo poco que tú contabas. —Se le encrespaba de curiosidad el pelo, se le volvía más negro.

—Dame algo de beber, que vine andando y traigo sed.

—¿Y el coche de marquesa?

—No me hace falta venir en coche para serlo. —Hizo un gesto con la mano y se tocó el collar de perlas que llevaba al cuello.

—Enmarquesada vienes, sí.

—A cada uno lo que le toca —respondió Bruna—. Y deja de preguntar y sírveme por lo menos un buche de agua.

—Como a todos lo que vienen a velar a madre.

—Más misericordiosa has de ser con tu prima.

—Eso, que sea misericordia y no servir.

Roberta la condujo hasta la cocina a escondidas.

—Que no te vean aún las plañideras del salón —le susurraba—, que empezará el comadreo de la marquesa por allí y por allá y no podremos hablar de nada.

—No tengo ganas de ver a nadie, sólo a la tía muerta. ¿Sufrió?

—Pagó con buenas creces lo que nos hizo.

Rieron las dos por lo bajo. Roberta le sirvió un vaso de limonada y se puso otro para ella.

—Espera —le dijo antes de dárselo.

Sacó una botellita de barro y echó en cada vaso un chorro de orujo puro.

—A veces lo echo de menos. Después de probarlo, ese whisky fino del pazo y ese coñac son agua.

Rieron, acercándose más la una a la otra. Dieron un trago, dos. Bruna se llevó la mano al vientre.

—Con esto llena el hueco que te quedó en las entrañas. —Roberta vertió otro chorro de orujo.

—Lo que me cae dentro hace eco.

—Vamos a ahogarlo. —Le rellenó el vaso.

—Eso. Que sea con orujo en vez de con llanto.

Brindaron. El cristal burdo parecía un martillo que golpea al chocarse. Bruna apuró el vaso hasta darle fin.

—Ya no se oye nada —dijo después Bruna—, se calló el eco.

—Mejor así. —Roberta la acercó a sus pechos, abrazándola otra vez.

—Éstos también están secos y en silencio.

—Calla tú ahora. —La separó de ella y rellenó los vasos de limonada y orujo, que se bebieron de un trago—. Ya no más, que se nos va a oler y se nos va a notar en los ojos cuando salgamos al velorio de madre.

—Dije que mandaran el mejor ataúd.

—Anda que no está presumiendo aunque sea de muerta.

Risas.

—Venga, el último trago —dijo Roberta.

—Mira que he odiado este olor al que siempre olía ella —respondió Bruna mientras veía caer el orujo en su vaso.

—Pues aún huele de muerta.

Risas.

—Tengo ganas de bailar, Roberta —susurró.

Se tomaron las manos, refugiándose en una esquina. Se

subieron las faldas de luto y bailaron como cuando eran pequeñas, bisbiseando una canción de romería.

Alguien tosió muy fuerte desde el salón del velorio.

—A ver si se nos va a escuchar —dijo Roberta, y dejó de bailar.

—¿Y a quién le importaba ella más que a nosotras? Que aquí hay muchos que no saben qué hacer sino ir de luto en luto para pasar su vida.

Bruna se estiró de nuevo el vestido, se atusó el cabello.

—Espera antes de salir. —Roberta la tomó del brazo y la condujo hasta su dormitorio—. Madre me hizo prometer que te daría esto. —Le entregó algo envuelto en un trapo viejo.

—Es el espejo de cuándo éramos pequeñas, donde nos dejaba mirarnos como premio —dijo Bruna desenvolviéndolo.

—Ése es. Cuando a madre la muerte se le tragaba ya el último aliento, se me agarró del brazo clavándome las uñas, dile a Bruna, boqueaba como un pez para tener tiempo, dile que se lo doy a ella para que no olvide quién es cuando se mire en él. La hija de mi hermana. Su tía eras, madre, le dije, y ella sí, sí, y la hice reina, ahora que no paguen el precio sus hijos. ¿Y por qué lo han de pagar?, le pregunté, si han de nacer marqueses, pero ya se la llevaba la muerte la poca vida putrefacta. Pero ahora ya no tienes que preocuparte de nada, ya no hay hijo que vaya a pagar nada.

Bruna se llevó otra vez la mano al vientre y salió del dormitorio de Roberta hacia el velatorio. La miraron al entrar los que estaban allí, inclinaron la cabeza. No eran más de siete u ocho mujeres con la cara vieja que le compraban a Angustias de siempre. Y unas vecinas por buena vecindad.

Se sentó Bruna en una silla alta, en un trono entre las sillas bajas, y miró a Angustias con el trapo del espejo entre las manos. No le habían metido en el ataúd más que un par de papeles para recados de muerto. Los que quieren mandar comunicación allá para el infierno, se dijo Bruna. Entró Roberta y se sentó a su lado en otra silla alta, yo soy la reina en mi casa, pensó. Le ofreció a Bruna un pañuelo limpio para que llorara.

—¿Y Jacinto? —le susurró Roberta al oído.

—No va a venir. Está débil.

—¿Le ha dado un nuevo ataque?

—Hace un par de días que no.

—Tienes que cuidarlo, Bruna.

—Y si no qué, ya te encargarás tú.

—Ahora me quedé muy sola.

No llovió aquella tarde lágrimas de pena como había llovido por la Santiña. No brotó un manantial de la tierra. Cuando oscureció, la granja se vació de vecinos y lamentadores que regresaron a sus casas. Sólo quedaron frente al ataúd de Angustias la hija que había parido con el pelo de loca y su sobrina reina. Ellas se bebieron todo el orujo que quedaba en la cocina y cuando quisieron salir a bailar bajo las estrellas, estaban tan borrachas que se quedaron dormidas en la cama de la muerta, la más blanda y la más grande de la casa, juntas, como lo hacían en la infancia, en la época de los olores montunos, de los palos y las tetas como migas de leche.

La enterraron a la mañana siguiente al lado de la Santiña. Brillaba un sol que parecía haber salido de su vestido mortaja. Estaban solas, Roberta y Bruna, con la resaca del orujo y de los años pasados. Ya está, dijo una; ya está, dijo la otra. Se separaron en silencio a la salida del cementerio.

Bruna regresó al pazo. Entró por la puerta trasera con la tapia de colmillos. Vio los parterres con las hileras de boj, su simetría perfecta le resultó absurda, fría; vio la avenida principal con su grava de nácar, los sicomoros se ríen de mí, pensó, y los sauces inclinan sus ramas con la mayor tristeza que he visto jamás; vio los camelios centenarios, el camelio de los Novoa que había florecido con una mirada entre ella y Jacinto cuando eran niños, pero estaba seco. Al pasar junto a él sintió que le lloraba el vientre, y apresuró el paso hacia la casa. Atravesó la placita evitando la vista dorada de los peces, y llamó al timbre con insistencia. Le abrió Nacha.

—Carta, señora —le dijo entregándole un sobre.

Bruna lo cogió con premura y subió a su dormitorio apretándolo con fuerza. Allí encontró a Jacinto. Con la frente cosida por el golpe que se había dado contra la mesa, desmadejado en un sofá, lánguido como nunca lo había visto, de ataque en ataque, como si fuera de una tempestad a otra, enfermo de destino, de culpabilidad, de rabia.

—¿Qué estás haciendo aquí? —le preguntó ella. Sentía el sobre latirle en una mano.

Ya no compartían el mismo dormitorio, el mismo lecho, desde la discusión en el salón de caza. Desde que ella perdió al bebé a las pocas horas, sumergida en un dolor que le amputaba las pesadillas, pero a cambio le traía ese sabor en la boca a hambre perpetua. Tres días en el hospital de Ourense donde tuvieron al Manoliño, y el regreso a casa sola, pues Jacinto hubo de permanecer una semana debido a los constantes ataques de epilepsia y al golpe en la cabeza. Jacinto, que era en esos días de nuevo canario con el ala rota, que no puede o teme volar.

—Estaba preocupado por ti. —Le tembló la voz.

Él había regresado a la alcoba de su infancia, con el mecedor de Carmiña, y ella a la habitación de invitados que había ocupado antes de su matrimonio. Vacía quedó la alcoba nupcial, como la de José Novoa y Amelia Lobeira al poco de casarse.

—Podías haber supuesto que iba a pasar la noche en el velorio con mi prima.

—Siento no haber podido acudir.

Se levantó del sillón y caminó despacio hacia ella.

—Bruna...

—Márchate, quiero acostarme. Además tengo resaca. —La mano sudorosa, el sobre ardiendo.

—Bruna, ¿y si todo pudiera ser como antes? Bruna. —Le abrazó la cintura.

Ella lo apartó con facilidad porque aún estaba débil y apretó más el sobre.

—¿Qué tienes ahí?

—No es asunto tuyo.

—Una carta de él. Enséñamela.

—Vete.

Se acercó de nuevo a ella e intentó quitársela sin conseguirlo, pero le rasgó un pedazo del sobre.

—He dicho que te marches ahora mismo. —Le miró furiosa.

—Empecemos de nuevo, Bruna. Olvidémoslo todo. Regresemos a la biblioteca a que te enseñe el mundo.

—Vete, voy a acostarme.

—Y a leer su carta.

—Sí.

No había leído el remite, pero no le hacía falta. Podía sentir que era de él; podía, por encima del papel, reconocer como un ciego sus palabras, su colonia, su tacto encima de la piel.

Se dirigió a la puerta del dormitorio y esperó a que Jacinto saliera.

—Soy tu marido a los ojos de Dios —dijo antes de marcharse.

—El día de nuestra boda los tenía cerrados.

Desde que Bruna regresó del hospital hacía ya tres semanas, sólo había algo que le proporcionaba consuelo: escribir a Mario Armand.

El pazo de Novoa,
8 de octubre de 1937

Querido Mario:

Espero que se encuentre bien donde quiera que se halle ahora haciendo sus fotografías. Que su Leica le proteja. Mi vida, al igual que España, se desmorona. Mi matrimonio se ha roto casi al poco de empezar y he perdido el hijo que esperaba. Parece que es tiempo de desgracias. Estoy triste, pero de alguna manera siento que me he liberado. Nunca debí casarme con Jacinto. Se preguntará usted por qué si era mi oportunidad de medrar. Cómo explicarle que yo de alguna manera sabía que estaba mal, pero a veces no queremos ver determinadas cosas, porque la vida es más fácil ignorándolas. Perdóneme que haya encontrado en escribirle a usted y contarle mis desdichas un desahogo. Me doy cuenta de lo misteriosas que pueden parecer mis palabras. Mario, apenas le conozco y siento que de alguna manera no tengo derecho a contarle lo sucedido y cómo me siento, no tengo derecho a abrirle mi corazón, a molestarle con mis problemas. Hoy me he animado por fin a pasear hasta la fuente para que el agua de mi madre me cure el alma y la cicatriz invisible que me ha dejado la pérdida, y me ha salvado acordarme de usted. Cómo he deseado que estuviera aquí para hacerme una fotografía, para que me colocara en la postura correcta, para conversar. Espero verle cuando la guerra termine, y si regresa a Ourense en algún momento sería para mí un placer encontrarme de nuevo con usted.

Todo mi afecto,

BRUNA MENCÍA

Llevaba tres semanas esperando la respuesta. A veces las cartas de Mario se demoraban incluso meses, pero aquélla había llegado mucho más pronto de lo esperado. Apretó el sobre contra el pecho antes de rasgar con mucho cuidado el sobre, y comenzar a leer.

20 de octubre de 1937

Querida Bruna:

De nuevo le escribo desde el frente. Sus cartas, sus palabras... cómo explicarle lo que han significado para mí. Cuántas veces me han dado fuerzas en las noches que he pasado en las trincheras junto al dolor de estos hombres que luchan por la libertad, y me preguntaba hasta dónde es capaz de aguantar un ser humano, dónde se halla el límite de su locura en este infierno creado por él y para él, y cuando nada parecía tener sentido en la hora invisible de la madrugada, su recuerdo, sus cartas, atadas con un cordel y guardadas en mi pecho, sus cartas, Bruna, son el mundo y nada más que usted se abre ante mi oscuridad como un camino de luz. No se sienta mal, por tanto, por desahogarse conmigo, al contrario, le ruego que lo haga, porque de esta manera me sentiré más libre para hacerlo yo también. Seamos, Bruna, apoyo el uno del otro, aunque sea en la distancia...

Siento muchísimo la pérdida de su hijo, espero que se encuentre ya repuesta al menos físicamente, que es el principio. En cuanto a su matrimonio... Lo lamento si ha sufrido, como imagino. Enfrentarse a la verdad no es sencillo, como bien dice, pero es la mejor forma para conocerse y seguir adelante. Ésa es mi pequeña experiencia, si le sirve de consuelo.

Recuerdo tanto su bosque, me gusta llamarlo así, su bosque, donde me ha dejado entrar y me siento muy afortunado. Junto al atado de sus cartas tengo su foto, Bruna, aquella de la fuente de su madre, con los pies jugando en el agua. Recuerdo cuando me salpicó. A veces, por un instante, se me cruza esa imagen por la cabeza cuando estoy con mi Leica en la mano fotografiando a un tiempo bravura y horrores, cuando corro con los hombres armados entre un enjambre de balas, y me entra tanto miedo de morirme que los dedos se me agarrotan y no puedo disparar la cámara...

Cuánto deseo verla. Tan pronto como me sea posible viajaré a Ourense antes de regresar a París.

La adora,

MARIO ARMAND

Bruna leyó la carta varias veces. Se metió con ella en la cama, se arropó con el papel que olía a humedad, a hombre. Y durmió su resaca saboreando cada una de las palabras que él le había escrito.

A partir de entonces las cartas de Mario se convirtieron en el reloj de su vida. Vivía para ellas y para vengarse de Jacinto.

El pazo de Novoa,
1 de noviembre de 1937

Querido Mario:

Cada día que pasa le pido a Dios que le cuide en el frente, le pido a Dios que termine la guerra. Nunca he sido muy devota, pero ya ve. A quién rogarle si no, quién posee el poder para que se cumplan nuestros anhelos cuando éstos se hallan fuera de nuestro alcance... No me haga demasiado caso.

He vuelto a cazar. Es mi pasión desde niña. Me gustaría mucho llevarle de cacería por el bosque cuando tengamos oportunidad. Tenía una puntería fabulosa, pero ando distraída pensando en dónde estarás, Mario.

Escríbeme pronto, anhelo saber de ti.

Te abraza,

BRUNA

Mientras que a Bruna le gustaba escribir por las noches y acostarse tarde, Jacinto vivía atormentado por las pesadillas y las visiones. Escuchaba en el silencio del pazo la risa estruendosa de José Novoa, y despertaba delirando de miedo. Una noche, al abrir los ojos, vislumbró unas sombras redondas balanceándose en la mecedora de Carmiña. Encendió la luz y

vio las dos cabezas de santos de la capilla que él había decapi-
tado a tiros meciéndose al ritmo del cri-cri de la nodriza. Un
escalofrío le recorrió el cuerpo al tiempo que chillaba. En esa
ocasión acudió Bruna a su dormitorio.

—¿Qué tienes? —le preguntó.

—Mira, mira. —Jacinto señalaba espantado las cabezas en
constante vaivén—. Quédate conmigo, Bruna, no me abandones que le oigo a él.

—¿A quién?

—A mi padre. Cierro los ojos cuando oigo su voz: mira el
valiente, me dice, y se ríe.

—Dame el anillo de los Novoa —le exigió Bruna.

—¿El anillo de mi padre?

—Y del mío.

—¿Y volveremos a estar juntos?

—Nunca.

Bruna se fue del dormitorio y lo dejó solo con su tor-
mento.

—Carta, señora.

Bruna adoraba estas palabras de Nacha. Eran las únicas que
le consolaban del paso del tiempo.

Enero de 1938

Querida Bruna:

Ansío verte, tus cartas son cada vez más necesarias para
mí. Antes de regresar a París después de mi último trabajo
voy a acercarme a verte. He pensado que podíamos encontrarnos en la fuente de tu madre. De nuevo juntos en el

bosque. Llevaré la Leica para hacerte fotos que luego pueda tener a mi lado en los momentos en que la valentía flaquea.

Estaré en Ourense el día 4 de febrero si no tengo ningún impedimento. Te haré llegar ese día una nota con la hora de nuestro encuentro.

Tuyo,

Mario Armand

No durmió Bruna durante los días que precedieron a su cita. Se pasaba las noches en vela. Muchas de ellas entraba en la habitación de Jacinto. Una vez se sentó en la mecedora con unos cuantos dientes de su madre en la mano, clic-clic, hacía con ellos como José Novoa, clic-clic, meciéndose en la hamaca de la nodriza, clic-clic, hasta que el sonido espectral abrió los ojos de Jacinto.

—Basta, Bruna, te lo ruego, basta.

—Dame el anillo de mi padre.

Él se dio la vuelta y se acurrucó en su temblor frío.

Otra noche Bruna disparó la escopeta de la familia con el escudo de los Novoa en el jardín. Y, apestando a pólvora, la dejó meciéndose sola en el dormitorio de Jacinto. Entró después como una sombra, mientras él deliraba.

—Dame el anillo.

—No.

Una semana antes de que llegara Mario Armand al pazo, Jacinto Novoa se alistó para ayudar en la retaguardia, para ser enfermero, escribiente, lo que hiciera falta con tal de alejarse del pazo. Sobre la mecedora quedó el anillo del marquesado, el anillo de los Novoa, que Bruna se puso en el dedo para no quitárselo jamás.

El día de la cita con Mario Armand, Bruna se encaminó con su anillo de la camelia de brillantes hasta el bosque. Le vio a lo lejos, con un pantalón oscuro y un jersey azul, el cabello ondulado cayéndole sobre un lado de la frente; llevaba en las manos una cámara pequeña con una funda de cuero y le disparaba fotografías a Bruna sin parar conforme se acercaba. Ella echó a correr, escuchaba el bisbiseo de la Leica, otra y otra más, pero cuando la tuvo muy cerca él bajó la cámara, la tomó en sus brazos y la besó en la boca. Después lo guió monte arriba hasta la cueva donde se había resguardado su madre, donde se veía con José Novoa, donde muy probablemente había sido concebida ella. Hasta la cueva de eremitas y pastores. Ascendieron sin hablar, tomados de la mano, mirándose a cada rato, deteniéndose para besarse entre los castaños y los robles. Como la haya ocupado Manoliño lo echo a patadas. ¿Quién?, le preguntó Mario, aquel novio de mi prima que se metió a santo. Pero en la cueva no estaba Manoliño, no había rastro de él, sólo de la fogata que debió de alumbrar a su madre y a su abuela en las noches salvajes, sólo los restos de aquel que debió de ser nido de amor durante años entre José Novoa y su madre, Marina, la Santiña.

El viento soplaba hacia la primavera. Se quitaron la ropa el uno al otro. De rodillas. Se tumbaron sobre ella. La luz de la tarde entraba por la abertura de la cueva como una lengua para lamer su amor. Y cuando la noche se les echó encima entre retozos, se amaron a oscuras, sin encender siquiera el fuego de la civilización, como se amaban José Novoa y la Santiña en sus noches apasionadas después de la caza, en esa oscuridad primitiva tan distinta a la mojigata que él había compartido con Amelia en el dormitorio, esa oscuridad que les hacía reconocerse por el olfato, por el tacto que en vez de piel tocaba el alma, inmersos en las tinieblas del deseo, en el goce de la naturaleza.

27

Amor y muerte

Jacinto yacente en el lecho rodeado de espíritus que parecen velarlo con manos y rezos transparentes. Los ojos abiertos sin ver, los labios en forma de plegaria: padre, padre, ya no huyo de ti, padre, a ti me enfrento para pedirte perdón, padre, ¿no me oyes?, ¿dónde estás ahora que necesito encontrarte? Tantos años escapando de tu sombra de muerto y hoy que te llamo no acudes, no vienes para consuelo de mi alma. Pero ¿qué haces, hijo, para qué buscas a esa bestia negra? Calle por una vez, madre. No puedo callar. Aquí me tienes a mí que vine a buscarte para llevarte de la mano hacia el trance final, para acompañarte en la muerte ya que no pude hacerlo en la vida. Madre, ya me guiará más tarde, aún me queda una última llama titilando en el pecho, como el último capullo de mi nombre que ha de florecer para morir. Pero si tú no floreciste nunca más que en mi corazón de muerta. Calle, madre, se lo ruego. Padre, padre, con los labios secos, Jueves se los enjuga con un paño, le escurre gotas de agua en la abertura del delirio. Padre, ¿has cruzado el proceloso mar que separa los continentes del reino de los muertos? Fuiste a buscarme a América, donde me hallaba, y no has sabido volver, padre, padre, que vine desde tan lejos a morir a mi casa para arreglar las cuentas del odio y morir en paz. Jueves le peina el cabello para que sea un moribundo hermoso en ese primer día de agonía, en ese trance por el río cuyo cauce geográfico y fantasmal él dejó señalado en su obra ONTOLOGÍA Y GEOGRAFÍA DE LOS ESPÍRITUS. Pero aún no ha de nadar entre sus aguas, aún le queda algo de tiempo. Jueves le toma la temperatura, arde. Le pone una inyección para calmar el fuego, y baja a la cocina para tomar algo breve de almuerzo.

Petriña está atareada entre los fogones. Prepara la comida para la señora y su nieta, que almuerzan juntas en el comedor íntimo de los Novoa. La criada ha abierto las ventanas para ventilar el humo de rencores, ha retirado las sábanas que cubrían la mesa y las sillas, ha limpiado las cataratas de polvo cumpliendo las órdenes de su señora. Petriña, le ha dicho Bruna sentada en la *chaise longue* vainilla, junto a su nieta, con un álbum de fotos sobre los muslos viejos, Petriña, prepara el almuerzo en el comedor de los Novoa. Señora, que hace años que lo habitan los males del abandono y yo no doy abasto para limpiarlos, esto piensa Petriña, pero no dice nada, retiene su lengua porque hay un brillo en los ojos de la anciana que por fin parece viva después de años de encierro. Que se abran las ventanas, que se limpie la mugre, que se abra al mundo la intimidad de los Novoa, y Petriña obedece, asiente con la cabeza de moño de castaña y se marcha con su jorobita triste.

Jueves quiere ayudar a Petriña, y ella, a quien le duelen los huesos de la limpieza, se lo agradece con el corazón mientras su boca le da órdenes: pela las patatas y las fríes con abundante aceite. Jueves asiente, sonríe y sus dientes son tan grandes y blancos en los labios oscuros que Petriña se estremece de canibalismo. Mientras, en el comedor íntimo de los Novoa, Valentina le pide a su abuela que le hable del fotógrafo de cabellos negros que les tomó los retratos de la fiesta de compromiso, ¿resultó ser tan arrogante como parecía mirándola a través del espejo del salón de baile?

En el dormitorio de la infancia, Jacinto busca a bocanadas el aire que de pronto parece faltarle en los pulmones, boquea y boquea como pez de oro.

Suena el timbre del pazo. Vaya a abrir, Jueves, le manda Petriña, que ahora ya tiene a quien mandar, lo que le da gusto porque antes sólo la mandaban a ella. Es Uxío, con su hijo, Pedro, y con su madre, Roberta. La lleva tomada de la mano, y la locura amansada en un abrigo de otoño con el broche de un pájaro tropical en malaquitas y plata. Observa de arriba abajo al brasileño descalzo con el pelo duro y comprende que ese exotismo sólo lo ha podido traer Jacinto desde las tierras en las que se ganaba la vida como médium.

—Venimos a visitar a Jacinto Novoa, que sabemos que está aquí y enfermo —le dice Uxío a Jueves.

—Que en este pueblo nada se puede ocultar, que todo se sabe, que lo vieron aparecer como un indio de la tele, decían, el marquesito, el marquesito del pueblo más popular que nunca; que lo vieron llegar, y luego al médico salir de aquí porque dicen que él dijo que había venido a morirse —explicó Roberta.

—Cállese, madre —le ordena Uxío.

Pedro, silencioso, mira alrededor, espera ver a Valentina, la rastrea por si está cerca. Ella está en el comedor íntimo de los Novoa. Se levanta de la mesa detrás de su abuela, a quien le ha parecido escuchar la voz de Roberta. Los encuentra a todos en el recibidor.

—Fuera de esta casa —les exige.

—Yo de aquí no me voy sin ver a mi padre —dice Uxío.

—Ay, Valentina, que ha vuelto la tía Roberta.

—Bienvenida, ya verá como esta vez vamos a dormir todas iguales —le dice Valentina sonriendo.

Roberta lleva el pelo recogido en un moño, y sus ojos negros le resultan afables en vez de alucinados.

—Y éste es mi hijo Uxío y mi nieto Pedro.

Uxío hace un gesto con la cabeza y emite como un susurro que bien podría ser un gruñido. Es la hija de la niña del pelo rojo y los zapatos de lazo, Rebeca se llamaba, Rebeca, que tenía la tripa llena en la infancia y tenía todo lo que yo anhelaba. En cambio, Pedro avanza hacia ella y le besa las mejillas sin darle opción a escapar. Le ha dejado un rastro templado como baba de caracol.

—Basta ya de tanta cháchara de presentaciones, ya os podéis ir por donde habéis venido.

Roberta echa a correr todo lo que le dan de sí sus huesos viejos.

—Jacinto, Jacinto —vocifera escaleras arriba—. Jacinto, Jacinto.

Uxío va detrás de su madre, y Bruna detrás de ellos. Quiere impedir que suban la escalera, que vean al moribundo, que se traga sus últimas flemas en un sueño de pesadillas.

—Déjeme verlo, por Dios, tenga caridad una vez en su vida —dice Uxío.

—Jueves, que no molesten a Jacinto —ordena Bruna.

El brasileño toma de un brazo a Uxío y él se zafa, violento.

—No me voy de aquí sin verlo.

Bruna observa los ojos asustados de Valentina.

—En mi casa mando yo —dice Bruna.

Uxío sube la escalera a grandes zancadas, y Roberta le sigue con pasos de anciana. Abre las puertas y grita el nombre de Jacinto Novoa.

—Al segundo piso, donde están las habitaciones —dice Roberta, que conoce el pazo.

Petriña aparece en el recibidor después de escuchar ruidos.

—Llama a la policía —le dice Bruna desde la escalera.

Valentina no les sigue a ellos, sino a Pedro Mencía, que camina sigiloso por el pasillo del primer piso hacia el saloncito de caza. Se mete dentro. Ella le descubre subido en una silla. El niño coge la escopeta de lo alto de la chimenea, la escopeta que tiene grabado en la culata la camelia y el lobo aullando a la luna. Le pesa. Le huele a pólvora antigua.

—Deja la escopeta, ¿quién te dio permiso para cogerla otra vez? —le dice Valentina.

—No me hace falta permiso de nadie porque yo también soy un Novoa. ¿Qué te has pensado, niña? Mi abuelo es ese hombre que se muere ahí arriba.

Jacinto, con el duermevela del moribundo, roncando suave el descenso hacia la muerte.

—Ése no es tu abuelo, sino el mío —le dice Valentina.

Pedro se ríe.

—No todo va a ser sólo tuyo, sólo para ti, niñita cubana. —Él le mira los ojos, que se le oscurecen, le mira los huesos largos de las piernas—. Mi padre es el hijo de Jacinto Novoa, el único varón, ¿qué te vas a pensar? —replica Pedro—. Así que es tan abuelo tuyo como mío, y mi abuela Roberta tiene derecho a verlo, a decirle adiós, puesto que le llevó dentro un hijo, que es mi padre, niña tonta.

Valentina se queda pensativa y Pedro se ríe con rencor aprendido. La cabeza bien alta, le había dicho siempre Uxío Mencía, porque eres un Novoa aunque no reconocido, hijo de Jacinto Novoa, que en ese mismo instante abre los ojos en el dormitorio de la infancia, escaleras arriba, y ve frente a él a Bruna con las trenzas interminables y las perlas, y a su lado una anciana de cabellos de loca, de tetas grandes, desvencijadas, pero aún pechos maternales, se chupa los labios Jacinto.

—Roberta —dice su boca—, y al lado de ella un hombre grande como lo fue su padre, José Novoa.

—Éste es Uxío, tu hijo —le explica Roberta, y se ríe, como Pedro se ríe de Valentina en el saloncito de caza, la niña con los labios fruncidos ante la verdad.

Uxío como desnudo por primera vez ante los ojos de su padre, como un recién nacido; Uxío que busca a su hijo Pedro.

—Tiene usted también un nieto —le dice a Jacinto, se atreve a hablarle por primera vez, sin embargo Pedro no está junto a él—. Voy a buscarlo para que lo conozca usted —le dice Uxío.

Y huye de lo que siempre quiso, de lo que anheló en su juventud, ponerse delante de Jacinto Novoa y decirle yo soy su hijo, el que no vio ni nacer porque lo alejó de mí la mujer malvada de las perlas, Bruna Mencía, la mujer mala que quería que el estómago se me retorciera de hambre, gracias a que usted nos mandó dinero a madre y a mí desde América o desde la parte del mundo en que estuviera comunicando vivos y muertos, y así sobrevivimos; le doy las gracias por el pan y el vestido, pero por nada más, piensa Uxío con las manos frías mientras desciende la escalera de castaño, mientras llama a su hijo Pedro. Pedro Mencía, le sale de la boca, y mira los cuadros de las paredes con Novoas y Lobeiras de otros siglos, y llama a su hijo con más fuerza porque se siente uno de ellos.

—Pedro, Pedro.

Pedro Mencía contesta desde el saloncito de caza.

—Aquí estoy padre —y deja de reírse de Valentina, le agarra de la cuerda de la cintura y la atrae hacia él—. Niñita tonta, niñita café con leche.

—No me toques la cuerda de mi madre —dice enfadada Valentina.

Pedro le mira los pechos que le despuntan en el jersey como cucuruchos de pipas.

—Aquí estoy, padre.

Pedro sostiene la escopeta en una mano y con la otra pelea con Valentina, la escopeta le pesa, le gusta el olor de la niña como a flores lejanas, a flores que no existen en esa Galicia suya.

—Pedro —se escucha la voz de Uxío Mencía, que pasa por delante del cuadro de Bruna que hay en el recibidor.

Mencías, Novoas y Lobeiras le miran con sus ojos de tradición y de sangre.

—Pedro.

—Aquí, padre.

La escopeta le pesa, saborea los ojos de Valentina, que destellan verde en su profundidad castaña, Valentina de colores y cuerdas mágicas. La escopeta le pesa, la escopeta familiar con la culata fría, helada.

—Pedro.

—Aquí, padre.

La escopeta le pesa, la siente palpitar entre los dedos como si estuviera viva, Valentina que tira de su cuerda para que Pedro la suelte, Valentina de mejillas erizadas, de boca para recibir besos.

—Pedro.

—Aquí, padre.

La escopeta le pesa, la puerta del saloncito se abre. Pedro deja caer la escopeta, que se dispara, una bala atraviesa la garganta de Uxío Mencía, que cae al suelo

Roberta, que se despeña de dolor por la muerte del hijo, que se le abre la pústula del pus y lo que le cae es un río de sangre. Muerte y nada más que muerte en ese pazo donde agoniza Jacinto Novoa. Han bajado las dos Mencía al escuchar el disparo.

—Ay, que se me ha muerto el hijo —chillaba Roberta al verlo en el suelo con un charco rojizo—. Otra vez un Novoa que mata a otro con una Mencía de por medio, y ahora le ha tocado a mi hijo. Sólo queda ya un Novoa vivo, Pedro Mencía, ése eres tú, que esa niña de Cuba no es una Novoa, sino la hija de un fotógrafo de la República.

Están en el saloncito de caza, ante el cadáver que yace con dibujo de muerte. Valentina con los ojos verdes de llanto, Pedro Mencía desmayado sobre la alfombra. Llaman a la puerta, Petriña abre, es la policía. Ahora los intrusos no importan, han dejado de serlo de pronto, lo que importa es el cadáver aún caliente del saloncito de caza.

Pedro Mencía duerme en la alcoba que fue de Amelia Lobeira.

—Que duerma donde la monja —le dice Bruna a Roberta—, que ella vea que su hijo Jacinto me engañó y tuvo un bastardo, como le engañó mi padre, José Novoa, y me tuvo a mí.

—Qué mala eres —le dice Roberta—, qué mala.

—Tú calla, y vete a tu habitación de loca hasta que arreglemos quién te lleva a tu casa y quién te cuida.

»¡Petriña, Jueves! —los llama Bruna.

Acuden los dos y se llevan a Roberta a su habitación del sótano.

Pedro Mencía duerme sobre la cama de Amelia. Rencor sobre rencor. Ha matado a su padre en un accidente. Ha venido un médico, y un juez al final de la tarde para certificar lo que todos sabían, que a Uxío Mencía se le acabó la vida y el resentimiento. Se lo han llevado en una ambulancia sin sirena porque ya no había prisa, sino una eternidad muda. El médico le ha dado un calmante a Pedro Mencía, que se ha desmayado al ver morir a su padre, pero antes se le ha puesto espuma en la comisura de los labios, se le ha encendido el mar en la boca, y la lengua se le ha hinchado. Valentina le ha metido entre los dientes una punta de su jersey para que no se la mordiera, sabía del mal de Jacinto por las palabras de Bruna, y ha hecho lo mismo que hacía su abuela. A ella Petriña le ha hecho una tila mientras la policía le preguntaba en presencia de Bruna cómo había ocurrido la muerte de Uxío. Peleábamos, decía ella, peleábamos, se abrió la puerta, se le cayó la escopeta, se disparó porque él había estado jugando a quitarle el seguro. Y el policía, ajá, ¿y no apuntó al padre? No apuntó a nada porque peleaba conmigo. ¿Estás segura de que no apuntaba a la puerta,

Valentina? Sí, abuela, pero sabía que el padre iba a entrar porque oía su voz llamándole por su nombre, Pedro, Pedro, aquí, decía él, aquí, cuenta Valentina, pero no apuntó. Mañana que venga a la comisaría, o mejor pasado, cuando esté más tranquila, y que nos lo vuelva a contar con más detalles.

Mientras Bruna va a despedir a la policía con su camisón de puntillas y encajes de Bruselas, Valentina sube a la habitación de Jacinto. Silencio. La penumbra de una luna clavándose en la ventana. La niña le observa la frente con gotas de sudor. Jacinto sueña con que chapotea en el río que conduce a la muerte.

—Valentina.

Escucha tras ella la voz de Bruna.

—Él no es mi abuelo, eso ha dicho la tía Roberta. Es ese fotógrafo del que me habló usted, abuela, el del espejo arrogante con los cabellos negros. Mario Armand.

—Te acuerdas de su nombre —dice Bruna.

Valentina se encoge de hombros. Hace un puchero. Bosteza.

—Estás demasiado cansada. Necesitas dormir. Han sucedido demasiadas cosas.

—No tengo sueño. Me da miedo cerrar los ojos y ver la garganta del padre de Pedro con el chorro de sangre.

—¿Qué hacía tu madre cuando no podías dormir?

—Me contaba cuentos gallegos donde venía volando a través del océano para llevarme al bosque y entregarme a las almas en pena.

—Yo te contaré otro cuento —dice Bruna.

—Sólo quiero escuchar la verdad. ¿Era Mario Armand el papá de mi madre?

Bruna se la ha llevado a su cama mundo, bajo la claraboya, por donde se ve azul el universo.

—Abuela, ¿por qué siempre va en camisón?

Bruna se encoge de hombros.

—¿Es por algún recuerdo que le atormenta?

—He olvidado por qué visto así, hace tanto tiempo… —contesta mientras saca un sobre de la cómoda, y un camisón para su nieta con encajes de Bruselas—. Ponte esto aunque te quede grande —le dice acercándoselo.

Valentina se quita la ropa con vergüenza, se esconde entre las sábanas de la cama. Luego coloca los vaqueros, la camisa y el jersey encima de una silla, y vuelve a acostarse. Su abuela se tumba a su lado. La niña tensa el brazo porque ella se lo roza y se separa un poco más.

—Éste es Mario Armand —le dice Bruna mostrándole la fotografía de un número antiguo de la revista francesa *Vu*.

—¿Era militar?

—No, reportero, pero a veces vestía como si lo fuera. En la Guerra Civil iba al frente con los soldados de la República y hacía fotos de lo que sucedía allí.

—¿Éste es mi abuelo?

Bruna Mencía asiente con la cabeza.

—Un revolucionario como tu mamá, como tú. —Se levanta de la cama y abre otro cajón de la cómoda—. Y ésta es su Leica —le dice enseñándole a su nieta la cámara fotográfica.

Valentina la toma entre sus manos, mira por el visor y encuadra a su abuela.

28

La Santa Compaña

L
a noche entra por la claraboya de la habitación de Bruna.

—Te pareces a tu abuelo, Valentina —le dice a su nieta—. Tienes la misma barbilla y los mismos ojos de colores que cambian. En la foto de la revista eso no lo puedes apreciar, pero te lo digo yo, que los veía transformarse de castaño a verde y de verde a castaño todo el tiempo.

—¿Y mi mamá llegó a conocerlo?

—No, pequeña. Lo mataron antes de que naciera.

—¿Lo mataron en la guerra?

—Lo detuvieron en el pazo.

—¿Y qué pasó?

—Una noche no llamaron, golpearon la puerta, Valentina. Y entraron unos guardias con sus tricornios y sus escopetas frías. El hombre al que está dando refugio, marquesa, el hombre de las fotos. Soy la marquesa de Novoa, no tienen derecho a estar aquí, les dije, pero en esos tiempos yo aún no era una mujer poderosa. El fotógrafo, marquesa. Es un invitado mío, por favor, díganme qué tienen en su contra. Mientras yo hablaba con el que mandaba más, sus hombres se habían dispersado por el pazo. Se escuchaban ruidos, botas profanando la escalera de castaño, portazos, los criados que aún dormían gritaban al ser sorprendidos. Era una noche de frío, el vaho se me salía de la boca, el pazo parecía un invierno. Jacinto estaba ayudando a los nacionales en la retaguardia. Mi marido está luchando por la patria, le dije, pero al que mandaba más no pareció importarle. No puede entrar así en mi casa, insistí, pero en aquellos tiempos de sospecha se entraba en casa de cualquiera, sobre todo si había habido un chivatazo. —Bruna se sienta en la cama y poco a poco comienza a soltarse las trenzas largas—. Se lo llevaron —repite.

—¿Le detuvieron?

Bruna permanece en silencio con las manos sobre los muslos.

—Yo recordaré por ti, abuela.

La toma de las manos, y ella se deja.

—No hay nada que recordar, Valentina, lo detuvieron, lo mataron.

—Usted estaba en camisón en el recibidor, puedo ver su imagen mirando la escalera, esperando que lo bajaran por ella, apresado por los guardias.

—Qué imaginación tienes, Valentina, pero así fue. Tenía la esperanza de que Mario hubiera podido si no escapar al menos esconderse.

Pero no fue así, abuela. Lo que temía pasó. Se escucharon gritos, incluso disparos. Sí, disparos, dice Bruna, forcejeos de hombres y el olor de pólvora en el pazo. Yo estaba sola con el mandamás en el recibidor, y miraba en dirección al saloncito de caza. Allí había armas. Pero me quedé quieta. Con el vaho de la nieve que caía dentro del pazo helándome los pies. Uno de los guardias apareció entonces con unas fotografías de Mario. La bodega está llena, mi capitán, le dijo entregándoselas. Él las miró con un gesto de satisfacción, y torció la boca. Esto es la prueba de que es un traidor, dijo el capitán. Bruna traga saliva, se lo llevaron, dice, y de la boca le sale una bruma gélida. No puedo recordar más. Abuela, ¿le enseñaron las fotografías? Me las enseñaron, Valentina, y yo fingí que no las había visto nunca; le aseguro, mi capitán, le dije que creí que era un fotógrafo de sociedad. Mi marido le contrató para que nos hiciera fotografías en nuestra fiesta de compromiso, y trabamos una amistad. Nunca sospeché que las fotos que revelaba en la bodega fueran... fueran traición. Marquesa, estas fotos son las que salen en las revistas extranjeras en apoyo de la causa republicana, en apoyo del enemigo, y usted las tiene en su casa, marquesa. Brillan los ojos de Bruna. Valentina le aprieta las manos, y le vio bajando la escalera, abuela. Le vi, le vi, repite ella, no sabía que colaboraba con la República con esta clase de fotografías, me engañó, capitán, me dijo que aún hacía fotos de sociedad. Vi los ojos de Mario clavarse en los míos con una tristeza infinita. Decirme eso es lo que tienes que hacer, niégame. Vi sus cabellos revueltos, un guardia sosteniéndolo por cada brazo. Me engañó, se lo aseguro, capitán. Mi marido es el marqués de Novoa y está luchando con los nuestros aunque en la retaguardia por su enfermedad. Vi la barbilla de Mario hundirse en su pecho después de que le dieran un par de puñetazos delante de mí. Viva la República, dijo. Y volvieron a golpearlo. Vi cómo se lo llevaban arrastrando los pies por su infortunio, cómo lo sacaban del invierno en que se había convertido el pazo para llevarlo a otro peor, el de la tumba. Esperaré a que vuelvas, murmuré, y me fui a la cama con el camisón frío. Bruna llora y Valentina la abraza. Tres veces le negué, dice, en el cuartel de los guardias. Y ya no volví a verlo más. Adiós, Mario Armand, fotógrafo de guerra, sólo me quedó su Leica. La Leica que quedó rota, olvidada, bajo la cama.

El ojo amarillo de Bruna se ha convertido en oro, el oscuro en noche. Se acurruca en la almohada, y siente el cuerpecito de su nieta cerca, el vapor templado que viene a calentarle las noches heladas.

Jacinto, en cambio, desciende hacia el hielo, hacia la escarcha en la que se le convierten poco a poco los pies, las piernas como preludio. Sueña. Grita. Bruna le escucha y se levanta. Valentina parece dormir. En la habitación de Jacinto ve una sombra y la reconoce enseguida. ¿Qué haces aquí? Loca, más que loca, fuera, que no has hecho más que rondarle desde que le conociste. Márchate. Bruna la agarra de un brazo y la arrastra hasta el pasillo. Yo tengo más derecho que tú a estar aquí, le dice Roberta, ¿quién le cuidó cuando regresó de la guerra, mientras tú estabas con el vientre hinchado por otro, ese fotógrafo que se paseaba por el pazo como si fuera su casa? Ni le menciones porque te mato, le advierte Bruna. Yo cuidé a Jacinto mientras sufría por tus desplantes, por tu frialdad, por el hijo que te crecía dentro que no era suyo, yo y sólo yo le di consuelo, y luego esa criatura que te nació con el pelo rojo, Jacinto de mi vida, si la aceptó como si fuera su hija, la cuidó mucho más de lo que hiciste tú, que te dio por las fiestas cuando tantos se morían de hambre, así querías matar las penas, con el champán ese que te bebías como agua, tanto que me recordabas a mi madre, se ha vuelto una borracha, me decía, otra más, luego sólo le queda la loca, si no hubiera sido por mí Jacinto se habría muerto de pena, mientras tú te pavoneabas entre extranjeros y se comentaba por el pueblo que la marquesa tiene más amantes que hablan raro que castaños el bosque, y llenaste el pazo de pavos reales, y de coro de iglesia, pero todo te era poco porque estabas hueca por dentro como cuando se te fue el hijo primero que ése sí era de Jacinto. Calla que te mato, loca; loca sí pero la loca de la verdad, Jacinto es mío, yo lo cuidé cuando tú lo heriste, y qué sabrás tú de los motivos, el dinero que te volvió mala, muy mala y egoísta. Pero mira, ahora te quedas sin heredera Novoa, pura Mencía es Valentina, y lo que tenga de sangre de Francia, y mi hijo, ay, mi hijo, se golpea el pecho, menos mal que nos queda un Novoa auténtico, mi nieto Pedro. Cómo te gustaría eso, perra, más que perra, pero mira que Valentina tiene tanta sangre Novoa como tu nieto, tu madre no te lo dijo en la tumba, ya lo veo, que te guardaba secretos, pero mi padre fue José Novoa, desgraciada, y eso lo sabía tu madre cuando me entregó en brazos del incesto. Roberta se ríe con una carcajada que asusta a Valentina. Siguió a su abuela y ha estado escuchándolas en el pasillo. Roberta se saca una petaca de un bolsillo de su ropa, vamos a brindar por madre con su propio orujo que llevo aquí. Calla, yo no brindo contigo por nada, sólo espero a que te mueras pronto, traidora, siempre quisiste todo lo que era mío, envidiosa, debía haberte echado de esta tierra cuando te preñó Jacinto, debía haberte mandado al infierno. Se escucha un crujido en la escalera, y Bruna descubre a Valentina, que de puntillas sube al piso de arriba. Por sus ojos, comprende. Ven aquí, niña de Cuba, le dice Roberta, Mencía eres de pura cepa como yo, como tu madre, y luego lo que los padres nos deparen pues ahí queda, creámoslo o no, pero bebemos como bebían las Mencía, cuantas más desgracias más beben. Valentina se dirige hacia Roberta y coge la petaca de orujo. Pero qué haces, le dice Bruna, ni se te ocurra darle un trago a ese veneno, y menos con esta traidora. Déjeme, abuela, que ya no puedo con más penas, con más sustos esta noche que parece carnaval de desgracias. Dos lágrimas se escurren por la mejilla de la niña. Ven con tu abuela, que ella te protegerá de todas. Mira qué tierno, que te ha entrado ahora el instinto de madre que no tuviste con la suya, que te la crió Jacinto y luego los colegios donde la fuiste enviando hasta que se te hizo comunista y alborotadora contra el régimen y se te fue de España para que no la metieran presa los guardias civiles. Calla, víbora. Bruna la agarra del pelo. Roberta ríe y se engancha a la cabellera de Bruna. La primera que muera se la corta, dice Roberta, y ríe otra vez. No se peleen más, no se peleen, que son dos viejas y parecen dos niñas de patio de colegio tirándose del pelo, les dice Valentina. Bruna suelta la cabellera de Roberta. Mira la niñita cubana, dice ésta, y suelta la de Bruna. Mira que tiene genio. Es revolucionaria, dice Bruna, y sonríe. Valentina coge la petaca de orujo y da un trago. Bebe, hija, bebe. Bruna le quita la petaca, tú no bebas nada, le dice a su nieta, y da ella un trago. Eso, eso, da palmas Roberta. Bruna, vamos a salir al jardín a bailar bajo las estrellas como cuando éramos pequeñas y nos zurraba mi madre. Calla, loca, le dice Bruna. La coge por un brazo y la conduce junto a Valentina hasta su habitación en el sótano. Quédate aquí y no vayas donde no te corresponde, loca, más que loca. Roberta da un trago, y dame eso. Le quita la petaca y vuelva a beber. Jajajaja,

Roberta se coge la falda, ya no se baila tan bien como cuando eran faldas largas y de pobre, ¿eh, Bruna? Tu camisón es perfecto, sólo te sobra la cuerda esa que llevas colgando, no la toque, le advierte la niña, si puedes bailar con cuerda, cógete una punta, así, así, ¿cómo era esa canción de romería, Bruna? Bruna le quita la petaca y da un trago, luego tararea una canción, se agarra también el camisón y comienza a bailar. Roberta le da la mano, se miran, hace tanto tiempo que no se tocan. Bailemos por las desgracias, dice Roberta. Eso por las desgracias, dice Valentina, que todas tenemos mucho por lo que bailar, a mí se me murió la madre, tu hija, abuela, y a ti esta noche negra el hijo, tía abuela. Mira qué bien habla tu nieta, dice Roberta. Las tres se agarran de las manos y danzan en círculo como las meigas en la habitación pequeña del sótano, conjurando las penas, bebiéndoselas en el orujo de Angustias, que se revolvería de envidia en la tumba si las viera. Bailan y bailan las tres canciones de romería, hasta que muertas de risa se caen sobre la cama, acurrucan a la niña entre las cabelleras de rencor y las tres se duermen.

Mientras tanto, en la cocina, esa noche de duelo en que Jacinto agoniza en su cuarto de la infancia, Petriña está sentada en la silla baja, frente a los fogones que le tostaron la juventud. Petriña con su orujo, en la intimidad del fuego, del silencio que cae sobre la borrachera tierna, nostálgica, ésta por mi madre, y se da un balazo de orujo en la garganta, se lo traga. Jueves aparece como una sombra, iluminada tan sólo por sus dientes, mira a Petriña y le sonríe. Este trago era en recuerdo de mi madre que se llamaba Nacha, le dice al enfermero de las selvas, del olor a los ungüentos dulces y las inyecciones heladas. Jueves asiente. Petriña se levanta, coge un vaso y le sirve orujo, brinda por tu amo Jacinto, le dice, toda la vida con un pie en cada mundo y esta noche por fin va a poner en un mundo los dos. Jueves se acerca una silla al lado de Petriña, es más alta que la de la criada vieja. Ella sirve un trago a cada uno, chocan el cristal. Petriña: por Valentina, que es una niña linda, por el muerto del saloncito de caza, por el niño que se ha quedado huérfano, por el rencor que camina por la casa a cuatro patas como un perro con rabia, y Jueves, con sus desgracias mudas, por sus recuerdos de amores prohibidos, beben y beben y la noche pasa. Jacinto Novoa con estertores que poco a poco le paralizan el cuerpo, ya no puede mover los pies, se va muriendo a trozos, boquea, boquea oxígeno, quiere ser pez dorado. Otro brindis, chocan los vasos, el calor del orujo, la leche clara de las estrellas, el fuego cometa en el fogón, ay mi negro, le dice Petriña al cuarto trago, ay mi negro, tantos años bebiendo sola y mira tú que la compañía me ha ahuyentado hasta la soledad del trasno, ay mi negro, por la vida que es perra mala y perra buena hasta el fin de los días, ay mi negro, y Jueves baja la cabeza y se ríe con los labios que esconden nieve, y bebe, ay mi negro, bebamos que esta noche es noche de la compaña, de la santa, mi negro, que aquí hay un muerto que llevarse y menudo muerto, que es mensajero de todos.

Bruna se despierta junto a la cabellera de su prima Roberta, esa que prometió no cortarse hasta que ella se muriera. Entre las dos mujeres, Valentina duerme. Tiene un ronquidito de orujo. A lo lejos suenan las campanas. Eso es lo que la ha despertado. Le ha venido a la memoria el recuerdo de la noche en el bosque con José Novoa, cuando se cayó por un terraplén y ella le hizo un torniquete en la pierna. Se estremece. Las campanas otra vez, ding-dong de bronce invisible, ding-dong, tocando a muerto. Arropa a Valentina. ¿A quién vendrán a llevarse?, se pregunta Bruna, aquí estamos varios con un pie en la tumba. Pero mi nieta no. Le acaricia el cabello. Ding-dong, más cercano. Bruna se dirige a la ventana que da al jardín. Se asoma. Está a la altura del suelo. Hay una luz blanquecina de claras a punto de nieve. Pero el cielo está oscuro, sólo con unas cuantas estrellas. Un olor a cirio penetra en la habitación. Es ella, se dice Bruna, ya no tengo duda. Se retira de la ventana. Pone una mano en su pecho, el corazón le late aprisa, a ver si vienen a por un muerto y se van a llevar dos. Bruna, cálmate, se habla para retener las lágrimas. José Novoa, murmura, padre, esa noche no venían por ti, pero ésta vienen por tu hijo, que es mi marido, mi hermano. Se asoma otra vez. La luz de espectros está más próxima, tiembla, ding-dong, el despliegue de cirios, tiembla. Con una horquilla del moño de su prima se abre una raja en una yema del dedo, y dibuja con su sangre un círculo alrededor de la cama donde reposa Valentina junto a Roberta. Hoy te vas a librar, vieja, le dice a su prima en voz baja, protégeme a la niña que otro día no lejano a por ti vendrán y no habrá nada que te salve. Bruna abandona la habitación con sigilo tras besar a Valentina en la frente, sube la escalera de castaño, abre la puerta de la alcoba de Jacinto. Él la siente entrar. Está de pie junto a la cama. Acaba de orinar en una pecera de su fiesta de compromiso. Si alguien me hubiese dicho que acabaría meándome en una de ellas el día de mi muerte no lo habría creído. Jacinto se despeña de risa. Bruna no puede evitar sonreír. Vienen por ti, Jacinto, ¿la has oído?, ¿la hueles? Me hablas después de cuarenta años para sentenciarme, responde él. Ding-dogn, la niebla brilla en la ventana. Cirios. La santa viene por mí, dice él, la Santa Compaña, ding-dong. Parece que traen campanas de gloria, Jacinto, para recibir a un emperador. Pongámoselo fácil, dice Jacinto mientras intenta tumbarse de nuevo en la cama, pero se dobla de dolor en el pecho y está a punto de caer al suelo. Bruna le coge por los hombros, le ayuda a subirse al lecho. Has perdido el olor del bosque, le dice Jacinto. He perdido tantas cosas, responde ella, va a soltarle pero él le retiene una mano. Bruna, Bruna, tocarte una vez más antes de irme, Bruna, no he dejado de quererte, Bruna, que me condenaste a los muertos perpetuos, que no ha habido hembra en el mundo, y lo he recorrido buscándola, que me los haga desaparecer como tú con tu sola presencia. Mira, le dice Jacinto, le señala debajo de la cama, hay un libro, cógelo, es el atlas de tapas verdes, ábrelo por el mapamundi que te enseñé en la biblioteca por primera vez. Bruna hace lo que le dice y ve el mapa lleno de cruces. Son los lugares por los que he viajado. Me he hecho rico recorriendo el mundo como médium, pero yo sólo buscaba una mujer que me hiciera olvidarte, sabiendo que no iba a encontrar ninguna. Era como Prometeo, mi Bruna, condenado eternamente a que cada mañana un águila le comiera el hígado que le crecía durante la noche y vuelta a empezar, así era mi vida, cada hembra que salía de mi cama era una amargura porque no eras tú, y los espíritus se me echaban encima. Pero es que el mapa que yo he anhelado siempre ha sido el mapa de tu cuerpo que un día exploré, y mi destino era tu corazón, ding-dong, la niebla en la ventana, la sombra de las cruces, el perfume de la cera. Ya vienen, Jacinto. Sí, están muy cerca. ¿Sabes que yo la vi pasar una vez con tu padre, que también era el mío, escondidos en el bosque? Llevadme a mí, decía, y no vayáis al pazo que ahí está mi hijo Jacinto, alejaos. Jacinto sonríe, ¿te ha puesto el corazón blando tu nieta o sólo te regodeas de que me voy a morir? Ding-dong, la niebla, nieve, los cirios. Ya vienen, dice él. Y yo con las cuentas sin saldar. Perdóname, amor mío, por quererte a cualquier precio, por temer perderte; perdóname por buscar consuelo en otros pechos que no eran los tuyos sino los de tu prima que tanto querías, y yo puse entre vosotras una espada de dos filos que os mantuvo alejadas. A ese hijo mío que se llama Uxío le dejo los dineros que obtuve de médium, a ti y a Valentina todos los bienes de los Novoa, que muchos ya son tuyos. Por derecho de sangre, dice Bruna. Por derecho de sangre, como mi padre quería. Voy a reconocerla y nunca será tuya, eso me dijo. Ding-dong, bruma, cirios, un cántico espectral. ¿Vas a vagar con la Santa Compaña, Jacinto? ¿Te van a condenar? Él sonríe. Un pinchazo de dolor le hace retorcerse, Bruna, susurra, Bruna, mi corazón ya no resiste más, dime que me perdonas. Ella ve un rostro de canario pálido, y no al viejo guanche que ha venido de América lleno de amuletos desconocidos, al indiano que viste de túnica y de santos que no son de la tierra, ve al niño de su infancia, ve al joven que la besaba con los labios de mar, ding-dong, la niebla que penetra como el humo por las grietas; vete, Bruna, a ver si van a llevarte, vete, mi amor, ding-dong, las campanas retumban en sus pechos, vete para que pueda ponerme en paz con nuestro padre antes de que sea un espectro y mi voz sea semejante a la suya, nunca he dejado de quererte, mi mujer, mi amiga, mi hermana, ding-dong. Vete, ella le besa en los labios, adiós, pajarito, adiós, Jacinto, no tardaré en ir donde tu vas. Te esperaré, amor mío, y ahora márchate, ding-dong. Bruna le aprieta una mano por última vez y se marcha, hueca, como si le quitaran la losa de la venganza y no le quedara nada. Ding-dong, esperad, espíritus impacientes, esperad aunque sólo sea por deferencia a este servidor que ha sido siempre vuestro, he de hablar con mi padre, ding-dong, esperad. Padre, padre, perdóname, padre, pero ¿qué dices hijo?, la voz de Amelia se escurre entre la niebla. Tú calla y vete donde reposen las monjas. Padre, padre, Jacinto le llama con lágrimas en los ojos. Bestia, no vas a llevártelo tú al infierno, ruge Amelia, es mío, José Novoa, ríe. No pidas perdón por lo único con hombría que cometiste en la vida, el único favor que le has hecho a tu padre. Jacinto, ven con tu madre y no con esa bestia sacrílega que te llevará al infierno. Me reclaman las almas en pena. Jacinto vislumbra el filo de las túnicas, suenan las campanas de muertos, pero entre la niebla surge la silueta del padre Eusebio, en una mano sostiene un trozo de grelo, el grelo de la humanidad. Ven conmigo, muchacho, que yo te abriré el camino del huerto eterno. El padre hace la señal de la cruz con el trozo de grelo y se lo introduce en la boca a Jacinto, que en esa comunión muere.

29

Coronación de reinas

Han pasado dos días desde la muerte de Jacinto y el accidente que acabó con la vida de Uxío. Es una mañana fría, la primera del mes de noviembre, pero brilla el sol. Valentina está en la habitación de Amelia Lobeira. Mira a Pedro Mencía dormir sobre la cama austera. Le estudia la forma del rostro, la barbilla redonda, el vello que le despunta sobre los labios. Se sienta en una silla junto a él. La luz dorada del otoño entra por la ventana y cae sobre Pedro como un cono de oro. Valentina juega a tomar distintos encuadres de su rostro con la Leica hasta que la respiración de Pedro se hace más fuerte. El niño se gira hacia el lado donde está ella como si quisiera mirarla, pero tiene los ojos cerrados. Ha sacado los brazos fuera de la sábana y Valentina le mira las manos de dedos largos. Deja un momento la Leica sobre la cama y se los acaricia, pero enseguida retira la mano por si Pedro despierta. Contiene la respiración. Espera. Nada sucede. Sonríe. Pedro duerme. Parece más pequeño así. Inofensivo. Valentina juega a inclinarse sobre su boca, a quitarse enseguida por si despierta, hasta que le roza los labios. Siente calor en el pecho y los roza otra vez más despacio, cierra los ojos, siente florecerle el vientre, los abre y se encuentra con los mares de Pedro Mencía, mirándola. Un líquido se le escurre entre las piernas, deja caer la Leica al suelo y huye.

Entretanto Bruna se acerca a la habitación de su prima Roberta. Ahora está instalada en una alcoba luminosa de la segunda planta. Tiene una cama con dosel de flores y una colcha guateada de raso. Está sentada frente al espejo de una coqueta desenredándose la cabellera.

—Qué bien puede vivir una así toda la vida. Aunque esté comida de penas como si fueran piojos. —Ríe.

—La poca que te queda, será —responde Bruna—. Te traje el desayuno.

Coloca una bandeja con chocolate y bizcocho sobre la cama.

—¿Tú a mí sirviéndome?

—Yo mando hasta en el destino, hasta en las predicciones. —Sonríe.

Coge el cepillo que tiene su prima en la mano y comienza a cepillarle su larga cabellera.

—Hay que ver lo fea que te puedes llegar a poner con tal de no morirte antes que yo —le dice mirándola a través del espejo.

Llaman a la puerta. Es Petriña, que viene a avisar a Bruna.

—Señora, Valentina se ha encerrado en el baño y desde la puerta la oigo llorar.

—Gracias. Voy enseguida.

—¿O lo haces por tu nieta? —le pregunta Roberta.

—Se lo prometí.

Bruna sale de la habitación y se dirige al cuarto de baño. Golpea la puerta con los nudillos.

—Abre, Valentina.

—No quiero.

—Se acabaron los no quieros y las revoluciones, niña mimada. Abre ya.

—Si abro, ¿me dejará llamar a Cuba, me dejará hablar con Melinda?

—¿Qué tienes que hablar con ella que no puedes hablar conmigo? Abre te digo.

—Tengo que contarle algo.

—Te dejaré llamar si abres la puerta.

Se escucha descorrer el pestillo y Bruna entra en la habitación. Valentina tiene los vaqueros desabrochados y las manos en su sexo. Lágrimas.

—¿Qué te ocurre?

La niña calla. Bruna le retira con suavidad una de las manos del sexo, pero Valentina opone resistencia.

—Déjeme.

Bruna insiste, y ve una mancha de sangre entre los dedos finos, adolescentes.

—Váyase, que estoy hablando con mi madre.

—¿Es la primera vez?

Valentina asiente. Tiene los ojos muy verdes a causa del llanto y le brillan como los helechos del bosque. Son sus mismos ojos, piensa Bruna, cambiantes, camaleónicos, adaptándose a la luz o a la desgracia. Atrae a su nieta hacia sí, y la abraza.

—No pasa nada, ya eres una mujercita.

—No quiero —responde Valentina.

—Quieras o no lo eres. —Le besa la cabeza, le mesa los cabellos—. No tengas miedo porque yo estoy a tu lado.

—Mi madre vendrá, tengo que hablar con ella.

Valentina se lleva las manos a la cuerda.

—Tu madre está muerta —le dice Bruna. La separa de ella, le mira las pupilas que le apuñalan nostalgia, le limpia las lágrimas.

—No lo está.

—Sí —susurra Bruna—, mi niña Rebeca de pelo rojo está muerta, ya no va a venir nunca más.

—Sí lo hará. —Valentina se aferra con más desesperación a la cuerda—. Mamá me dijo que siempre estaría conmigo, teníamos una cuerda mágica que iba de su ombligo al mío, tócatelo cada vez que tengas miedo, cada vez que te sientas sola, yo te protegeré del mundo cuando el mundo sea malo, que a veces lo es, todo eso me dijo, pero mamá se fue, desapareció y desde entonces no puedo escucharla, por más que le hablo ella no me contesta, no siento a mi mamá, no la encuentro.

—Ella está contigo, pequeña.

—No —Valentina niega con la cabeza—, me mintió, no iba a estar siempre conmigo—. Arroyos de lágrimas se le escurrían por las mejillas.

—Verás, déjame hacer algo. —Acaricia una mejilla de su nieta, le aparta del rostro unos mechones del cabello que se le enredan de la pena. Bruna le desata la cuerda muy despacio.

—No —dice Valentina aferrándose a ella.

Bruna la abraza otra vez y la besa, las manos de la niña van cediendo conforme su abuela la acaricia, la cuerda cae al suelo y Valentina rodea la cintura de su abuela con fuerza, hunde la cabeza en el pecho de la anciana, que se estremece. Helechos creciéndole en las tripas.

—No tengas miedo —le dice a Valentina—, yo estoy contigo.

—No quiero querer a nadie más que se vaya a morir.

—Entonces no podrás querer a nadie, mi niña, todos nos vamos a ir a la tumba en un momento u otro.

—Pero usted es vieja y se va a morir pronto.

Bruna le besa una mejilla.

—Pero aún no estoy muerta, querida, dame tu mano. —Se la pone en su pecho—. ¿Sientes mi corazón, lo escuchas palpitar?

El corazón enloquecido de su abuela le golpea la palma, Valentina lo siente saltar, hacer cabriolas, y sonríe, pone las dos manos sobre él.

—Vamos a cuidarlo —le dice—, no se altere mucho, abuela, no se alegre mucho ni se ponga muy triste, a ver si le va a dar por pararse.

—Déjale que corra, niña, lleva tanto tiempo parado, muerto, déjale que se desboque. —La abraza, la levanta un poco del suelo, la besa—. Déjale, y si luego se muere que lo haga feliz, para qué lo quiero en un pecho vacío, hueco; no, niña, ya se lo comerá la tumba cuando toque, pero aún no, no te asustes, yo mando en todo—. Valentina sonríe—, y no muero hasta que yo lo diga.

—Eso no puede ser, abuela. —La niña sonríe.

—Ah, sí, conmigo sí, menuda es tu abuela, y ahora como vas a mandar tú, yo no me muero hasta que tú me lo digas, hasta que te canses de quererme.

—No me voy a cansar nunca. —Le pone los brazos en el cuello.

—Bueno, pues entonces aquí me quedo para siempre, como una momia. —Se ríen—. Y ahora voy a decirle al chófer que venga y nos lleve a la farmacia para comprar las cosas modernas de mujeres, que en mis tiempos nos poníamos los paños en los bragones del mes.

—¿En los qué?

—En los bragones, que los otros días íbamos así, al viento.

—¿Sin nada?

Valentina abre los ojos verdes.

—Anda, claro.

La niña ríe.

—En sus tiempos eran muy bárbaros, abuela,

—No sabes cuánto. —Le acaricia de nuevo el rostro—. Ahora te vas a poner una toallita.

—Sí, abuela, ¿y no le quedan bragones?

—Ay que los tiraríamos todos —ríe con los dientes que aún tienen algún matiz de perlas—, pero le voy a preguntar a Roberta.

—Eso, yo quiero verlos. —Sonríe Valentina.

—Pues los buscamos, no hay más que hablar.

—Me duele un poco aquí la tripa, abuela. —Se la señala.

—Eso es muy normal, y no has de preocuparte, ahora ya formas parte del universo, te vino la luna que florecerá una vez al mes, fíjate.

—¿Soy como la luna, abuela?

—Lo eres. Mi lunita llena, a partir de ahora te voy a llamar.

—Sí, me gusta mucho. —La abraza una vez más.

—Pues hala, vamos a que te pongas algo.

Valentina se abrocha los vaqueros, le da la mano a su abuela, juntas se dirigen hacia la puerta, sobre las losetas del baño queda la cuerda de fraile, enroscada en su propia soledad. Valentina se vuelve un momento para mirarla.

—¿Y mamá, abuela?

—Mamá está aquí —primero pone una mano en el corazón de la niña y luego en el suyo—, con nosotras —y luego una mano en el vientre—, ahora somos un triángulo, la vas a escuchar en cuanto dejes de estar triste, la pena nos deja sordos.

—Pues yo oigo muy bien, abuela.

—Sordos por dentro, nos tapa los oídos del alma y sólo escuchamos el eco de nuestro vacío, pero si dejas de estar triste la pena se va con sus manos frías a taparle los oídos a otro, entonces vas a escuchar a mamá.

—¿Usted la oye, abuela?

Bruna traga saliva, traga el nudo de soledad que se le va por el desagüe.

—Ahora sí puedo oírla, Valentina, ahora sí, mi lunita que florece encarnada cada mes, que se convierte en primavera, en amapola, ahora sí puedo escucharla como no pude hacerlo antes.

—¿Y qué le dice?

—Que todo pasó y tú eres lo que no tuvimos, una lunita de redención.

El Mercedes con el chófer calvo avanza por la carretera estrecha pespunteada de robles. Valentina y Bruna regresan al pazo tras ir a la farmacia del pueblo. Por la ventanilla del coche, la niña mira el paisaje que recorrió el día de su llegada desde La Habana, y siente que el frío que albergaba en su interior se ha templado a pesar de que se acerca el invierno. El sol poco a poco ha ido ocultándose entre las nubes, y una bruma luminosa se extiende por las montañas que descienden manchadas de verde y ocre hasta el río grande. Los salgueiros con las puntas de las hojas amarillas les salen al paso en la cuneta. Las rocas con el tapiz de musgo. Los esqueletos de árboles que el otoño dejó desnudos y la humedad cubrió de líquenes. Fantasmales entre el verdor majestuoso que aún no ha sucumbido a esa estación del año. Laderas rudas alineadas de viñas se abren a un lado de la carretera mientras al otro se despeña, en la lejanía del valle, el zigzag del río oscuro.

—Pare el coche, pare —le dice Bruna al chófer, que aparca en la cuneta.

El corazón le late muy fuerte.

—Regresaremos a casa andando. Quiero enseñarte el bosque, Valentina. Quiero enseñarte dónde pasé mi infancia.

Tomadas de la mano se adentran en la espesura de castaños, robles, salgueiros, mimosas robustas, mantos de brezo. Suben una ladera donde se abre una oquedad con la arquitectura perfecta de la naturaleza: tréboles, plantas de tallo fino por donde gotean los jugos del bosque. Las hojas secas cubren la tierra y crujen bajo sus pisadas. A Bruna le llega el aroma de la hierba mojada, el frescor de los helechos. Lleva un vestido de punto azul sin camisón debajo. Y las gotas de rocío le humedecen las medias.

Bruna echa a correr; enseguida siente a su lado el zumbido de una abeja. Madre, le dice, aquí estoy, huelo la retama de tu miel. Valentina corre a su lado. El viento les acaricia las mejillas, se las deja sonrosadas, hasta que Bruna, fatigada, se detiene. Valentina la mira preocupada.

—Estoy bien, niña, mejor que en los últimos cincuenta años.

Se sienta en una roca que sobresale entre unos troncos cortados.

—Explora sola el bosque mientras descanso un poco.

Bruna ve a su nieta perderse entre la vegetación siguiendo el curso de un arroyo, que se abre paso con un caudal sonoro. Tiene ganas de calzarse las zuecas, de quitarse las bragas, de recoger palitos para hacer trampas de pájaros, de comérselos y chuparles los huesos. Trazos de bruma penetran entre los castaños, que pierden el bronce de las últimas hojas. Le huele a vida, a la suya.

A lo lejos ve regresar a Valentina, trotando. Se levanta de la roca y va hacia ella. La niña trae algo en las manos, pero hasta que no está más cerca, Bruna no distingue lo que es.

—Abuela, le he hecho esta corona de ramitas de helecho, aprendí a trenzarlas para los carnavales.

—Gracias, niña. —La toma en sus manos, la hace girar entre ellas.

—Démela que se le pongo en la cabeza como si la coronara.

—No, Valentina, se acabaron para siempre las reinas —dice mientras la abeja de su madre le zumba una caricia en el oído.

Camina hasta el arroyo junto a su nieta. La niña le agarra de la cintura cuidando de que no se caiga y le sonríe. Comienza a nublarse la naturaleza entre la niebla, que desciende tersa, y el bosque se hace más íntimo. Bruna arroja al agua la corona y juntas siguen su recorrido por el cauce alegre. Choca con las piedras, se hunde para reflotar, se tambalea en los pequeños rápidos, hasta que la pierden de vista entre las hierbas altas de las riberas que serpentean bajo la bruma.

Agradecimientos

A mis padres y mi hermana, siempre a mi lado.

A Manolo Yllera, que está detrás de cada personaje, de la carne, los huesos y el alma de esta novela; por vivir su historia conmigo, por aventurarse junto a mí una y otra vez en las tierras gallegas, por sus lecciones de fotografía, por descubrirme de nuevo el mundo a través del objetivo de su cámara, y de mi vida junto a él; por ser mi inspiración, mi compañero, mi crítico, mi apoyo; por creer en mí.

A Ángel Lucía Aguirre, por participar en la vida de esta novela, por sus palabras de entusiasmo y aliento que tantas veces me dieron fuerza para seguir adelante, por el final de la novela «a lo Rousseau», dedicado a él con toda mi admiración.

A Nuria Sierra Cruzado, que me acompaña de nuevo en la aventura de otro libro, por leer el manuscrito, por darme su opinión que tanto valoro, por estar cerca animándome siempre; por contagiarme su devoción por los fotógrafos Robert Capa y Gerda Taro y prestarme un par de libros sobre ellos.

A Clara Obligado, que me dio un ultimátum para que arrancara a escribir el primer capítulo de esta novela cuando me hallaba perdida en el terror de la página en blanco; sus enseñanzas y sus palabras de ánimo siempre van conmigo.

A Alberto Marcos, mi mago de la edición, por su apoyo constante.